I0706089

# CÓMO CUIDAR Y ENAMORAR A UN PÍCARO

## MANUAL DE UNA DAMA SOBRE PÍCAROS
## LIBRO I

## LAUREN SMITH

Traducido por
**L. M. GUTEZ**

LAUREN SMITH
BOOKS

La presente es una obra de ficción. Los nombres, personajes, lugares y acontecimientos o bien son producto de la imaginación del autor o se emplean de manera figurada, y cualquier parecido con personas reales, vivas o muertas, establecimientos comerciales, hechos o escenarios, es mera coincidencia.

Copyright por Lauren Smith

Traducción hecha por L.M. GUTEZ

Copyright Traducción 2024

Todos los derechos reservados. De acuerdo con la Ley de Derechos de Autor de Estados Unidos de 1976, el escaneo, la transferencia y el intercambio electrónico de cualquiera de las partes de este libro sin el permiso del editor, representa un acto de piratería ilegal y un robo de la propiedad intelectual del autor. Si desea utilizar material de este libro (que no sea para fines de reseña), debe obtener un permiso previo por escrito poniéndose en contacto con el editor en lauren@laurensmithbooks.com. Gracias por su colaboración en la defensa de los derechos del autor.

El editor no es responsable de los sitios web (o de su contenido) que no sean de su propiedad.

ISBN:978-1-962760-75-1 (edición libro electrónico)

ISBN: 978-1-962760-76-8 (edición papel)

# PRÓLOGO
## INGLATERRA, 1870

Prospero Harrington odiaba el amanecer. Le producía demasiados remordimientos, demasiados pensamientos sobre una vida muy corta, una vida que ni siquiera había tenido la oportunidad de vivir. Mientras contemplaba cómo se desvanecía el terciopelo púrpura de la que podría ser su última noche con vida, deseó que *este* amanecer no llegara nunca.

El campo en el que se encontraba de pie estaba en silencio. Sólo unos pocos pájaros cantores se atrevían a cantar mientras los tonos rosas y rojos del cielo adquirían franjas de luz dorada y volutas de nubes vaporosas. Disfrutó del espectáculo y lo grabó intensamente en su mente, sabiendo que en pocos minutos esa mente podría oscurecerse para siempre.

El rastro de huellas oscurecidas tras él, donde había dañado la red plateada de gotas de rocío en la hierba, era la única prueba de su entrada ilegal. ¿Qué más quedaría de él como legado cuando este amanecer se transformara en un soleado mediodía? ¿Lo enterrarían en un campo solitario, lejos de un cementerio, o sus padres verían su cuerpo reposar en la tumba familiar? La idea de estar solo, descansando en un lugar tranquilo donde nadie pudiera encontrarlo, hizo que su garganta doliera.

*Quería mucho más de la vida que esto*, pensó sombríamente. *Apenas había empezado a disfrutar de las alegrías y los placeres de este mundo brillante y hermoso...*

—Si nos pillan participando en un duelo ilegal y Jackson muere, te enfrentarás a un cargo de asesinato... ¿Estás seguro de esto? —preguntó Nicholas Hughes, conde de Durham y uno de los amigos más íntimos de Prospero, mientras esperaban a los dos hombres que se dirigían hacia ellos desde el extremo opuesto del campo.

—Ya no estoy seguro de nada —murmuró Prospero. Sentía el peso de su pistola en la mano.

Nicholas enderezó los hombros y se aclaró la garganta cuando los otros hombres llegaron hasta ellos.

—Buenos días, caballeros —saludó solemnemente Nicholas.

Prospero no dijo nada. Se limitó a mirar fijamente al causante de todos estos problemas.

—Señor Jackson, su pistola, por favor —Nicholas extendió una mano para inspeccionar el arma.

Aaron Jackson entregó su pistola a Nicholas. John Gower, el hombre junto a Jackson, extendió la mano hacia Prospero.

—Tu arma, Harrington —exigió Gower, y Prospero entregó su pistola al segundo de Jackson. Las pistolas fueron cuidadosamente examinadas y devueltas. Prospero quiso tirar la suya al suelo, decirle al otro hombre que nunca planeó disparar, pero guardó silencio. Jackson no lo dejaría escapar tan fácilmente, no cuando creía en la culpabilidad de Prospero.

—¿Estamos seguros de que este asunto no puede resolverse de otra manera? —preguntó Nicholas. Jackson había iniciado el desafío del duelo, y podía detenerlo en cualquier momento y considerar satisfecho su honor.

—No. Harrington comprometió a mi amada hermana y no se casará con ella.

Prospero apretó los dientes.

—Si alguien se metió en la cama de tu hermana, no fui yo. Sé que se ha propuesto coronarse condesa, pero que me condenen si le concedo el deseo de esta manera cuando no le he hecho nada.

No tenía nada en contra de la dama. Era bonita y le había parecido una dama bastante agradable cuando había bailado con ella. Pero Prospero apenas tenía veintidós años. Aún no quería sentar cabeza y casarse, así que había sido extremadamente cuidadoso con las jóvenes que buscaban marido. Como hijo de un conde, se le consideraba un buen partido. Había robado algunos besos desde el comienzo de su diversión en Londres, pero ninguno de ellos había sido con la hermana de Jackson, y *desde luego* nunca había tenido un hijo con una mujer. Si no fuera tan vergonzoso admitirlo, le habría dicho a Jackson que aún era condenadamente virgen.

—El bastardo no lo admitirá, así que exijo una satisfacción por el honor de mi familia —el tono de Jackson era gélido.

—Muy bien —dijo Gower—. Os pondréis espalda con espalda, os separaréis cuarenta pasos y luego os giraréis y os miraréis el uno al otro. A la de tres, dispararéis una vez.

Prospero le dio la espalda a Jackson, y cada uno contó

sus pasos. Luego se giraron. A pesar de que había otros tres hombres en el campo con él, Prospero se sentía total y completamente solo.

Respiró hondo mientras inclinaba el cuerpo para convertirse en un blanco lo más pequeño posible. Intentó no pensar en sus padres, en que todo aquello había sido un terrible error. ¿Por qué la chica Jackson no le había dicho a su hermano que otro se la había llevado a la cama? ¿Por qué demonios había dicho que había sido él? No había hecho nada malo, pero hoy podría perecer por el orgullo de un hombre. Sin embargo, no levantó el arma. No quería muerte en su conciencia ni sangre en sus manos.

—A la de tres, disparad —dijo Gower—. Uno... Dos...

Prospero volvió a llenar sus pulmones de aire y se preparó para su fin. Intentó no pensar en los remordimientos derivados de cosas que nunca había hecho, ciudades que nunca había visto, mujeres a las que nunca había besado.

—¡Tres!

*¡Crack!*

El dolor atravesó la parte superior del brazo de Prospero, pero no creyó que la herida fuera mortal. Hizo una mueca mientras Nicholas corría hacia él.

—¿Qué tan mal herido estás?

—Duele una barbaridad, pero creo que viviré —sentía el hombro entumecido, seguramente a causa de la reacción de la herida, pero estaba vivo. Todo había terminado.

—Lo has logrado —murmuró Nicholas—. Lo has logrado —su amigo sonreía aliviado mientras tocaba el hombro bueno de Prospero con mano trémula—. Gracias a Dios. No sé qué habría hecho si no lo hubieras hecho.

*El buen Nicholas, viejo amigo,* pensó mientras sus rodillas se doblaban un poco. Iba a ser un largo camino de vuelta al carruaje, pero si su amigo lo ayudaba, lo conseguiría.

De pronto, Jackson lo maldijo en voz alta.

—¡Dispara tu arma, Harrington! —bramó.

Respirando con dificultad, Prospero simplemente arrojó su pistola al suelo y le dio la espalda al otro hombre. Estaba harto. No iba a quedarse aquí. El honor había quedado satisfecho. Ahora podía ir a casa y volver a su vida, al futuro que tanto había anhelado.

—Ha habido sangre, amigo mío. Solo olvídalo —aconsejó Gower a Jackson—. Has tenido tu oportunidad.

—¡No es suficiente! —unas repentinas pisadas fueron la única advertencia para Prospero, quien giró para enfrentarse al otro hombre.

Jackson había recogido la pistola de Prospero del suelo y tenía el cañón apuntando a su propio pecho.

El alivio que había sentido por un breve instante se vio ahogado por una repentina oleada de rabia. ¿Cómo se le ocurría a este imbécil obligarlo a disparar cuando no era su honor el que había sido dañado? No iba a hacer nada que arruinara su vida, no cuando lo único que quería era abandonar este maldito campo. El labio de Jackson se curvó en una mueca despectiva.

—Eres un cobarde, Harrington. ¡Enfréntate a mí y dispara!

¿Cobarde? No era un cobarde. Prospero caminó lentamente hacia Jackson y se detuvo cuando estuvieron casi juntos.

—¿Qué demonios quieres de mí, Jackson? Estoy sangrando y tu honor ha quedado satisfecho —gruñó Prospero mientras se sujetaba el brazo herido.

—Dispara, Harrington —gruñó Jackson—. O lo haré yo. De cualquier manera, serás condenado.

—Estás loco.

—Hazlo, o habrá consecuencias para todos tus seres queridos —advirtió Jackson.

—¿Me estás amenazando?

—Sí. Ahora dispara —dijo, con una voz tan fría que podría haber helado el aire entre ellos.

Prospero empujó la empuñadura de la pistola, intentando apartar el cañón de ambos, y en ese instante ocurrió algo que no había esperado. La pistola se disparó y los pájaros chillaron en el bosque lejano. El rostro de Jackson palideció y la sangre burbujeó entre sus labios mientras tosía. Luego gruñó y la pistola cayó al suelo entre los dos.

Jackson gimió y cayó de rodillas.

—Me has... matado...

—¡No, no, no lo he hecho! —protestó Prospero, pero cuando su oponente cayó de espaldas, vio una ligera sonrisa en los labios del moribundo.

Era una trampa. Jackson había querido esto todo el tiempo... pero, ¿por qué? ¿Por qué querría ser asesinado? No tenía sentido. ¿Cómo podía querer destruir a alguien tanto como para... suicidarse?

—Tenemos que irnos —Nicholas lo cogió del brazo y lo apartó de Jackson—. Gower le dirá a todo el mundo que lo mataste.

—Tú viste lo que pasó.

—Sí, pero los dos estabais forcejeando con el arma. La situación todavía se ve mal. Aunque no enfrentes cargos por batirte en duelo, seguirás siendo un paria en la sociedad por participar —Nicholas arrastró a Prospero lejos del campo—. Debemos irnos, *ahora*.

Gower gritó tras ellos, pero corrieron deprisa y no oyeron ruidos de persecución tras ellos.

El alba bañaba ahora los árboles con un fuego dorado.

Una bandada de estorninos se elevó y giró en el aire, y el repentino aleteo de un millar de alas produjo un sonido espeluznante en un paisaje hasta entonces sereno. Mientras los pájaros volaban hacia el este, sintió el repentino y desesperado impulso de seguirlos, de librarse de la tormenta que se avecinaba.

Una bandada de estorninos se elevó y giró en el aire, y el repentino aleteo de un millar de alas produjo un sonido espeluznante en un paisaje hasta entonces sereno. Mientras los pájaros volaban hacia el este, sintió el repentino y desesperado impulso de seguirlos, de librarse de la tormenta que se avecinaba.

# CAPÍTULO 1

**E**lise Hamblin se levantó las faldas con una mano mientras subía los escalones de la casa de ciudad en 223 Baker Street, con el corazón cada vez más ligero a cada paso. Al otro lado de la puerta le esperaba un mundo de posibilidades. A la derecha de la puerta colgaba una placa de latón con las palabras *"Societas Rebellium Dominarum* - Establecida en 1821".

Todos los lunes por la tarde acudía aquí para reunirse con las demás integrantes de la sociedad privada. El nombre era lo más parecido en latín a "La Sociedad de Damas Rebeldes." Llamó al timbre y el mayordomo encargado de la residencia abrió la puerta.

—Buenas tardes, señorita Hamblin —saludó cordialmente el señor Atkins.

—Hola, Atkins —ella guiñó un ojo al mayordomo con cariño mientras entraba y se quitaba el sombrero y los guantes antes de entregárselos a un lacayo—. ¿Cuántas hay hoy?

—¿Hoy? Sólo usted, lady Cinna y la señorita Tewksbury.

Las demás aún están en misión y se presentarán la próxima semana, creo —Atkins, a pesar de su apariencia de anciano estirado, apoyaba bastante los esfuerzos de la sociedad por difundir los estudios intelectuales entre las mujeres. Sin duda ayudaba el hecho de que su hija, una mujer que de otro modo habría estado destinada a una vida de servicio como criada, estudiara ingeniería y tuviera muchas más oportunidades profesionales que las que habría tenido una mujer de su posición sin esa educación.

—Ah, sí, eso es correcto. Gracias, Atkins —Elise subió los escalones hasta el salón, donde la esperaban Cinna y Edwina, sus amigas.

Como presidenta de la sociedad, le correspondía la tarea de estar al día con las asignaciones de las integrantes, pero esta última semana había estado ocupada con los deberes como hija para con su padre y con la compra de un nuevo caballo de carreras. Entre organizar cenas para los socios de su padre e investigar sobre los distintos sementales y yeguas de cría, había estado bastante ocupada. A sus veintiséis años, se había adaptado bastante bien al papel de anfitriona, pero no era su forma preferida de pasar el tiempo. Vivía para las reuniones de la sociedad, para explorar el mundo que la rodeaba e incluso para asistir a carreras de caballos. Tenía un millar de sueños emocionantes que cautivaban su corazón y ninguno de ellos existía en el ámbito doméstico.

Trazó con el dedo los bordes de una placa dorada que decoraba la pared junto al salón. En ella se leía: *Todos los que buscan aprender son bienvenidos aquí.*

Dentro, encontró a sus dos amigas en un animado debate. Lady Cinna Belmont mostraba el diseño de un puente, mientras Edwina Tewksbury discutía sobre los soportes que necesitaría.

—Sí, pero si añades la altura de los cables aquí... —el cabello oscuro de Cinna le cayó por el hombro cuando se inclinó hacia ella—. Entonces puedes ver cómo podría soportar el puente.

Edwina miró el papel por encima del hombro, con los labios fruncidos.

—Bueno, supongo que podría funcionar. Deberíamos ponerlo a prueba primero con modelos a escala, ¿no?

—Tonterías. Las matemáticas son sólidas. Apostaría mi vida por ello —Cinna levantó la mirada cuando Elise cerró la puerta del salón—. Elise, ¿qué te parece? —giró el dibujo de la mesa hacia Elise para que pudiera verlo mientras se acercaba a ellas.

Era un bonito diseño de un puente atirantado. Elise no era una ingeniera tan experta como Cinna, pero en el tiempo que llevaba en la sociedad había aprendido mucho más sobre ingeniería que otras damas.

—Estoy segura de que tus cálculos son correctos, pero nunca se es demasiado precavido. Quizá un modelo a escala sea un buen punto de partida —dijo Elise—. ¿Sólo para evaluar la resistencia antes de enviar la propuesta a Jacobs & Ellicott? —Jacobs & Ellicott era la empresa de ingeniería a la que Cinna presentaba en secreto sus diseños bajo un seudónimo masculino.

—Muy bien —suspiró Cinna—. ¿Es la hora de la reunión?

—Sí —Elise recogió de una mesa cercana los últimos informes de sus integrantes—. Atkins subirá pronto con té y bocadillos. ¿Empezamos?

Elise eligió asiento en el sofá bajo los retratos de dos de las fundadoras de la sociedad, Audrey Sheridan y Lysandra Russell. Ellas, junto con otras, habían fundado la sociedad en 1821 para ofrecer a las mujeres un lugar seguro donde aprender, compartir ideas y progresar en tareas académicas, científicas o artísticas.

Era la única sociedad de este tipo que conocían y sus integrantes se mantenían en secreto. Al igual que los clubes de caballeros, las aspirantes debían presentar una solicitud de ingreso, pero no todas eran aceptadas. Las que eran rechazados eran solicitantes más interesadas en la emoción de participar en algo que consideraban novedoso o incluso prohibido, que en aumentar sus conocimientos intelectuales. La sociedad no tenía otras restricciones. Las mujeres que se unían a ella debían tener algún tipo de ansia de conocimiento.

La mitad de las integrantes de la sociedad estaban casadas y muchas tenían hijos, mientras que el resto eran solteras o viudas. A muchas les resultaba posible seguir dedicando tiempo a la sociedad a pesar de tener marido o hijos. Elise, Cinna y Edwina eran solteras y pasaban mucho más tiempo en la casa de la sociedad en Baker Street que las demás integrantes. Era bastante divertido tener su propio lugar para esconderse del mundo, al igual que los caballeros tenían sus clubes cuando querían esconderse de sus esposas.

—Declaro iniciada esta reunión de la Sociedad de… —el preámbulo de Elise fue interrumpido por los chirriantes acordes de un violín. Atravesó los muros entre la sede de la sociedad y la casa de al lado.

—Oh, madre mía —murmuró Elise.

Cinna se cubrió la boca con la mano para ahogar una carcajada y Edwina soltó una maldición poco femenina que hizo reír a las demás. El violín sonaba tan fuerte que era imposible continuar la reunión.

—¿A quién le toca esta vez? —preguntó Cinna mientras

el violín seguía chirriando como un gato con el rabo atascado en una puerta.

—No recuerdo —suspiró Elise—. ¿Jugamos a piedra, papel y tijera? —hacía poco que habían descubierto el juego de gestos con las manos del Lejano Oriente para resolver sus disputas. Era una tradición que existía en Asia desde el siglo XVII, pero que acababa de llegar a Inglaterra. Las tres se inclinaron hacia adelante y cerraron la mano derecha en un puño sobre la izquierda—. Uno, dos, tres —contó Elise mientras golpeaban las palmas con los puños, y luego cada una eligió un gesto de la mano para representar una piedra, un trozo de papel o unas tijeras—. ¡Maldición! —dijo Elise. A ella le había tocado la piedra, mientras que Cinna y Edwina habían elegido el papel.

—Buena suerte con nuestro vecino —exclamó Cinna con descaro mientras Elise se ponía en pie y salía de la sede de la sociedad para dirigirse a la residencia de al lado.

La mujer que abrió la puerta era una criatura sencilla y de mediana edad, pero tenía el alma más amable y bondadosa que Elise había conocido en su vida. A menudo había compartido el té de la tarde con esta mujer y habían compadecido al hombre al que estaba a punto de enfrentarse.

—Hola, querida Elise —saludó la mujer.

—Lamento mucho molestarla, señora Hudson. ¿Puedo hablar con *él*? —ella asintió hacia las escaleras, de donde provenían ahora los acordes más fuertes del violín.

—Sí, por supuesto. Pero está de mal humor, querida.

Elise conocía bien los estados de ánimo de su excéntrico vecino. Subió las escaleras y abrió el despacho del hombre sin molestarse en llamar. Hacía tiempo que había aprendido que la cortesía de llamar a la puerta sólo serviría para ser ignorada, así que se había acostumbrado a responder a la descortesía de esta hombre con la suya propia.

El estudio estaba poco iluminado y las cortinas cubrían las ventanas. Un papel pintado de damasco rojo llenaba la habitación de sombras. Los libros se tambaleaban precariamente sobre estanterías muy mal elaboradas, y una gran alfombra de oso negro dominaba el suelo, con la cara de la bestia dirigida hacia la puerta y la boca abierta en un rugido silencioso hacia cualquiera que osara entrar en la habitación y molestar a su amo. Pequeños frascos con etiquetas como bórax, sulfato de cobre, cloroformo y una docena más estaban colocados en hileras sorprendentemente ordenados junto a una mesa de químico en desuso. Por suerte, no había ningún experimento en curso. Por lo general, olores malolientes emanaban de varios vasos de cristal incandescentes.

Un hombre estaba de pie en un rincón de la habitación, junto al fuego, con un violín al hombro deslizaba el arco sobre las cuerdas tensas de su instrumento.

El esbelto hombre de pelo oscuro dejó de tocar bruscamente y se volvió hacia ella, mostrando sus rasgos aristocráticos que eran a la vez duros y apuestos.

—Señorita Hamblin —habló en tono cortante al saludarla—. ¿A qué debo el placer de esta visita? —su mirada la recorrió, no con interés masculino, sino con simple curiosidad. Ella sabía que era uno de sus juegos de salón favoritos, que él preparara una impresionante lista de cosas que contarle sobre ella.

—Si se molesta en preguntarme eso, señor Holmes, no es usted el genio detective que los periódicos dan a entender que es.

—Ah, sí. Las damas *rebeldes* de la sociedad; tienen un

club encantador —su tono era completamente condescendiente en un intento de irritarla.

Elise no le dio al hombre la satisfacción de permitirle ver su molestia.

—¿Y cuál es el ilustre tema de discusión de hoy? ¿La búsqueda de maridos?

Ella se mofó.

—Estudiamos asuntos mucho más importantes que la búsqueda de maridos, como bien sabe.

Abandonó su violín en un sofá cercano, que estaba cubierto por pilas de periódicos, y cogió su pipa de madera de cerezo. La llenó de tabaco y la encendió, luego aspiró el humo en sus mejillas durante un largo momento mientras la observaba como si fuera un rompecabezas que había que resolver. Esto no la perturbó. Ya habían tenido esta batalla de voluntades antes.

—Veamos —dijo lentamente con su famoso tono mientras comenzaba su juego favorito—. No lleva su estilo habitual de vestido de paseo sin adornos —observó—. Este tiene una falda más elaborada, un polisón más grande, y la seda parece ser cara. Ese color azul le sienta bien a su piel clara y a su pelo rubio, lo que sin duda le favorece a la hora de enfrentarse a los caballeros. Tiene manchas en los dedos, así que la ocasión para la que se puso el vestido terminó con la firma de unos papeles hace unas horas —se acercó a ella y se inclinó ligeramente, respirando profundamente cerca de su hombro—. Tiene un ligero olor a establo, pero es heno *fresco* y no estiércol. Eso me lleva a una conclusión. Debo felicitarla, señorita Hamblin. Supongo que ha comprado un nuevo caballo de carreras.

Elise no esperaba menos del famoso detective.

—Soy muy consciente de que acabo de comprar un

caballo. *Usted*, sin embargo, parece incapaz de leer el reloj y el calendario.

—Sí, de acuerdo, esperaré a que termine su sesión de cotilleos antes de reanudar mi práctica —le hizo un gesto con la mano como si fuera a despedirla de la habitación.

—¿Sesión de cotilleo? —Elise no pudo evitar reaccionar ante ese comentario.

—Sí —Holmes sonrió y pareció darse cuenta de que por fin había dado en el blanco.

—Señor Holmes, usted no sabe absolutamente nada de mujeres —dijo Elise con rotundidad.

Él enarcó una ceja oscura.

—¿De verdad?

—Usted, como todos los hombres, cree entender perfectamente a una mujer. No somos bonitos relojes de bolsillo que se puedan llevar de un lado a otro y ajustar a su estado de ánimo —cruzó los brazos sobre el pecho lo fulminó con la mirada—. Sólo sabe de criminales y asesinos. No sabe nada de la gente ordinaria, especialmente de las mujeres.

—Es curioso que las solteronas acaben siendo tan gruñonas, ¿verdad? Supongo que es porque ningún hombre quiere oírlas quejarse —dijo Holmes mientras daba otra calada a su pipa.

Elise ignoró el comentario sobre las solteronas y contraatacó con su propio arma verbal.

—Veamos... está fumando su pipa de madera de cerezo en lugar de la de arcilla. Sólo fuma la de cerezo cuando se siente especialmente perturbador y no tiene nada mejor que hacer que ser una molestia. A juzgar por el estado de la habitación, en la que no hay ningún producto químico en uso y los periódicos están perfectamente doblados y apilados en lugar de esparcidos por todo el lugar como en la habitación de un niño desordenado, *deduzco* que tiene casos. Por lo tanto, se está deleitando con uno de sus muchos malos hábitos, que es interrumpir *nuestras* reuniones.

Los ojos de Holmes se entrecerraron en ella y sus mejillas se hundieron mientras se llevaba a la boca otra bocanada de humo de pipa. Sabía que estaba impresionado por sus deducciones, pero no estaba dispuesto a admitirlo.

—Apuesto —empezó a decir mientras la señala con la punta de la pipa—, a que yo sé mucho más de mujeres que usted de hombres.

Elise soltó una carcajada.

—Por favor, señor Holmes, no diga falsedades que puedan avergonzarlo.

Un destello de diabólica picardía iluminó los ojos del detective.

—¿Lo hacemos oficial, señorita Hamblin? Como usted ha deducido correctamente, tengo casos en este momento y me encuentro en la necesidad de divertirme.

—Tengo cosas mucho más importantes que hacer que estudiar a los hombres.

—Ah, pero eso es porque sólo entiende a los caballeros. Son criaturas fáciles de descifrar. Pero, ¿qué pasa con el pícaro, el bribón, el canalla, el excitante sinvergüenza? ¿Qué pasa con esos hombres que viven su vida en una zona gris entre las esferas en blanco y negro de su ordenado mundo?

—Creo que no estoy entendiendo —admitió Elise a regañadientes.

—Usted afirma estudiar a las criaturas, centrarse en las ciencias naturales. Los hombres son criaturas como las demás. Pero los caballeros que ha conocido viven según las leyes humanas. Sus fronteras son fáciles de discernir, sus caminos fáciles de recorrer. ¿No le gustaría estudiar cómo es un hombre cuando no está motivado por las leyes o si elige vivir al margen de ellas? ¿Qué motiva a ese hombre a ser como es? Estudie su naturaleza básica, sus instintos naturales. Estúdielo como ha estudiado a otras criaturas. Para comprender realmente de lo que son capaces los hombres, no puede limitarse a aquellos con un buen comportamiento. Allí los ve en su mejor momento, ve lo que ellos quieren que vea. No aprende nada del animal más salvaje que vive dentro de todos los hombres. Para conocer la verdadera naturaleza de un hombre, debe encontrar a un hombre que haya luchado contra el mundo y que aún siga en pie. Encuentre a una persona en su peor momento, pero que aún se aferra a lo que es. Ahí es donde está la verdad, no en esos buenos caballeros que la acompañan al parque o se reúnen con usted para disfrutar de un helado o ir de picnic.

Elise rara vez aceptaba retos a menos que algo la intrigara verdaderamente. Las palabras de Holmes despertaron en ella un destello de intriga al pensar en el tipo de hombres con los que había crecido. Hijos educados y perfectamente refinados de los reyes de la industria que la cortejaban con flores y caminatas por Hyde Park. Por su propia naturaleza, esos hombres no habían logrado captar su interés y, por lo tanto, ninguno había cautivado su corazón. De pronto, le surgió la idea de hacer una apuesta adecuada que pudiera asestar un duro golpe a Holmes en su guerra contra su sociedad, y sonrió.

—Si estudio a los hombres y demuestro que los entiendo, me dará su preciado violín por ganar la apuesta.

Holmes fulminó con la mirada al instrumento y luego volvió el ceño hacia ella.

—Es un Stradivarius. Tiene un valor que usted no puede comprender.

—Oh, pero *sí* conozco su valor. Precisamente por eso me lo entregará cuando gane.

—¿Y si yo gano? —juntó los dedos y se sentó en una de las sillas acolchadas—. Usted y su sociedad encontrarán alojamiento en otro lugar de Londres.

El corazón de Elise dio un vuelco doloroso. Sería difícil encontrar otra sede para la sociedad, y ya se había trasladado muchas veces a lo largo de los años. Pocos propietarios permitían a las mujeres hacer algo parecido a lo que hacía la sociedad. Fue un milagro que el actual propietario permitiera a Elise firmar los papeles de la casa de ciudad sin la firma de un hombre. Le había dicho que ella y las demás mujeres dirigían una sociedad de costura. Lo que no le había dicho era que no cosían ropa, sino ideas.

—Es usted un ser humano terrible —replicó Elise a Holmes, aunque era de mala educación decir una verdad así en voz alta.

Holmes se rio con suficiencia.

—Tengo una condición más —dijo, desplegando el periódico sobre su regazo y hojeando ociosamente las páginas—. No puede estudiar a *cualquier* hombre. Debe estudiar a *éste*. Para ganar, debe compartir conmigo lo que lo hace ser el hombre que es. Explicar la verdad de su naturaleza —giró el diario hacia ella para que pudiera ver el titular de un artículo que decía: *El nuevo conde de March regresa a Inglaterra doce años después de ser sospechoso de asesinar a un hombre en un duelo.*

—Pero es un lord. No tengo forma de acercarme a él, ni es probable que acepte... —Elise se quedó mirando el titular. No podía creer que Holmes quisiera que estudiara a un hombre sospechoso de haber matado a alguien en un duelo, y mucho menos a un lord. Era imposible que él accediera a que ella lo estudiara.

—Atráigalo. Estoy segura de que encontrará la manera. ¿Acaso los encantos femeninos no sirven para eso? —Holmes soltó una risita oscura—. Hágale una oferta que no pueda rechazar —le tendió el periódico con aire de suficiencia—. Entonces, ¿tenemos una apuesta?

—Supongo que sí —dijo lentamente.

—Tiene dos semanas, señorita Hamblin —a continuación, el detective se dedicó a encender de nuevo su pipa, su forma de decirle que podía retirarse.

Elise salió de la casa con el diario de Holmes bajo el brazo, mientras su mente se agitaba con la idea de estudiar a un hombre como el conde de March. Había tenido catorce años cuando Prospero Harrington, el futuro conde de March, huyó a Francia. En ese momento, se había enterado de algún escándalo, pero había sido demasiado joven para comprenderlo. Tendría que investigar cuidadosamente a su objetivo y sumergirse a fondo en su pasado. Después, sólo tenía que encontrar la forma de atraer al conde hasta su puerta para vencer a Sherlock Holmes en su propio juego.

# CAPÍTULO 2

Los labios de Prospero formaron una línea sombría mientras observaba el estado de la residencia de su familia. En los doce años que llevaba viviendo en Francia, la casa, antes hermosa, había quedado abandonada. Las cortinas habían sido destruidas por las polillas, los muebles estaban tan desgastados que el relleno se desprendía de la tela deshilachada o las patas estaban a punto de romperse. La plata estaba sin pulir y las habitaciones sin limpiar. Parecía que nadie había vivido aquí en años y, sin embargo, su madre había estado aquí con un puñado de sirvientes desde la muerte de su padre, tres meses atrás.

¿Por qué ella no había cuidado mejor el lugar? Lo pensó con el ceño cada vez más fruncido. Dado el estado de las cosas, era casi como si desde el momento de su partida de Inglaterra, doce años atrás, el hogar de sus padres hubiera comenzado su decadencia. Sus padres se habían horrorizado por su participación en un duelo ilegal y letal, por su decisión de marcharse del país, por todo ello, pero después de gritarse el uno al otro, su padre le había dicho que sólo sería bienvenido de nuevo en Inglaterra después de su muerte. ¿Eso había sido el principio de todo? Su corazón dolía mientras miraba a su alrededor, a un lugar que una vez había llamado hogar y que había guardado recuerdos muy felices mucho tiempo atrás. y

—Podría ser peor... —dijo su amigo el vizconde Guy De Courcy a sus espaldas.

Prospero lanzó una mirada a Guy.

—¿Oh? ¿Cómo podría ser peor?

Guy se pasó los dedos por el pelo rojizo y se encogió de hombros.

—Al menos no se quemó ni tuvo una plaga de ratas como ese primer apartamento que tuviste en París...

Prospero frunció el ceño. Haber vivido doce años con muy poco dinero lo había endurecido, pero el recuerdo de ese lugar en el que había vivido al llegar a Francia con apenas una libra a su nombre le dolía más de lo debido. El mugriento conjunto de habitaciones estaba lleno de ratas y, de hecho, se había sentido agradecido cuando todo el edificio fue destruido por un incendio unos meses más tarde.

Prospero se adentró en la casa.

—Será mejor que veamos cómo está el resto del lugar —hasta el momento, no había rastro de ninguno de los sirvientes que su madre decía tener en su última carta—. ¿Madre? —había esperado que estuviera en casa, aunque no que estuviera en la puerta para recibirlo como una madre cariñosa. Había esperado un mayordomo... y no había nadie. La puerta estaba abierta y sin supervisión. En ese momento, Prospero comprendió lo *poco* que él y su patrimonio familiar eran valorados por su madre tras la muerte de su padre.

El silencio los recibió mientras observaban el lamentable estado en que se encontraba la casa que alguna vez había sido hermosa.

—¿Qué es esto? —Guy cogió una carta que había estado escondida en la esquina del espejo de la entrada. La estudió antes de entregársela a Prospero—. Lleva tu nombre.

Prospero abrió la carta, con una sensación de terror creciendo en su interior.

*PROSPERO,*

*He dejado ir a los sirvientes y me he ido al campo a quedarme con mi hermana. Haz lo que quieras con la casa. Ya no deseo vivir allí.*

ERA LA CALIGRAFÍA DE SU MADRE, PERO NO HABÍA FECHA de cuándo había sido escrita. Así que ella se había marchado de Londres antes de que él regresara, y dado el estado del polvo en las superficies, hacía semanas, posiblemente meses, que había dejado ir a los criados y abandonado la casa. La idea le estrujó el corazón. No haberla visto en doce años... y que ella lo abandonara en una casa silenciosa, fría y polvorienta. El acero en su corazón se endureció aún más.

—Parece que mi madre se ha ido al campo a quedarse con mi tía. Ha permitido la partida del personal.

Prospero dejó la nota sobre la mesa junto al espejo y suspiró. Ella le había dado una carga más con la que lidiar. Tendría que convencer a personal decente para que trabajara para él, o sufrir contratando a quienes no fueran dignos de esta casa. La nube de escándalos que había envuelto su vida durante la última década aún no se había disipado. La sociedad londinense tenía una gran memoria cuando se trataba de escándalos, e incluso el personal de niveles inferiores tenía su orgullo cuando se trataba de saber para quién trabajaban.

—¿Quizá el mayordomo de Nicholas sepa dónde publicar anuncios de empleo para atraer a los mejores sirvientes? —sugirió Guy. Él, al igual que Prospero, había pasado los últimos doce años en Francia, y gran parte de Londres había cambiado a su regreso.

Prospero no lo dijo en voz alta, pero se alegró de que su amigo hubiera querido acompañarlo de vuelta a Inglaterra para no tener que hacer este viaje solo. Nicholas había querido ir con él a Francia, pero entre sus dos amigos, ambos sabían que a Guy le iría mejor en Europa, ya que tenía menos responsabilidades que Nicholas, puesto que ya no tenía parientes vivos. Nicholas, recién nombrado conde de Durham en ese momento, era responsable de su madre y sus dos hermanas. Así que Nicholas había aceptado a regañadientes quedarse en Londres y vigilar las cosas aquí. Fue Nicholas quien notificó a Prospero sobre la muerte de su padre.

—¿Tuviste oportunidad de pagar nuestras cuotas de Berkeley por este mes?

—Sí, gracias a Dios que no tuvieron problema en reintegrarnos. Un hombre se moriría sin su club, ¿no? —Guy soltó una risita—. ¿Por qué no bebemos algo y nos reunimos con Nicholas? Dijo que le avisáramos cuando llegáramos.

—Buena idea. No quiero estar aquí ni un minuto más. Me está dando dolor de cabeza —dejó sus maletas en la puerta y se marcharon.

Llamaron a un coche de caballos y se dirigieron a su club. A diferencia de la mayoría de las cosas en Inglaterra, el club privado de caballeros de Berkeley no había cambiado en absoluto, lo que alivió a Prospero y lo llenó de melancolía.

Una vez que Guy y él se acomodaron en un par de sillas de la sala de lectura, pagó a un joven para que enviara un mensaje a la residencia de Nicholas Hughes para que se reuniera con ellos en el club y disfrutaran de unas copas.

—Entonces, ¿cuál va a ser tu plan? —preguntó Guy mientras servía dos vasos de whisky y le entregaba uno a su amigo.

—Sinceramente, no lo había pensado. Sólo la idea de volver a casa después de tanto tiempo... Ha sido lo único que ha llenado mi mente durante semanas —Prospero saboreó el fino whisky y disfrutó del suave ardor en el fondo de su garganta. Los wiskis de las tabernas baratas de Francia carecían de la calidad y de la delicadeza del buen whisky escocés.

Prospero guardó silencio durante un largo momento.

—Antes de visitar a mi abogado esta mañana, pensé que mi padre habría dejado su finca; ahora mía, con algo de dinero.

—¿Y no es así? —preguntó Guy, con las cejas fruncidas por la preocupación mientras miraba fijamente a Prospero.

—Al parecer, después de que me marchara de Inglaterra, las inversiones de mi padre disminuyeron y se aficionó al juego hasta el punto de casi hundir la finca en la bancarrota. Nuestra casa de campo, Marchlands, fue vendida. Sólo nos queda la casa de la ciudad, y ya has visto en qué condiciones está.

—Dios... Nunca pensé que tu padre... No parece propio de él —admitió Guy.

—Sí, bueno, parece que tener un hijo como yo le rompió el corazón, e hizo todo lo posible por arruinar su vida y su finca por ello —Prospero odiaba sonar tan amargado, pero saber que algo sobre lo que no había tenido ningún control había causado tal devastación a su familia era casi demasiado para soportarlo.

—Bueno, tienes un par de opciones —comentó Guy—. Encontrar una heredera o hacer negocios. Te recomiendo una heredera. Nunca has tenido problemas para seducir a las mujeres. Con todas esas bellezas millonarias que llegan cada día de América, no tardarás en encontrarte con mujeres adineradas y hermosas.

Prospero no descartó de inmediato la idea de una heredera, pero el matrimonio era una solución *permanente*. Sí, un hombre podía vivir separado de su esposa y disfrutar de sus placeres a escondidas, pero Prospero, tan tristemente célebre por sus apetitos sensuales, no deseaba tener una amante. Era un amante leal cuando mantenía una relación, y eso se aplicaba especialmente al matrimonio. Esa lealtad lo había convertido en uno de los favoritos de París. Las viudas jóvenes y adineradas, deseosas de tener un amante fiel que no tuviera más expectativas que la de recibir una paga discreta por su compañía, se apresuraban a buscarlo.

Durante doce años, había alternado de una viuda a otra, manteniendo un techo sobre su cabeza y comida en su barriga a base de serles leal, hasta que lo echaban y encontraba a la siguiente viuda en busca de compañía. Pero no quería volver a venderse así, a menos que fuera necesario. Cuando se casara, quería que fuera con una mujer que cuidara su corazón, lo que quedaba de él, y él quería cuidar el suyo a cambio. No quería recurrir a casarse por dinero y temer que en cualquier momento su mujer se alejara del lecho conyugal porque lo veía tan poco valioso como lo habían visto sus propios padres.

—Creo que prefiero dedicarme a los negocios por el momento.

—Sin capital para invertir, tendrás que encontrar la manera de arreglártelas —dijo Guy—. Y por el aspecto de los viejos gruñones cuando entramos en el club, aquí no vas a encontrar a nadie solidario.

—Cierto —admitió Prospero. Levantó la mirada y recorrió la sala, estudiando a los hombres que allí se encontraban. Reconoció a la mayoría de los caballeros mayores que rondaban la edad de su padre. Esos hombres no tendrían nada que ver con él. Estar involucrado en la muerte de Aaron Jackson había proyectado una gran sombra sobre él.

—Tal vez podría encontrar a alguien más dispuesto en un grupo de hombres más jóvenes. Aquellos que no recuerdan a Jackson.

Guy frunció un poco el ceño.

—Es posible, pero la mayoría de esos jóvenes no tienen dinero, y los que lo tienen tienden a malgastarlo en mujeres, apuestas y otros vicios.

Había un puñado de hombres más jóvenes que él creía que no se dejarían vencer por la autocomplacencia, hombres de su edad o unos años menores que él. Ellos también intentarían demostrar su valía en el mundo de los negocios, pero podrían convertirse en competencia más que en aliados.

¿Estaba destinado a repetir su vida de París en Londres? La idea le revolvió el estómago. Aunque quisiera seguir ese camino, era demasiado conocido, o mejor dicho; tristemente célebre. Su estatus actual lo hacía imposible. Un caballero ordinario podría haberse salido con la suya siendo un hombre de compañía, pero, ¿un conde? Cualquier inglesa adinerada tendría demasiado sentido común como para involucrarse con él. El escándalo podría arruinarla.

Ninguna mujer querría aceptarlo ni siquiera como marido, y menos una heredera, quien podría seleccionar a cualquier hombre con título.

Un hombre de unos veinte años, elegantemente vestido, leía atentamente un diario en la mesa de al lado y bebía una copa de brandy. Su fino bigote se crispó y soltó una risita repentina. Cuando miró a su alrededor para ver si había molestado a alguien con su risa, notó que Prospero lo observaba. Sonrió con arrepentimiento.

—Lo siento, amigo. No podía creer lo que publican en los periódicos hoy en día. Mira esto —el hombre se inclinó hacia adelante en su silla y le tendió el periódico a Prospero.

—¿Qué es? —preguntó mientras cogía el diario y examinaba las páginas.

—Ese anuncio, en la columna central izquierda. ¿Te lo puedes creer? —el hombre volvió a reírse—. Qué tontería. ¿Alguien quiere pagar por estudiar caballeros? ¿Qué somos? ¿Animales?

Ahora, curioso, Prospero examinó el anuncio, y Guy se asomó por encima de su hombro para leer también.

### SE BUSCA HOMBRE PARA ESTUDIO CIENTÍFICO

SE BUSCA A UN CABALLERO PARA PARTICIPAR EN UNA OBSERVACIÓN DE DOS SEMANAS CON EL FIN DE PROFUNDIZAR EN EL ESTUDIO DE LAS CIENCIAS NATURALES. ESTO INCLUIRÁ LOS MODALES, HÁBITOS Y COSTUMBRES DEL PARTICIPANTE. EL PARTICIPANTE DEBE ACEPTAR SER ENTREVISTADO SOBRE DIVERSOS TEMAS Y DEBE ESTAR DISPUESTO A RESPONDER A PREGUNTAS DE CARÁCTER DELICADO O ÍNTIMO. LOS INTERESADOS PUEDEN ACUDIR A LAS ENTREVISTAS A LAS 14.00 HORAS DEL MARTES 12 EN

223 DE BAKER STREET. EL CANDIDATO SELECCIONADO SERÁ REMUNERADO POR SU TIEMPO A RAZÓN DE 50-75 LIBRAS ESTERLINAS POR SEMANA. POR FAVOR, ENVIAD UN MENSAJE A LA DIRECCIÓN ARRIBA INDICADA SI DESEÁIS SER ENTREVISTADOS.

—¿Baker Street? —murmuró Guy—. ¿Por qué me suena familiar?

—Puede que estés pensando en Sherlock Holmes. ¿El que sale en los diarios? —mientras habían estado en París, Prospero se había mantenido informado de las noticias de Londres, incluidos los casos de Sherlock Holmes.

—No supondrás que es *él*, ¿verdad?

—Holmes está en el 221, y este es el 223... Esto está al lado —dijo Prospero.

—¿Así que alguien quiere *pagar* para estudiar a un hombre? Qué raro.

—No cualquier hombre. Parece que buscan a un tipo específico.

—Aún más extraño —Guy se rio—. Me pregunto por qué.

Sin embargo, Prospero no se rio. Dado que no tenía comida en su casa ni sirvientes, estaba lo suficientemente desesperado como para investigar esto.

—Espera, no estarás pensando en presentarte, ¿verdad? —exclamó Guy, alzando las cejas como Prospero.

—¿Por qué no? Al menos así no soy un hombre de compañía, sino un sujeto pagado a favor del progreso de las ciencias naturales. Seguro que eso suena más honorable.

—Tal vez... —aceptó Guy a regañadientes—. Pero tengo mis dudas sobre cuál es el verdadero propósito de esto.

—Sólo hay una forma de averiguarlo —dijo Prospero, y

luego se volvió hacia el hombre que le había dado el papel —. ¿Puedo quedármelo?

—Desde luego, ya he terminado —respondió, y luego se tocó los bolsillos como si buscara un cigarro—. Disculpadme, voy a fumar —se levantó y salió de la habitación.

—De verdad, Prospero, no hace falta que sucumbas a tales actos desesperados. Te ofrecería quedarte conmigo, pero como no tengo un piso decente en este momento, sé que Nicholas te ofreció alojamiento hasta que vuelvas a tener tu casa en orden.

Prospero deseaba poder aceptar la oferta de Nicholas, pero temía que la familia de éste se viera afectada por el escándalo.

—Tiene dos hermanas menores que debutaron hace poco. No quiero que mi sola presencia arruine sus perspectivas en la búsqueda de marido.

—Tonterías —declaró Guy—. La amistad es primero. Si Nicholas ha lanzado la oferta, está claro que piensa que su familia puede soportar el escándalo.

—Estaré bien. Las entrevistas son mañana. Iré a ver qué me parece este... estudio y si realmente pagan tanto.

No podía ser tan difícil responder a las preguntas de un naturalista, fueran cuales fueran. Los naturalistas eran estudiosos por naturaleza, pero eso no intimidaba a Prospero. Guardó el papel bajo su brazo y volvió a inclinar su vaso de whisky hacia atrás, dejando que el ardor de la bebida se llevara sus preocupaciones durante un rato. Ya pensaría en sus problemas mañana.

EL HOMBRE QUE LE HABÍA DADO EL DIARIO A LORD March se detuvo en la sala de fumadores y consultó su reloj de bolsillo antes de cerrar la tapa y guardárselo en el bolsillo del chaleco. Luego bajó las escaleras y se dirigió a la puerta principal del club, donde recogió su sombrero de manos de un lacayo, quien llamó a un coche de caballos.

Dio las gracias al lacayo con una inclinación de cabeza. Luego subió al coche y dio al conductor la dirección deseada.

El coche se detuvo frente a una casa adosada de Baker Street. El hombre salió y subió los escalones, golpeando la aldaba al llegar arriba. Un mayordomo contestó y miró al hombre durante un minuto antes de poner los ojos en blanco.

—Será mejor que entre antes de que alguien lo vea —dijo el mayordomo, el señor Atkins.

El caballero entró, se quitó el sombrero y se lo entregó a un lacayo, quien lo estudió con una ceja levantada pero no dijo nada mientras cogía el objeto con cortesía.

—La señorita Hamblin está en su estudio —dijo el señor Atkins.

El caballero asintió y se dirigió a la habitación con una sonrisa que le crispó el bigote.

ELISE SE AJUSTÓ LAS GAFAS Y DESLIZÓ LA LENTE DE TRIPLE aumento por delante del ojo derecho mientras estudiaba las antenas de la polilla halcón del ligustro, la *Sphinx ligustri*. Su gran abdomen a rayas rosas y negras y sus alas traseras solían confundirse con las de un colibrí cuando se cernía sobre las flores para beber néctar. La polilla movió las alas mientras se arrastraba sobre los pétalos de un gran racimo de peonías rosas.

—Eres un tipo muy apuesto —murmuró Elise cuando el animal introdujo la lengua en la flor para explorarla.

—¡Ya lo sé! Es curioso, ¿verdad? —dijo una voz desde la puerta del estudio de Elise—. Pero sí que soy un tipo malditamente apuesto.

Elise levantó la mirada y se estremeció al ver que sus gafas desenfocaban el mundo lejano. Se las quitó rápidamente y las colocó en la mesa. En la puerta había un caballero con un traje gris claro de tres piezas. Se acarició el bigote y observó a Elise con diversión.

Ella se rio y se puso en pie.

—¡Cinna! Cielo santo, *sí* que luces muy elegante.

El caballero, que no era hombre en absoluto, se quitó el bigote de la cara y el abrigo. La peluca, hábilmente cortada y peinada, cubría el pelo castaño oscuro de Cinna, el cual había sido aplanado con horquillas y un gorro en el cuero cabelludo para permitir que la peluca se asentara en su cabeza. Quitó las horquillas que sujetaban la peluca y el gorro ajustado y empezó a soltarse el pelo para que le cayera en rizos sueltos alrededor de los hombros.

Elise se sentó en el borde del escritorio mientras Cinna se acomodaba en la silla de enfrente.

—¿Ha funcionado?

—Creo que sí. Llamé su atención con mi comentario sobre el anuncio como habíamos discutido, y cuando pareció interesado, se lo entregué. Incluso me preguntó si podía quedárselo. Él y el hombre con el que estaba sentado hablaban de su grave situación, y su amigo parecía bastante convencido de que March estaba pensando en venir a una entrevista contigo.

Elise observó cómo Cinna se quitaba las horquillas restantes del pelo.

—Entonces, ¿no tuviste problemas para entrar en Berkeley's? Siempre pensé que serían lo bastante listos como para pillar a las mujeres que intentaran infiltrarse.

Cinna sacudió la cabeza.

—Mi hermano mayor sigue en Escocia, y nos parecemos lo suficiente como para que los criados no parezcan notar la diferencia cuando voy vestida de hombre. Les di el nombre de mi hermano en la puerta y hablé con voz más grave desde lo más profundo de mi pecho, y me dejaron entrar —se aflojó la corbata de nudo francés y respiró hondo—. Dios, odio llevar estas cosas. Es como si me estrangularan. Será mejor que lo anotes para tu investigación. Entre las corbatas y la cinta que me ata los pechos, me siento bastante oprimida. Es tan malo como llevar un corsé.

—Entonces, ¿qué oíste decir exactamente a March? —preguntó Elise.

—Bueno, es lo que esperabas, dado el expediente que preparaste sobre March. Prácticamente no tiene un céntimo. Se las arregló en París acostándose con algunas viudas que le financiaron la existencia. Parece interesado en los negocios, pero ya sabes cómo puede ser la gente. Te involucras en un duelo ilegal con un hombre que muere en circunstancias un tanto polémicas y, de repente, nadie te invita a fiestas ni quiere hacer negocios contigo —el tono de Cinna era suave, casi burlón, pero sus palabras hicieron que Elise frunciera el ceño ante la situación de lord March.

—Nunca se demostró que él matara a ese hombre, sólo que hubo un altercado tras el duelo y que el caballero que desafió a lord March murió —Elise movió el jarrón con las peonías hacia un lado de su escritorio para poder coger el papeleo que había preparado sobre Prospero Harrington. La polilla halcón agitó las alas al recolocarse sobre las flores de gruesos pétalos, pero no voló. Repasó las notas que había hecho el día anterior—. El único hijo del difunto conde de March. Tiene treinta y cuatro años, lo que significa que sólo tenía veintidós en el momento del duelo. Se marchó a Francia poco después, y los negocios de su padre fueron de mal en peor durante la última década. Murió hace tres meses. Su madre vive, pero al parecer ya no está en Londres, según mis fuentes. En este momento, al hombre no le queda mucho que ofrecer a la sociedad londinense, salvo el título March para alguna joven que esté dispuesta a arriesgar su reputación casándose con él.

Cinna jugueteó con los hilos sueltos de su corbata.

—Él y su amigo estaban hablando de la posibilidad de una heredera. ¿Estás buscando marido? —Cinna le guiñó un ojo a Elise—. Seguro que le encantaría aceptarte.

—Cielos, no. No se me ocurre nada más molesto que un marido. Papá tiene su empresa siderúrgica y las inversiones ferroviarias para mantenerse ocupado, y yo tengo la sociedad a mi cargo y mis trabajos académicos.

—Sí, pero tus artículos están escritos bajo el nombre de Elliott Hamblin —le recordó Cinna mientras miraba a Elise—. Nadie va a dar a una mujer, ni siquiera a una tan brillante como tú, el reconocimiento que te mereces en las revistas científicas. Aunque te convirtieras en reina de Inglaterra, te seguirían dejando de lado porque llevas faldas. Como mucho, te seguirían la corriente si tuvieras un buen título y dinero para su sociedad, pero nunca te dejarían participar como miembro igualitario.

Elise siguió frunciendo el ceño mientras hojeaba algunos de los artículos que había recopilado sobre Prospero Harrington.

—Me encanta nuestra sociedad —dijo Cinna en voz baja—. Me encanta que tengamos un lugar seguro para aprender y enseñarnos unas a otras las cosas que importan. Pero, ¿y si nunca podemos romper los muros que nos limitan? Somos como mariposas encerradas en una caja y cubiertas de cristal para que los hombres vengan a admirarnos hasta que nuestras alas pierdan color y la vida que llevamos dentro se marchite por la pérdida de alimento y libertad.

Cinna no se equivocaba, y eso hería el corazón de Elise más que cualquier otra cosa. A las mujeres se les cerraban constantemente las puertas en las narices, les impedían mantener conversaciones y les arrebataban oportunidades por el simple hecho de ser *mujeres*. De hecho, no se las trataba mejor que a prisioneras, independientemente de su nivel social. Se les repetía una y otra vez que sus mentes eran más pequeñas, incapaces de comprender las matemáticas o las ciencias, que sentarse en silencio, coser, verse bonitas y tener hijos era su único y auténtico valor...

No había nada malo en querer casarse y tener hijos, pero toda mujer tenía derecho a soñar con *más*, a tener sueños que fueran más allá de lo que podían dar a los hombres con su cuerpo. Las mujeres merecían la libertad de elegir sus propios caminos, sus propios destinos, fueran cuales fueran.

—En casi todas las especies, excepto en la humana, las hembras son más fuertes, más valientes, más resistentes —dijo Elise—. Viven más tiempo, tienen habilidades o ventajas naturales que les permiten prosperar y conservar su especie. Tienen colores que las ayudan a ocultarse del peligro para poder sobrevivir. Son la fuerza dominante sobre los machos, así que ¿por qué los humanos actúan de forma tan contraria a las leyes de la naturaleza? Somos animales también. Estamos sometidos a las mismas condiciones de este planeta que el resto de las criaturas que lo habitan.

—Culpo a la arrogancia masculina —dijo Cinna—. Las mujeres siempre han estado más conectadas a la tierra que los hombres. Es su presunción, no la nuestra, que se crean por encima de la naturaleza y de las mujeres. Quizá sea bueno que estudies a lord March. Las mujeres necesitamos desesperadamente saber cómo funcionan los hombres, o de lo contrario nunca aprenderemos a derrotarlos.

Elise soltó una risita.

—Creo que te refieres a vencerlos en su propio juego. No queremos derrotarlos; sólo queremos que admitan que nos necesitan como iguales y no sólo como madres para sus hijos.

—Habla por ti. No tengo el menor deseo de participar en sus tontos juegos. Piensa en todo lo que han conseguido las mujeres a pesar de los hombres. ¿Qué pasaría si los hombres dejaran de cerrarnos las puertas del mundo académico? Sabina Baldoncelli obtuvo un título universitario en botica, pero los hombres sólo le permitieron trabajar en un orfanato. Mary Anning descubrió un esqueleto completo de plesiosaurio. Jeanne Villepreux-Power inventó un acuario de cristal para estudiar la vida acuática.

Elise apoyó la mano en la parte superior de uno de los dos acuarios de cristal que tenía en la estantería de su estudio. En uno de ellos, una serpiente dormía plácidamente a la luz del sol.

—La Real Sociedad Astronómica permitió que Mary Somerville y Caroline Herschel se unieran a ella, y a Ellen Smith Tupper se le permitió ser editora de una revista entomológica —añadió Elise.

Cinna suspiró.

—Pequeñas victorias, pero victorias al fin y al cabo —coincidió—. Las mujeres somos la mitad de la población y, sin embargo, a menos del 1% se nos permite el más mínimo reconocimiento intelectual. Y tenemos que luchar para conseguirlo —Cinna se incorporó—. Entonces, mañana realizarás entrevistas. ¿Crees que asistirá alguien más que lord March? Si es así, tendrás que encontrar la manera de ahuyentar a esos hombres.

Elise se apartó un mechón rubio de la cara.

—No sé. Temo que poner una cantidad exacta en el anuncio haga que se presente *demasiada* gente. Pero March es lo único que importa. Con un poco de suerte, se sentirá lo bastante intrigado como para verme, y en ese momento tal vez pueda calcular una cantidad de dinero apropiada para mantenerlo enganchado durante dos semanas enteras.

—Lo admito, estoy bastante celosa. Piensa en todos los sitios a los que irás disfrazada de hombre. Ojalá pudiera ir contigo.

—Hoy has ido a un club de caballeros y te has infiltrado en algunos sitios más. Eso es más de lo que ha hecho la mayoría de las mujeres —Elise pensó en las pocas veces que se había disfrazado de hombre y había intentado hacer presentaciones en sociedades naturistas como Elliot Hamblin.

—Bueno, no sabíamos si funcionaría. Pero funcionó y, Dios mío, fue divertido fingir que leía mi diario y encendía una pipa. Deambulé por las salas de juego y eché un vistazo al libro de apuestas que tienen allí. No creerías las tonterías por las que apuestan. Pero los clubes me parecen un poco aburridos, la verdad. Siempre imaginé que debían de divertirse mucho, pero lo único que hacen es fumar y hablar o jugar a las cartas y al billar. Los mayores duermen en sillas junto al fuego. Terriblemente aburrido, para ser honesta. Eso hace que comprendamos que si las mujeres se pasaran el día holgazaneando de esa manera, nunca se lograría nada en este mundo.

—Bueno, has estado excelente, Cinna. Necesitaré tu ayuda para preparar mi propio disfraz esta tarde. Si March acepta introducirme en las esferas del dominio masculino, quiero estar lista para salir en cualquier momento. Quizá podría enseñarme a andar y hablar como un hombre como parte del estudio.

Cinna soltó una risita.

—Tonterías. Ya dominas eso. ¿Recuerdas cómo engañaste a esos viejos pomposos en la sociedad naturista el mes pasado? Estaban atentos a cada palabra tuya, sin sospechar ni una vez que no eras un hombre.

—Hasta que se me cayó el bigote —Elise no pudo evitar una sonrisa al recordarlo. Los gritos y la absoluta indignación de un grupo de viejos gruñones resultaron casi risibles. Hasta que la echaron, habían estado escuchando sus teorías sobre la migración animal con bastante interés. Había sido una victoria. Ahora quería una mayor—. Esos hombres se dejarían engañar por un perro vestido de hombre si desfilara delante de ellos. Quiero ser capaz de engañar a los hombres *reales*, los de las tabernas de los muelles o los garitos de juego. Hombres con instintos más fuertes e ingenio, no eruditos viejos y tontos que apenas levantan la mirada de sus propios trabajos de investigación.

—¿Quieres que Edwina y yo estemos presentes mañana para las entrevistas? —preguntó Cinna.

—No, estaré bien. Atkins es más que capaz de echar a cualquier hombre que pueda portarse mal.

—Excepto quizás lord March —dijo Cinna—. Puede que sólo quieras que un hombre como él se porte mal.

Elise parpadeó ante las palabras de su amiga.

—¿Qué?

—Vamos, no finjas que no has considerado la idea... Es apuesto. Sé que no deseo casarme, pero estaría tentada de dejar que ese hombre se metiera en mi cama si besa tan bien como sospecho que besa. ¿Recuerdas esa vez que lo vimos en el parque antes de que se fuera a Francia?

—Eso solo sucedió una vez y fue hace mucho tiempo. No buscaba chicos de su edad. En realidad no recuerdo haberle visto.

—No —dijo Cinna, mientras ponía los ojos en blanco—. Estabas demasiado ocupada contando las rayas de un par de orugas, y yo las dibujaba para ti. Creo que todavía tengo esos bocetos en alguna parte. Pero lo que quiero decir es que March ya es un hombre, no un muchacho. Es... bueno... No estoy muy segura de saber la palabra para describirlo. Tiene *presencia*, incluso cuando está pensativo con su vaso de whisky. Espiarlo me hizo pensar algunas cosas.

—¿Qué tipo de cosas? —preguntó Elise, con la voz entrecortada por una ligera sensación de alarma.

—Admito que la mujer que hay en mí se interesó por él, y aún más por el hombre con el que estaba. Creo que nunca había sentido tanta curiosidad por los hombres. Siempre me han parecido tan tediosos, tan frustrantes, aunque sean excesivamente apuestos. Ha habido excepciones, por supuesto, pero debes saber a qué me refiero. Es como cuando caminas sobre las alfombras en medias durante el invierno y tocas el pestillo de una puerta u otro trozo de metal y sientes una chispa de electricidad.

Ante esto, Elise ocultó una sonrisa.

—Vaya, eso suena bastante serio, Cinna. ¿Corres el riesgo de enamorarte de lord March?

—No —respondió, y sus miradas se cruzaron—. Pero si no tienes cuidado, *tú* podrías terminar enamorada.

—¿Yo? ¿Enamorada de un hombre? —se rio—. No me lo imagino. Sabes que no me interesan los caballeros, *especialmente* los problemáticos.

—Puede que te lleves una sorpresa. Pasa suficiente tiempo con él y puede que te sientas tentada de verlo como lo ven otras mujeres.

Elise tenía poco interés en el amor, no el suficiente para perseguirlo, y desde luego no se enamoraría de un peligroso; ¿cómo lo llamaba el señor Holmes? *Un hombre irresoluto.*

No, no amaría a un hombre así porque no sería digno de confianza.

Necesitaba confiar en un hombre por encima de todo, porque si se casaba, su propia existencia desaparecería a los ojos de la ley y de la sociedad al convertirse en propiedad de su marido. No confiaba en que otro hombre que no fuera su padre la viera como su igual.

Hacía tiempo que se había resignado a una vida solitaria. Un hombre como lord March no sería tentador para ella en lo más mínimo.

# CAPÍTULO 3

Prospero consultó su reloj de bolsillo y observó el número 223 de Baker Street con sombría resignación. Un hombre que iba un poco por delante de él ya había subido los escalones y llamado a la puerta antes de que le permitieran entrar. Sin duda, era alguien con quien tendría que competir para ser elegido para el estudio.

Le era imprescindible obtener este puesto. Nicholas le había ofrecido dinero y un techo, pero Prospero había declinado la generosa oferta de su amigo. No aceptaría caridad, no cuando aún era capaz de ganarse la vida, aunque fuera brevemente, aunque fuera de una forma muy poco habitual.

La mayoría de los hombres con linajes y títulos tan antiguos como el conde de March no se habrían dignado rebajarse así. Pero Prospero nunca había sido como su padre, razón por la cual el anciano se había apresurado a abandonarlo cuando la sociedad había urdido falsas historias sobre su seducción y embarazo de una mujer inocente y el posterior asesinato de su hermano en un duelo ilegal.

Ahora se disponía a presentarse a un estudio para ser remunerado, y no sentía tanta vergüenza Sin embargo, no iba a alardear de ello ante nadie en la calle. Mantendría *cierta* dignidad. Había cosas peores en el mundo que permitir que un hombre con gafas, un cuaderno y un bolígrafo lo siguiera por Londres y le hiciera preguntas tontas.

Mientras subía los escalones, notó un cartel de latón junto a la puerta que decía: *Societas Rebellium Dominarum*. Lo tradujo de forma aproximada como Sociedad de Damas Rebeldes. Tenía que ser un error. Echó un vistazo a la calle, pero estaba bastante vacía, salvo por el paso de algún carruaje o alguna persona que paseaba por la acera.

Subió los escalones y llamó a la puerta.

Un mayordomo respondió y Prospero inclinó la cabeza.

—Soy lord March. Vengo para una entrevista a las dos —esa misma mañana había escrito a la dirección que aparecía en el periódico para confirmar si necesitaba una cita o no y había recibido un mensaje para que estuviera aquí a las dos.

Cuando la expresión de duda del mayordomo no cambió, Prospero mostró el anuncio que había recortado del diario.

—Vengo a entrevistarme para el estudio publicado ayer en el *Morning Post*.

—Ah, sí. Por aquí, señor. Puede esperar con los demás —acompañó a Prospero a una sala de estar donde se habían colocado una docena de sillas a lo largo de los espacios libres contra las paredes. Todas las sillas estaban ocupadas menos una, en un rincón de la habitación. Todos los ojos se fijaron en Prospero cuando cruzó la sala y ocupó el último asiento vacío. Algunos estaban sentados leyendo periódicos en sus mejores trajes, mientras que otros miraban ociosamente las paredes. Un puñado de hombres sostenían diarios que fingían leer, pero estaba claro que esperaban a que ocurriera algo. Un minuto después, Prospero descubrió de qué se trataba esto. Una puerta se abrió en el pasillo y un hombre irrumpió en la sala de estar.

—¡Joder, son muchos! —espetó el hombre mientras cogía su sombrero de un perchero que había a la salida del salón. Luego lo colocó en su sitio y desapareció.

—Que tenga un buen día, señor —dijo el mayordomo, siguiendo al hombre hasta la puerta.

—¿Buen día? Creo que no —el grito del hombre resonó prácticamente en toda la casa de ciudad.

Tras el portazo, el mayordomo apareció en la puerta del salón.

—¿Quién quiere ser el siguiente? —preguntó cortésmente a toda la sala. Un hombre nervioso con los ojos muy abiertos levantó una mano trémula.

—Yo iré. Es mejor acabar de una vez —dijo a la sala en un aparente intento de infundirse valor.

Prospero no había esperado tanto interés en el estudio, y no tenía nada con lo que entretenerse mientras esperaba, aparte de estudiar a los hombres que lo rodeaban. La mayoría parecían de clase media, aunque unos pocos estaban en el extremo más pobre, con trajes desgastados y zapatos rotos.

Se sintió mal por esos hombres en particular. Él había estado en su misma situación cuando llegó a Francia. Si no hubiera conocido a Madame Beauchance cuando lo hizo y hubiera aceptado ser su acompañante... Se estremeció al pensar lo que podría haber pasado. Encontrar trabajo en Francia no habría sido fácil para un inglés con un conocimiento parcial del idioma. Las tensiones que existían entre la gente con título y los plebeyos en Francia hacían aún más improbable que hubiera encontrado un lugar donde trabajar.

Prospero seguía reflexionando sobre el pasado cuando el hombre nervioso que había acudido a su entrevista voló por el pasillo como si una banshee le estuviera pisando los talones. Ni siquiera se detuvo a coger su sombrero del perchero. El mayordomo lo persiguió por la calle para devolvérselo. Prospero se quedó en la ventana observando todo el encuentro y soltó una risita.

Uno de los otros aspirantes se le unió en la ventana.

—¿Qué crees que siguen diciendo que molesta a todo el mundo?

El pobre mayordomo comenzó a regresar a la casa, con la cara roja y resoplando tras su inesperada carrera.

—Joder, no lo sé. Es un estudio, así que ¿quizá la persona que realiza las entrevistas carece de cierta sensibilidad? —supuso Prospero.

Volvieron a sus asientos, y uno a uno los hombres de la sala de estar fueron admitidos en la habitación contigua, sólo para salir enfurecidos o irritados. El hombre que había hablado con Prospero en la ventana había sido el penúltimo en ser interrogado y, aunque no tenía prisa por marcharse, mostraba una evidente expresión de sorpresa.

—¿Y bien? ¿Qué dijo?

El hombre sacudió la cabeza.

—No tengo palabras para lo que acabo de experimentar, hombre. Buena suerte. La vas a necesitar —luego lo dejó solo.

Prospero se llevó las manos a los bolsillos del pantalón y esperó a que el mayordomo lo llamara. Se sentía extrañamente nervioso, aunque no tenía ninguna razón lógica para estarlo. Cuando el criado llegó, echó un vistazo a la sala de estar y se percató de la ausencia de los demás hombres.

—¿Es usted el último, señor? —le preguntó el mayordomo.

—Me temo que sí —respondió Prospero. Su curiosidad y sus nervios eran tan fuertes ahora que apenas pudo esperar a que el hombre le hiciera señas con la mano para seguirlo.

—Muy bien. Por favor, vaya a la habitación del fondo del pasillo y llame.

—Gracias —Prospero salió de la sala de estar y caminó por el pasillo hasta la puerta. Se apoyó en ella, escuchando, pero sólo oyó el crujido de algunos papeles. Al cabo de un momento, levantó la mano y llamó a la puerta.

—Adelante —dijo alguien, con un tono brusco y serio.

Abrió la puerta y entró; sus labios se entreabrieron al contemplar la que quizá era la habitación más caótica que había visto en su vida, y eso incluía la morada de una de sus amantes, Madame Barbier, que todo el mundo estaba de acuerdo en que estaba bastante loca por coleccionar miles de tabaqueras.

Un par de grandes acuarios estaban colocados en una estantería de poca altura junto a su cintura. En el primero había una serpiente enroscada, dormida en un entorno arenoso. El segundo tenía una capa de rocas en el fondo, llena de agua y algas. Una gran tortuga estaba posada en una de las rocas más altas, disfrutando de un rayo de sol ocasional. Pequeños peces de colores brillantes nadaban bajo la hierba mientras una rana croaba en algún lugar del acuario. Las paredes estaban cubiertas de papel con diseños de plantas verdes, que hacían que la habitación pareciera una jungla, y las flores brotaban en colores brillantes de los jarrones que salpicaban las superficies de los escritorios y las mesas que no estaban cubiertas de papeles.

En los estantes había media docena de frascos, y Prospero vio mariposas, escarabajos e incluso criaturas parecidas a palos que se movían en ellos.

*Fascinante.*

Su mirada se posó en el trasero maravillosamente redondo de una mujer vestida con un vestido rojo que estaba inclinada sobre el escritorio frente a él, rebuscando entre papeles mientras murmuraba para sí misma. ¿Cómo no la había visto en medio de todo lo que había observado al entrar? Era un misterio, porque su trasero era... *espectacular.* Siempre había admirado el aspecto de las mujeres a la última moda, y esta mujer no era una excepción. Sin embargo, por mucho que deseara contemplar el trasero de esta mujer durante el resto del día, sabía que su entrevista era primordial.

Se aclaró la garganta de forma educada.

La mujer con la cola alzada del vestido rojo se enderezó y se volvió hacia él. Se le secó la garganta al ver los ojos castaños más impresionantes que había visto en su vida, enmarcados por unos mechones de pelo dorado como la miel que eran sencillamente encantadores. Llevaba unas gafas de lo más peculiares, con varias lentes que podían deslizarse hacia arriba y hacia abajo delante de uno de sus ojos para ayudarle a ver las cosas de cerca, casi como una lupa.

No se movió, ni parpadeó. Se limitó a mirar a la mujer mientras ella le devolvía la mirada, quizá igual de impactada. No estaba seguro de que *impactado* fuera la palabra adecuada, pero algo en su interior se sentía diferente... como si hubiera chocado con un cometa celeste y todo lo que viera fueran fragmentos de estrellas girando.

—Estoy... uh... aquí para la... entrevista —su voz se hizo más grave, más ronca mientras se esforzaba por recordar sus modales—. ¿El caballero que dirige la entrevista está listo para verme? —se detuvo al darse cuenta de que no había nadie más en la sala, solo esta mujer que habría avergonzado a Helena de Troya con su belleza. Sin duda habría hecho que mil barcos zarparan en su nombre si los hubiera tenido en su poder.

La mujer se recuperó mucho antes que él y se quitó las gafas, dejándolas sobre el escritorio.

—Por favor, siéntese, señor. La entrevista comenzará en breve —le señaló una silla. Se acercó y, cuando estaba a punto de sentarse, vio al gran felino de pelo largo acurrucado en la silla. Su pelaje era gris claro y tan grueso que parecía casi obeso. Tenía las orejas extrañamente redondas y hundidas a los lados de la cabeza. Tenía la frente cubierta de puntos negros, y dos líneas negras de pelo zigzagueaban desde sus ojos hasta las comisuras de su mandíbula. Los irises amarillos de sus ojos lo miraron con el movimiento perezoso y disgustado que sólo los gatos eran capaces de hacer.

—¿Ese gato... está bien? —preguntó Prospero mientras estudiaba a la robusta criatura en la silla.

—¿Pallas? Ah, sí, dele un empujoncito por detrás y se bajará —dijo la mujer mientras rodeaba el borde del escritorio y se sentaba en el gran sillón de cuero frente a él.

—Bien. Vamos, amigo, muévete —dio un codazo al gato y, con un maullido grave y enfadado, Pallas dejó libre su silla y Prospero se sentó—. No se parece a los demás gatos —observó. Estaba bastante intrigado con la pequeña bestia.

Ella cogió una pila de papeles y los golpeó contra el escritorio para ordenarlos.

—No lo es. Pallas es un gato de Pallas. De hecho, es salvaje y no está domesticado, aunque finge serlo cuando se lo pedimos.

—¿Qué es exactamente un gato Pallas? Confieso que nunca había oído hablar de algo así.

—Los gatos Pallas fueron descubiertos en 1776 por Peter Pallas cuando se encontraba en el lago Baikal, en Siberia. Viven en elevaciones altas y frías.

—Ah... ¿entonces este pequeño es el gato de su amo? —Prospero se recostó en su silla y observó cómo la mujer extendía una nueva hoja de papel delante de ella y escribía la fecha en la parte superior

—¿Mi *amo*? —la mujer se rio, sin levantar la mirada del papel en el que escribía—. Lamento decepcionarlo, pero no tengo amo. Ahora, ¿empezamos?

Prospero parpadeó.

—Lo siento, no sé muy bien... —empezó y luego se detuvo cuando la placa en el exterior de la casa centelleó en su mente. *Societas Rebellium Dominarum*... "La Sociedad de Damas Rebeldes" no era un error, después de todo.

Los encantadores ojos marrones de la mujer lo miraron fijamente mientras lo examinaba como probablemente hacía con las criaturas de los frascos de las estanterías.

—Usted es más listo que los demás. Había que informarles, y la mayoría no recibió bien la noticia, como estoy seguro de que usted pudo comprobar mientras esperaba a ser llamado. Una vez que empecé con mis preguntas... Bueno, era sólo cuestión de tiempo que cada caballero se largara de aquí.

A Prospero se le aceleró el pulso al percibir el sutil desafío que le había lanzado esta hermosa mujer.

—Usted es quien dirige el estudio.

—Sí. ¿Eso supondrá un problema para usted? —esos preciosos ojos marrones fingían inocencia, pero él era mucho más listo que los otros hombres y vio que ella estaba disfrutando de esto mucho más de lo que era consciente. No era de extrañar que los otros hombres se hubieran marchado enfadados. Probablemente les había dicho algo a cada uno de ellos para aguijonear su voluble orgullo masculino. Bueno, ahora que entendía el juego que estaban jugando, ella no lo irritaría con tanta facilidad. Se tomó su tiempo para responder a su pregunta.

—¿Que una mujer desee estudiar a un hombre? No, no me supone ningún problema. Pero supongo que necesitaría algo de claridad sobre la naturaleza exacta de *cómo* planea llevar a cabo su estudio.

Su tranquila respuesta pareció sobresaltarla. Él se estaba divirtiendo. Hacía tiempo que no estaba rodeado de una mujer a la que le gustara entablar conversación, y tenía la sensación de que ella llevaba tiempo sin ser desafiada.

—Por supuesto. Aquí está el contrato que he preparado, que describe mi plan para el estudio y sus requisitos de participación —deslizó un papel por el escritorio en su dirección. Lo cogió y se percató de que había dejado en blanco el número de libras semanales. Quería confirmar cuánto recibiría, pero no podía revelar la desesperación económica que sentía, no todavía—. Tómese su tiempo para revisarlo —no parecía tener mucha prisa mientras él leía las condiciones con atención.

—La duración es de dos semanas... —murmuró para sí —. Las observaciones tendrán lugar a distintas horas del día, tanto en público como en privado. El observador acompañará al participante a lugares como clubes, restaurantes, burdeles... ¿burdeles? —levantó la mirada al ahogarse con la inesperada palabra.

—¿No piensa ir a burdeles? —preguntó ella, con esos ojos marrones tan ingeniosamente *inocentes* mientras lo observaba.

—No... —cogió un bolígrafo del escritorio—. ¿Puedo hacer un ajuste?

Ella asintió. Él tachó la palabra *burdeles* de la lista y en su lugar añadió *salas de juego* e *hipódromos* antes de mostrarle los cambios. La mujer los estudió brevemente y asintió.

—¿Y qué hay de una casa de cortesanas de lujo?

Él no pudo evitar dedicarle una sonrisa de desconcierto.

—¿Está muy decidida a ver a un hombre llevarse a una mujer a la cama? ¿Es eso? —tal vez ése era el verdadero objetivo de su estudio, ver cómo un hombre se acostaba con una mujer porque no tenía experiencia propia y quería aprender de la forma en que se sentía más cómoda, como observadora. Tenía cierto sentido.

—Yo... no, no es que esté decidida, es sólo que parece ser algo que los hombres hacen a menudo, y no puedo entender el atractivo. ¿Es simplemente el acto sexual lo que lo atrae a esas casas, o es la conversación con mujeres que reciben dinero para tratarlo como si sus opiniones no necesitaran ser cuestionadas y usted fuera un rey entre los hombres?

De pronto, Prospero comprendió lo que la mujer estaba buscando entender y, de hecho, ella ya había respondido a su propia pregunta.

—Es una mezcla de ambas cosas. Algunos hombres necesitan ser vistos como un rey, ser escuchados por todos cuando hablan y ser atendidos como si se tratara de una proclamación real. Otros hombres simplemente quieren sexo, como usted ha dicho. Pero no todos los hombres entran en esas dos categorías; yo no, desde luego. Gozo inmensamente del sexo, y me gusta conversar con las mujeres de igual a igual y no necesito que se sienten y escuchen embelesadas mis divagaciones.

Como ella no respondió, él reanudó la lectura, pero pronto volvió a detenerse.

—¿El observador se alojará en la residencia del participante según se requiera para estudiar los rituales matutinos, nocturnos y el sueño? —se debatió entre la sorpresa y la risa, pero su alegría se apagó al darse cuenta de que no podía alojar a nadie en su casa, y mucho menos a una mujer.

—Ahí es donde muchos de los solicitantes anteriores optaron por irse. ¿Supondrá un problema para usted? —sus cejas bañadas en oro oscuro se arquearon, y Prospero se sorprendió a sí mismo mirándola fijamente a la boca con una intensidad que casi borró todos los pensamientos sobre el motivo por el que había entrado en esta habitación en primer lugar.

—Pues sí, efectivamente. Mi vivienda no sería adecuada para usted.

—¿Porque soy mujer?

—No... Es porque aún no he contratado a ningún criado para que cuide de nadie. El lugar es un desastre por el polvo y el abandono. No es adecuado para *nadie* en este momento —reprimió un escalofrío al pensar en cómo la noche anterior había intentado en vano dormir en un sofá con una pata rota. El mueble no había dejado de inclinarse en ángulos extraños cada vez que se movía con inquietud para ponerse cómodo. Las camas de la casa estaban más que descartadas, tanto por las cortinas polvorientas como por los marcos desvencijados que amenazaban con derrumbarse.

—Ah, ya veo... —ella juntó los dedos y se inclinó hacia adelante, con mechones de su cabello dorado rozándole las mejillas al escaparse de su elegante peinado. Tuvo una repentina visión de ella tumbada en la cama a su lado, con sus caras juntas sobre una almohada compartida, mientras él rozaba con ternura esos mechones con los dedos. *Dios...* ¿Un momento le había hecho esto? Esta mujer lo había afectado, y ni siquiera sabía su nombre—. Si es aceptado, le propongo lo siguiente... Residirá en mi residencia mientras dure el estudio.

Los labios de Prospero se entreabrieron de asombro.

—¿Desea que viva con usted? Pero su marido no...

—No tengo marido —su respuesta fue un poco cortante, y él se preguntó si el tema le resultaba delicado. ¿Había amado a un hombre y había sido rechazada? Si lo había hecho, ese hombre era un tonto.

—Pero eso es peor —añadió con tristeza—. Es consciente de ello, ¿verdad? —no podía quedarse con una mujer soltera en su casa; eso mancharía aún más su reputación.

—No, no lo soy. Vivo con mi padre, y a él no le importará lo más mínimo.

—Puede que a usted y a él no, pero no puedo hablar por el resto de la sociedad —Prospero intentó ignorar la punzada de culpabilidad que sentía. Sabía muy bien cómo los rumores infundados sobre una conducta inapropiada podían cambiar la vida de alguien para siempre.

La mujer soltó una risita, y él se estremeció ante el inesperado sonido. Fue intenso e íntimo en sus oídos, y no había esperado el destello de lujuria cruda que creó en él.

—La sociedad puede irse al carajo —le clavó una mirada confiada y una sonrisa que, para ser mujer, era sorprendentemente diabólica—. Tengo veintiséis años. No me importa el matrimonio ni mi reputación como mujer casadera. La única reputación que *sí* me importa es la que se me niega por ser mujer, y es la de ser considerada igual a un hombre desde el punto de vista intelectual. No es necesario que se preocupe por mí.

Prospero no podía entender a esta mujer. ¿De verdad no tenía ningún problema con que un sinvergüenza viviera bajo su techo mientras estaba soltera?

—Su anuncio solicitaba un caballero para su estudio, pero en algunos círculos no se me considera un caballero. Tal vez debería saber más sobre mis antecedentes antes de tomar esa decisión, señorita... Lo siento, ni siquiera sé su nombre.

—Elise Hamblin —dijo formalmente con un asentimiento de reconocimiento.

—Señorita Hamblin, me llamo Prospero Harrington —esperó una reacción de sorpresa y consternación, pero no la hubo. Ella se limitó a anotar su nombre en el contrato que él había dejado sobre el escritorio—. Señorita Hamblin... Tal vez no lo entienda. Soy el *conde de March* —de nuevo, esperó algún destello de reconocimiento.

Sus ojos se clavaron en él pacientemente.

—Sí, es correcto. ¿Debo añadir su título al contrato?

—¿Qué? No, lo que quiero decir es, ¿mi nombre no significa nada para usted?

—¿Qué más significa su título aparte de que posee un condado? —ella se recostó en su silla, mirándolo con ojos que él no podía leer del todo. Prospero supuso que su única opción era decirlo sin rodeos.

—Hace doce años, participé en un duelo ilegal en el que el otro hombre murió. Eso ha ensombrecido mi vida desde entonces. Acabo de regresar de París y estoy intentando rehacer mi vida aquí en Londres. Dado el escándalo que he provocado, quizá nunca pueda arreglar mi situación.

Una pequeña oleada de alivio lo recorrió ante la oportunidad de ser sincero con ella. Eso lo calmó y lo hizo concentrarse mientras le lanzaba su advertencia.

—Asociarse conmigo puede tener consecuencias, señorita Hamblin. Eso es lo que quiero decirle —esperó la inevitable reacción de horror que cualquier mujer decente tendría al pensar en las terribles consecuencias sociales que conllevaría ser sorprendida en público con un hombre como él. Pero ella se limitó a reclinarse en su silla, en silencio, con una expresión de profunda consideración más que de preocupación.

—¿Está diciendo que no desea participar en este estudio?

Una vez más, su reacción lo desconcertó.

—¿No ha oído lo que acabo de decir?

—Dígame, ¿mató al hombre en el duelo o murió después? —ella arqueó una elegante ceja bañada en oro oscuro al formular su pregunta—. He oído dos versiones de la historia.

Prospero tragó duro. De todo lo que acababa de decir, ¿esto era de lo que ella quería hablar? Dejó escapar un lento suspiro.

—Fue después. Me había herido con su disparo y se puso como loco, insistiendo en que yo disparara. Me negué y se lanzó contra mí. Forcejeamos y, desesperado, volvió su arma contra sí mismo. Yo no quería que muriera, ni siquiera por su propia mano. Así que cogí el arma. No estoy seguro de lo que pasó después, sólo sé que el arma se disparó —la honestidad que brotó de él no tenía explicación. Nunca había compartido nada de esto con otra alma, excepto con Nicholas Hughes y Guy De Courcy.

—Seré honesto con usted, lord March. Cuando envió el aviso de que se presentaría a esta entrevista, hice algunas averiguaciones, como hice con los otros hombres que vinieron a entrevistarse hoy. Soy consciente de la nube oscura que se cierne sobre su cabeza. Pero tengo entendido que nunca se presentaron cargos contra usted —señaló—.

Eso significa que, o no creyeron que lo mató, o no tenían pruebas.

—El segundo del otro hombre, John Gower, dijo a Scotland Yard que fui atacado por la espalda, lo cual fue cierto. Dijo que me vio actuar relativamente en defensa propia, y Scotland Yard decidió creer que yo no había intentado matar a Jackson, aunque Gower no pudo afirmar con certeza quién accionó el gatillo. Como sabrá, los hombres con título y sus hijos tienen cierta deferencia en los tribunales. No pudieron presentar cargos, pues no tenían pruebas tangibles de que yo hubiera matado al otro hombre, pero aun así no fui bien recibido en Inglaterra porque los duelos son ilegales, así que mi partida fue necesaria —su voz se suavizó un poco al recordar con tanta claridad esa noche.

Gower lo había alcanzado antes de que embarcara hacia Francia. Sólo Dios sabía cómo le había encontrado, pero el hombre había dicho que creía que lo que Jackson había hecho en esos momentos finales no había sido honorable. Había tenido su oportunidad de disparar, había acertado y derramado sangre, y ese debería haber sido el final. Entonces, volver una pistola contra sí mismo e intentar forzar a Prospero a disparar era impensable. Le había deseado suerte a Prospero en Francia y le había dicho que informaría a las autoridades de la verdad de lo que había presenciado con la esperanza de evitar que se presentaran cargos. Nicholas le había escrito unos meses después diciéndole que Scotland Yard había decidido archivar el caso y no atribuir la muerte de Jackson a nadie.

—Gracias. Es todo lo que necesito saber —dijo la señorita Hamblin.

A Prospero le sorprendió la eficacia de la mujer. Había esperado muchas más preguntas.

—Ahora hablemos del precio de sus servicios como participante. Estaba pensando en cien libras por semana —cambió de tema tan rápidamente que él tardó un momento en ordenar sus pensamientos y comprender sus palabras.

—El anuncio decía que la paga sería de entre cincuenta y setenta y cinco libras a la semana —le recordó Prospero. No estaba dispuesto a aceptar más de lo que recibiría otro hombre.

—Sí, pero considerando que su casa de ciudad está enfrente de la mía, en Grosvenor Square, me gustaría que utilizara el dinero para acondicionar su propiedad y volver a contratar personal.

Él entrecerró los ojos cuando un destello de ira inesperada surgió en su interior.

—No aceptaré caridad.

—Bien. Porque esto no es caridad. Su casa y su estado afectan al valor inmobiliario de las demás casas de la plaza, incluida la mía. Es una decisión totalmente egoísta.

Prospero la miró fijamente.

—No se parece a ninguna mujer que haya conocido antes.

De pronto, ella se rio, y el sonido fue tan sensual, *tan real*, que lo hizo sentirse mareado de placer. Era un sonido que un hombre adoraba escuchar de una mujer, tanto en la cama como fuera de ella.

—Eso espero. ¿Sabe? Es el primer cumplido que recibo en todo el día. Los otros hombres que entrevisté dijeron muchas cosas de mí, pero ninguna tan amable como ésa.

Prospero habría golpeado con el puño a cualquier hombre que se hubiera atrevido a decir algo poco amable a una dama, especialmente a *esta* dama. Era una criatura inteligente, una criatura fuerte, pero eso no significaba que mereciera soportar las tonterías de hombres que no podían enfrentarse a una mujer como ella.

—Me he dado cuenta de que a los hombres débiles suelen asustarles las mujeres fuertes —dijo con sinceridad. Él, en cambio, las prefería.

—Cuánta razón tiene —dijo ella, y su rostro reveló un atisbo de tristeza antes de ocultarse bajo una máscara de cortesía—. Entonces, cien libras a la semana, y le pagaré la primera semana por adelantado —contó varios billetes y se los entregó—. Empezaremos esta tarde, si no le importa. Acuda a mi casa a las ocho, cenaremos y empezaremos —firmó con su nombre al final del contrato y se lo entregó junto con su bolígrafo.

—¿Así que he pasado la entrevista?

—Efectivamente, y es el único hombre que lo ha hecho. Por favor, no me decepcione.

Prospero tuvo la extraña sensación de que su vida estaba a punto de dar un vuelco a causa de esta mujer. Aceptarlo podría ser un error, pero no le asustaba apostar, ya que tenía muy poco que perder, y algo le decía que *esto* —fuera lo que fuera—, podría merecer la pena.

Cogió el bolígrafo y garabateó su nombre encima de la línea que designaba al *participante* en el contrato. Luego se levantó y se dirigió a la puerta, sólo para que ella lo alcanzara y lo sujetara del brazo.

—Su cheque... Lo ha olvidado —le dijo, colocándole el trozo de papel en la mano.

Estaban tan cerca que podía ver la profundidad de sus ojos castaños claros, y eso le hizo desear rodearle la cintura con los brazos y estrecharla contra su pecho para besarla. Pero tenía la sensación de que los besos no eran el estudio que esta mujer tenía en mente.

Aun así, no pudo dejar de pensar que quería estudiarla

como ella lo haría con él. Nunca había conocido a una mujer a la que no pudiera seducir. La mayoría de los hombres creían que las mujeres eran todas iguales, cortadas por el mismo patrón, pero él sabía que no era así.

Las mujeres eran tan diferentes como las variedades de flores de la tierra. Algunas tenían pétalos suaves. Otras tenían espinas y cardos. Algunas florecían todos los años, mientras que otras lo hacían una sola vez antes de desaparecer bajo la tierra. Cada una era perfecta a su manera.

Aunque tenía muchos motivos para estar hastiado en su vida, nunca se sentía así con las mujeres. Incluso las viudas de París que pagaban por su compañía habían sido buenas damas. Se habían sentido solas, y él había necesitado el dinero, así que les había dado lo que necesitaban. Se había esforzado por tratarlas lo mejor posible, y todas habían quedado satisfechas. Pero se había cansado de esa vida, de ser un hombre "propiedad" de alguien de forma transaccional.

Lo irónico era que ahora se enfrentaba a una situación similar: le pagaban por actuar. Sólo que esta vez no se trataba de sexo, lo cual era una lástima, dada la belleza de la mujer que tenía tan cerca. Se la habría llevado a la cama si ella se hubiera atrevido a insinuarle que lo deseaba.

La señorita Hamblin se aclaró la garganta.

—Sí. Gracias —dijo en voz baja y guardó el cheque—. La veré esta noche a las ocho —su mirada se detuvo en sus labios, luego volvió a sus ojos, y él lo vio, un destello de calor en sus mejillas y en su mirada al percatarse de que también había sido sorprendida mirándole la boca.

Tal vez esta mujer pasional estaba interesada en él de una forma más que científica...

Si la señorita Hamblin quería estudiar a un hombre, él le enseñaría *todo* lo que pudiera desear saber, incluido el arte de la seducción. Porque sería un crimen dejar marchar a esta fascinante criatura sin robarle al menos un beso.

—Quizá acabemos enseñándonos cosas el uno al otro, señorita Hamblin —murmuró para sí.

Salió del estudio, atravesando la puerta que daba al salón, que ya no albergaba a ningún caballero. Esbozó una amplia sonrisa mientras recogía su sombrero y abandonaba el 223 de Baker Street.

# CAPÍTULO 4

Elise se alisó las faldas y miró su reflejo por primera vez en su vida con abierta preocupación.

—Mary, ¿crees que debería ponerme el vestido azul zafiro o...? —tiró del encaje justo por encima de sus pechos, demasiado consciente de que el escote era muy pronunciado. Si no tenía cuidado, los pechos se le saldrían después de una respiración profunda. Nunca había notado que el vestido debía quedar *así* de escotado, pero su criada, Mary, lo había tirado hacia abajo cuando Elise se lo había puesto por primera vez.

La criada soltó una risita.

—No se preocupe, milady. El color caqui favorece más a sus ojos y a su pelo que el azul —le divertía que su criada la llamara milady porque, al nacer, su padre la había descrito como una perfecta damita y el mayordomo y Mary habían adorado el apelativo de milady para Elise.

—¿Estás segura? El señor Holmes ha dicho que el azul...

—¡Ah! —refunfuñó Mary—. Ese charlatán no tiene conocimientos sobre las damas, y mucho menos de moda femenina. El azul es perfecto para usted, pero cualquier color de la familia del rojo o el rosa hace que sus ojos brillen y su piel resplandezca. Créame.

Mary ajustó las mangas de los hombros de Elise y luego movió el elaborado polisón de lazos y cintas verde pálido de la parte trasera del vestido. Lo ajustó bien y luego ató el polisón en los lazos ocultos de la parte trasera de la sobre-falda para asegurarlo en su sitio.

—Ya está todo listo para que baje a reunirse con su invi-tado —su criada le sonrió como una gallina orgullosa—. Su madre se alegraría de verla así, milady.

—¿Eso crees? —Elise se mordió el labio y se colocó otra horquilla en el pelo para mantener en su sitio el peinado ajustado y elaborado hecho por Mary. Tenía muy pocos recuerdos de su madre, pero los que tenía estaban llenos de sonrisas. Su madre había sido una belleza exuberante, pero también inteligente y llena de vida. Esa punzada de añoranza por una madre que apenas recordaba era sorpren-dentemente profunda, un dolor antiguo, pero aún tan reciente como si volviera a ser una niña. Sus manos temblaron al tocar de nuevo el encaje de su corpiño.

—Sí. Siempre quiso verla feliz y encontrar un hombre digno de usted, igual que ella encontró a su padre. Ahora aquí está usted, mostrando por fin interés por un hombre. Y no un hombre *cualquiera*, sino un apuesto conde. Ya es hora de que se case y siente cabeza. A su padre le vendrían bien uno o dos nietos para volver a sentirse joven.

Elise jadeó.

—Yo no *podría* pensar en niños ahora mismo. Además, no sé por qué un nieto cambiaría las cosas para papá.

Su criada puso los ojos en blanco.

—Porque cuando *usted* tiene un hijo, los padres tienen la oportunidad de *quererlo* como una vez la quisieron a usted. Le recordará los días felices cuando era pequeña y su madre aún vivía —su criada recogió un par de medias del suelo y las botas de Elise—. Además, se merece que la corteje un buen hombre. Trabaja demasiado, milady. Se merece un poco de diversión de vez en cuando.

Elise suspiró exasperada.

—Te lo he dicho, Mary. Lord March no viene a cortejarme. Lo estoy *estudiando* para el avance de las ciencias naturales.

Mary enarcó una ceja mientras miraba a Elise a través del reflejo del espejo.

—Eso y para ganar una apuesta contra el señor Holmes —añadió rápidamente.

Mary negó con la cabeza.

—Llámelo como quiera, pero ese hombre la *cortejará* esta noche, sobre todo cuando la vea con este vestido. Será mejor que recuerde tomar notas sobre *eso*. Usted debería estudiar romance. Y no se preocupe por el señor Holmes y sus tontas apuestas —entonces, su criada se inclinó para recoger el vestido de día de Elise y guardarlo.

—Romance —murmuró Elise—. Qué tontería —estaba demasiado ocupada descubriendo cosas que cambiarían la comprensión del mundo natural por parte de la humanidad como para preocuparse por cosas como paseos en carruaje, flores y besos. Qué tontería. Se colocó un rebelde mechón de pelo rubio en su sitio y bajó las escaleras. El señor Roberts, el mayordomo de su padre, la estaba esperando—. ¿Lord March ha llegado ya? —preguntó. Roberts negó con la cabeza.

Ella miró el reloj de pie que había junto a la puerta y frunció el ceño. Faltaban dos minutos para las ocho. ¿Y si no llegaba? Se acercó a la estrecha ventana que había junto a la puerta y echó un vistazo al otro lado de la plaza, a la casa que ahora sabía que era la de él. Le había sorprendido percatarse de que vivían tan cerca y, sin embargo, nunca había sido consciente de ello. Por supuesto, él se había marchado a París hacía mucho tiempo, y ella nunca había sido de las que pensaban en cotilleos o en la sociedad... pero aun así. Su propia casa había estado allí, al otro lado de la plaza, todo este tiempo...

Bajo el resplandor de las farolas, vio a lord March salir de su residencia, bajar a la calle y acercarse a su casa. Sus pasos eran seguros y sus hombros rígidos. Permaneció oculta junto a la ventana, con los ojos clavados en la hermosa figura que él dibujaba. Se le revolvió el estómago y se escondió cuando él empezó a subir los escalones de su casa. Un fuerte golpe en la puerta la hizo volver en sí.

—¿Debo responder? —preguntó Roberts. Sin duda, se preguntaba por qué estaba actuando tan diferente a sí misma, pues nunca se había preocupado por la llegada de invitados.

—No. Espera... sí, contesta tú. Pero déjame volver arriba primero. Luego mándame llamar cuando esté aquí.

Roberts recibió la extraña orden con calma, y ella corrió escaleras arriba para esconderse. La puerta se abrió y oyó hablar a March.

—Prospero Harrington... eh... Lord March, he venido a ver a la señorita Hamblin para la cena —parecía que aún no se acostumbraba a llamarse March.

Roberts hizo subir a un lacayo por las escaleras hasta donde ella estaba escondida y le susurró:

—Señorita Hamblin, lord March ha venido para la cena.

Elise dio las gracias al lacayo con una inclinación de cabeza y esperó un instante, como si hubiera oído al mayordomo desde el pasillo, luego respiró hondo y salió de su escondite. Se detuvo a mitad de la escalera cuando sus ojos se cruzaron con los de lord March.

Era el mejor espécimen de hombre que jamás había visto. No era que le importara, pero no solía quedarse embobada mirando a hombres atractivos. *Interesante.* Luego anotaría sus propias respuestas frente a él.

Al verlo ahora, recordó el momento en que él había entrado en su estudio para la entrevista, a primera hora de la tarde, en la sede de la sociedad. En ese momento, había quedado impresionada por su aspecto, pero también por algo no tan tangible que creó una mayor conciencia de su masculinidad innata. Había estado rodeada de muchos hombres en su vida, muchos que intentaron recordarle su lugar en la sociedad como mujer, que era inferior a ellos, que ser mujer era de algún modo un crimen.

Pero no con Prospero. Cuando se había parado cerca de ella y habían hablado, su mirada se había movido sobre ella, no con lujuria depredadora, sino con un honesto interés masculino que no contenía la habitual superioridad a la que estaba acostumbrada cuando los hombres la miraban. Se había sentido... femenina, *realmente* femenina, por primera vez en su vida. Con él, sentirse femenina parecía ser una fortaleza, un motivo de orgullo porque la hacía sentir... poderosa. No era un simple objeto de deseo. Sentía una extraña sensación de atracción y deseo mutuos que la colocaba a ella y a Prospero al mismo nivel.

Prospero era más alto que la mayoría de los hombres, con hombros anchos. Su abrigo de noche azul oscuro estaba tan bien confeccionado que le sentaba como una segunda piel. Llevaba el pelo oscuro ligeramente más largo de lo que estaba de moda y no tenía bigote, a pesar de la tendencia actual de ocultar el rostro con una elegante barba. Sus rasgos eran tan perfectos que los antiguos escultores griegos habrían llorado de necesidad, exigiendo plasmar su belleza en mármol. Sus ojos se llenaron de calor cuando la miró, con el sombrero parcialmente fuera de su cabeza. ¿Ella lo había detenido literalmente en seco? La idea la hizo sentir un escalofrío de placer. Nunca le había importado afectar así a un hombre, pero ahora sí. ¿Por qué?

—Señorita Hamblin —pareció recuperarse más rápido que ella mientras le entregaba su sombrero al mayordomo —. Se ve encantadora esta noche.

Eran palabras tontas, palabras que cualquier hombre podría decirle a una mujer, pero que hicieron que su corazón se agitara extrañamente en su pecho.

*No seas tonta,* se reprendió a sí misma. *Sólo está siendo educado.*

—Buenas noches, lord March —bajó el resto de las escaleras, y él se inclinó sobre su mano cuando ella se la ofreció.

—Por favor, llámame Prospero. Si vamos a trabajar juntos, sería mucho más cómodo y apropiado —luego le rozó los nudillos con los labios antes de enderezarse.

Sintió un cosquilleo en la piel donde él la había tocado con la boca. Ella había olvidado sus guantes, lo cual no era inusual en las cenas en casa, pero esta noche la había hecho demasiado consciente de ese magnifico conde. Había oído murmurar a las mujeres sobre cierto tipo de hombres que eran peligrosos y, sinceramente, no había entendido muy bien a qué se referían. Para ella, peligro era la idea de un hombre que sacara un cuchillo o algo que la amenazara físicamente, pero ahora, en ese momento aparentemente inocente, por fin entendía a esas otras mujeres.

Ese único beso había vaciado por completo su mente de pensamientos racionales, aunque sólo había sido un instante. La naturalista que había en ella examinó la respuesta, y la preocupación resultante fue ¿qué le ocurriría si él le besara la boca... u otros lugares mucho más... íntimos que su mano? ¿El mismo bloqueo mental podría repetirse... y durante mucho más tiempo? Muchos animales tenían rituales de cortejo, pero ninguno como éste. ¿La leona sentía una mezcla de miedo y excitación cuando un león macho le acariciaba el cuello con la nariz? ¿O simplemente se sentía cómoda con su elección de pareja y no tenía dudas? ¿Los humanos eran los únicos que añadían capas adicionales de inquietudes y preocupaciones cuando se trataba de semejantes rituales?

Tembló un poco y Prospero pareció notarlo, así que sus ojos se entrecerraron un poco, concentrados en el movimiento de su cuerpo como un lobo avistando una liebre salvaje escabulléndose entre la maleza. Sin embargo, él esperó. No la persiguió. De alguna manera, esa espera sólo pareció intensificar *todo* el efecto que estaba causando en ella.

—B... Bueno, entonces Prospero será —se aclaró la garganta, con la piel repentinamente enrojecida. ¿Hacía demasiado calor aquí? ¿Las criadas habían encendido el fuego en todas las habitaciones de la casa? Parecía que sí—. Supongo que, dadas las circunstancias, debes llamarme Elise.

—Elise —su voz suave y sensual la calentó aún más.

—Bueno... la cena debería estar lista para nosotros —hizo un gesto hacia el comedor y empezó a caminar, pero Prospero la cogió suavemente del brazo y lo entrelazó con el suyo. Miró su brazo entrelazado con el suyo, sorprendida.

—¿Empezamos tu primera lección sobre los hombres? La mayoría de nosotros preferimos tener el honor de acompañar a una mujer a cenar. Digo la *mayoría* de los hombres porque tristemente sé que hoy en día algunos no actúan con respeto o caballerosidad hacia el sexo femenino.

Lo miró, más curiosa que nunca por él.

—Y si eliminas todo tipo de cortesía, de caballerosidad, ¿cómo te comportarías? Quiero decir, ¿si fueras un hombre sin leyes ni costumbres civilizadas que te guiaran?

Pareció reflexionar seriamente sobre su pregunta mientras la acompañaba a sentarse al final de la mesa.

Su mirada recorrió rápidamente la habitación, amueblada de forma costosa, con una gran mesa, paredes con paneles de madera de cerezo y docenas de cuadros de hombres cazando o mujeres descansando bajo columpios en escenas pastorales. Su madre había decorado esta habitación años antes del nacimiento de Elise y seguía siendo hermosa, inalterada, como un recuerdo capturado en una botella. Prospero no lo sabía, por supuesto. Simplemente vería una habitación preciosa como en cualquier otra casa de Grosvenor Square.

—Supongo que querrás una respuesta sincera, no caballerosa —las manos de Prospero se detuvieron en el respaldo de la silla de Elise mientras la empujaba hacia la mesa.

—Por supuesto. La honestidad es clave para cualquier estudio —ella se volvió para mirarlo. Él se inclinó en ese mismo momento, y estuvieron tan cerca que sus labios casi se rozaron. Sus ojos eran de un azul vibrante, como un cielo de verano sin nubes. El calor se extendió por su cuerpo como un fuego creciente mientras miraba fijamente esos ojos y olvidaba todo lo que la rodeaba hasta que él volvió a hablar.

—Pues entonces, sinceramente, la mayoría de los hombres harían cualquier cosa por tener siquiera una oportunidad de estar cerca de una mujer atractiva —a Elise se le cortó la respiración, pero antes de que pudiera protestar o hacer otra pregunta, Prospero continuó—: Fingimos que queremos negocios y poder más que nada, pero a la hora de la verdad, las mujeres siempre serán nuestro deseo más profundo.

Finalmente, Elise encontró la voz.

—¿Mujeres, en plural?

Su sonrisa se ensanchó.

—Los hombres elaboran sus fantasías en función de las mujeres, o de la mujer en particular, que les interesan en ese momento. Depende del hombre si se fija en una mujer a la vez o en más.

A Elise se le secó la garganta.

—¿Todos los hombres tienen estas... fantasías?

—Bueno, supongamos que me atraes. Fantasearía con lo mucho que me gustaría tenerte a solas —su voz era como la seda—. Pasaría incontables horas planeando cómo atraerte a un rincón oscuro para robarte un beso o una caricia. Todos los hombres fantaseamos con las cosas que queremos haceros cuando os tenemos a solas. En mi caso, acompañarte a cenar, que me permitas tocarte tan inocentemente, que me dejes aspirar el aroma del agua de rosas de tu pelo o el perfume de flores que se adhiere a tu piel. Ése es el tipo de cosas que estimulan mis sentidos —Prospero cerró los ojos brevemente, y el corazón de Elise dio un vuelco cuando él inhaló lenta y profundamente, como si aspirara su aroma hasta lo más profundo de su alma.

—Pero todo eso es una tontería —protestó ella, con la mente dándole vueltas—. ¿Mi perfume, el olor de mi pelo? Cualquier conocido mío lo notaría. ¿Por qué, como varón, te atraería eso de una forma tan exagerada?

Los ojos de Prospero se abrieron, clavándose en ella.

—Porque, mi querida Elise, todo esto se suma a mi

conocimiento de *ti*, lo que crea la ilusión de la *posibilidad*. Un aroma dulce o un tono rosado en tu piel hacen que un hombre piense a dónde podría llevar eso, y eso siempre conlleva pensamientos de sexo. El hombre salvaje que hay en mí; ese por el que preguntaste y por el que respondo con sinceridad, ansía tener lo que mi cuerpo desea con desesperación.

—Y si esto no formara parte de un estudio científico, ¿qué buscaría ahora mismo un hombre como tú si estuviera cenando a solas con una mujer? Hipotéticamente hablando, por supuesto... —apenas pudo pronunciar las palabras, pues su respiración estaba entrecortada por una extraña excitación. Era como si hubiera descubierto una nueva especie de mariposa o un patrón en la migración de las palomas. Él levantó la mano para acariciarle el brazo desnudo con el dorso de los nudillos.

—Hipotéticamente hablando, me gustaría violarte... despojarte de toda seda y satén, cubrir tu cuerpo de besos y acariciarte en todos los lugares secretos que te hacen jadear y retorcerte. Entonces, cuando me supliques, te introduciré en los mayores placeres que nuestros cuerpos mortales pueden experimentar. Un hombre de verdad, un *buen* hombre, ansía llevar a una mujer a tales límites de placer que ella teme morir de la intensidad.

Su voz era grave, hipnótica, y ella volvió a mirarle la boca con fascinación. Sus labios se curvaron en una ligera sonrisa pícara, como si fuera muy consciente de esa fascinación. *Los mayores placeres que nuestros cuerpos mortales pueden experimentar...* Sus palabras resonaron en su mente hasta que sólo pudo imaginar a qué podría referirse.

—¿Esa respuesta *sincera* te complace?

Elise tardó un momento vergonzosamente largo en

ordenar sus pensamientos. Luego asintió bruscamente con la cabeza.

—Bien —se sentó frente a ella. Dos lacayos entraron en el comedor y se acercaron a la mesa con el primer plato de sopa de zanahoria, que sirvieron en los cuencos de Elise y Prospero antes de retirarse al rincón más alejado de la sala junto con el mayordomo para darles un poco de intimidad.

Prospero esperó a que ella probara su sopa.

—¿Puedo *hacerte* una pregunta?

—Sí, por favor considera esto un discurso abierto entre nosotros. Puedes preguntarme lo que desees —las preguntas no supondrían ningún peligro, siempre que él se limitara a cuestiones de ciencias naturales.

La expresión de Prospero se volvió pensativa.

—Me he percatado de que tu padre no cenará con nosotros. ¿Y tu madre, está aquí esta noche...?

—Murió cuando yo era pequeña. Papá suele cenar conmigo, pero tenía una cena de negocios en su club —era una pregunta que estaba acostumbrada a responder. Cuando su padre tenía cenas de negocios en casa, los caballeros que cenaban con ellos, si la conocían por primera vez, siempre preguntaban por su madre, quien habría sido la anfitriona esperada.

—Ah. ¿A qué club pertenece?

Se alegró de que no le preguntara por su madre. A veces no le importaba hablar de ella, pero muy a menudo, ese antiguo dolor, tan profundo para una niña ante la pérdida de un padre a una edad muy temprana, lograba afectarla. Era un tema que prefería no tocar.

—White's. No eres miembro, ¿verdad? —ella sabía la respuesta, pero no quería que Prospero supiera que había preparado un expediente completo sobre él. Todavía no.

—No, pertenezco a Berkeley's. Mi familia lleva allí más

de medio siglo. Me invitaron a unirme a White's de joven, así como a algunos de los otros clubes, pero acabé en Berkeley's. Algunas cosas se llevan en la sangre, ¿no?

—Muy cierto —Elise había estudiado los rasgos hereditarios de los animales, y creía que a las personas podía ocurrirles lo mismo—. Uno puede verlo más claramente en los perros. Pueden heredar rasgos como el color de los ojos, el patrón del pelaje, incluso su textura, pero también creo que algunos rasgos, como el hecho de moverse en manada o preferir la compañía de los humanos a estar solos en las pasturas de las granjas, también pueden ser una característica heredada y desarrollada a lo largo del tiempo. Me encantaría seguir investigando...

Se detuvo cuando lo oyó reírse.

—¿Qué? —dijo, un poco nerviosa. ¿Se estaba burlando de lo que había dicho? Estaba acostumbrada a que los hombres se burlaran de ella.

—Tú, mi querida Elise, eres bastante...

Esperó a oír lo que él diría y predijo que la decepcionaría de dos maneras.

—Fascinante —dijo finalmente.

No era en absoluto lo que ella había esperado que dijera.

—Tú... ¿tú no crees que estoy loca por comparar los rasgos de los perros con los hombres y su elección de pertenecer a un club?

—¿Loca? No, en absoluto. Creo que eres bastante brillante.

Casi se sintió aliviada por la evidente sinceridad de su voz.

—Por favor, nunca dudes en comunicarme tus observaciones. Me parecen realmente interesantes.

—¿De verdad?

—De verdad —le dedicó esa sonrisa encantadora que tenía un efecto demasiado notable en la temperatura de su cuerpo—. Te has vuelto a sonrojar. Debo esforzarme por seguir haciendo lo que sea que te hace sonrojarte así —musitó.

—¿Yo? Oh... —ella se apresuró a pensar en algo para cambiar de tema—. ¿Sabías que en 1851 un médico alemán llamado Carl Reinhold August Wunderlich descubrió que los humanos tienen una temperatura corporal media?

—No, no tenía ni idea —contestó Prospero, inclinándose hacia adelante—. Cuéntame más sobre ese tal Carl.

Elise se sumergió alegremente en una conversación sobre temperaturas y medidas, y luego en la cuestión de si la temperatura media cambiaba en función de la edad, el sexo y las condiciones generales de salud. A lo largo de toda la conversación, él hizo preguntas o añadió sus ideas, y ella descubrió que estaba pasando una velada realmente agradable con él.

Cuando terminaron la sopa, los lacayos acercaron faisán asado. Elise se sorprendió de lo fácil que le resultaba hablar con Prospero. Nunca había pensado que podría *disfrutar* de una conversación con un hombre. La mayoría de los hombres en las cenas se centraban en sí mismos y alardeaban de su dinero o sus contactos o sus propias observaciones banales, y esperaban que ella estuviera pendiente de cada una de sus palabras mientras ellos no le preguntaban nada sobre sus intereses.

Con Prospero, la conversación era fluida y fácil. La había hecho reír con historias de sus aventuras en París con su amigo Guy, el vizconde De Courcy. Sin embargo, ella intuía que, en el fondo de sus cuentos y divertidas anécdotas, había sufrido mucho. Oyó la nostalgia en su voz mientras hablaba de su hogar y de sus viejos amigos.

—¿Ha sido duro volver a casa?

—Sí —admitió—. Todo el mundo ha cambiado y, sin embargo, nada *se siente* diferente. Es como si hubiera venido a ver una obra de teatro la segunda noche, sólo que todos los actores son diferentes mientras que el escenario es el mismo de siempre. Me siento...

—¿Fuera de lugar? —adivinó ella.

Él soltó una risita seca.

—Exactamente. Fuera de lugar en un escenario que debería ser familiar, pero con actores que ya no reconozco. Todos quieren evitarme, excepto los pocos buenos amigos que tengo desde la infancia.

—Si hay algo que sé de las personas, es que no lidian bien con la incomodidad. Y me refiero a *cualquier* tipo de incomodidad. La gente que conoce tu pasado mirará más allá para verte o no lo hará. Te sugiero que no pierdas el tiempo con esto último —Elise dejó la copa de vino sobre la mesa con firmeza.

—Sabio consejo —respondió él con una sonrisa, más suave que su anterior gesto pícaro. Para su sorpresa, ella descubrió que ambas expresiones le gustaban por igual, ya que formaban parte de una compleja red que representaba su personalidad. Adoraba la complejidad de todas las cosas porque le producía asombro y admiración estudiarla y aprender todo lo que pudiera. Y eso era exactamente lo que pensaba hacer con este hombre.

Él apartó el plato y bebió lo que quedaba de vino.

—Dime, ¿cómo empezamos este estudio tuyo? —Elise se sintió extraña, como si fuera ella la que estuviera bajo la lupa y no él.

—Me gustaría conocer tu día a día de principio a fin, explorar tus rituales nocturnos y matutinos, y luego profundizar en temas como tus filosofías personales, las cosas que consideras triunfos y fracasos en tu vida. Sobre todo, me interesa saber qué te motiva de manera instintiva día a día. ¿Comes sólo cuando tiene hambre o todos los días a la misma hora? ¿Sientes la necesidad de demostrar tu fuerza contra otros hombres en pruebas físicas, como el boxeo o la esgrima? ¿Te gusta cazar y, en caso afirmativo, por qué? ¿Es por la emoción de montar o la necesidad de acabar con la vida de otra criatura? Son el tipo de cosas que se me ocurren para empezar.

—No es que no me agrade ser el elegido para este estudio, pero ¿por qué no elegir a un hombre más común? ¿Un estibador, un obrero o un empleado de banco? Mi origen no es precisamente normal. ¿No afectaría eso a tu estudio de algún modo o no inclinaría los resultados en una dirección concreta?

—En realidad, tu origen es lo que más me interesaba. Verás, es bastante fácil estudiar a esos otros hombres de las clases trabajadoras. Están motivados por la comida para ellos y sus familias y la necesidad de mantener un techo sobre sus cabezas. No pueden permitirse el lujo de entregarse a las actividades inusuales que hacen los caballeros de clase alta. Un hombre de tu posición, por libertad de tu título o dinero, tiene más flexibilidad para hacer lo que le plazca, para dejarse guiar por sus instintos y deseos. No deseo estudiar al hombre promedio; deseo estudiar a un hombre que vive temerariamente, un hombre con una historia idéntica a la tuya.

La comprensión iluminó los ojos de Prospero.

—Conocías mi pasado, ¿y ésa fue parte de la razón por la que me elegiste? Porque he hecho algo que la mayoría de los hombres no han hecho al enfrentarme a Jackson en ese duelo y luego vivir en París.

Por un momento, Elise temió que él se enfureciera, que

viera con demasiada claridad que ella lo había marcado como objetivo de su estudio mucho antes del momento en que había entrado en la sede de la sociedad para su entrevista.

—Supongo... que puedo entenderlo, aunque me deja un poco... intranquilo. Quiero dejar atrás esa parte de mi vida.

—Por supuesto. No deseo hacerte revivir nada de eso. Sólo deseo estudiar a alguien como tú, alguien *complejo*.

—Me parece justo. Muy bien, doy mi consentimiento para continuar el estudio.

Ella esperó a que los lacayos retiraran sus platos antes de abordar lo que consideraba un tema delicado.

—También tengo una habitación preparada para que duermas esta noche.

Se levantó y se acercó a ella, ofreciéndole el brazo una vez más. Esta vez, el gesto, que ella siempre había visto como uno de cortesía, estaba cargado de energía sensual porque sabía lo que él estaba pensando. Era innegablemente fascinante e inquietante tener una visión del pensamiento masculino al que nunca antes había tenido acceso.

—Hipotéticamente, ¿qué *piensas* cuando un hombre te ofrece su brazo? —le preguntó Prospero mientras salían del comedor.

—¿Yo? —preguntó, sorprendida de que su propia pregunta se volviera contra ella.

—Sí, como mujer, no como naturalista.

Ladeó la cabeza mientras reflexionaba.

—Supongo que lo veo como un signo de confianza y de respeto. Agradezco la consideración de que un hombre ajuste su longitud de zancada cuando caminamos uno al lado del otro. No soy tan baja de estatura como muchas mujeres, pero aun así me gusta no tener que correr para seguir el ritmo de un hombre que es más alto que yo.

—¿Respeto es todo lo que se te ocurre? ¿Nada más? —sus ojos brillaron con picardía.

—Sí, es lo *único* que se me ocurre —sin embargo, estaba mintiendo y, por el brillo de su mirada, supo que él era consciente de ello. Permaneció en silencio hasta que lo condujo a una habitación en el piso superior—. Esta será tu alcoba el tiempo que necesites durante nuestro estudio —ella abrió la puerta, y él examinó la habitación sin hacer comentarios—. Lamento no tener un ayuda de cámara disponible. ¿Quieres que contrate uno? —preguntó, insegura.

—No será necesario. Estoy acostumbrado a vestirme solo hasta que encuentre a mi propio hombre.

—Hablando de eso... ¿necesitas ayuda? Mi mayordomo, Roberts, tiene una buena red de contactos con otras casas de la ciudad. Podría encargarle que publicara los anuncios de tus empleos cuando contrates a tu nuevo personal.

Prospero se volvió hacia ella.

—Mi orgullo me exige ignorar la ayuda, pero, francamente, me vendría bien. Mis contactos a mi regreso a Londres ya no son lo que eran.

Elise tomó nota mentalmente de esta elección, de cómo él era consciente de su propio orgullo pero lo dejaba de lado por la lógica racional de aceptar su ayuda. Entonces, se percató de que el hecho de que él aceptara su ayuda le produjo un destello de su propio orgullo femenino. Pensó en el comentario de Cinna sobre derrotar a los hombres. Sin embargo, esto no le pareció una victoria sobre un enemigo, sino más bien un momento *compartido* entre dos personas asociándose.

—Escribe algo esta noche. Le diré a Roberts que coloque los anuncios mañana —ella empezó a apartar el brazo del suyo, pero él la sujetó suavemente por el codo.

—Mencionaste tu deseo de ver los rituales nocturnos de un hombre. ¿Empezamos esta noche? —levantó una ceja mientras esperaba su respuesta bajo la mezcla de luz de las velas y sombras justo dentro de la puerta.

¿Acaso Perséfone se sintió así cuando se enfrentó a la decisión de entrar en el hermoso reino crepuscular de Hades? ¿Ella probaría el sabor agridulce de una granada?

Prospero la estaba desafiando, evaluando si seguiría adelante con su plan de estudiarlo. ¿Creía que tendría miedo de verlo desnudarse?

Elise levantó la barbilla.

—Por favor, dame unos minutos. Si voy a observarte esta noche, necesitaré papel y lápiz. También me gustaría ponerme un vestido de té para estar más cómoda.

La soltó y entró en su recién estrenada alcoba.

—Esperaré tu regreso.

Ella se alejó y se dirigió a su propia habitación. Mary la ayudó rápidamente a quitarse el vestido de noche y el corsé antes de ponerse un vestido de té azul claro más cómodo. Eligió unas zapatillas de casa forradas de piel y cogió un cuaderno y una pluma de su escritorio antes de volver a la habitación de Prospero.

Él estaba de pie junto a la cama, apoyado en ella, con las piernas cruzadas por los tobillos mientras la esperaba. No dijo nada al ver su cambio de ropa, pero Elise vio sorpresa en sus ojos. Era un poco inusual ponerse un vestido de té delante de un hombre estando sola. Esos vestidos eran menos formales, menos ceñidos al cuerpo de una mujer y él, sin duda, era consciente de ello. No solía hacerla sentir expuesta, pero ahora sí, cuando los ojos del hombre se detuvieron en sus pechos sin restricciones bajo la fina seda.

Elise se acomodó en una silla y colocó un libro sobre su regazo para apoyar su cuaderno. Luego lo miró expectante.

—Puedes empezar. Y, por favor, explícame las cosas mientras las vas haciendo.

Él se apartó de la cama.

—Muy bien.

¿Por qué el hecho de que él se alejara de la cama y se acercara a ella con decisión hizo que su corazón se agitara súbita y salvajemente? No estaba segura. Los hombres nunca la afectaban así.

*Prospero es un espécimen para ser estudiado,* se recordó. *No es diferente de una polilla o un escarabajo.*

Pero por mucho que intentara convencerse a sí misma, lo cierto era que este hombre *sí* la afectaba. Lucía muy elegante con su traje de noche azul oscuro y su chaleco dorado. Se quitó la levita y alcanzó los botones del chaleco.

—Prefiero quitarme primero el chaleco, normalmente empezando por el reloj de bolsillo.

—¿Tienes un reloj de bolsillo? —preguntó cuando él no sacó uno.

Sus ojos azules se ensombrecieron.

—De momento no. Tuve que venderlo para comprar el pasaje de vuelta a Inglaterra.

—Oh, lo siento, no debí preguntar.

—No necesitas disculparte. Era imposible que lo supieras —el tono de Prospero era suave, pero ella oyó la melancolía en sus palabras.

Ella forzó la mirada hacia su papel e hizo algunas anotaciones sobre relojes y chalecos. Cuando volvió a levantar la mirada, él la estaba estudiando, con las manos sujetando los bordes de su chaleco ligeramente abierto. Elise tragó duro cuando él se despojó de la prenda para dejar al descubierto su impecable camisa blanca de lino fino. Levantó la mano, se quitó la corbata de nudo francés y la arrojó sobre la cama antes de trabajar en los botones de su cuello.

Sus mejillas se calentaron cuando él se desabrochó los puños y se sacó la camisa de los pantalones.

—Suelo quitarme la camisa después. Así puedo mantenerla más limpia si me lavo la cara o me afeito por la noche, que es lo que suelo hacer.

—¿Te afeitas por la noche? ¿Por qué?

Pareció considerar seriamente su pregunta.

—No lo hago todas las noches, sólo cuando sé que voy a estar con una mujer.

—¿Qué tiene que ver eso con que te afeites por la noche?

Él soltó una risita y torció un dedo en su dirección.

—¿Te hago una demostración?

—¿Quieres que yo...?

—Ven aquí, sí —la sonrisa de Prospero era juguetona y peligrosa.

—Oh, no necesito...

—Ven aquí, mi pequeña naturalista. *Estúdiame* —lo dijo de un modo tan seductor que Elise se encontró moviéndose hacia él antes de poder pensar en que no era una buena idea.

Estaba sola en una alcoba con un hombre de mala reputación, y él le había pedido que se acercara. Pero era un caballero, y ella necesitaba estar acercarse para poder estudiarlo bien, ¿no? ¿Qué daño podía hacer acercarse un poco más?

# CAPÍTULO 5

Elise lo estaba volviendo loco. Prospero le hizo señas con el dedo, necesitando que se acercara a él. Si se quedaba sentada en esa silla un momento más, tomando notas apropiadas sobre el arte de desnudar a un hombre, él se volvería completamente loco con la necesidad de quitarle la ropa y enseñarle los instintos de un hombre.

—Ven aquí, pequeña naturalista, y *estúdiame* —le ordenó cuando ella lo miró con esos ojos marrones, inocentes y abiertos. Sabía que ella era muy inteligente, estaba bastante claro por su conversación en la cena, pero era inocente cuando se trataba de hombres. En ese momento, supo realmente cuál era su misión. Le enseñaría todo sobre los hombres y la instruiría en las formas en que un hombre podía complacer a una mujer. Era un experto en seducción y en hacer el amor y, por una vez, quería entregarse al placer seduciendo a esta inteligente y hermosa criatura. Quería hacerlo porque ella necesitaba que él le demostrara que el aprendizaje sobre el sexo opuesto no podía realizarse a distancia y mantenerse completamente científico.

Ella necesitaba sentir lo que él sentía, la lujuria en estado puro, el potente deseo que ejercía un hechizo sobre el cuerpo, el corazón y el alma de una persona y que hacía que, al final, el acto de hacer el amor fuera aún más intenso. Sabía que ella no se enamoraría de él, no era tonto, pero si podía mostrarle lo que realmente necesitaba saber sobre la pasión, sería un regalo entre ellos, no simplemente un pago por los ingresos que le había proporcionado durante un breve periodo de tiempo. No, quería hacerlo porque ella le gustaba de verdad y deseaba profundamente que conociera los placeres que una mujer merecía experimentar con un hombre. El amor era mucho más de lo que la lógica y la ciencia podían explicar. Él le enseñaría la magia que se escondía en los besos crepusculares y en los suaves cuerpos en movimiento dentro de la oscuridad.

Elise se acercó a él cuando se lo ordenó y, cuando estuvo lo bastante cerca como para tocarlo, él le cogió la mano derecha y acercó la palma a su mejilla lisa y afeitada. Esta noche, se había afeitado antes de venir por su costumbre habitual. A ninguna de sus viudas parisinas le había gustado la barba o el bigote.

—¿Sientes eso? —susurró. Ella asintió, con los ojos muy abiertos y luminosos—. Las damas suelen preferir la piel lisa cuando desean ser besadas. Si un hombre se afeita temprano por la mañana, empieza a crecerle una barba incipiente al atardecer, y a algunas mujeres no les gusta sentir esa aspereza en los labios, las mejillas... u otros lugares.

—¿Qué pasa cuando está áspera?

Era realmente inocente. ¿Esta mujer alguna vez había sido besada? De ser así, debió haber sido algún besito patéticamente casto; de lo contrario, sabría a qué se refería él con eso de la aspereza. Sin duda, las mujeres *deberían* recibir más educación, porque explorar cosas así dificultaba el comportamiento de un hombre.

Sus dedos permanecieron en la mejilla de Prospero mientras seguía estudiándolo críticamente. Su toque lo quemó de la mejor manera. Hacía mucho tiempo que no sentía un deseo tan intenso por una mujer.

—¿Y bien? —preguntó, y él se esforzó por recordar de qué habían estado hablando.

—Sí, bueno, cuando una mujer es besada por un hombre que no se ha afeitado recientemente, puede sufrir un roce demasiado fuerte y su piel puede volverse sensible a él.

—¿Por eso no tienes bigote? —ella se sonrojó de un suave color caqui—. ¿Para no irritar la piel de una dama?

Prospero era consciente de que los bigotes eran una moda actual en Londres, pero no le interesaban.

—En parte, sí, pero recortar y mantener un bigote requiere tiempo y esfuerzo.

Elise entrecerró un poco los ojos, como si intentara adivinar qué aspecto tendría con uno.

—¿Te interesaría verme con bigote? —bromeó, pero ella interpretó la pregunta con seriedad.

—¿Quizá en la segunda semana de nuestro estudio? —la palma de su mano seguía en la mejilla de Prospero, y recorrió sus pómulos y luego la línea de su mandíbula con los dedos—. Entonces, ¿ya te has afeitado?

—Sí, justo antes de venir aquí.

—Oh... —pareció decepcionada—. Me gustaría verte afeitarte por la mañana para ver cómo se hace.

—¿Nunca has visto a un hombre afeitarse? —preguntó, más interesado en Elise de lo que ella podía suponer.

Estaba claro que nunca la habían besado, o al menos, besado como era debido, y era poco probable que hubiera tenido algún íntimo cercano con hombres y sus vidas. Tal vez esa era la verdadera razón de su estudio, llenar ese vacío en su comprensión del mundo.

—No. Vivo con mi padre, pero nunca he tenido ocasión de verlo realizar sus rituales matutinos o nocturnos, como afeitarse.

—Supongo que tiene sentido. Es algo bastante íntimo. Probablemente sólo su ayuda de cámara o tu madre lo habrían visto hacerlo. Cuando yo era más joven, mi ayuda de cámara solía afeitarme, pero hace años que no tengo un criado para esas tareas.

Elise apartó la mano de su mejilla, pero Prospero le cogió la muñeca con ambas manos, calentándole los dedos fríos al frotarlos entre sus palmas. Era algo que él hacía sin pensar. Se había acostumbrado a cuidar de las mujeres de la forma más sencilla. Por eso había sido tan popular en Francia. Sabía lo que una mujer necesitaba, no sólo lo que quería.

Las mujeres eran criaturas fuertes, tan fuertes que a menudo pasaban toda una vida sin satisfacer sus necesidades, por grandes o pequeñas que fueran. Él había encontrado la alegría en ser un hombre que daba a las mujeres lo que necesitaban, desde horas de exquisito sexo, preparándoles una taza de té, o montando un picnic bajo el sol con sus libros favoritos y golosinas preparadas.

Prospero estudió sus ojos marrones, disfrutando de la insaciable curiosidad que brillaba en sus profundidades. ¿Qué necesitaba Elise? Ella ansiaba conocimiento. Quería comprenderlo a él. Estaba buscando las llaves para acceder a su mente, tal vez a su alma. Para su sorpresa, él descubrió que quería dárselas.

—¿Sigo desvistiéndome para ti? —le preguntó con voz más suave y profunda.

Elise asintió cuando él le soltó la muñeca, y luego se quitó la camisa antes de arrojarla al suelo.

Se le escapó un pequeño jadeo y se cubrió la boca con una mano.

Probablemente nunca antes había visto el pecho desnudo de un hombre. Era consciente de que su musculosa figura resultaba bastante atractiva para la mayoría de las mujeres, incluso para las que enterraban sus adorables narices en los libros. Lo único que estropeaba su piel era un oscuro nudo de tejido cicatricial donde la bala de Aaron Jackson lo había atravesado. Pero sus ojos no se detuvieron allí; como si estuviera demasiado abrumada por el resto de su cuerpo.

—¿Supongo que has estudiado la musculatura de los humanos? —se permitió flexionar un poco sus músculos mientras buscaba los botones de la parte delantera de sus pantalones. A Elise se le formó un nudo en la garganta y tragó duro cuando desabrochó un botón. Muy bien. Estaba tan afectada como él por la intimidad de este momento.

—Yo... sí. He estudiado la forma y la anatomía humanas —la mirada de Elise bajó hasta su pecho mientras se acercaba cautelosamente a ella—. He visto estatuas en museos, por supuesto, y una vez visité un depósito de cadáveres y pude presenciar una autopsia, pero esto es... diferente —admitió como si estuviera desconcertada.

—Puedes tocarme, Elise. No soy una estatua de mármol en un museo detrás de una cuerda de terciopelo. Explórame, estúdiame como *desees*.

Sus ojos marrones se encendieron cuando pronunció la palabra *desees*, y él vio el efecto que tenía en ella. Lo fascinaba a un nivel que él no comprendía del todo, pero deseaba hacerlo. Pensaba estudiarla de la misma manera, hasta descubrir por qué *ella* lo afectaba así. La única forma que tenía de conocer a una mujer era llevándosela a la cama. Por supuesto, esta mujer no iba a caer en sus brazos como las demás porque...

En un instante, Elise tropezó. Prospero se abalanzó sobre ella y la capturó rápidamente antes de que se golpeara contra el borde de la cómoda. Su cuerpo se tensó en sus brazos por un momento antes de suspirar aliviada.

—Cielos, nunca soy tan torpe —murmuró.

Prospero la estabilizó y se aseguró de que podía mantenerse en pie antes de soltarla.

—Creo que tu zapatilla de casa se atascó en el borde de la alfombra —él asintió hacia la evidencia de su única zapatilla volcada junto a la esquina de la alfombra oriental. Ella miró por encima del hombro, y Prospero contempló la singular belleza de su cuello de cisne. Había oído antes a hombres describir así el cuello de una mujer, pero hasta ese momento nunca había entendido a qué se referían. Su piel de marfil tenía una pizca de rubor, y la columna de su garganta descendía hasta un elegante hombro, ligeramente expuesto cuando su vestido de té se deslizó fuera de su sitio. Quería enterrar la cara en su cuello, besarla y mordisquearla hasta dejar débiles marcas de amor en su piel. Prospero quería que otros hombres vieran sus marcas de amor en su cuerpo, las marcas de que la amaba y le daba placer, pero no lo dijo. Todavía no.

Se volvió para mirarlo, como si por fin se percatara de que estaba apoyada contra él, con el cuerpo lo bastante presionado contra el suyo como para que él pudiera sentir las puntas de sus pezones rozándole el pecho. Su pequeña belleza rebelde no llevaba corsé. Esta mujer iba a matarlo, y hacía menos de un día que la conocía.

Se aclaró la garganta, dio un paso atrás y dejó que ella se arreglara el vestido y colocara en su sitio algunos mechones de pelo que se habían rebelado durante la caída.

—Así que... —empezó torpemente—. Pantalones —nunca había sido tímido con una mujer. Ahora tampoco lo era, pero maldita sea, le resultaba extraño quitarse los pantalones delante de ella y ser estudiado como un semental en Tattersall's.

—Pantalones —repitió, tan insegura como él. Sus miradas volvieron a encontrarse y él soltó una repentina carcajada ante la absurda situación—. ¿Qué? —estaba confundida.

—Normalmente, cuando me quito la ropa, es en circunstancias muy distintas. Normalmente, la mujer con la que estoy también se desnuda. Hasta ahora, no era consciente de que había cierta comodidad en el acto de desvestirse *mutuamente.*

De nuevo, sus mejillas se tiñeron de ese rosa perfecto.

—Oh...

—¿Quizá deberías tomar notas? —le recordó Prospero. Se mordió el labio para ocultar una sonrisa mientras ella se lanzaba a por su cuaderno. Montó un espectáculo al sentarse y tomar notas. Sin duda, sentía curiosidad por saber qué estaba escribiendo sobre él, pero no se atrevió a pedirle que se lo contara.

Se quitó los zapatos y los pantalones hasta quedar desnudo, salvo por la ropa interior. Se sentó en el borde de la cama y esperó. Elise levantó la mirada, volvió a tragar duro y garabateó apresuradamente más notas.

—Desearía que Cinna estuviera aquí. Hace mejores bocetos que yo —murmuró Elise para sus adentros. Pero la habitación estaba lo bastante silenciosa como para que él la oyera.

—¿Cinna?

—Lady Cinna Belmont. Mi amiga y compañera de la sociedad.

—Quería preguntarte durante la cena, ¿qué es exactamente esta sociedad tuya? ¿Son todas naturalistas o...?

—No. Somos una sociedad donde las mujeres pueden aprender sobre cualquier cosa que les interese. Artes, matemáticas, ciencias, economía, política. Sólo tenemos un objetivo: aprender y compartir nuestros conocimientos con otras mujeres y acabar con las injustas restricciones que la sociedad nos impone.

—Son dos objetivos —señaló Prospero.

—En esta sociedad, estos dos conceptos están muy unidos.

—Ah, eso explica el uso de la palabra *rebelde* en el nombre de tu sociedad.

Los ojos de Elise se agudizaron.

—¿Lo desapruebas?

—¿El hecho de que sean mujeres o rebeldes?

—Ambas cosas.

Él cruzó los brazos sobre su pecho desnudo.

—Creo que, dada mi presencia aquí, apruebo ambas cosas.

—¿Quizás simplemente apruebas mi dinero?

—Los otros hombres que huyeron de la entrevista sugieren lo contrario. Con la cantidad que ofreces, deberían haberse quedado, pero su propio e insensato sentido de la superioridad les impidió confiar en tu trabajo como naturalista.

—La mayoría de los hombres con título no aprueban nada que desafíe su posición social o su poder.

—Esos hombres temen lo que está fuera de su control. Es una debilidad, no una fortaleza. Hace doce años, podría haberme convertido en un hombre así, si el destino no hubiera intervenido. Nunca lo sabremos —sinceramente, Prospero no *sabía* en qué se habría convertido su versión más joven. Sólo sabía que ese niño se había ido y que el hombre que era ahora, el hombre con sangre y muerte en sus manos, se había alejado de intentar controlar su vida o la de los demás.

Los ojos de Elise se suavizaron un poco.

—¿Es cierto que vivías con viudas como acompañante para... para...?

Los labios de Prospero se crisparon.

—¿Para sobrevivir? Sí, ¿cómo lo supiste? —era extrañamente divertido ver que su situación la inquietaba un poco. Había una mujer dentro de la naturalista, y a él le fascinaban ambos elementos de ella.

—Confieso que, antes de tu entrevista, averigüé algunas cosas y era consciente del duelo y de su desenlace. Fingí no saberlo durante nuestro encuentro, pues quería ver cómo me lo explicarías. Pero como he dicho, el incidente no me importa, pero prefiera estar preparado con información.

—No puedo culparte por investigar. Habría hecho lo mismo en tu lugar —sin embargo, no dijo nada más sobre las viudas. No quería que ella se percatara de que él no era diferente de las prostitutas de Whitechapel.

Se sumieron en un momento de silencio mientras ella escribía algunas notas más y volvía a levantar la mirada.

—¿Tienes algún ritual nocturno aparte de afeitarte?

—¿Rituales? —por un momento, la palabra rodó en su lengua—. Leo un poco, si tengo acceso a algo bueno. Si no, supongo que me voy a la cama —apartó las sábanas y se metió en la cama—. ¿Piensas quedarte a verme dormir?

—Sí, me gustaría observarte durante unas horas —se acomodó nuevamente en la silla.

—Como desees —ahuecó la almohada y se recostó en la cama, cruzando los brazos detrás de la cabeza. Una única lámpara iluminaba la habitación, y no tendría problemas para dormir a pesar de la escasa luz.

El silencio de la noche se prolongó, empañado únicamente por el sonido de su pluma rozando el papel mientras seguía escribiendo. Al principio lo distrajo y pensó que sería imposible dormirse. Pero al cabo de un rato, sintió que una suave calma descendía sobre él. Parpadeó una, dos veces, y como ocurría a veces, cayó en un sueño casi instantáneamente.

*Danzaba en un baile, un año atrás, antes de huir a Francia, cuando aún tenía veintidós años. La luz dorada bañaba las puertas a su alrededor, y se encontró sonriendo al ver las caras de viejos amigos entre la multitud.*

*—¡Nicholas! —exclamó, pero su amigo no se volvió hacia él. Más gente no respondió cuando los llamó por sus nombres. Giraban y bailaban mientras sus gritos seguían sin ser escuchados. De repente, una joven se deslizó entre la multitud y se acercó a él.*

*¿La señorita Jackson?*

*—Hola, Prospero —ronroneó y agitó las pestañas—. Me alegro mucho de que hayas vuelto —se apoyó contra su brazo, con su cuerpo sorprendentemente frío contra el suyo—. Te he estado esperando.*

*Él se volvió para examinar más profundamente sus ojos y vio un destello de oscuridad en sus profundidades. Ella siseó como una víbora.*

*—Nunca olvides que me perteneces...*

Se incorporó en la cama con un jadeo y los espectros de su pasado se desvanecieron en las sombras de la habitación. Por un momento, no recordó dónde estaba. La cama era exquisita y la habitación demasiado cálida para ser su frío piso de París.

Se pasó las manos por la cara, frotándose los ojos mientras su cuerpo se sentía agotado. Los restos de su sueño —no, *pesadilla*—, aún permanecían en los bordes de su visión como fantasmas hechos de humo. No había tenido ese sueño en años, pero su regreso a Inglaterra había desenterrado todo tipo de viejos dolores y temores.

Prospero miró a su alrededor y vio a alguien profundamente dormido en una silla cerca de la cama.

Elise Hamblin, la pequeña naturalista. Por supuesto. De pronto, recordó todo: la entrevista, la cena, su desnudez. Necesitaba un vaso de whisky para ahogar tanto su vergüenza como su deseo por esta mujer. La mirada de Prospero la recorrió. Su cuaderno había caído al suelo y la pluma colgaba de sus dedos flácidos mientras yacía dormida en lo que debía de ser una postura de lo más incómoda.

Prospero salió de la cama sin hacer ruido. Le quitó la pluma, la dejó sobre la mesa y, con cuidado, cogió a Elise en brazos y la tumbó en la cama. Le quitó las zapatillas de casa y le subió las mantas hasta la barbilla. Ella murmuró algo demasiado suave para que él pudiera oírlo y rodó de lado para mirarlo, pero no se despertó.

Lleno de una inesperada dosis de ternura, le apartó el pelo e, inclinándose, le besó suavemente la frente. Ella se movió un poco y, de repente, su mano capturó los dedos de Prospero cuando empezó a separarse. Se quedó inmóvil un instante, sorprendido por la simple pero poderosa conexión que se produjo cuando ella se aferró a él. Prospero no soltó su mano, sintiendo un hilo de algún hechizo invisible que lo unía a esta mujer. El agarre de Elise terminó por debilitarse y su mano volvió a caer sobre la cama.

Estuvo a punto de inclinarse para cogerla, pero se apartó en el último segundo. En lugar de eso, arropó su mano con las sábanas para mantenerla caliente. Luego se volvió para recoger el cuaderno del suelo. Con una cuidadosa mirada por encima del hombro para asegurarse de que ella no se había despertado, él estudió las notas que había escrito.

*Este noble pícaro tiene muchas cualidades que contribuyen a su simpatía natural. Naturalmente, el atractivo es importante, pero una buena apariencia sin algo más que ofrecer no atraería a mujeres de calidad. No, este pícaro más inteligente ha desarrollado habilidades como escuchar atentamente a una mujer durante una conversación y comportarse de forma respetable con ellas, al menos fuera del dormitorio. Hay que estudiar más a fondo el comportamiento de un pícaro cuando está en privado con una mujer.*

Bajo estas palabras había un bosquejo de un par de penetrantes ojos claros y unas cejas oscuras. *Sus* ojos. ¿Ella creía que no sabía dibujar? Su habilidad era bastante evidente porque parecía que él se estaba mirando en un espejo.

Bajo el dibujo de sus ojos, ella había escrito las palabras *«emocionante, cautivador, hechizante»*. Luego había añadido un rápido comentario: *«¿Ventanas al alma?»* Había subrayado su propia pregunta como si debatiera consigo misma sobre el asunto. Sus labios se crisparon al considerar la cuestión existencial de si los ojos eran, de hecho, la ventana al alma. Él creía que sí. Deseó poseer el mismo talento natural para el dibujo, porque habría esbozado los ojos de Elise bajo los suyos.

Los ojos eran el rasgo más importante de una persona. Los ojos no envejecían. Quizá eso era lo que más amaba, saber que si alguna vez tenía la suerte de enamorarse, tendría el don de envejecer y contemplar los ojos inalterables de la mujer que amaba. La cara alrededor de los ojos podría llenarse de arrugas de la vida, pero los ojos nunca envejecerían.

Volvió a centrar su atención en la mujer dormida en la cama. El hilo que lo unía a esta criatura enigmática y fascinante no hacía más que crecer.

—Descansa, mi pequeña naturalista rebelde —cerró su cuaderno y sonrió antes de acomodarse en la silla para dormir.

CELINE PERKINS ESTUDIÓ LAS CARTAS EN SUS MANOS Y, con una dulce sonrisa de victoria, las depositó sobre la mesa de juego de paño verde. El hombre contra el que jugaba emitió un gemido de derrota.

—La señora Perkins vuelve a ganar —murmuró un hombre.

Celine se inclinó hacia adelante y recogió sus ganancias con alegría. Estaba guardando el tan necesitado dinero en su bolso cuando vio a su hermano mayor, Adam Jackson, entrando en la sala de juego. Él la vio, con nubes de tormenta en su rostro. Eso no auguraba nada bueno para ella. Desde que se había casado con Charles Perkins, un hombre veinte años mayor que ella, había hecho todo lo posible por evitar a su hermano mayor y su crueldad. Después de la muerte de su marido a causa de un ataque al corazón, volvió a encontrarse bajo el poder de su hermano. Dio las buenas noches a sus acompañantes y se apresuró a intentar esquivar a su hermano. Él la sujetó del brazo y la arrastró hasta un rincón.

—Adam, ¿qué...?

Tenía los ojos oscuros y ardientes como brasas.

—Nunca adivinarás quién ha vuelto a Londres.

—¿Quién? —preguntó ella con inquietud.

—Harrington. Por supuesto, ahora es el maldito conde de March.

Los labios de Celine se entreabrieron de asombro.

—¿Prospero ha vuelto?

—Sí, y pienso vengarme de él —gruñó su hermano mayor—. Harrington no huirá de *mí*, no después de lo que le hizo a Aaron.

—Oh, por favor, olvídalo, Adam, déjalo en paz —suplicó Celine—. Él no vale la pena. Además, llevo años casada.

—Y ahora estás viuda. No olvides que mató a nuestro hermano, Celine. Puede que a ti no te importe, pero a *mí* sí.

Entre sus dos hermanos, Aaron había sido su favorito, pero ya no estaba. Adam, el mayor de los tres, tenía un carácter temible. Era una de las razones por las que ella se había casado tan rápido y había huido de una casa donde él podía hacerle daño cada vez que se ponía de mal humor. Ahora él se había metido de nuevo en su vida, y todos esos viejos temores habían vuelto.

—*Por favor*, Adam —volvió a tirar de su brazo—. Olvídalo. Quiero olvidarlo, dejar atrás las heridas del pasado.

Su hermano la miró con desprecio.

—Lo estropeaste todo persiguiendo a Harrington después de que te dejara preñara, y Aaron murió por ello. Así que me *ayudarás* a acabar con Harrington, o juro por Dios que no te concederé ni un momento de paz. Ni uno.

Ella no se atrevió a decirle la verdad, que el niño no era de Prospero. Pudo haber sido engendrado por otros hombres. Había estado tan desesperada por alejarse de su familia, y estar embarazada fue la única forma en que sintió que podría lograrlo.

Prospero sólo le había robado un beso una vez, cuando ella era debutante. Lo había señalado como padre con la esperanza de que tuviera la amabilidad de acudir en su ayuda y casarse con ella. Pero él se había negado porque no la amaba y había jurado casarse sólo por amor. Aaron no le había creído y lo había retado a un duelo.

—¿Qué quieres que haga?

—Encuentra su punto débil. Quiero *lastimarlo*, herirlo tan profundamente que sienta que no puede respirar. Cuando se esté muriendo por dentro, le atravesaré el corazón con una bala.

Celine se estremeció. Prospero no se merecía nada de esto. Sus acciones habían matado a su hermano y por poco también a Prospero. Ahora estaba ocurriendo de nuevo, y temía que Prospero no sobreviviera a la ira de su familia por segunda vez.

# CAPÍTULO 6

Prospero se despertó temprano, pues el ritmo natural de su cuerpo lo sacó del sueño cuando la habitación se iluminó. Estaba rígido cuando se sentó en la silla y se estiró. Bostezó y miró hacia la cama cercana. En algún momento de la noche había robado una manta de la cama para calentarse, pero había mantas extra para que Elise estuviera cómoda. Justo ahora estaba metida debajo de las sábanas, y sólo asomaba su cara y un delicado pie que, de algún modo, había quedado fuera de las mantas.

Se quedó mirando ese pie delgado y femenino y se encontró sonriendo. *Debería* despertarla, pero creía que siempre había que dejar dormir a una mujer. Si algo sabía, era que una mujer bien descansada era una mujer feliz. Se levantó, cogió la ropa de la noche anterior y se la puso de nuevo.

Estaban algo arrugadas y no eran adecuadas para llevarlas el resto del día. Tendría que ir a por su maleta de viaje a la casa de enfrente y cambiarse. También tendría que visitar a un sastre para conseguir un nuevo guardarropa. Por el momento sólo tenía un puñado de trajes y necesitaría más si pretendía reunirse con otras personas para hablar de inversiones comerciales. Tenía el dinero que Elise le había dado después de la entrevista, y usaría parte de éste para comprar algunos atuendos.

Prospero salió silenciosamente de la habitación y atravesó el pasillo hasta la gran escalera. Al llegar a la entrada del piso inferior, se topó con el mayordomo, Roberts.

—Buenos días, milord —Roberts salió de la puerta que Prospero supuso conducía a las cocinas inferiores.

—Ah, señor Roberts, ¿sería posible desayunar algo?

—Por supuesto, milord. El comedor está preparado. Por favor, rompa el ayuno cuando le plazca. Los diarios matutinos han llegado y están a su disposición por si desea leer algo.

—Gracias —asintió al mayordomo mientras el hombre se daba la vuelta para irse, y luego lo detuvo—. Eh, señor Roberts, la señorita Hamblin mencionó que usted podría publicar avisos para puestos domésticos en mi casa. ¿La de enfrente?

—Sí, milord. Ya me he ocupado de ello.

—¿Lo ha hecho?

—Sí, milord. Los envié a los diarios anoche. Deberían estar en los lugares apropiados hoy y mañana. Los candidatos enviarán sus respuestas aquí para usted, y estaré encantado de descartar a cualquier candidato inadecuado, si lo desea.

Prospero consideró el asunto.

—Gracias. Déjeme cualquier solicitud cualificada para que la revise. Necesito personal que sea leal a mi casa, dadas mis... inusuales circunstancias.

—Por supuesto, estoy completamente de acuerdo —

dijo Roberts—. Le avisaré en cuanto empiecen a llegar respuestas a los anuncios.

Prospero entró en el comedor y se detuvo al darse cuenta de que no estaba solo. Un hombre alto y corpulento de unos sesenta años, con el pelo canoso y oscuro, estaba sentado en el extremo opuesto de la mesa, con un diario desplegado delante de él. Tenía una tostada a medio camino de su boca mientras miraba a Prospero, igualmente atónito. ¿Por qué el mayordomo no le había advertido de que no iba a comer solo?

—¿Quién demonios eres? —el bigote oscuro del hombre se crispó mientras parecía contener una respuesta más directa a alguien que perturbaba su desayuno.

—Soy Prospero Harrington. Estoy participando en un estudio científico para la señorita Hamblin —probablemente había una forma mejor de presentarse, pero fue lo único que se le ocurrió en ese momento. Estaba seguro de que se trataba del padre de Elise.

El formidable hombre entrecerró los ojos.

—Harrington... Harrington. Espera, eres el hijo del conde de March.

Ah. Ahí estaba. Prospero esperó a que el señor Hamblin lo denunciara y le exigiera que desalojara la casa. Pero en lugar de eso, Hamblin se limitó a mirarlo con una mezcla de interés y un brillo deliberado en los ojos.

—Mi padre murió hace unos meses —dijo Prospero, llenando el aire muerto.

—Entonces, eso *te* convierte en lord March —musitó el padre de Elise—. Te doy el pésame por lo de tu padre.

—Gracias. ¿Supongo que usted es el patriarca de los Hamblin? —Prospero pudo ver los ojos de Elise en el rostro del hombre y la obstinada inclinación de su barbilla.

—Lo soy. Puedes llamarme John.

Se levantó y tendió una mano a Prospero. Sorprendido por el gesto, se la estrechó.

—Entonces debo insistir en que me llames Prospero.

—Ahora bien, ¿qué es todo esto de mi hija y algún estudio? ¿En qué se ha metido esta vez? —su mirada no pasó nada por alto mientras examinaba el arrugado traje de noche de Prospero.

—Está estudiando caballeros y me ha contratado para que sea el objeto de su estudio. ¿No estabas al tanto de esto?

Las cejas de John se hundieron peligrosamente.

—¿Que mi hija estaba invitando a hombres extraños a mi casa para estudiarlos? No, desde luego que no lo sabía.

—Oh... —Prospero empezó a preguntarse si su preocupación inicial de ser expulsado de la casa podría hacerse realidad.

—¿Así que acabas de llegar esta mañana? —John volvió a estudiarlo. Entre Elise y su padre, Prospero empezaba a sentirse como uno de esos insectos en un frasco en la sede de la Sociedad de Damas Rebeldes.

—Llegué anoche. Cenamos.

—¿Cenaste con mi hija? *¿A solas?* —gruñó John.

—Sí, no sabía que no estarías presente en la cena. Sólo me informó de que tenías una cena de negocios en tu club después de que yo llegara.

John se acarició el bigote, pensativo.

—¿Y has pasado la noche aquí?

Prospero escuchó la pregunta no formulada. De un modo extraño, se sentía mucho más en peligro en este momento con este hombre que cuando se había enfrentado a Jackson en ese maldito duelo.

—A petición de ella, como parte del estudio. Te doy mi palabra de que no ha ocurrido nada que requiera algún tipo de anuncio entre nosotros. El interés de tu hija por mí es *totalmente* científico.

Ante esto, John suspiró con decepción.

—Tristemente, te creo. Puede que yo sea el único hombre en Inglaterra que reza para que su hija se fije en los hombres. En vez de querer casarse con uno, quiere estudiarlos. Dios, ¿qué será lo próximo? Tenemos más esqueletos, criaturas en frascos y animales disecados en esta casa que el nuevo museo de historia natural que abrió el año pasado. ¿Dónde guardaría yo a todos los hombres si ella empezara a *coleccionarlos?* —el padre de Elise soltó una risita irónica.

Prospero se rio también y se sentó cuando John le indicó que lo hiciera. Un lacayo acercó una tostada y un tarro de mermelada de naranja y los depositó cerca de Prospero sobre la mesa.

—Entonces, ¿un estudio sobre hombres? ¿Qué podría querer saber? Vive con uno. ¿Qué más podría querer aprender que no pueda preguntarme a mí?

Prospero rompió un huevo con la cuchara.

—Según tengo entendido, quiere conocer a los hombres a un nivel instintivo. Lo que impulsa nuestras acciones cotidianas, lo que nos motiva, etcétera —miró a John, curioso por ver su reacción. El anciano parecía imperturbable ante la extraña elección de estudios de su hija.

—Entonces, pierde el tiempo buscando respuestas más profundas. Sólo hay tres cosas que impulsan a los hombres: el amor al dinero, el poder y las mujeres. Eso podría habérselo dicho yo —resopló el padre de Elise.

—Estuve a punto de decírselo anoche, pero sigue empeñada en seguir estudiando.

—Culpo a esa maldita sociedad suya —suspiró John.

—¿No la apruebas? —preguntó Prospero mientras desayunaba.

John dejó escapar un suspiro cansado.

—La apruebo, pero a veces me pregunto si se dedica a estudiar para no vivir. O quizá se debe a que su madre estaba tan involucrada en la sociedad que Elise quiere sentirse unida a ella a través de ésta. Era sólo una niña cuando perdí a mi Eloise.

—¿Su madre se llamaba Eloise?

El rostro duro de John se suavizó.

—Sí, cuando nació mi hija, se parecía tanto a mi querida esposa que la llamamos Elise. Ahora que ha crecido, es la viva imagen de su madre, maldita sea. Supongo que a veces agradezco que no se haya casado. Perderla ahora me rompería el corazón —la sinceridad de John hizo que a Prospero se le formara un nudo en la garganta.

—Excepto por sus ojos. Me atrevería a decir que tiene *tus* ojos, John.

—Eso crees, ¿eh? —los ojos marrones de John se clavaron en Prospero con abierta curiosidad. Era una mirada tan parecida a la de Elise que Prospero sólo pudo asentir. Sí, Elise poseía mucho rasgos de su padre, tanto como de su madre—. Entonces, Prospero, si no me falla la memoria, tus padres vivían en esta plaza —señaló con la cabeza hacia las altas ventanas del comedor que daban a la calle.

—Sí, mi madre se retiró al campo para estar con su hermana, y ahora que he vuelto de París, pienso actualizar el mobiliario y hacer las reparaciones necesarias.

John asintió en señal de aprobación.

—Buen hombre. Los valores inmobiliarios de la plaza se beneficiarán de ello, desde luego.

Prospero se maravilló de la semejanza entre Elise y su padre. Eso lo hizo sonreír.

—¿Tengo entendido que te dedicas al sector ferroviario? —preguntó Prospero después de que ambos hubieran comido en silencio durante unos minutos.

—Así es. ¿No me digas que tú también? —respondió John—. Lo admito, no me interesan mucho las actividades de tu grupo. La mayoría son pésimos para los negocios.

Prospero sabía a qué se refería. *El grupo de los hombres con títulos.* A menudo, los lores con título no se dedicaban a los negocios excepto cuando era absolutamente necesario —al menos no los más viejos—, pero a medida que las tierras de labranza daban paso a edificios y las ventas de casas solariegas eran frecuentes, esos hombres con títulos se veían obligados a buscar formas alternativas de mantener a sus familias y las grandes propiedades que aún existían.

—Aún no estoy involucrado, pero me interesaría saber si crees que merece la pena invertir en ello. Para un hombre nuevo en la industria, como yo.

—Se necesitaría un poco de dinero para entrar, a menos que tengas contactos. La mayoría de los ferrocarriles decentes están en manos de pequeños pero poderosos grupos de inversores. Pero supongo que puedo preguntarle a alguien. ¿Sabes algo sobre producción de acero o ferrocarriles?

Prospero sintió una oleada de entusiasmo ante la idea de hacer algo útil. Pero tuvo que moderar ese entusiasmo con la realidad de que tenía poco que ofrecer en cuanto a conocimientos o experiencia.

—Muy poco, pero aprendo rápido.

—Tendrás que hacerlo si esperas mantener alguna inversión no sólo a flote, sino rentable. Parece que la tecnología cambia cada día.

Arriesgándose, Prospero se inclinó un poco hacia John.

—¿Estarías dispuesto a indicarme cuál es la mejor manera de aprender sobre ello?

John hizo una pausa.

—¿Hablas en serio?

—Por supuesto. Quiero reconstruir la fortuna de mi familia, y no tengo intención de conformarme con mi título. Si se requiere trabajo, estoy capacitado tanto mental como físicamente como cualquier hombre. Me gustaría ser útil a mí mismo y a los demás. Entrar en un negocio en expansión parece lo más inteligente —Prospero esperaba que John nunca se enterara del método que había utilizado para sobrevivir en París. No era fácil ver la diferencia entre un *hijo* de conde deshonrado y un conde deshonrado. El primero tenía poco para negociar, salvo su propio cuerpo; el segundo tenía un título y prestigio. La desafortunada verdad era que la muerte de su padre había abierto algunas puertas que habían estado cerradas durante los últimos doce años.

John lo estudió un momento con la misma mirada fría y calculadora, pero no por ello poco amable, que su hija le había dirigido durante la entrevista inicial en la sociedad. Prospero vio que la mirada del otro hombre no juzgó su pasado, sólo lo que podría ocurrir en su futuro. John apartó la silla y se levantó.

—Espera aquí —dijo, y salió del comedor. Cuando regresó, John entregó a Prospero un grueso volumen titulado *Historia del Ferrocarril Inglés* y una segunda edición más delgada titulada *Sistemas de Propulsión e Ingeniería Ferroviaria* —. Si después de leerlos sigues aceptando el negocio, puedo llevarte a una reunión conmigo.

Prospero se quedó estupefacto ante la disposición del hombre a ayudar.

—Gracias, de verdad.

John se encogió de hombros.

—Respeto a un hombre que no se deja dominar por el pasado. Ahora estás aquí, exigiendo que te den una oportunidad justa en la vida, no aferrándote a un título muerto y buscando que te den las cosas. Sólo un tonto se interpondría en tu camino, y un buen hombre te echaría una mano. Una vez alguien hizo lo mismo por mí, y creo en devolver tales actos de bondad.

Algo se oprimió en el pecho de Prospero ante la generosidad del hombre. Elise también había heredado la bondad de su padre. Todo porque sentía compasión, no lástima, por sus circunstancias. Estaba agradecido, y era lo bastante sabio para reconocer la diferencia.

ELISE RODÓ Y SE ESTIRÓ, DISFRUTANDO DEL CALOR DE LAS mantas un largo instante antes de incorporarse de golpe. No era *su* dormitorio. Era la habitación de invitados que había preparado para Prospero Harrington la noche anterior. Sólo que él no estaba aquí con ella. Estaba completamente sola. Y en la cama. Recordaba claramente haber estado en la silla, no en la cama. ¿Él la había movido durante la noche? Debió haberlo hecho. Sus cejas se fruncieron. ¿Por qué lo haría? ¿Renunciar a una cama acogedora para dársela ella? ¿Era algo que exigían las leyes de los caballeros, o era algo más... innato, más antiguo en la forma en que un hombre podía cuidar de una mujer? Tenía que tomar nota para preguntárselo más tarde.

Su cuaderno y su pluma estaban ordenados sobre una

mesa, y la ropa de Prospero que había estado esparcida por el suelo la noche anterior ya no estaba a la vista. Por un momento pensó en la posibilidad de haber soñado todo lo que había sucedido anoche. Pero no, no había sido ninguna fantasía. Había visto cómo el tristemente célebre conde de March se desnudaba para ella —con fines científicos, por supuesto—, y el acto había parecido llenar la habitación de una descarga eléctrica que no sabía cómo explicar.

Elise se sentía como el filósofo griego del siglo VI, Tales de Mileto, cuando frotó unas varillas de ámbar para demostrar lo que ahora se llamaba efecto triboeléctrico. Cuando había tropezado y caído en brazos de Prospero, esa carga eléctrica la había atraído hacia él, manteniéndolos unidos. Cuando su cara había estado cerca de la de ella en un beso inminente, Elise casi había esperado que sus cuerpos generaran chispas.

Sin duda, merecía la pena estudiar *eso*. ¿Esa conexión eléctrica entre un hombre y una mujer se limitaba a la apariencia, o podía producirse entre cualquier hombre y cualquier mujer en cualquier momento y bajo las circunstancias adecuadas? Si lo descubriera, explicaría muchas cosas sobre la naturaleza humana.

Explicaría por qué tantas mujeres se dejaban comprometer por los hombres y por qué, en particular, los libertinos y los pícaros resultaban perjudiciales para la reputación de una mujer. Por primera vez, sintió que podía entender por qué las mujeres a veces se comportaban de forma tan tonta con ciertos hombres. Siempre había mirado por encima del hombro a esas criaturas tontas y risueñas, pero después de lo que había experimentado la noche anterior, no estaba segura de que hubiera palabras para describir cómo se sentía, sólo que había estado a punto de reírse de sí misma por cómo la había hecho sentir.

El cuerpo de Prospero había sido firme, rígido y fuerte, pero Elise había disfrutado apoyándose en él, sintiendo el calor de su piel desnuda y su natural aroma masculino con un toque de almizcle. La hizo pensar en el ámbar y en los árboles de hoja perenne. Al estar en sus brazos, se había sentido como si se adentrara en un bosque oscuro y silencioso donde los árboles hablaban un lenguaje de suaves crujidos y chasquidos mientras las raíces se movían bajo el fértil suelo y las hojas susurraban secretos que la humanidad aún era demasiado joven para comprender.

Las imágenes eran muy poco científicas y, sin embargo, tenían mucho sentido. Su madre le había leído cuentos de hadas de niña, y recordaba una historia de una chica con una capa roja que huía de un lobo, pero siempre se había preguntado por qué una joven se adentraría en el profundo y oscuro bosque. Ahora comprendía la atracción. Era el misterio del bosque oscuro, no el lobo, lo que atraía a la muchacha a sus profundidades.

Elise se levantó de la cama y tembló.

Recogió rápidamente su cuaderno y se apresuró a regresar a su alcoba. Eran casi las ocho de la mañana. Había dormido más de lo habitual, pero se sentía increíblemente recuperada.

Su criada estaba furiosa cuando Elise entró en su habitación.

—¿Dónde ha estado, milady? ¡Estaba a punto de hacer que el señor Roberts destrozara la casa buscándola! —Mary cogió a Elise de la mano y tiró de ella hacia el biombo—. Debemos vestirla y prepararla para el desayuno. Su padre y lord March están ahí abajo solos. Sólo Dios sabe de qué hablan sin que usted esté allí para dar explicaciones.

Elise casi rasgó su vestido de té a la altura de los hombros en un intento de quitárselo.

—¡Oh Dios, me he olvidado de papá!

Mary le tenía preparado un vestido de paseo azul claro con un fino polisón en la espalda y un cierre trenzado de lazo al estilo militar en la chaqueta superior que lucía bastante elegante. Le recogió ligeramente el pelo y lo sujetó con una horquilla de nácar.

Mary suspiró.

—Esto tendrá que servir. Espero que llegue a tiempo para la cena.

—Es posible que cenemos fuera.

Su criada frunció el ceño.

—En cualquier caso, no saldrá de esta casa a menos que la arregle como es debido.

Elise le dio un ligero beso en la mejilla y bajó las escaleras a tiempo para ver a su padre y a Prospero salir juntos del comedor.

—Ah, ahí está —su padre soltó una risita, y compartió una discreta sonrisa con Prospero como si fueran viejos amigos. Se sintió aliviada, pero también recelosa. No había advertido a papá de su intención de traer a un hombre a la casa, y menos con la reputación de lord March. No podía culparlo si se enfadaba con ella por tal falta de decoro—. ¿Puedo hablar contigo antes de que usted y lord March comiencen su día? —la voz de su padre seguía siendo tranquila, sin ningún indicio de disgusto.

—Sí, papá —Elise lanzó una rápida mirada a Prospero, quien sólo respondió con un encogimiento de hombros. Siguió a su padre hasta su estudio privado, donde cerró la puerta y se sentó en la silla de su escritorio, frente a ella. Tuvo la sensación de que iba a ser sermoneada. No ocurría a menudo, pero cuando ocurría, nunca le gustaba.

—March parece un tipo decente —dijo su padre.

—Sí, lo es.

—Tu elección no ha sido mala.

Elise no entendió el comentario. Desde luego, era perfecto para su estudio, por no mencionar que el señor Holmes había insistido mucho en que investigara a lord March.

—Económicamente, no tiene ni un centavo, pero imagino que no por mucho tiempo. Parece un hombre capaz, dispuesto a labrarse su propio futuro. No me importaría tenerlo como yerno.

Los labios de Elise se entreabrieron de asombro, pero no habló. ¿Su padre pensaba que Prospero era su pretendiente?

Al ver su reacción, su padre suspiró.

—Me habló un poco de ese estudio tuyo, del estudio de los *hombres*. ¿Supongo que es la única razón por la que está aquí?

—Sí, por supuesto. Acabamos de conocernos. No hay nada más...

Su padre levantó una mano.

—Últimamente te pido muy poco, así que, por favor, considera mis próximas palabras con cuidado. Ese hombre sería una elección decente. Me agrada. Y lo que es más importante, no creo que tenga ningún problema con tus estudios en la sociedad.

Él estaba hablando de un *matrimonio* con Prospero.

—Papá, llevo menos de un día conociéndolo, y sabes que no tengo ningún interés en casarme —era una discusión que tenían de vez en cuando. El matrimonio no funcionaría para ella. Era una mujer ocupada, y no iba a dejar que un hombre gobernara su vida aceptando casarse con él.

—Entiendo cómo te sientes, querida. Pero recuerda que tu madre me tuvo a mí *y* a una vida llena de aventuras y libertad. No todos los hombres quieren gobernarte. El correcto elige *asociarse* contigo. Creo que March es un hombre así.

Arqueó la ceja, desafiando a su padre.

—Has averiguado todo esto durante el desayuno, ¿verdad?

Él se recostó en su silla y sonrió.

—Te sorprendería lo que se puede descubrir *hablando* con alguien en lugar de mirarlo con lupa.

Estuvo tentada de decir que ver a la gente a través de una lente era mucho más seguro que intercambiar palabras.

—Sólo dime que lo considerarás. Estoy envejeciendo y, algún día, cuando no sea más que polvo, quiero irme de esta vida tranquilo, sabiendo que estás a salvo.

—*Estoy* a salvo —protestó Elise—. ¿No confías en que pueda cuidar de mí misma?

—Confío en *ti* —respondió solemnemente su padre—. Más de lo que nunca sabrás. Pero no confío en el mundo en que vivimos. Incluso las personas más capaces pueden ser víctimas de la maldad de este mundo.

—No soy una damisela que necesita ser salvada por un caballero —le recordó.

—No, no lo eres. Siempre has sido una Juana de Arco, con tu armadura brillando al sol cuando te lanzas a la lucha —sus ojos brillaron con orgullo—. Pero me gustaría ver a San Miguel a tu lado, listo para matar algún que otro dragón y protegerte si lo necesitas.

Elise se relajó un poco.

—Lo tendré en cuenta, papá.

Se inclinó hacia adelante, apoyando los codos en su escritorio.

—Ahora, ¿qué hay *realmente* detrás de este estudio tuyo? Hasta ahora nunca habías mostrado interés por los hombres, ni siquiera académicamente.

—Oh, bueno... Puede que haya hecho una apuesta con el señor Holmes.

Las cejas de su padre se alzaron.

—¿Ese detective? Siempre me ha parecido un poco impredecible. ¿Qué demonios te hizo involucrarte con ese hombre?

—Estaba interrumpiendo mis reuniones con ese maldito violín suyo. Así que le pedí que parara, y me dijo que nuestros estudios en la sociedad estaban incompletos si no entendíamos primero la condición humana. Le señalé que yo la entendía bastante bien y que los hombres en su conjunto eran bastante aburridos. Eso lo llevó a desafiarme a comprender a los hombres, y en concreto a lord March, porque sus antecedentes no son tan, bueno... claros, sino que vive en una zona de penumbra. Si demuestro que entiendo a los hombres, me entregará ese maldito instrumento para que podamos tener nuestras reuniones en paz.

Su padre soltó una risita.

—¿Así que el detective más famoso de Londres logró que te interesaras en los hombres? Puede que tenga que enviarle a Holmes mi mejor botella de Madeira.

—Oh, papá —jadeó Elise, irritada—. *Sólo* es un estudio científico.

Los ojos de su padre seguían brillando.

—Muy bien, querida, vete. Seguro que tienes *mucho* que estudiar. No te metas en líos. Bueno, pensándolo bien, tal vez *un poco* de problemas sería bueno para ti —otros hombres habrían sonado condescendientes al decir esto, pero Elise sabía que su padre se estaba burlando de ella.

—No nos meteremos en ningún lío. He pensado que

podríamos visitar el Museo de Historia Natural durante unas horas. Tengo curiosidad por saber qué piensa de la naturaleza y la historia —el Museo Británico había crecido con el tiempo, y justo el año 1881 habían trasladado gran parte de la colección original a un nuevo museo construido para albergar las colecciones de historia natural.

—¿Estarás en casa para cenar esta noche?

—No estoy del todo segura.

—Bueno, ten cuidado e intenta divertirte, Elise. Parece un tipo inteligente e interesante. Tengo la sensación de que no está acostumbrado a hablar de sí mismo, pero cuando lo hace, el hombre es honesto. Quizá te interese lo que puedas averiguar sobre él.

Elise salió del despacho de su padre, más que confundida por su petición de que ella considerara casarse con un hombre al que acababa de conocer. Nunca había hecho esto. No era propio de él presionarla así.

Prospero la estaba esperando en la puerta del comedor. La acompañó al interior, donde él le había preparado un plato de comida, y luego se sentó a hojear tranquilamente un par de libros que había sobre la mesa.

—Como has llegado tarde a desayunar, pensé que tendrías hambre —señaló el plato con la cabeza.

—Gracias. Ha sido un gesto muy considerado.

—De nada —sus suaves ojos azules parecieron acariciarla antes de volver a centrarse en sus textos.

—¿Qué estás estudiando?

Él le dirigió una mirada tímida y mostró los lomos de los libros.

—*Historia del Ferrocarril Inglés* y un libro sobre ingeniería de trenes y sistemas de propulsión de motores.

Elise soltó una risita.

—Vaya. Has *estado* hablando con mi padre, ¿verdad? —

era propio de su padre entregar libros de texto sobre ferro-carriles a alguien—. No tienes que leerlos. Te prometo que no se lo diré.

—En realidad, le pregunté sobre cómo entrar en el negocio ferroviario. Me dio el buen consejo de que debería estudiar la historia y la ciencia de la industria antes de intentar entrar en ella.

Definitivamente, eso sonaba como algo que su padre diría. Desayunó apresuradamente mientras él leía en silencio, pero era un silencio *agradable*. Tenía demasiados pensamientos en la cabeza cada día, tanto que temía quedarse a solas con un hombre cuando sabía que esperarían de ella una conversación animada e ingeniosa.

Aquí estaba, disfrutando de un momento para pensar, o incluso para no hacerlo, y eso la *tranquilizaba* de un modo que nunca había imaginado. Se sorprendió a sí misma dedicando miradas furtivas a Prospero mientras leía sus libros. Trazó mentalmente la línea de su mandíbula, su nariz recta, los labios ligeramente más carnosos que el promedio y esas pestañas increíblemente largas que justo ahora estaban caídas mientras estudiaba los textos frente a él. El pelo oscuro le caía sobre los ojos y de vez en cuando lo apartaba distraídamente con los dedos.

*Fascinante...* Elise quería conocer cada pensamiento en su mente, escudriñar en lo más profundo del alma de este hombre. Pero eso era una tontería, ¿no?

Cuando terminó, él cerró los libros y la observó pacientemente.

—Entonces, ¿qué te gustaría ver hacer hoy a tu espé-cimen masculino? —preguntó tan seriamente que Elise recordó la noche anterior, cuando se había desnudado de esa forma tan tentadora. La repentina y aguda punzada en su vientre la sobresaltó tanto que se retorció en la silla y juntó sus muslos.

—Bueno, he pensado que podríamos visitar el Museo de Historia Natural, y luego tal vez podrías decirme cómo pasarías normalmente las tardes si yo no te acompañara.

—Probablemente visitaría mi club para cenar, ya que actualmente no tengo cocinera en casa. Después, podría investigar las mesas de juego. No para apostar, sino para ver si puedo reencontrarme con viejos conocidos que me ayuden a abrirme camino en el negocio del ferrocarril. Muchos hombres pueden estar más relajados mientras participan en juegos de azar, y estar más dispuestos a hablar. A menos que estén perdiendo grandes cantidades de dinero, en cuyo caso no querrán hablar con nadie.

—Interesante... Estoy deseando saber más sobre eso. He pensado que podríamos empezar por el Museo de Historia Natural esta mañana. Podría mostrarte una parte de mi mundo y mis intereses para que entiendas por qué me siento atraída a ser naturalista.

—Me parecería fascinante —dijo Prospero con sinceridad.

Elise pidió a un lacayo que le acercara una capa azul pálido y se dirigieron a la puerta. Hacía siglos que no visitaba el Museo Británico y quería ver el nuevo Museo de Historia Natural. Quería enseñarle a Prospero algunas de sus exposiciones favoritas.

John Hamblin estaba de pie en la puerta de su estudio y miraba a su hija y a lord March hablando en la entrada. March se colocó el sombrero. Era una cosa vieja y desgastada que había tenido días mejores. El traje del conde, aunque de fina confección, estaba un poco descolorido y había sido discretamente remendado en algunos sitios. El hombre estaba en apuros y, sin duda, lo bastante desesperado por escapar de la situación como para haber accedido a representar a un espécimen para que su hija lo estudiara. Cuando su mayordomo, Roberts, se unió a él para ver a la joven pareja salir de la casa, John se inclinó un poco hacia el hombre.

—¿Qué opinas de March?

El mayordomo mantuvo la mirada fija en Elise y el conde hasta que un lacayo cerró la puerta tras ellos.

—He oído que fue enviado a Francia después de que lo relacionaran con la muerte de un hombre en un duelo doce años atrás, pero mis fuentes me dicen que se ha mantenido alejado de los problemas desde entonces. Era rechazado por la mayoría de la sociedad parisina cuando se trataba de asuntos de negocios. Se las arreglaba ofreciendo... compañía a viudas ricas.

John se preguntó si el joven había arrastrado consigo alguna complicación de vuelta a Inglaterra. No quería que el corazón de su hija o su fortuna corrieran peligro, si ese era el caso.

—Maldita sea. ¿Se casó con alguna de esas viudas o tuvo hijos?

—No que yo sepa. Podría indagar más.

—Hazlo —John se acarició la barbilla—. Y no lo pierdas de vista.

—¿Sospechas que dará problemas? —preguntó Roberts, con un tono lleno de sorpresa en su voz. Sólo eso reveló que a Roberts parecía agradarle el conde.

—No exactamente. Me parece un tipo decente. Pero no

soy de los que toleran muchas cosas. Me gustaría saber si alguien tendrá algún problema con él ahora que ha regresado. Imagino que la familia del hombre que murió podría causarle problemas si creen que ha eludido la justicia. Será mejor que vigilemos las cosas. No quiero que Elise se vea arrastrada a una pelea que no le corresponde.

—En este momento estoy ayudando a lord March a publicar avisos para que encuentre a su personal, así que podré mantenerme al tanto de las cosas, si él está de acuerdo con las opciones que le ofrezco.

—Excelente —John regresó a su estudio y, al sentarse, el pecho se le estrujó un poco y sintió un destello de dolor y luego uno de entumecimiento recorriéndole el brazo. Maldijo en voz baja. Dolores como estos eran cada vez más frecuentes, y no le gustaba lo que su cuerpo le estaba diciendo. Llamó a Roberts y le pidió que enviara a su abogado diciendo que se trataba de algo urgente. Luego se recostó en la silla e intentó relajarse.

Todo iría bien. Se aseguraría de ello. Tenía que casar pronto a Elise con un buen hombre. Rezó para que sus instintos sobre March fueran correctos, porque estaba a punto de depositar sus esperanzas para el futuro de su hija en un pícaro de mala reputación.

# CAPÍTULO 7

—**M**e temo que tendrás que ver cómo me desnudo *otra vez* —dijo Prospero mientras cruzaban la calle en dirección a su casa.

—¿Qué? —Elise tropezó con un adoquín levantado y él alargó la mano, capturándola con facilidad.

*¿Cómo lo hacía?* Era como si tuviera los reflejos de un gato montés. Una vez había visto una de esas grandes bestias en el Zoológico de Londres. Había deambulado por su área cercada con una gracia lenta y letal, con sus ojos amarillos brillando sobre su pelaje negro. Elise había dibujado su musculatura durante horas, maravillada por la perfección de la criatura y deseando tener el talento de Cinna para plasmar animales en papel. Pensó en lo que el reverendo J. G. Wood escribió sobre la tribu de los gatos en su visita al zoo:

*"Ninguno de los félidos puede carecer de gracia, cualquiera que sea la posición que adopten, y tanto si rondan el desierto, la selva, el árbol o el hogar, despliegan en cada movimiento una gracia inconsciente que desconcierta al lápiz del dibujante más consumado."*

Eso no solo ocurría con los gatos de la selva, sino también con este hombre moreno y apuesto que ahora la sujetaba por la cintura. La miró con ojos vibrantes.

—¿Estás bien? Parece que acabas tropezando cada vez que surge el tema de la desnudez.

Elise sabía la razón, por supuesto. El hombre no dejaba de mencionar cosas que la distraían, y a ella le costaba concentrarse en caminar.

—Me perdí en mis pensamientos —murmuró.

—Seguro que sí.

Ella se obligó a centrarse en lo práctico de la situación.

—¿Necesitas cambiarte de ropa?

—Sí, no puedo llevar mi traje de noche al museo. Está bastante arrugado por el... estudio de anoche. Espero que no te importe que hagamos una parada rápida en mi casa para cambiarme.

—En absoluto —le aseguró.

La soltó de la cintura y la cogió del brazo para acompañarla a su casa. Las paredes estaban cubiertas de hiedra descuidada, pero a Elise le gustaba ese aspecto *salvaje*. Como si fuera la casa de un príncipe, pero una que podrías encontrar semioculta en un bosque encantado.

—Me disculpo de antemano por el estado de la casa. Bueno... Ya lo verás —abrió la puerta y entró delante de ella para encender una lámpara y abrir unas cortinas.

Lo siguió y cerró la puerta. En los escasos rincones iluminados por el sol, el polvo persistía en todas las superficies y el aire estaba impregnado de un olor a humedad. No era el agradable aroma de los libros viejos de las estanterías iluminadas por la luz del sol, sino más bien un olor oscuro y desagradable de ausencia humana y falta de cuidado intencionada por parte de los antiguos inquilinos.

Sin embargo, a través de la suciedad y la penumbra,

podía ver los cimientos de la casa, las gruesas paredes, la fina escalera de roble y los techos ornamentados. Con un poco de amor y devoción, podría volver a ser un hogar reluciente. Se alegró de haber insistido en pagar a lord March más de lo prometido en su anuncio original.

Tardó un momento en notar que era él quien la estaba estudiando mientras se formaba sus primeras impresiones sobre la casa.

—Está en mal estado —admitió. Ella pudo oír el arrepentimiento y el dolor en su voz.

—Es cierto, pero puedes restaurarla. Tengo fe en ti —no sabía por qué lo había dicho, pero hablaba en serio. Sabía por instinto que era el tipo de hombre que se preocuparía por las cosas y las personas que le importaban.

Quizá su padre tenía razón; ella podía aprender más de las conversaciones reales y auténticas.

—¿Creciste en esta casa?

La condujo escaleras arriba y por un pasillo hasta un dormitorio que ella supuso que era el suyo.

—Sí, pero mi padre también tenía una finca. Marchlands —pronunció la palabra de forma suave y triste—. La vendió hace dos años a un anciano barón. Luego el hombre murió sin heredero, y la propiedad quedó prácticamente abandonada. Yo era el que más adoraba Marchlands. Cazaba en esos bosques, pescaba en su lago y lanzaba piedras sobre el agua. Me subía a todos los árboles, e incluso una vez construí una pequeña cabaña entre las ramas de uno de ellos.

—¿Tenías una casa en un árbol? —la idea le encantó. Sonaba como una de las cosas más maravillosas que uno se podía imaginar, tanto de niño como de adulto.

Él sonrió.

—Oh, sí. Tenía una pequeña puerta, un tejado de paja

que habría enorgullecido a cualquier nativo de Cotswold y un camastro para dormir la siesta. Tenía una colección de mis palos y piedras favoritos, unos cuantos escarabajos en frascos y mi ardilla mascota.

—¿Tenías una ardilla de mascota? ¡Yo también!

Los ojos de Prospero se abrieron de par en par.

—¿De verdad?

Elise asintió con entusiasmo.

—La mía era una pequeña belleza, una de esas ardillas rojas con orejas copetudas. Solía sentarse en mi regazo mientras leía libros en el jardín —Elise lo siguió hasta un viejo y polvoriento dormitorio y se sentó en la cama, aunque tosió cuando una nube de polvo se levantó a su alrededor. Prospero agitó la mano en el aire para disipar parte del polvo frente a su cara antes de dejar su maleta de viaje junto a Elise.

—Las ardillas pueden ser unas compañeras encantadoras, ¿verdad? —dijo con una risita mientras desempacaba algunas prendas de su ropa.

Apartó un traje de lana gris claro y sacó un par de zapatos negros desgastados que se tomó un momento para pulir con un paño para que recuperaran parte de su antiguo brillo. Ella observó estos pequeños rituales masculinos, absorta en cada detalle.

Y entonces él empezó a desnudarse de nuevo.

Elise se negó a apartar la mirada. Lo contempló y vio cómo las sombras jugaban con la hendidura de sus caderas. Sus ojos siguieron las líneas musculosas de sus brazos mientras él se quitaba la camisa que había llevado la noche anterior. Se pasó una mano por el cabello oscuro y se volvió para mirarla, como animándola a disfrutar de lo que estaba viendo.

Elise se percató de que le gustaba eso... ver cómo él

disfrutaba de que ella lo mirara. El acto desprendía una intimidad innegable que ella nunca había imaginado posible. El impulso que llevaba en su interior hacia la búsqueda del conocimiento en todas sus formas la llevó a estudiar esto en profundidad, a aprender todo lo que pudiera sobre las sensaciones que él creaba en ella. El calor en su vientre le exigía algún tipo de alivio. Quería entender todo lo relacionado con él, y quería saber cómo este hombre podía provocarle tantos sentimientos cuando ella había estado tan decidida a mantenerse distante durante su estudio.

—Estaba pensando —empezó Prospero mientras sacaba una camisa nueva—. Mis filosofías y motivaciones son acertadas, pero creo que una parte significativa de su estudio está ausente.

—¿Oh? ¿Qué parte es esa?

—Estás actuando bajo el conocimiento de que los hombres deben ser estudiados como animales, ¿correcto?

—Sí, como haría con las mujeres si no estuviera ya muy familiarizado con ellas —vio cómo sus dedos abrochaban el chaleco a juego con el traje.

Esos dedos eran largos y elegantes, aunque no demasiado delgados. De repente, Elise los imaginó aflojando los tirantes de su corsé; la habilidad que tendrían al quitarle *toda* la ropa. El corsé pareció tensarse y ella respiró con fuerza, imaginando que él hacía precisamente eso... despojarla de su ropa y estudiar su cuerpo desnudo.

*Madre mía...* Nunca había soñado despierta de esta manera.

—Bueno, eres consciente de que ser un animal significa que parte de nuestros instintos tienen que ver con la atracción.

—Atracción —repitió ella.

La mirada que Prospero le dirigió podía derretir la mantequilla y, sin duda, la estaba derritiendo a *ella*.

—Oh, sí. Las leyes de la atracción, y me refiero a la atracción *animal* innata, son anteriores a cualquier ley que haya creado la humanidad. Aún no me has preguntado sobre eso. Después de todo, una gran parte de la vida de cualquier criatura es el impulso de aparearse y continuar la especie.

Terminó de desabrocharse el último botón del chaleco justo cuando pronunció la palabra *aparearse*, y la yuxtaposición del hombre frente a ella, el epítome de un caballero, con su charla sobre el apareamiento de los animales, provocó que un fuego salvaje recorriera su cuerpo.

—B-bueno, sí, por supuesto. Había planeado entrevistarte sobre el tema. Mi investigación estaría incompleta si no abordara la idea del... apareamiento —de repente, la palabra le pareció peligrosa y excitante hasta entonces desconocida. El apareamiento era muy diferente de la seducción. Esta última era una actuación, mientras que la primera era animal, pura, *salvaje*.

—Sí —él extendió la mano y le levantó la barbilla para poder verle mejor la cara mientras se acercaba—. Piensa en todo lo que puedes averiguar si me dejas mostrarte lo que significa ser cortejada por un macho. ¿Acaso esa no es la parte más importante de tu estudio? ¿Saber en qué pensamos los machos, con qué soñamos y qué ansiamos?

De pronto, su mente se llenó de imágenes de pájaros machos exhibiendo sus plumas y arqueando las alas de forma provocativa para atraer a las hembras. ¿Qué hacían los machos humanos para atraer a las hembras a la cama? Siempre había pensado que hablaban de su dinero, de sus contactos o que presumían de sí mismos en general, pero Prospero sugería que se trataba de algo muy distinto. Hasta el momento, no le había mostrado ninguna de las cosas que ella asociaba con los hombres cuando estaban cerca de mujeres atractivas.

—¿Quieres cortejarme?

—Para el estudio, por supuesto —respondió él en un susurro ronco, con su cálido aliento recorriéndole los labios y las mejillas—. Déjame enseñarte el lenguaje de los amantes, de los besos y las caricias, de los placeres que te mostrarán el hermoso misterio del deseo humano.

*El hermoso misterio del deseo humano...* Si cualquier otro hombre hubiera pronunciado semejantes palabras, Elise se habría burlado, pero con Prospero esas palabras tenían un poder oscuro, potente y delicioso que la afectaba de un modo que no comprendía. *Pero podía dejar que él le enseñara...*

No era tonta. No era una inocente joven debutante recién salida de la escuela. Las intenciones de Prospero se centraban en una educación práctica, no en conversaciones teóricas. Deseaba seducirla, así de simple. Sin duda, eso le aportaría muchos más conocimientos sobre el tema que cualquier conversación y, sin embargo, si alguien se enteraba, ella estaría arruinada. Por supuesto, ella no tenía planes de casarse, pero su parte sensata tenía que reconocer al menos las consecuencias de la propuesta de Prospero.

Aun así, Elise tendría las respuestas que buscaba sobre el hermoso misterio del deseo humano.

—¿Cuál es tu decisión, mi pequeña naturalista? —preguntó Prospero con una voz grave y ronca que le produjo escalofríos. Nunca antes nadie le había hablado con una intimidad tan suave y a la vez posesiva. Le gustó, quizá demasiado.

—Sí... muy bien. Enséñame. Pero debo poner una condición.

Él esperó pacientemente sus condiciones.

—No puedo traer un niño a este mundo así.

—Tomaremos precauciones. Estoy muy versado en ellas —prometió Prospero.

No habría confiado en ningún otro hombre para algo tan importante, pero sí confiaba en él. Sin embargo, había algo más que la inquietaba, y era demasiado franca como para no mencionarlo.

—No quiero que pienses de mí lo mismo que de esas mujeres de París. No quiero usarte, Prospero, no así.

Sus hermosos ojos azules la atravesaron.

—El hecho de que lo hayas dicho es lo que lo hace diferente. Tú no me estarías utilizando, y yo no me estaría vendiendo. Compartimos un deseo mutuo y tenemos mucho que enseñarnos. Estaríamos compartiéndonos como iguales.

Fueron quizás esas últimas palabras las que la convencieron. *Compartiéndose como iguales.* Sí, eso era lo que ella quería si iba a aceptar.

El tono de Elise se volvió jadeante.

—Entonces estamos de acuerdo en que podemos explorar esta atracción.

—Estamos de acuerdo. Y tu primera lección empieza ahora —Prospero inclinó la cabeza, acortando la distancia entre sus bocas, y la besó.

EL PRIMER CONTACTO DE SUS LABIOS FUE COMO UNA explosión de fuego para Prospero. El inesperado destello de emoción y expectación fue tan fuerte que la sujetó por las caderas para estrecharla con toda la ternura y firmeza que pudo. Los besos que había compartido con otras mujeres eran más numerosos que las estrellas del cielo, pero éste, tan inocente, tan nuevo, tan *puro*, no se parecía a nada que hubiera experimentado antes. Resplandeció como una estrella recién nacida en el cielo, pura en su intención. No hubo manipulación, ni coacción, ni desigualdad en el momento. Fue un beso entre una mujer que buscaba conocer el deseo y un hombre que quería enseñarle todo lo que ella pudiera desear aprender. Elise jadeó contra sus labios mientras la acercaba. Sus manos se posaron con vacilación en el pecho de Prospero.

—Aférrate a mí. *Tócame.*

Impulsada por su estímulo, Eli posó las manos en sus hombros, clavando los dedos mientras se inclinaba hacia él y lo sujetaba con fuerza. Al principio, sus labios se movieron con tanta vacilación como sus manos, pero él le enseñó lo que tenía que hacer y guio su boca con la suya. Después de unos largos y deliciosos momentos, ella mostró una habilidad para los besos que cualquier cortesana envidiaría. ¡Un estudio rápido!

Prospero se embriagó con su dulce sabor y se mareó con el tenue aroma floral que desprendía su piel. Las mujeres solían usar perfumes pesados, pero Elise olía como un jardín inglés. Ella había tenido docenas de flores en su estudio de la sede de la sociedad. Prospero recordó cómo ella había estudiado esa polilla que él había visto aferrada a los pétalos de una peonía. Algo en ello lo maravilló, imaginársela rodeada de flores todo el día mientras estudiaba a una pequeña criatura, sin ser consciente de que estaba recibiendo el aroma de esas hermosas flores. Una prueba de su devoción por la ciencia.

El aroma persistía incluso ahora, llenando su cabeza con visiones de llevar a esta mujer a un lecho de pétalos de rosa, o bailar con ella bajo la luz de las estrellas mientras los quiebracajetes florecían. Necesitaba urgentemente aprender todo lo que pudiera sobre ella, como si fuera su propio museo privado para explorar, y deleitarse con los misterios que él había jurado mostrarle.

Los labios de Elise se apartaron de los suyos y permanecieron de pie, aún abrazados en la penumbra de la polvorienta alcoba. Prospero realmente había olvidado que estaban en esta vieja habitación y no entre las flores y los árboles del exterior. Los ojos marrones de Elise, normalmente muy abiertos por la curiosidad, ahora lucían suaves y estaban marcados por la somnolencia, y él vio un destello de conocimiento femenino que provenía del descubrimiento de la propia sensualidad.

—Las mujeres besan por naturaleza —dijo en voz baja—. A menudo son los hombres los que deben recibir lecciones.

—¿Oh? —esa única sílaba inquisitiva le calentó aún más la sangre. Los labios de Elise, formando esa O, le dieron muchas ideas perversas sobre para qué quería que ella usara esa boca.

—En efecto. Las mujeres están más en sintonía con su naturaleza, aunque la mayoría de los hombres se niegan a admitirlo.

—Pero, ¿no te importa? —sus ojos marrones siguieron el movimiento de sus labios mientras hablaba. Tenía la sensación de que seguía pensando en besarlo, y eso le gustaba. Quería que ella abandonara sus pensamientos científicos en momentos como éste, aunque sólo fuera para que experimentara la pasión sin que la razón entorpeciera sus efectos.

—Lo admito plenamente. Adoro a las mujeres. Sois un conjunto de criaturas valientes, hermosas y feroces, con misterios más profundos que los mares. Y tenéis una luz interior que, cuando se le da espacio para crecer, puede eclipsar a la más brillante de las estrellas.

Un destello de dolor iluminó el rostro de Elise.

—En mi experiencia, los hombres a suelen intentar atenuar o apagar esa luz —bajó la barbilla, apartando la mirada.

—Qué tontos son —le levantó la barbilla para que sus ojos se encontraran—. Sabes mucho de animales. Dime, ¿las hembras en estado salvaje permiten que los machos atenúen su brillo?

Cuando ella negó con la cabeza, él sonrió.

—Entonces sé como ellas. Defiende tu luz con la ferocidad de una leona. No dejes que nadie te la arrebate ni la disminuya. Protégela con todo lo que tienes.

La luz en los ojos de Elise se intensificó.

—No es fácil. A menudo significa estar sola, trabajar hasta altas horas de la noche, resistir la agobiante presión de las expectativas sociales para ajustarse a sus normas.

—No puedo ni imaginar lo duro que es —dijo Prospero—. Pero hay una cosa que sé. Las perlas, los diamantes, las montañas y todo tipo de bellas piezas de la naturaleza se crean a lo largo del tiempo resistiendo o reestructurándose ante tal presión. Demuestra tu fuerza no sucumbiendo. En lugar de eso, resiste o reestructúrate.

Una lágrima cayó sobre su mejilla. Él la apartó con la punta del dedo.

—¿Cómo sabes tanto sobre las mujeres y las presiones de la vida?

La sonrisa que él le dedicó fue triste.

—Creo que sabes por qué. Cuando me fui de Inglaterra, era joven. Veintidós años no es lo mismo para un hombre que para una mujer. Tardamos un poco más en comprender el mundo, en ver los altibajos, así como el comportamiento de las personas, incluidos nosotros mismos. No comprendí lo que significaría aceptar ese duelo, que supondría una carga mucho mayor de la que podía soportar. Casi reclamó mi alma. Debería haberme negado a reunirme con Jackson esa mañana. Aun así me habría costado mi reputación, pero mejor eso que la vida de un hombre y mi propia identidad.

—¿Qué le pasó realmente ese día a Jackson? ¿Por qué intentó obligarte a matarlo? —preguntó Elise, con la mano aun en su hombro. Prospero se sorprendió de que, por una vez, hablar de ello no le doliera tanto como antes. Hablar con Elise era extrañamente fácil.

—Me negué a disparar mi pistola después de que su disparo me alcanzara en el brazo. Se lanzó contra mí, insistiendo en que disparara; había un dolor lleno de locura en los ojos del hombre que yo no podía entender. Pero cuando continué rechazándolo, sujetó mi pistola y se apuntó con ella. Intenté detenerlo, pero tenía las manos ensangrentadas debido a la presión que estaba ejerciendo sobre mi herida. Algo resbaló. No sé si fue su mano o la mía, pero el arma se disparó. El amigo y segundo de Jackson, un hombre llamado John Gower, informó de que creía que actué aparentemente en defensa propia. Aun así hui de Inglaterra, por si decidía cambiar de opinión.

—Ahora que has vuelto, ¿crees que Gower te entregará a las autoridades?

Prospero se encogió de hombros.

—Ya he huido bastante del pasado. Si él lo desea, afrontaré las consecuencias de aquel día. Pero creo que no intentará causarme problemas. Ese día me defendió, aunque él no lo deseaba, ya que era amigo de Jackson, no mío.

—Jackson parecía decidido a hacerse daño. Si no

hubieras interferido, habría muerto. Intentaste evitarlo. Sería injusto acusarte de un crimen que no cometiste.

—La vida no suele ser justa —reflexionó.

Elise emitió un sonido burlón que, por alguna razón, lo hizo reír.

—Puede que sea injusta, pero eso no significa que tengamos que aceptar esas cosas.

Él le acarició la mejilla con afecto.

—*Ahí* está ese fuego feroz que buscaba. Nunca lo dejes ir.

Se quedó callada un largo rato. Prospero se contentó con estrecharla contra sí y ver cómo sus pensamientos recorrían su rostro.

—Quiero que me enseñes todo sobre el cortejo humano.

—Con mucho gusto.

—Pero sigo queriendo explorar tu mundo, el mundo de los hombres —insistió ella.

Él le acarició el puente de la nariz con la punta de un dedo.

—Estaría encantado de colarte en mi club después del museo, pero sería difícil dado tu aspecto.

—Oh, puede que tenga una forma de resolver eso —le sonrió, y él tuvo la sospecha de que Elise iba a meterlo en problemas. Pero si lo hacía, él iba a disfrutar cada segundo.

# CAPÍTULO 8

¿Quién iba a decir que un museo de huesos y fósiles viejos y polvorientos podía ser tan estimulante y refrescante?

Prospero se preguntó esto mientras Elise lo guiaba por el Museo de Historia Natural, inaugurado el año anterior, que albergaba restos de animales tanto recientes como prehistóricos, además de otros descubrimientos de las ciencias naturales. Los conocimientos enciclopédicos de Elise sobre el edificio y los objetos expuestos resultaron refrescantemente interesantes; o tal vez la compañía de esta mujer era la causa.

—Precioso, ¿verdad? —dijo Elise mientras recorrían el interior románico.

Sus ojos siguieron los de ella hasta los techos abovedados con arcos de acero. Era un espectáculo de ingeniería. Él lo había comentado al llegar y ver el exterior del museo recién construido. El edificio parecía una catedral, con torres coronadas por pequeños chapiteles. Decenas de ventanas románicas con arcos superiores formaban pasillos que comunicaban las torres. El exterior, de color beige, tenía una masa de azulejos de terracota y terrazas de estuco divididas por una serie de baldosas azules. La entrada arqueada del museo estaba flanqueada por columnas que asemejaban la entrada de una iglesia. En este lugar sagrado del conocimiento, él se sentía reverente.

—Sorprendentemente, lo es —murmuró—. No es en absoluto lo que esperaba.

—Oh, claro, no lo habrías visto todavía —dijo ella, frunciendo el ceño—. Hace poco que ha abierto.

Él asintió con la cabeza.

—He oído hablar de él, por supuesto, pero por las descripciones esperaba algo más bien escueto y sombrío por dentro. Me alegro de haberme equivocado. Mira esos... —señaló los paneles pintados del techo que, en lugar de ángeles, eran representaciones de plantas estilizadas.

—Pino silvestre, limoneros, plantas de cacao —enumeró Elise—. Son sólo algunas de las muchas que han pintado. Me gusta el diseño único —sus ojos marrones brillaron de placer.

Prospero señaló con la cabeza una serie de grandes fósiles que parecían nadar a lo largo de una pared, aparentemente de animales marinos.

—¿Y qué son?

—Ictiosaurios y plesiosaurios. Varios de ellos fueron descubiertos por Mary Anning, pionera entre los coleccionistas de fósiles y una de las pocas mujeres científicas de la primera mitad de este siglo.

—Una mujer impresionante.

—Desde luego. Ella era increíble —respondió Elise mientras deambulaban por el museo, dejando atrás a los demás visitantes. Por su actitud, Prospero se percató de lo mucho que apreciaba a los científicos y aventureros que la habían precedido, especialmente a las mujeres.

Cuando ella divisó una hilera de armarios altos, tiró repentinamente de su brazo con un nuevo asombro infantil.

—Oh, ven a ver. ¡Estos son algunos de mis favoritos!

Aceleró el paso para seguirla y se detuvieron ante los armarios. Ella abrió uno de los cajones y él se sobresaltó al ver docenas de mariposas. Todas las pequeñas criaturas habían sido cuidadosamente aseguradas con alfileres por el tórax, algo que Elise tuvo que explicarle, ya que él no tenía ni idea de lo que era un tórax.

Las alas de cada mariposa estaban desplegadas para mostrar las zonas interiores y posteriores. La mayoría brillaban con una impresionante iridiscencia, como si hubieran sido capturadas hacía sólo unos instantes en lo más profundo de alguna selva amazónica.

—Espectacular —se acercó al mismo tiempo que ella y sus mejillas se rozaron—. Mis disculpas —susurró, pero no se movió. Su mirada se posó en los labios de Elise.

—No necesitas disculparte. Es algo imponente —respondió ella, con sacudiendo las pestañas. Para ser una mujer tan fuerte, que a veces parecía una fuerza de la naturaleza, Prospero se deleitaba viendo esta faceta de ella, la niña llena de asombro que se había convertido en la mujer frente a él. Este lugar estaba lleno de cosas que contenían magia para ella, una magia que la había convertido en la persona que había llegado a ser, y por eso, este lugar también era sagrado para él. Era un edificio diseñado para construir soñadores. Y, como todo buen hombre sabía, los soñadores cambiaban el mundo.

Se maravillaron ante las docenas de mariposas, en su

desconcertante variedad, antes de dirigirse a las exposiciones más grandes.

A un lado de la sala principal había un trío de especímenes disecados de jirafa, y Elise se detuvo bajo ellos y señaló hacia arriba con entusiasmo.

—¿No es fascinante pensar que desarrollaron cuellos largos para alimentarse de las ramas más altas de los árboles? Desearía que pudiéramos estudiar si los árboles crecieron más altos en África para evitar ser comidos por los herbívoros.

Se unió a ella en la base de la exposición y leyó la pequeña placa sobre las jirafas. Luego señaló al pájaro negro y marrón que estaba posado sobre el lomo de la jirafa mediana.

—¿Quién es ese pequeño?

Elise dirigió la mirada hacia el animal y sonrió de alegría. La belleza de su sonrisa en ese momento, tan espontánea, tan libre, lo golpeó como una costosa copa de whisky, calentándole deliciosamente todo el cuerpo.

—Es un picabuey. Algunos naturalistas lo incluyen en la familia Sturnidae, junto con los estorninos, pero yo creo que en realidad pertenecen a la familia Mimidae, con los sinsontes. Ha sido un debate intenso en los últimos años.

—¿Sobre qué? ¿La clasificación? ¿Por qué? —estaba realmente intrigado, extrañamente atraído por ella cuando adoptaba su tono catedrático. No pudo evitar imaginársela sin nada más que un corsé y esas extrañas gafas con todas esas lentes mientras se colocaba a horcajadas sobre su regazo y lo sermoneaba sobre, bueno... cualquier cosa. Su cuerpo se endureció sólo de pensarlo.

—Tiene que ver con nuestra percepción de los animales y su comportamiento, y con el hecho de que los comportamientos y la apariencia sean suficientes para agrupar especies 'similares' o no.

Prospero consideró su punto de vista, admitiendo en secreto que él no tenía el conocimiento del mundo natural que había pensado en un principio. Por supuesto, Elise había recibido una educación que la convertía en una verdadera naturalista, y no podía comparar sus conocimientos con los de ella. Pero le gustaba poder aprender algo conversando con esta mujer. De hecho, con ella, lo más probable es que aprendiera algo nuevo cada día.

—¿Y qué hacen estos picabueyes con las jirafas? Supongo que hay alguna relación si los animales están juntos en una exhibición como ésta.

Elise asintió.

—Las aves se reúnen alrededor de grandes herbívoros como rinocerontes, bueyes y jirafas y se comen los insectos que pueden ser perjudiciales para ellos —volvió a mirar a los animales— Es una hermosa relación simbiótica.

Su alegría silenciosa y enérgica era muy evidente. En este lugar lleno de cosas frías y muertas, ella brillaba como un sol celestial, arrojando luz en todas direcciones y haciendo que las exposiciones resplandecieran.

—Te gusta, ¿verdad?

—Sí, me gusta. Pensar que toda la estructura de la vida está tan perfectamente conectada que incluso especies tan diferentes como las jirafas y los picabueyes pueden trabajar y sobrevivir *juntos* —su voz se suavizó un poco, como si entrara respetuosamente en una iglesia y susurrara una plegaria—. Es hermoso. La *vida* es bella.

Prospero siguió mirándola.

—Sí, hermosa —asintió, pero se refería a ella. *Ella* era hermosa. ¿Había visto alguna vez una mujer tan hermosa? No, no creía haberla visto.

—Ven, déjame enseñarte el esqueleto de ballena —lo cogió del brazo y tiró de él a través de la multitud que avanzaba junto a las puertas arqueadas.

Podía ver cómo *encajaba* ella en este lugar de reliquias y conocimiento, un lugar al que pertenecía con toda seguridad, sin importar lo que otros hombres pudieran decir por ser mujer. Ella era un espectáculo magnífico. Era bonita para los estándares de los hombres, pero esos estándares eran muy limitantes. Según los criterios de la vida, ella era *exquisita*. Sabía cuál era su lugar en el mundo y no permitiría que las limitaciones impuestas se interpusieran en su camino. Ella conocía su propósito divino.

Prospero la envidiaba. Era un hombre sin rumbo, un hombre sin un verdadero hogar ni un sentido de sí mismo. Vivía a la sombra de la vida de otro. Quería volver a ser él mismo, pero el niño que había sido ya no existía. ¿Quién era ahora?

Vio su reflejo en una vitrina. Era la cara de un desconocido. No era un rostro cruel, ni carente de empatía o alegría. En ese reflejo vio, por primera vez en años, el despertar de alguien a quien anhelaba conocer, en quien anhelaba convertirse.

Conmovido por la profundidad de ese repentino sentimiento, Prospero estrechó la mano de Elise cuando se detuvieron ante el enorme esqueleto de ballena que se extendía desde el centro de la sala de exposiciones.

Deseó que este día no acabara nunca. Podría quedarse aquí con ella y contemplar huesos antiguos y hablar de aves africanas durante el resto de sus vidas. Pero en algún momento tendría que terminar, al igual que su estudio de los hombres, y ella dejaría de necesitarlo. La idea de perder la luz de su brillo en su vida le produjo un dolor intenso en el pecho.

Escuchó atentamente a Elise hablar de ballenas, escarabajos y pájaros, hasta que volvieron a maravillarse juntos ante una colección de conchas de nautilos.

—Esta perteneció a sir Hans Sloane. Fue tallada por Johannes Belkien para realzar la belleza natural de la concha. Creo que es una de esas veces en las que la naturaleza y el arte humano se unen de manera maravillosa.

Su mirada se detuvo más tiempo en los dedos de Elise, que trazaban la forma en el cristal, que en la concha en sí.

—Trabajamos mejor *con* la naturaleza que contra ella —coincidió Prospero—. Una vez oí decir a alguien que las conchas de los nautilos no han cambiado mucho de diseño en cientos de miles de años...

Elise miró los exquisitos grabados tan finamente ejecutados en la concha.

—Creemos que en realidad pueden ser *millones* de años. Y es cierto. Son algunas de las cosas más antiguas descubiertas al excavar en la tierra. Creo que eso es lo increíble del mundo natural. Si algo funciona, permanece igual en diseño. Si no, cambia hasta que funciona. Hay una belleza en ello.

Cuando se dirigieron a la siguiente exposición de cristal, la sonrisa de Elise empezó a desvanecerse.

—¿Qué ocurre? —preguntó Prospero.

Señaló con la cabeza la criatura blanca y negra que parecía un pingüino.

—Éste siempre me rompe el corazón —apoyó ligeramente los dedos en el cristal y sus ojos se oscurecieron—. Es una alca gigante. La última vez que el mundo vio una fue en 1852.

—¿Qué les pasó? —Prospero sabía que, con el paso del tiempo, las especies se extinguían y otras nuevas ocupaban su lugar. Comprendía que eso la entristeciera.

—La mayor colonia fue encontrada en Canadá. Los hombres las masacraban cuando llegaban a tierra para reproducirse. ¿Te lo imaginas? —su rostro se enrojeció de ira—. ¿Tú y tu pareja nadáis hasta la orilla para poner los huevos y criar a vuestras crías y os asesinan en cuanto pisáis la arena? Parece que cuantas más de estas aves son asesinadas, más gente desea sus cuerpos para colecciones privadas. Los cazadores persiguieron en Islandia a la última pareja reproductora conocida en el mundo simplemente porque un comerciante había solicitado un ejemplar, y el único huevo que las dos alcas pusieron quedó aplastado bajo la bota de un cazador descuidado —su voz se quebró un poco—. Cuando dejamos que la codicia y el deseo alimenten nuestras acciones, éstas tienen consecuencias terribles. Momentos como éste cuestionan mi fe en el poder de la razón y la lógica. ¿De qué le sirve al mundo matar al último ejemplar de una criatura? No ayuda a nadie. Puedo decirte que ninguna mujer habría hecho eso, matar al último de una especie. Es insensible, es *cruel*. ¿Por qué nuestro mundo se rige por esa crueldad?

Sus palabras fueron más profundas, más verdaderas de lo que ella jamás sabría. De joven, Prospero había disfrutado de una buena cacería; había amado perseguir zorros o cazar faisanes. Nunca había pensado en las consecuencias para ellos, sólo en la emoción de la caza. Sólo en sí mismo.

—Hablando como hombre, admito que tenemos esos impulsos que nos envían a cazar, a abatir criaturas para demostrar que somos superiores. Nos hace sentir como si hubiéramos derrotado a esa criatura y tuviéramos el control de nuestro dominio —ella escuchó, como si memorizara cada palabra, y él fue cuidadoso y honesto en la forma en que decidió continuar—. No puedo justificar ese impulso, pero me hace ver que hay una notable diferencia entre hombres y mujeres, al menos en un sentido general en este asunto. Por supuesto, he conocido a muchas mujeres que disfrutan de la caza y a muchos hombres que no. Pero las mujeres como tú entienden que la naturaleza necesita equilibrio. Ven las leyes que establece la naturaleza y las respetan. La mayoría de los hombres que conozco las pisotearían para satisfacer sus deseos actuales.

—¿A qué crees que se debe? —preguntó Elise, con los ojos encendidos de curiosidad científica.

Él no tenía una respuesta fácil.

—Sé que algunos se atribuyen el derecho por el simple hecho de ser varones. Otros creen que Dios les ha dado la providencia de hacer lo que quieran en este mundo. Pero no creo que esto sea así. La idea de que los hombres están al margen de la naturaleza mientras que las mujeres están dentro de ésta tampoco es del todo exacta. Creo que es más complejo que eso. Creo que hay una necesidad agresiva de controlar nuestro entorno porque asociamos el control con la supervivencia. Intentamos cambiar el mundo para que se adapte a nosotros, en lugar de cambiar nosotros para adaptarnos al mundo.

—Empiezas a darte cuenta, ¿verdad?

Prospero apartó la mirada del pájaro de la caja y descubrió que ella lo estaba mirando. Sus suaves ojos marrones estaban tan llenos de comprensión que su corazón palpitó dolorosamente en su pecho.

—Enséñame más —dijo él—. Enséñame *todo*.

Cuando salieron del museo a última hora de la tarde, Elise se sentía extrañamente agotada. Le había enseñado demasiadas cosas a Prospero y, en el proceso, había experimentado docenas de emociones. Todas las ideas que habían dado vueltas en su cabeza durante años habían salido a la luz ese día.

Era la primera vez que tenía la oportunidad real de pensar y hablar de estas cosas con un hombre y no con las demás mujeres de la sociedad. Era extraño, pues había empezado muy concentrada en su estudio de los hombres pero, en cuanto habían entrado en el museo, se había olvidado de todo lo que quería preguntarle para sus notas y, en su lugar, había corrido a enseñarle todas sus cosas favoritas como una niña en una juguetería. Había tenido un momento maravilloso, y no recordaba haberse divertido nunca pasando el tiempo con un hombre que no fuera su padre.

Bajaron los escalones mientras salían del Museo de Historia Natural. Elise se detuvo bruscamente y él se volvió, con sus ojos azules brillantes llenos de curiosidad.

—Acabo de reflexionar sobre algo... —dijo ella—. Es el hombre. A menudo los considero villanos porque me resulta fácil culparlos de los males del mundo. Pero algo que dijiste cambió mi perspectiva sobre el asunto.

Él sonrió irónicamente.

—Entonces, ¿no todos somos villanos?

—Es por lo que dijiste sobre los impulsos. Hablaste de tus impulsos y de la necesidad de *ganar*, de reclamar, de conquistar —Elise se sonrojó ante los pensamientos que esas palabras evocaron, creando sus propios impulsos dentro de ella. Impulsos que apenas empezaba a comprender.

Se aclaró la garganta y continuó.

—Esos impulsos provienen de elementos que, en el mundo natural, son muy necesarios. La necesidad agresiva de controlar el entorno no es un rasgo negativo en sí mismo, lo que importa es cómo se aplica. Todas las especies biológicas pueden ser agresivas, incluso las plantas. Pensemos en especies invasoras como la hiedra, que crece tan bonita en la fachada de casa. Cuando los conejos fueron introducidos en Australia en el siglo XVIII, no eran agresivos en términos de lucha, pero competían con los animales autóctonos y amenazaban su existencia, pues carecían de depredadores naturales. Pero cuando la agresividad de cualquier criatura o planta no tiene control, es cuando se produce el desequilibrio. El hombre antiguo tenía enfermedades, la dureza de los elementos y otras criaturas salvajes para limitar su comportamiento. Matas para comer, matas para defenderte a ti mismo y a los demás de los animales salvajes o de otras tribus de personas.

Prospero pareció entender a qué se refería.

—Pero con el avance de nuestra tecnología, las leyes de la naturaleza no lograron controlarnos. Nuestras agresiones, impulsadas por nuestros instintos, ya no tienen límites.

—Exacto —lo miró con asombro. Antes de hoy, ella nunca había considerado el asunto desde ese punto de vista. Sus palabras le habían dado una valiosa perspectiva—. Si más personas pensaran en buscar respuestas dentro de sí mismas en lugar de enterrarse en preocupaciones y deseos superficiales, podríamos empezar a lograr un cambio real. Pero me temo que sería una batalla contra el gran número de personas que no se molestaría en intentarlo.

Prospero le tendió un brazo y ella colocó la mano en su manga mientras salían de los terrenos del museo. Siempre había pensado que caminar del brazo de un hombre no tenía sentido. Sin embargo, con Prospero le gustaba cómo inclinaba la cabeza hacia ella al hablar y cómo la ayudaba a abrirse paso entre la multitud mientras la llevaba a su lado. Había una fuerza simbiótica entre ellos cuando estaban juntos, como entre el picabuey y la jirafa. No pudo evitar preguntarse qué otra cosa sería placentera con él. El solo hecho de pensarlo la hizo estremecerse de emoción.

Cuando llegaron a la calle, llamó a un coche de caballos.

Durante el trayecto de vuelta a casa de Elise, los dos viajaron en silencio y sumidos en sus propios pensamientos. Miró un par de veces a Prospero, intentando comprender cómo este hombre era capaz de conseguir que a veces se olvidara de sí misma. Estaba aprendiendo bastante de él, aunque no todas las lecciones eran del tipo que ella habría esperado, dados los parámetros de su estudio. Sólo cuando se detuvieron en su casa, Elise terminó finalmente con el silencio.

—Gracias.

Él levantó las cejas.

—¿Por qué?

—Por recordarme que mis suposiciones pueden ser *limitadas* —su rostro se calentó ante la embarazosa confesión—. Me dejo llevar demasiado por mis propias ideas preconcebidas sobre la gente del mundo que me rodea. He sido demasiado dura en mis creencias en lo que respecta a los hombres

Al oír esto, Prospero soltó una risita mientras bajaba del coche de caballos. Rodeó el vehículo y le abrió la puerta, ofreciéndole la mano para ayudarla a salir.

—Bueno, para ser justos, los hombres somos unos salvajes. Debemos pedir perdón por muchas cosas, pero tenemos nuestros momentos de utilidad, ¿no te parece?

Elise pensó en las maravillas que llenaban los museos y bibliotecas de Londres, la poesía que habían escrito los hombres, las pinturas, las esculturas. Sí, los hombres podían estar en sintonía con el mundo que los rodeaba, si se les daba la oportunidad de apartarse del lado más oscuro de su naturaleza. Ella no podía permitirse olvidar eso. Defender las causas de las mujeres no tenía por qué implicar despreciar a todos los hombres, aunque ellos decidieran hacerlo con las mujeres.

Pero aun así, lo cierto era que los hombres controlan todo en la vida de una mujer; su cuerpo, su propiedad, su seguridad, y podían hacerle prácticamente cualquier cosa sin apenas consecuencias.

Necesitaba entender por qué los hombres creían lo que creían y actuaban como lo hacían, para poder encontrar algún día la forma de *convencerlos* de que las mujeres estaban destinadas a ser iguales.

Las mujeres tendrían que ser más astutas e inteligentes a la hora de dirigirse a los hombres si querían *convencerlos* de que no eran criaturas frágiles y sosas con cerebros infantiles.

Tal vez, después de todo, el argumento de Cinna de derrotar a los hombres tenía cierta validez. Desde luego, había hombres con los que no se podía razonar. Los canallas villanos, los maltratadores y otros hombres verdaderamente malos. Hombres como Prospero o su padre escuchaban, y era posible que pudieran cambiar.

La complejidad de sus pensamientos debió haberse reflejado en su rostro, porque Prospero le colocó suavemente la mano en el hombro.

—¿Todavía deseas visitar mi club hoy? Hemos tenido un largo día y siempre podemos ir mañana temprano.

Se acercaron a su puerta y Roberts los dejó pasar.

—No, no. Sigo queriendo ir. Sólo necesito una hora o más para prepararme.

—¿Prepararte? —se quitó el sombrero y se lo entregó a Roberts antes de que el mayordomo los dejara solos en el vestíbulo.

—Sí, necesito tiempo para ponerme el disfraz —de pronto, se encontró sonriendo y sintiéndose renovada ante la perspectiva de una nueva aventura.

—¿Tu *disfraz*?

Elise se rio.

—Por supuesto. ¿De qué otra forma puedo entrar en tu club?

—Sinceramente, no lo había pensado —admitió—. Pero sí, tendrías que hacerlo, ¿no? Supongo que los clubes no tienen sirvientas o algo parecido para que puedas entrar con la vestimenta adecuada.

—Hmm, sí, llevaré algo que me ayude a pasar desapercibida —repitió ella, fingiendo que ésa era su intención. ¿No se llevaría una sorpresa cuando viera lo que tenía pensado ponerse? Tuvo que reprimir una carcajada—. Espérame en el salón. Seré lo más rápida posible —dijo mientras corría escaleras arriba.

Mary la ayudó a quitarse la ropa y a ponerse su atuendo masculino. Utilizó un pantalón claro y se sujetó los pechos antes de ponerse la camisa y el chaleco. Después se calzó las botas de cuero marrón con cordones.

—Creo que estoy lista para la peluca —dijo Elise. Mary, con el ceño claramente fruncido, la ayudó a recogerse el pelo antes de colocarle una peluca rubia corta. Estaba peinada a la moda, con raya a un lado y el pelo recogido en ligeras ondas por encima de la frente, hacía a muchos hombres bastante atractivos. Se añadió un pequeño bigote, fino pero sofisticado, en el labio superior con un adhesivo que Cinna le había recomendado. Luego buscó el pequeño espejo de mano antes de que Mary se lo tendiera.

Los labios de su criada se torcieron hacia abajo en clara desaprobación.

—Esta *no* es forma de capturar a un hombre, milady. De ninguna manera.

—Quiero *estudiarlos*, no *capturarlos* —le recordó a Mary. Asintió satisfecha de su aspecto y se levantó, luego se puso el abrigo. Estaba a punto de llegar a la puerta del dormitorio cuando Mary la llamó.

—Supongo que necesitará esto —le tendió un sombrero de copa de lana marrón oscuro.

—Oh, sí, gracias —se colocó rápidamente el sombrero, corrió hacia las escaleras y se detuvo. Invadida por un repentino sentimiento de alegría, tuvo una idea. Ralentizó sus movimientos y añadió un poco de contoneo a sus pasos mientras bajaba la escalera. Cuando llegó al salón, abrió la puerta con despreocupación y entró. Prospero estaba sentado en el sofá, con la *Historia del Ferrocarril Inglés* abierta en el regazo. Levantó la mirada cuando Elise pasó junto a él en su camino a la chimenea para abrir la caja de puros de su padre y sacar uno.

Prospero estaba tan concentrado en su lectura que no pareció percatarse de que ella había entrado en la habitación.

—¿Supongo que no has visto a John esta noche? Había quedado con él para cenar —preguntó con suavidad, llamando su atención.

—Eh, no, lo siento, no lo he visto esta tarde. Estoy seguro de que vendrá enseguida si quiere reunirse contigo. ¿Eres socio suyo? —Prospero la miró mientras hablaba y luego volvió a bajar la mirada hacia su libro, claramente absorto en lo que estuviera leyendo y probablemente sin prestarle atención en absoluto.

—Algo así. Me llamo Elliot. ¿Eres también uno de los socios de Hamblin?

Levantó la mirada hacia ella, con una expresión tranquila en el rostro, como si estuviera acostumbrado a encontrarse a menudo con completos desconocidos.

—Soy Prospero Harrington y no, aún no tengo negocios con él, pero espero tenerlos, suponiendo que me considere digno de la inversión.

—Ahh, estoy seguro de que lo hará. ¿Te importa si me uno a ti? A Hamblin no le importa que le robe los puros.

—En absoluto —contestó, y luego se volvió cortésmente hacia su libro.

Elise se mordió el labio para ocultar una sonrisa, y sacó un puro de la caja. Se volvió hacia la habitación y echó una mirada a Prospero, que seguía sin mirarla. Al parecer, estaba absorto en el libro, lo que complacería enormemente a su padre.

Se sentó en un sillón frente a él.

—Es una noche agradable, ¿verdad? —preguntó con esa voz grave y varonil que llevaba semanas practicando.

—Sí, es... —Prospero levantó la cabeza y la miró fijamente, esta vez *de verdad*—. Dios mío, eres tú debajo de todo eso, ¿verdad?

Ella sonrió con orgullo y triunfo.

—¿Crees que engañará a los hombres del club? —preguntó con una risita maliciosa mientras se levantaba.

—Creo que sí. Si no hubiera visto... —se detuvo bruscamente.

—¿Si no hubieras visto qué?

—Eh... no es cortés de mi parte decirlo.

—No estoy estudiando cortesía —le recordó ella.

—Bueno... Dos cosas. Noté tu trasero bien formado, pero la mayoría de los hombres no le darán mucha importancia porque no buscan el trasero de una mujer en los pantalones de un hombre, así que no se lo esperarán.

—¿Y la otra?

Su cara se coloreó un poco más.

—Estás un poco... plana —asintió con la cabeza en su dirección.

—Sí, soy muy consciente. He tenido que atarme los pechos —Elise se palmeó el pecho plano con orgullo, pero se quedó sin aliento cuando la mirada de Prospero bajó inmediatamente a su pecho como si estuviera estudiando dónde demonios se habían metido sus senos. El calor se apoderó de su rostro y se obligó a olvidar que él le estaba mirando los pechos, aunque estuvieran ocultos.

Esta vez fue él quien se rio.

—Tus pechos no. Tu ingle. Necesitas tener *algo* de forma ahí. Eso es algo que algunos hombres notan enseguida. Puede que no acierten de qué se trata a primera vista, pero si empiezan a mirarte detenidamente, les surgirán preguntas.

—Oh... —se sonrojó—. ¿Eso es algo que los hombres hacéis a menudo? ¿Estudiaros las ingles?

El rostro de Prospero se tiñó de rojo.

—No exactamente. Bueno, siempre hay *algunos* hombres que se obsesionan con su... tamaño en comparación con los demás. Pero yo no. Estoy contento como soy. Pero muchos de nosotros... nos fijamos en otros hombres, desde un punto de vista comparativo.

—Entonces, ¿qué debo hacer?

Él se levantó, sacó un pañuelo del bolsillo del pecho y otro del bolsillo del pantalón, los desdobló, los ató juntos y se los entregó.

—Pon eso... aquí —señaló su propia ingle y Elise tragó duro al ver el contorno de un bulto en sus pantalones. Definitivamente *no* era pequeño, teniendo en cuenta los otros tamaños que había encontrado entre las estatuas griegas y los cadáveres que había visto en la morgue durante una autopsia.

—Pero tu bulto es *muy* grande. Esto no me hará parecer de ese tamaño...

Prospero le guiñó un ojo.

—Gracias por el cumplido. Pero no te preocupes. La mayoría de los hombres no son tan grandes. Estarás bien con esto —le dio la espalda y le concedió un momento de privacidad para que se desabrochara los pantalones y se metiera la tela en el sitio adecuado. Volvió a abrocharse la prenda y lo miró de nuevo.

—¿Así está mejor?

Prospero se giró y le miró abiertamente la entrepierna.

—Mucho mejor —recorrió el resto de su cuerpo con mirada crítica—. ¿Eso es una peluca? —ella asintió—. Bueno, debo decir que pareces un hombre muy *lindo*, pero aun así te las arreglas para parecer un hombre. De alguna manera. Espero que eso no te ofenda.

—Al contrario, me complace enormemente. He pasado mucho tiempo trabajando en este traje. Por suerte, mi figura más alta y mis hombros decentes ayudan a rellenar el abrigo. ¿Vamos?

—Por supuesto —dejó a un lado el libro del ferrocarril, pero no le ofreció el brazo. Elise tardó un momento en percatarse del motivo, pero sonrió cuando lo hizo—. ¿Qué? — preguntó, con una expresión recelosa en el rostro.

—No me has ofrecido tu brazo. Ya estás pensando en mí como en un hombre.

Los ojos de Prospero se llenaron de comprensión.

—Dios mío, tienes razón.

Ella aplaudió y casi chilló de placer.

—Ahora, no hagas eso. Ese es un comportamiento *femenino*, pequeña naturalista. Mejor intenta esto —levantó un puño en un gesto como de ánimo y exclamó—: *¡Así se hace!* La clave está en aprender más nuestro lenguaje corporal —agitó la mano en su dirección—. ¿Así es como te paras relajadamente?

Ella se miró.

—Pues sí.

—Intenta esto.

prospero se apoyó despreocupadamente en la jamba de la puerta, con un hombro apoyado en el marco y las piernas cruzadas por los tobillos mientras cruzaba los brazos sobre el pecho con una mirada arrogante, relajada y totalmente varonil.

—¿Así que te apoyas en algo, aunque tengas fuerza para mantenerte erguido? Siempre me he preguntado por qué los hombres hacen esto. Es como si transmitieras un comportamiento relajado sin dejar de ser ligeramente dominante. Cualquier cosa en la que te apoyes, ¿te pertenece? —sugirió.

—Sabes... Nunca lo había pensado así, pero sí. Ahora inténtalo tú —dio un paso atrás para que ella ocupara su lugar.

Elise se apoyó del mismo modo y lo miró en busca de aprobación. Prospero la estudió críticamente un momento antes de ajustarle los brazos y colocar las manos en su cintura, inclinando más sus caderas hacia la puerta. La forma en que él movió su cuerpo con tanta confianza le produjo un estremecimiento que no comprendió. No le gustaba la idea de que un hombre la tocara así, pero cada vez que Prospero la tocaba, ella parecía, bueno... iluminarse y brillar desde el interior.

—Sí, listo. Ahora pareces un tipo apuesto listo para

romper los corazones de las mujeres en todas partes... quizás incluso los de algunos hombres —le guiñó un ojo.

—¿Incluso el tuyo? —preguntó, bromeando un poco, pero la sonrisa juguetona de Prospero desapareció y sus ojos se oscurecieron. Luego, muy lentamente, se inclinó hacia ella y la besó. Elise ni siquiera tuvo tiempo de reaccionar. Él se apartó un segundo después, riendo suavemente, pero ella sintió que las rodillas le temblaban traicioneramente.

—Dios, el bigote *sí* hace cosquillas —se frotó el labio superior, haciendo reír a Elise. Era deliciosamente divertido.

Alguien jadeó detrás de ellos, y hubo un fuerte ruido cuando algo cayó al suelo. Ambos se giraron para encontrar a un lacayo mirándolos con asombro.

Ella señaló su peluca.

—Soy *yo*, Thomas.

—Disculpe, señorita. No lo sabía —el joven lacayo recogió apresuradamente la bandeja de plata y se marchó corriendo.

Elise volvió a reírse.

—Pobre Thomas.

—Tendrás que dejar de hacer eso también en el club. *Nada* de risitas adorables —declaró Prospero, fingiendo un tono severo. Juguetonamente, le cubrió la boca con la mano, intentando sofocar sus risitas. Ella perdió el aliento cuando sus miradas se cruzaron, y él bajó lentamente la mano, con sus bocas a punto de unirse de nuevo.

Necesitó un poco de control para hablar:

—Tu... eh... consejo queda anotado —dijo Elise—. Creo que llevaba años sin reírme así. Pero prometo no soltar risitas en el club.

—Intenta carcajearte si sientes la necesidad de... soltar

una *risita* —lo sugirió con tanta seriedad fingida que ella tuvo que intentar inmediatamente soltar una carcajada. Él pareció satisfecho.

—Estoy lista. Conquistemos el mundo del club de caballeros.

Prospero miró al cielo, como si rezara por la intervención divina, pero ella capturó un atisbo de sonrisa en él mientras se dirigían a la puerta.

*Qué aventura nos espera,* pensó Elise. Estaba a punto de infiltrarse en uno de los reinos masculinos más secretos de Inglaterra para investigar a sus objetivos de cerca, en su hábitat natural, como lo harían los mejores naturalistas. Esta apuesta con Sherlock Holmes iba a ser muy fácil de ganar.

# CAPÍTULO 9

El club de caballeros de Berkeley era exactamente lo que Elise había esperado. Era una esfera completamente masculina, sin una pizca de influencia femenina. La decoración era más oscura, la elección de las telas exuberantemente atrevida y los revestimientos de satén de las paredes tenían patrones llamativos o lisos, según la habitación. Los muebles estaban bellamente tallados, pero eran pesados, grandes y sólidos. Era un mundo construido enteramente para hombres. Se maravilló al pensar cómo Cinna se había mezclado tan bien cuando había preparado el anzuelo para Prospero.

—Quédate cerca —murmuró. Condujo a Elise hasta la recepción, donde los clientes del club se registraban para la velada. Un empleado estaba de pie detrás del mostrador, con la mirada fija en unos papeles frente a él.

—Prospero Harrington... el conde de March.

El hombre levantó bruscamente la cabeza.

—Me gustaría traer un invitado esta noche. Mi primo...

—Elliot —dijo ella, quizás con demasiada impaciencia.

—Elliott Harrington —dijo Prospero, percatándose rápidamente de la mentira.

—Sí, por supuesto, milord —el hombre levantó el registro hacia Elise—. Señor Harrington, si fuera tan amable de firmar esto como prueba de su asistencia como invitado de lord March.

Elise agradeció haber practicado la escritura del nombre Elliot, ya que firmaba todos sus contratos de publicación con el nombre Elliot Hamblin, pero era la primera vez que escribía el apellido Harrington. Era de esperar que, cuando alguien firmaba con su nombre, lo hiciera con cierta naturalidad, pero si ahora había algo de inseguridad en su mano, no se notaba. Cuando terminó, le devolvió el registro.

—Gracias, señor Harrington. Espero que disfrute de su velada con lord March.

—Gracias —Elise mantuvo la voz baja, haciendo todo lo posible para sonar más como Prospero.

—Por aquí, Elliot —Prospero señaló con la cabeza una escalera curva que conducía a un piso superior. Unos cuantos hombres pasaron junto a ellos. Ninguno le prestó atención, pero algunos se apartaron de Prospero, aunque él no reaccionó. El corazón de Elise se encogió al pensar que se había acostumbrado a ser evitado de esa manera.

Primero entraron en una sala de lectura, con docenas de mesas redondas y criados que empujaban carritos de bebidas. Éstos se detenían junto a las mesas ocupadas para preguntar si alguien quería beber algo. Prospero eligió una mesa al fondo de la sala y ocupó una silla con la espalda hacia la pared. Elise se sentó a su lado.

—Excelente elección, Prospero. Desde aquí puedo ver perfectamente los movimientos de todo el mundo y tengo la mejor oportunidad de observar su comportamiento.

—Oh… sí, por supuesto —dijo lentamente Prospero, como si acabara de ocurrírsele la idea.

En ese momento, Elise se percató de que su elección de mesa no había sido en beneficio de ella.

—Espera, ¿por qué has elegido esta posición, si no ha sido por mi investigación? —preguntó en voz baja, para no ser escuchada por otros hombres.

Prospero señaló con el dedo a un joven que empujaba un carrito de bebidas en su dirección.

—Oh, bueno —suspiró con pesadez—. Desde muy temprano aprendí que tener la espalda al descubierto es algo malo. Intento evitarlo siempre que puedo.

—¿Te ha pasado algo? —ella intuyó que había una historia y no pudo negar su curiosidad.

—Una vez estaba en una taberna a las afueras de París. Un hombre entró y me atacó por la espalda. Me tiró del taburete y empezó a darme puñetazos. Desde entonces, prefiero ver mis salidas y saber que mi espalda no está expuesta.

—Santo cielo… ¿Por qué te ha atacado este hombre?

Prospero bajó un poco más la voz.

—Después de que algunos de los otros clientes lo sometieran, supimos que era un pintor, un artista moribundo. Parecía estar sufriendo algún tipo de ataque o episodio de inestabilidad mental. Estaba ciego de rabia cuando entró en la taberna y atacó al primer hombre que vio —Prospero se señaló a sí mismo—. Había en él una especie de locura oscura y sombría que surgía de vez en cuando y que no podía controlar. Más tarde me confesó que no recordaba lo que hacía durante esos episodios de manía. Una vez que todos en la taberna lograron calmarlo, terminamos compartiendo un trago, y se disculpó. Me dijo que ponía el corazón y el alma en su trabajo, y que temía perder la cabeza en el proceso algún día.

—¿Te hiciste amigo suyo? —no estaba segura de por qué lo preguntaba, pero tenía la sensación de que Prospero era el tipo de hombre que ofrecería su perdón a los demás.

—No exactamente amigos, pero sí conocidos. Nos reunimos varias veces para beber en la taberna cuando se sintió mejor. Incluso me enseñó algunas de sus obras. La forma en que usa el color... no se parece a nada que haya visto antes. Es increíblemente talentoso y sabio. Le conté cómo había acabado en París, como un hombre arruinado con los bolsillos vacíos. Era duro estar muy lejos de casa y sentirse totalmente perdido.

Prospero se quedó callado un largo momento, con una tristeza evidente en el rostro, mientras parecía sumirse de nuevo en sus recuerdos.

—Este hombre, Vincent, me dijo que puede haber un gran fuego en nuestros corazones, pero que nadie viene nunca a calentarse en él, y que los transeúntes sólo ven un hilo de humo. Comprendí lo que quería decir. Mi vida no es más que un tenue vapor gris para el resto del mundo, pero en el fondo ardo en deseos de ser mi antiguo yo, o quizá una versión mejor de mí mismo. Después de enterarme de que mi padre había muerto, consideré la posibilidad de no volver a casa, pensando sólo en la nube que se cernía sobre mí aquí. Pero Vincent me dijo que uno debe trabajar y atreverse si realmente quiere vivir en la vida. Así que aquí estoy, queriendo vivir por fin.

Elise se sintió conmovida por las palabras del artista. Ella había luchado mucho por lo que tenía y por lo que había conseguido. Había una validación agridulce en oír de otros que ese era el camino correcto para vivir, aunque a veces le resultara difícil aferrarse a sus sueños y deseos.

El joven del carrito de bebidas se detuvo ante su mesa.

—Dos whiskies, por favor —Prospero le tendió unas monedas mientras el joven servía vasos de un decantador de whisky y se los entregaba. Elise aceptó uno. Nunca había probado el whisky. Inclinó el vaso con impaciencia y bebió un gran trago. El alcohol la golpeó mucho más fuerte de lo que había esperado. Escupió salvajemente y tuvo arcadas.

—¡Maldita sea! —graznó.

Prospero se inclinó hacia adelante y le golpeó la espalda de manera sorprendentemente brusca pero efectiva para aclararle la garganta.

—Debería haberte advertido. Eso es un whisky que se bebe a *sorbos* —sonrió mientras Elise conseguía recuperarse.

—Maldita sea —repitió una vez que se sintió capaz de hablar de nuevo.

Prospero seguía sonriendo. El apuesto bastardo se recostó en su silla y bebió un sorbo de su propia bebida.

—¿Qué les gusta a los hombres de estos clubes? —deseó haber traído su cuaderno para dibujar a algunos de los hombres y anotar observaciones para no olvidar nada. Pero eso podría haber despertado demasiada atención sobre sus actividades. Prospero hizo rodar lentamente su vaso entre las palmas de las manos, y luego lo levantó a la luz de la lámpara para estudiar el líquido mientras se tomaba su tiempo para responder.

—Es un lugar donde podemos ser nosotros mismos. Podemos sentarnos en silencio o charlar con los amigos, podemos olvidarnos de los males y preocupaciones del mundo exterior. Podemos ir a las salas de juego y ganar o perder fortunas, o podemos retarnos en los libros de apuestas. Podemos ser hombres.

—*Interesante* —murmuró Elise—. Es extraño que las mujeres no tengan un lugar para escapar de esa manera, aparte de los cuartos de baño. Y ése no es precisamente un lugar en el que deseemos estar, salvo para atender nuestras necesidades físicas. La Sociedad de Damas Rebeldes se creó porque a las mujeres no se les permitía reunirse más que en las casas, algo que, por supuesto, sí estaba permitido a los hombres. Cada vez que los hombres descubren lo que tramamos en la sociedad, tenemos que trasladar nuestra sede. La sociedad original se encontraba en Curzon Street hace unos sesenta años. Hemos tenido tres sedes más desde esa fundación original y la dirección de Baker Street es nuestro hogar actual.

Prospero le sostuvo la mirada.

—¿Sabes? Tienes razón. No había pensado en ello. Hay muchos lugares a los que vosotras nunca estáis autorizadas y a los que nosotros, como hombres, siempre podemos ir. Nosotros podemos escapar del mundo, pero vosotras no podéis escapar de nosotros.

Permanecieron un momento en silencio, y Elise pudo notar que los pensamientos de Prospero estaban a kilómetros de distancia. No sabía en qué estaba pensando, pero tenía más preguntas que hacerle y esperaba que a él no le importara que continuara investigando.

—¿Cómo sueles ocupar tus tardes aquí? ¿Eres un apostador, un hombre de billar, o te sientas en un silencio estoico y sorbes tu whisky?

—He sido de todos esos tipos a lo largo de los años, pero a medida que envejezco, me convierto más en un tipo que bebe a sorbos su whisky en silencio.

—Sólo tienes treinta y cuatro años. Eso *no* es ser viejo. Yo tengo veintiséis, lo cual, para las mujeres, aparentemente es viejo. Pero aún estás en la flor de la vida como hombre. Te he visto prácticamente desnudo. Eres un espécimen supremo.

Prospero le lanzó una media sonrisa.

—Agradezco el cumplido.

Elise luchó contra un rubor que le calentó la cara.

—¿Sigues jugando a las cartas o al billar?

—No. Principalmente porque hoy en día no tengo dinero para jugar y perder. Por suerte, no tengo esa necesidad compulsiva que padecen algunos hombres y mujeres. La he visto destruir vidas.

—Oh... —intentó ocultar su decepción. Elise había esperado ver las salas de juego, tal vez jugar una mano o dos.

—Si tuviéramos dinero para las fichas, podría arreglar algo, pero... —se detuvo.

Elise se tocó el bolsillo del pantalón, donde llevaba una delgada billetera.

—He venido preparada. Podemos usar esto, si quieres.

Él se echó a reír.

—Oh, está bien. Termina tu whisky. Luego iremos a la sala de cartas.

Intentó beberse el resto del whisky lo más rápido posible. Le quemó la garganta y le llenó los ojos de lágrimas, pero tuvo que admitir que también la hacía sentir bien. Parecía hacer que todo brillara de la forma más agradable. Necesitaba muchas más copas de jerez o vino para sentirse así, pero el whisky era una bebida más fuerte en la mayoría de los casos.

Dejó el vaso vacío sobre la mesa y sonrió.

—Estoy lista.

Él se rio ante su entusiasmo.

—Muy bien. Por aquí, pequeña naturalista —Prospero llevó su vaso consigo, sin dejar de beber pequeños sorbos, como si saboreara el licor de sabor ahumado y no quisiera apresurar su experiencia. Eso parecía ser algo que hacían los hombres, saborear una bebida del mismo modo que las mujeres saboreaban los helados de sabores. Supuso que se trataba de un rasgo único de autocontrol dentro de las especies, quienes reconocían la cantidad finita de su sustancia preferida y resistían el impulso de consumirla con demasiada rapidez. No podía pensar en ningún otro animal que mostrara este comportamiento. Por supuesto, había animales como las ardillas y las ardillas listadas que guardaban bellotas y otros frutos secos para consumirlos más tarde, pero estaban motivados por los cambios estacionales. Con los humanos, esa capacidad de contención «en el momento» era diferente de algún modo. Elise necesitaba recordar detalles como éste.

Abandonaron la sala de lectura y descendieron un piso hasta las salas de juego. En la primera de ellas, una nube de humo de puro formaba una capa neblinosa en el centro de la habitación, donde la mayoría de los hombres estaban fumando. Había una docena de mesas en las que éstos estaban inmersos en diversos juegos de cartas.

—¿Qué juego es éste? —preguntó Prospero a un crupier que estaba preparando una nueva mesa.

—Póquer con descarte, milord —respondió el joven.

—Excelente. Por favor, danos cartas a mí y a mi primo —dijo Prospero. Saludó con un movimiento de cabeza a los otros seis hombres de la mesa que también esperaban sus cartas. Eran ocho jugadores, un número ideal para el juego.

Elise ya había jugado a este juego antes, cuando las integrantes de la sociedad decidieron aprender los distintos juegos de cartas populares como reto. El objetivo era conseguir una mano de cartas cuyo rango fuera superior al de las manos de los demás jugadores y ganar más fichas. El póquer de descarte utilizaba una baraja de cincuenta y dos cartas y fichas u otros marcadores como apuestas. Se sentó junto a Prospero e imitó cuidadosamente su postura relajada mientras el crupier explicaba los valores de las fichas blancas, rojas y azules que utilizarían.

Uno de sus compañeros de juego miró a Prospero con arrogancia.

—No pensé que volveríamos a verte en Londres, Harrington —eso terminó con el agradable silencio de los hombres en la mesa.

Elise cogió sus cartas y echó un vistazo al hombre que había hablado. No era un tipo grande, pero sí musculoso y corpulento. Tenía la cara cuadrada y una mandíbula marcada que realzaba la maldad de sus ojos.

—Ah, bueno, la vida puede ser inesperada, ¿no? —dijo Prospero con frialdad mientras cogía sus propias cartas—. Sin duda habrás oído que mi padre ha fallecido. Ahora soy *lord* March —Elise se escandalizó de la manera tan fría en que puso al otro hombre en su lugar al recordarle su título. Los demás hombres de la mesa reaccionaron con sutiles asentimientos de aprobación al comportamiento de Prospero. Se percató de que estaba presenciando un desafío real entre dos machos. Prospero acababa de lanzar contra el otro hombre el equivalente a un rugido de león.

—No hay nada como un título para evitar que te pongan la soga al cuello, ¿eh? —preguntó el hombre malintencionado mientras comenzaba la partida de cartas.

*Interesante...* Había decidido responder al rugido de Prospero con uno propio. Elise frunció el ceño. ¿Por qué no mantenía la boca cerrada sobre cosas que no tenían nada que ver con él? ¿Acaso Prospero era una amenaza para él o para su posición? ¿O era simplemente un blanco fácil para parecer más poderoso? Aquí no había mujeres, o al menos ningún hombre de la mesa sabía que Elise era una, así que ¿por qué luchaban los hombres, si no era por posiciones de poder?

—Anda —jadeó otro de los caballeros—. De verdad, Swinton. Ten cuidado.

Swinton jugó su mano y sonrió fríamente a Elise, como si ella tuviera que participar de alguna manera en su broma contra Prospero.

Si había algo que Elise despreciaba eran los matones, tanto si llevaban falda como pantalones. En ese momento decidió que iba a destrozar a este hombre y a quedarse con todo su dinero. El bastardo se lo merecía. Ella le dedicó una sonrisa malvada y empezó a jugar a las cartas. Los hombres de la mesa aún no lo sabían, pero era una leona y estaba a punto de cazar a su presa.

El hecho de que su reputación fuera cuestionada era una actividad agotadora que aburría a Prospero. Después de doce años, se había vuelto rápidamente inmune a las burlas y comentarios sarcásticos que la gente solía hacerle. Había sido algo necesario, o se habría vuelto loco. Jugó un par de rondas y decidió que lo mejor sería concentrarse en la pila de fichas que crecía sobre la mesa. Si podía ganarlas, eso significaría comprar unos cuantos atuendos más completos y no sólo un puñado de camisas y pantalones nuevos para sobrevivir. Tal vez podría pagar una cena para Elise y para él en un buen restaurante esta noche, una vez que ella se cansara de usar pantalones de hombre. No era que esos pantalones no tuvieran algunas ventajas. Sus piernas se veían muy bien, y aunque él preferiría verlas desnudas, la preferiría con pantalones a con faldas.

—Nada como un título para evitar que te pongan la soga al cuello, ¿eh? —se mofó Swinton, y otro hombre intentó callarlo y lanzó a Prospero una mirada de disculpa.

—Anda. De verdad, Swinton. Ten cuidado —uno de los otros hombres salió en defensa de Prospero.

—Puede que sí —replicó Prospero, dirigiendo al otro hombre una mirada fría—. Puede que no. En cualquier caso, no es asunto tuyo, ¿verdad? Ahora, ¿vas a provocarme a otro duelo o quieres jugar a las cartas? —mantuvo la compostura. Sólo quería que lo dejaran en paz y que todos olvidaran su pasado, pero parecía que no lo harían.

Swinton frunció el ceño. Se enderezó en su silla, aparentemente concentrado en el juego. Durante la siguiente media hora y una serie de manos jugadas, la pila de fichas creció hasta alcanzar una cantidad asombrosa, y Prospero se quedó mirando las cartas en su mano. No iba a ganar. *Joder...* A pesar de que su mano había empezado lo bastante bien como para ganar, perdería hasta el último céntimo de lo que Elise le había pagado por el estudio de esta semana para reunir el dinero extra que había apostado. Cuando las últimas manos fueron disputadas, Swinton maldijo y golpeó la mesa con el puño cerrado.

—¡Has jugado sucio!

Prospero había esperado algún tipo de acusación, pero ésta no iba dirigida a él. Iba dirigida a *Elise.*

—¡*No*, señor! —gruñó amenazadoramente Elise a Swinton. Era bastante convincente en su actuación, incluso ahora.

—¡Debiste haberlo hecho! —Swinton se puso en pie de un salto. Antes de que Prospero pudiera detenerlo, el hombre lanzó un grueso puño a la cabeza de Elise, golpeándola con tanta fuerza que ésta se desplomó sobre la silla a sus espaldas y cayó al suelo con un gruñido, con la silla atascada entre sus piernas.

Prospero oyó un rugido sordo y sus manos se cerraron en puños.

—¿Estás bien? —preguntó mientras se inclinaba sobre ella, buscando cualquier señal de lesión antes de ayudarla a levantarse.

—S-sí —tartamudeó y se llevó una mano al ojo derecho. El rugido sordo en la cabeza de Prospero se convirtió en un silbido penetrante. Gruñó y se giró hacia Swinton, sujetándolo por el cuello.

—Si vuelves a ponerle una mano encima a mi... *primo*, terminarás en el extremo equivocado de una pistola al amanecer.

Cuando la cara de Swinton empezó a teñirse de un alarmante tono rojo, Prospero se percató de que había levantado al hombre por el cuello de la camisa.

—Anda, March, es mejor que lo dejes en paz. Parece que se está quedando sin aire —dijo una voz familiar cerca de él.

—No estoy seguro de que un hombre como él necesite aire, De Courcy —replicó Prospero.

—Puede que sea cierto, pero ¿realmente merece la pena matarlo?

Guy De Courcy tenía razón. Swinton no era nada. Soltó al hombre y Swinton retrocedió a trompicones, tosiendo y jadeando.

—¿Habéis visto eso? —preguntó Swinton a los otros jugadores de la partida—. ¡El bastardo ha intentado matarme!

—No he visto nada de eso —dijo un caballero.

—Yo sólo te vi golpear a un muchacho de la mitad de tu edad —dijo otro.

Guy se agachó para recoger algo del suelo que había caído a los pies de Swinton durante el forcejeo. Era una carta que, de haberse jugado, habría otorgado la victoria a Swinton.

—Creo que se te ha caído esto —Guy golpeó fuertemente la carta contra el pecho de Swinton, lanzándole una mirada mordaz—. Creo que es mejor que te marches por esta noche, Swinton.

Swinton comprendió rápidamente que no tenía aliados y salió furioso de la sala de cartas.

—Lo siento, March. Este tipo se merece su premio. ¿Te he oído decir que es tu primo? —preguntó Guy.

—Sí, soy Elliott Harrington. Gracias por ayudarnos, De Courcy.

—Tonterías, los hombres como Swinton son unos cabrones —resopló su amigo—. Entonces, preséntame a este primo tuyo —Guy le dio una palmada amigable en la espalda a Elise, quien hizo una mueca de dolor y casi dejó caer el dinero que los otros hombres le habían entregado.

—Elliott, éste es Guy De Courcy, un amigo de mis días en Eton. Me mantuvo alejado de los problemas en París... casi siempre —Prospero soltó una risita ante la reacción de Guy. Ambos sabían que Guy lo había metido en muchos problemas en lugar de sacarlo de ellos.

—Encantado de conocerte —dijo Elise—. Te daría la mano, pero...

—Tienes las manos ocupadas —Guy le guiñó un ojo—. Bien hecho. ¿Cómo has vencido a Swinton?

—Oh, simplemente conté las cartas...

Prospero tosió con fuerza, intentando ocultar sus palabras antes de que alguien cercano pudiera oírlas. El conteo de cartas no iba exactamente contra las reglas del club, pero tampoco era un comportamiento caballeroso. Sacudió ligeramente la cabeza en su dirección para animarla a guardar silencio.

—Ah —dijo Guy, aclarándose la garganta—. ¿Por qué no buscamos un sitio *tranquilo* para hablar?

Los tres salieron de la sala de cartas y entraron en una de las salas de billar vacías.

—Ven conmigo —Prospero acercó a Elise al resplandor de una lámpara de gas cercana y le levantó la barbilla. El ojo derecho de Elise se pondría morado en una o dos horas—. ¿Cuánto te duele? —no pudo evitar suavizar la voz mientras le hablaba. También era consciente de que Guy los observaba de cerca.

—Estoy bien —Elise se lamió los labios y apartó la mirada de él. Una dulce mentirosa. Él sabía que la herida le dolía, y quería matar a Swinton por causarle ese dolor.

—Eh, Pross. Tu primo estará bien, es un chico duro.

—Elliott es una mujer —susurró Prospero a su amigo—. Y aunque ciertamente es bastante dura, quiero estar seguro de que está bien.

—¿Es una *ella*...? —Guy se inclinó hacia adelante, estudiando el disfraz de Elise con fascinación.

—Sí —respondió Elise a Guy—. Estoy de incógnito, lord De Courcy. Estoy estudiando a los hombres.

—Estudiando a los hombres... —Guy se echó a reír—. Oh Dios, Pross, ¿ este es el estudio que solicitaste? ¿El del diario?

—Sí, no son hombres los que están estudiando a los hombres, sino mujeres. *Esta* mujer, para ser precisos. Guy De Courcy, esta es Elise Hamblin.

Guy recorrió a Elise con la mirada y silbó suavemente.

—Vaya, eso es impresionante —Guy le guiñó un ojo—. Es usted un hombre atractivo, señorita Hamblin.

Ella le devolvió la sonrisa.

—Sí, ¿verdad? —aceptó, orgullosa.

—Entonces, ¿qué más necesita estudiar? ¿Cómo besar a un hombre? Quizá pueda ayudarla en eso...

La sonrisa de Elise adquirió un carácter gélido. Prospero clavó un codo en el estómago de su amigo.

—Ay —gruñó Guy, llevándose una mano al estómago—. Nada de besos. Error mío. No hace falta estudiar ese tipo de cosas.

Prospero lanzó una mirada de advertencia a su amigo.

—Desde luego que no. Ella está aprendiendo cosas mucho más importantes que los besos. Es una naturalista con conocimientos avanzados en varios campos científicos. No necesita que gente como tú se interponga en su camino mientras realiza su estudio.

—¿Como yo? Ah, sí... Entiendo, hombre. Tócala y muere, ¿eh? Muy bien, es toda tuya, Pross.

—Como siempre, no entiendes —gruñó Prospero. Quería que Elise tuviera la libertad de estar sola para realizar sus estudios sin ser seducida por Guy... pero Guy también tenía razón. Prospero no quería que ningún hombre le enseñara nada sobre besos... excepto él.

Elise observó esta discusión con una adorable fascinación. Como hija única, nunca había visto a los hombres actuar así. Guy y él se habían peleado más de una vez de niños y de adultos. Los instintos seguían ahí.

—Elise, debería llevarte a casa y ver tu ojo.

—Oh, pero quiero quedarme —protestó con voz más femenina ahora que estaban solos.

—Creo que ya has experimentado suficiente emoción

por esta noche. Cuando tu padre te vea la cara mañana, tendré suerte si no me asesina.

—Si quiere quedarse, puedo vigilarla —se ofreció Guy con demasiada efusividad.

Prospero le lanzó una mirada a su amigo.

—Elise es una dama, no importa cómo esté vestida actualmente, y *no* la dejaré en tu compañía, viejo amigo. Te conozco demasiado bien.

Guy suspiró dramáticamente.

—Supongo que sí —Guy se volvió hacia Elise—. Ha sido absolutamente fascinante conocerla.

—Igualmente, lord De Courcy —la sonrisa de Elise había vuelto, conteniendo una mezcla de deleite y picardía mientras miraba a Prospero. Entonces supo que, en definitiva, Guy y Elise no deberían estar solos. Se meterían en muchos problemas.

—Muy bien, vete, Guy. Buenas noches —Prospero lo empujó hacia la puerta de la sala de cartas para que los dejara solos.

—Muy bien. Entiendo las indirectas, hombre —Guy se inclinó sobre la mano de Elise, le besó los dedos y se marchó.

—Él me agrada —dijo Elise—. Ahora que lo entiendo mejor. Por un momento pensé que no se tomaría en serio mi estudio, pero ahora veo que pretendía más burlarse de ti que seducirme. Cosas muy distintas, la verdad.

Sin saber qué responder a eso, Prospero frunció un poco el ceño.

—Espero que no te agrade demasiado. Es un libertino.

—Justo lo que pensé. Sin embargo, yo creía que *tú* eras un libertino —dijo ella cuando él inclinó más su barbilla hacia la luz para poder mirarla de nuevo a los ojos.

—No lo soy. He estado con bastantes mujeres, pero

siempre fui leal a una a la vez. Guy no hace promesas a las mujeres con las que está. Ellas saben que lo tienen por una o dos noches antes de que él pase a su siguiente conquista.

—Es una gran diferencia —observó ella.

Él tarareó en señal de acuerdo mientras examinaba la hinchazón de su ojo.

—Sí, será mejor que vayamos a casa y le pongamos algo frío, si tienes una nevera.

—Oh, de acuerdo. Oh, ten —rebuscó en sus bolsillos y sacó las dos pesadas pilas de billetes—. Estos son tuyos.

—No, los has ganado tú.

—Prácticamente no los necesito. Además, tú y Guy me habéis dado la impresión de que contar cartas no es precisamente un comportamiento caballeroso. Por favor, Prospero. Cógelos. Cómprate uno o dos trajes nuevos, lo que quieras.

—No quiero dinero por lástima, Elise —dijo Prospero en voz baja. Aún conservaba algo de orgullo, y esta mujer sabía cómo provocarlo, aunque él sabía que no era su intención. Lo último que quería era que ella lo tratara como lo habían hecho las mujeres de París. Incluso la compasión bienintencionada era insultante.

—Hay un océano de diferencia entre la lástima y la compasión —dijo ella con severidad—. Nunca hago nada por lástima. Pero tampoco se trata de compasión. Necesito que compres un caballo y un traje de montar. Montar a caballo en el parque parece estar muy presente en algunos rituales masculinos, sobre todo en el cortejo de las hembras. Considéralo un gasto relacionado con la investigación.

Con gran reticencia, él cogió el dinero y se lo metió en el bolsillo.

—Es hora de que nos vayamos.

—¿Podríamos hacer una parada para comer un pastel de carne? Estoy hambrienta —ella lo siguió hasta la puerta, y Prospero no pudo evitar reírse.

—Sí, de acuerdo. Comeremos pasteles de carne. Yo pago, obviamente —palmeó el dinero en el bolsillo de su pantalón y se detestó un poco. Esta noche era la más extraña que había tenido, y tenía la sensación de que aún no había terminado.

Guy De Courcy se acercó al pedestal de mármol que sostenía el libro de apuestas en Berkeley's. Cogió la pluma que descansaba sobre el pesado tomo. Abrió el libro de apuestas utilizando la cinta de seda negra para encontrar la página más reciente, y se inclinó sobre el pedestal para escribir una apuesta en ella. Cuando terminó, se alejó con una sonrisa de suficiencia.

Un hombre sentado solo con los ojos fijos en Guy esperó a que saliera de la habitación para acercarse a abrir el libro y leer las palabras en un susurro para sí mismo.

El hombre frunció el ceño, cerró de golpe el libro de apuestas y salió de la habitación a toda prisa.

En el rincón más alejado de la sala, un tercer hombre que fumaba una pipa de madera de cerezo sonrió mientras lanzaba un círculo de humo al aire. Luego miró a su acompañante, que leía diligentemente un diario. Su amigo se acomodó las gafas sobre la nariz y dio un sorbo a su bourbon.

—Que me parta un rayo si pierdo mi Stradivarius por

esto, Watson —dijo el hombre de la pipa de madera de cerezo.

—Entonces quizá no deberías hacer apuestas tontas contra nuestras vecinas de Baker Street, Holmes —replicó Watson—. A mí me parecen encantadoras. Hay una adorable joven llamada Mary a la que me gustaría invitar a cenar alguna noche, si consigo armarme de valor para preguntarle.

—Qué tontería —murmuró Holmes—. ¿Qué puede tener de fascinante una mujer, eh? Desperdiciarías tus considerables talentos si te contentaras con arroparte junto a un fuego cálido, permitiendo que alguna mujer te zurza los calcetines.

Watson puso los ojos en blanco.

—A veces pienso que no eres consciente de que el amor es un rompecabezas más grande que cualquiera que tú puedas resolver, amigo mío, y desde luego no implica que una mujer zurza los calcetines de nadie.

Sherlock entrecerró los ojos. Soltó otra bocanada de humo y su mirada se desvió.

—Me pregunto... —se levantó y se acercó al libro de apuestas que De Courcy había firmado y otro hombre había leído hacía un momento. Holmes se volvió hacia la página y leyó las palabras para sí mismo—. Prospero Harrington, conde de March, se casará en Navidad de este año con Elise Hamblin. Cien libras; Guy De Courcy, vizconde De Courcy. Casarse con Hamblin... por Dios, no me lo esperaba. Pero, ¿cómo...? —repasó la pelea que había presenciado en la sala de juego hacía unos minutos y soltó una repentina carcajada, quizá demasiado fuerte, dadas las miradas que los demás caballeros le dirigieron. Volvió hacia donde estaba sentado Watson, todavía absorto en su periódico—. Tengo razones para creer que un juego peligroso está en marcha, Watson.

—¿Oh? ¿Qué había en el libro de apuestas? —preguntó Watson. Era muy hábil para aparentar que no le interesaban las cosas que ocurrían a su alrededor, cuando en realidad estaba muy atento.

—Una apuesta marital.

—Suena verdaderamente aterrador —dijo Watson con un tono de sarcasmo y diversión—. ¿Quién es el desdichado?

—Lord March.

—¿El hombre de tu apuesta con la señorita Hamblin? —Watson bajó el periódico y clavó en Holmes una mirada que le retó a dejar de involucrarse con las integrantes de la Sociedad de Damas Rebeldes.

—Sí, pero el peligro no es el matrimonio. Lo que me preocupa es que alguien no está contento con March, y esa apuesta pudo haberle despertado una idea terrible.

Watson terminó su bebida con un suspiro, se levantó y se metió el papel doblado bajo un brazo.

—Muy bien, tienes mi atención. ¿Qué vamos a hacer?

—No estoy seguro... Vamos, Watson. Tengo mucho en qué pensar... y deseo tocar mi violín antes de que esa mujer me lo robe.

# CAPÍTULO 10

Elise se lamió los dedos para quitarse las últimas migas. Los pasteles de carne nunca habían sabido tan bien. Ella y Prospero habían parado en uno de los puestos de pasteles que abrían hasta altas horas de la noche y la madrugada para abastecer a la clase trabajadora de los medios necesarios para sobrellevar sus largos turnos.

Mientras comían y caminaban por la calle, Prospero habló más de su vida en París y de lo contento que estaba de volver a Inglaterra.

—Es extraño, ¿verdad? —observó Elise—. Que a veces tengas que dejar tu hogar para darte cuenta de cuánto lo echas de menos.

—Extraño, pero muy cierto. Si tan solo el pasado no estuviera tan presente aquí... —hizo una pausa, y ella intuyó que estaba pensando en lo que Swinton le había dicho.

—¿Desearías que la gente dejara atrás el pasado? —supuso ella.

Él asintió.

—El club de un hombre debería ser su santuario, pero el mío no lo es. Ya no. Swinton no será el último.

Prospero se parecía a ella más de lo que Elise creía, y si hubiera estado en su situación, habría corrido directamente a la sede de la sociedad en busca de refugio.

Antes de que pudiera siquiera pensar por qué lo había hecho, alargó la mano y cogió la de Prospero entre las suyas. Un destello de calidez floreció en la conexión entre ellos, y la miró a los ojos, esos ojos profundos y vivos tan fascinantes para ella. Él tenía una riqueza de conocimientos sobre las cosas del mundo que ella desconocía, y quería interrogarlo sin cesar para aprender todo lo que sabía sobre las personas y la vida. Pero ahora mismo, Elise podía darle algo...

—Quizá necesitas crear tu propio santuario —sugirió—. Crear un lugar propio. Como mi sociedad. Tenemos nuestro propio mundo privado.

Él sonrió un poco, y eso la calentó hasta los dedos de los pies.

—Qué idea tan intrigante.

Cuando regresaron a su casa, Elise tuvo que admitir que su ojo empezó a inflamarse y a dolerle mucho.

Prospero notó que se tocaba cuidadosamente la zona herida.

—Muéstrame las cocinas.

Ella lo condujo a la escalera de servicio, y pronto localizaron la nevera en una caja de madera aislada con estaño en la cocina. Prospero cogió un pequeño cincel y fue quitando trozos de hielo de las esquinas del bloque hasta hacerse con un pequeño puñado de éstos. Cogió un paño de cocina y los envolvió en él antes de atar los extremos para formar una especie de bolsa.

—Ahora, mantén esto contra tu ojo durante unos minutos. La inflamación disminuirá.

Se colocó el hielo en el ojo cerrado y se estremeció, pero el dolor pronto empezó a desaparecer.

—Has tenido una gran noche —reflexionó Prospero—. Apostaste, desplumaste a un tramposo en el póquer, bebiste un buen whisky y comiste un pastel de carne. En resumen, un buen día para algunos hombres.

—¿De verdad?

—Bueno, para algunos lo es.

Sostuvo el hielo en su ojo durante unos minutos mientras ella y Prospero permanecían en la cocina. Había un silencio inusual, ya que la mayoría de los criados se habían ido a dormir.

—Entonces, ¿qué haremos mañana? —Prospero cogió suavemente el hielo que se estaba derritiendo y lo colocó en el fregadero antes de sujetar su barbilla y estudiarle la cara. Su cálido aliento le acarició las mejillas.

—Uhh... No puedo pensar...

—¿Quieres que te distraiga del dolor? —comentó en voz baja. Los ojos del hombre ardían con un deseo que le abrasaba el alma. Sólo tuvo un momento para preguntarse por qué él seguía teniendo ese fuego tan intenso en las venas después de todo el dolor por el que había pasado, antes de que el hermoso demonio la besara para hacerla sentir mejor.

Elise gimió cuando sus labios se deslizaron sobre los suyos, suaves al principio, pero cada vez más ásperos a medida que ella respondía con su propia avidez. Quería ir más despacio para poder catalogar todos los sutiles movimiento de los labios de Prospero y, ¡oh, Dios, cómo movía la lengua! Pero pronto la abrumó lo suficiente como para que su mente científica se silenciara hasta la sumisión.

—Eso es, cariño. No pienses. *Siente.* Siénteme, siente esto —él deslizó los labios por encima de los suyos en un susurro malicioso antes de embestirla de nuevo con un sensual movimiento de lengua en un beso salvaje y apasionado que la mareó por completo. Se sintió como el gran globo pintado de la sede de la sociedad. Estaba girando, atrapada en el rayo de sol que representaba el beso de este hombre, y todo su mundo daba vueltas ante sus ojos.

Su insensato corazón vio destellos de un futuro con Prospero, una vida que ella no podía tener, no en un mundo que se empeñaba en aislarla de todas las oportunidades. Pero aquí, en el oscuro y tranquilo mundo de la cocina, podía fingir ser otra persona.

Imaginó cómo sería una vida con Prospero. *Mañanas de pereza en la cama, besos lentos y susurros seductores. Wiskis compartidos junto al fuego y partidas de cartas. Visitas al Museo Británico y paseos a caballo por el parque...* Incluso se vio a sí misma vestida de novia, con un ramo en las manos, y luego meciendo una cuna en una habitación infantil llena de luz. Lo vio todo. La vida a la que había renunciado para librarse del control de los hombres.

Una punzada de dolor le atravesó el corazón tan rápida y ferozmente que chilló y se apartó de él. Él permitió que lo empujara, pero no la soltó. Mantuvo un suave y reconfortante agarre en la parte superior de su cintura.

—¿Elise? —susurró su nombre, preocupado.

—No es nada —mintió—. Es el bigote. Se ha enganchado en algo —se quitó frenéticamente el bigote postizo, contenta de tener un motivo para que las lágrimas brotaran de sus ojos.

—Deberías irte a la cama y descansar —la observó atentamente, y tuvo la sensación de que veía a través de ella de una manera que nadie, ni siquiera su padre, había logrado jamás.

—Mañana podemos abordar algo nuevo y grandioso —dijo, y le hizo un gesto para que saliera de la cocina delante de él.

Ansiaba rogarle que volviera a besarla, pero no se atrevió, no cuando se sentía tan fuera de control. ¿Cuándo se había sentido tan perdida? Era como si ella fuera un pequeño barco abandonado a su suerte contra las rocas de esta tierra desconocida de deseos y sueños por cosas que nunca podría tener. Sólo podía observarlos desde la distancia.

PROSPERO TENÍA MÁS CONOCIMIENTOS QUE LA MAYORÍA de los hombres sobre las mujeres y sus estados de ánimo volubles. En su experiencia, las mujeres solían tener un torrente de pensamientos y un millón de preocupaciones. Las mujeres eran criaturas de inmensidad y profundidad tanto en sus pensamientos como en sus sentimientos. Cualquier hombre que dijera lo contrario era un tonto.

Ahora mismo, podía ver claramente que Elise estaba conmocionada, pero no estaba seguro del motivo. También sabía que, fuera lo que fuera, ella no quería hablar de ello. Todavía no. La dejaría guardar sus secretos, pero no para siempre. Le daría tiempo por ahora.

Dios, él también sentía que necesitaba tiempo. Ese beso había cambiado algo. Era como si su cuerpo y su alma se hubieran hecho pedazos para luego volver a unirse. Nunca antes había sentido un beso así, y que lo partiera un rayo si sabía por qué éste había conseguido alterarlo. A las mujeres de su pasado les habían encantado sus seducciones planificadas en jardines, alcobas y rincones de salones de baile, pero habían sido juegos. Esto no se parecía en nada a aquellos momentos perfectamente planeados. Ninguno de los dos se había sentido o lucido especialmente romántico, dado que ella tenía un ojo morado y aún llevaba puesto su disfraz masculino.

Sin embargo, ese momento había sido deliciosa y maravillosamente absurdo. Quería reír, acercarla y besarla de nuevo hasta que ella riera y sonriera y pudieran simplemente descubrir qué era lo que hacía que esta cosa intangible entre ellos provocara un resplandor tan profundo en su alma.

Prospero cogió a Elise del brazo cuando salieron de la cocina y subieron las escaleras de servicio. Quería hablar sobre el beso, pero sabía que ella no quería, y él era todo un caballero como para presionarla con el fin de satisfacer su propia curiosidad.

Todo lo que podía pensar, todo lo que tenía sentido, era que este beso había sido *real*. Más real para él que cualquier otra cosa en su vida. Lo había hecho sentirse como la antigua secuoya que habían visto en el museo más temprano ese mismo día. Sintió como si hubiera sido plantado en lo más profundo del alma de Elise y pudiera crecer durante mil años bajo la luz de su beso. Con un beso así, nada podría derribarlo o quebrantarlo nunca más. Era un beso que todos los hombres de bien soñaban con encontrar en una mujer. Provenía de una mujer que no necesitaba a ningún hombre, que tenía su propia mente y sus propios sueños. Ella no tenía lugar en su mundo para él.

Fue entonces cuando Prospero supo que enamorarse de esta mujer le heriría no sólo el corazón, sino también el alma. Amarla sería un juego que seguramente perdería. ¿Tendría el valor de abrirse y contárselo todo, incluso sabiendo que eso lo destruiría? Ésa era la interrogante.

Subieron la escalera principal en silencio. Él se detuvo al llegar a su habitación.

—¿Necesitas ayuda para desvestirte? Seguro que tu criada está durmiendo.

—No, estoy bien. Ella estará en la cama, pero no la necesito. Se trata más bien de encontrar todas las horquillas —ella señaló la peluca.

—Puedo ayudar con eso. Tengo práctica.

Levantó la mirada hacia él, con los ojos muy abiertos, y se mordió el labio.

—No hablas mucho de las mujeres de París —dijo en voz baja, y él supo que no podía seguir evitando el tema.

—Todas las mujeres con las que estuve me gustaron, pero nada más. Eran amables conmigo, pero cuando estaba con ellas nunca olvidaba que me pagaban por mi compañía. Era un perro guardián. No exactamente atado, pero debía acudir cuando me llamaran y obedecer cualquier orden.

—Entonces sabes algo acerca de lo que es ser mujer —dijo Elise, endureciendo su rostro, pero luego lo suavizó un poco—. Supongo que debes pensar que soy igual que esas mujeres que pagaron por tu compañía.

—No. De algún modo, esto es diferente —admitió—. Sé que me pagas por tu estudio, pero en momentos como éste, en el que compartimos lo que somos, no pagas por eso. No es... —tuvo dificultades para encontrar las palabras—. Me siento más yo mismo cuando estoy contigo de lo que me he sentido en muchos años.

Ella levantó las cejas.

—¿De verdad?

Entonces, Prospero sonrió, sintiendo cómo la expresión se extendía por su rostro.

—Sí, suponiendo que ya sepa lo que significa ser yo mismo —se aclaró la garganta—. Ahora, ¿quitamos las horquillas?

Elise asintió, pareciendo aceptar su postura de evitar seguir hablando de un tema delicado. Y él se lo agradeció.

—Muy bien. Entre los dos, seguro que podemos quitarlas rápidamente —aceptó.

La condujo a su habitación, donde se quitó la peluca con cuidado y la dejó sobre la cama. Prospero se impresionó de lo bien que había recogido su larga melena rubia y de que consiguiera fijarla contra el cuero cabelludo.

Él hizo un gesto hacia la cama.

—Siéntate, por favor.

Comprendió demasiado tarde que su petición podría malinterpretarse. Antes de que pudiera corregir sus palabras pidiéndole que se sentara en el sillón, Elise obedeció y se acomodó sobre las sábanas, con la espalda recta e inclinando la barbilla lo suficiente como para ver a través de él con sus cálidos ojos marrones.

—Yo solo... eh... Me sentaré detrás de ti... para ayudarte con las horquillas —se subió detrás de ella en la cama, con su aroma acariciándole la nariz. Un error en su disfraz. Ella había olvidado que los hombres no huelen a rosas. Tendría que enseñarle sobre colonias.

Estiró las piernas a ambos lados de las caderas de Elise mientras se acercaba. Probablemente ella no sabía por qué él había sugerido esa posición. Al parecer, Prospero tenía algún secreto deseo de torturarse porque quería permanecer cerca de ella, incluso sin tener la oportunidad de llevársela a la cama.

Exhaló lentamente y empezó a quitarle las horquillas.

Su pelo largo y liso, al haber estado tanto tiempo sujeto, había formado encantadores rizos a medida que cada mechón se desprendía. Enroscó uno alrededor de su dedo, jugando un momento con el cabello dorado. Elise no pareció darse cuenta mientras cogía rápidamente algunas de las horquillas a su alcance. Al poco rato, casi todos los rizos quedaron libres, y ella hundió las manos en ellos, agitando el pelo en busca de más horquillas, totalmente inconsciente del efecto que estaba causando en él.

—Permíteme —Prospero oyó la aspereza de su voz mientras deslizaba los dedos por su pelo, pero que lo partiera un rayo si ahora podía controlar su reacción ante ella. Elise dejó escapar un suspiro, y él juró haber oído una nota de verdadero alivio bajo el placer—. ¿Quién se preocupa por ti? —se encontró preguntando en un ronco murmullo.

—¿Qué? —respondió ella con la misma suavidad.

—Llevas el peso de un vasto mundo sobre tus hombros. ¿Quién te cuida cuando las lámparas se apagan y la noche cae? —siguió masajeando los mechones de su pelo, encontró dos horquillas más y las quitó.

—Cuido de mí misma. Siempre lo he hecho —dijo con orgullo—. Mi padre me enseñó a ser autosuficiente para no necesitar a nadie.

Esta mujer le estaba rompiendo el corazón, y maldita sea, eso no era lo más sorprendente de todo. Había pensado que su corazón se había convertido en piedra hacía años.

Había trabajado para endurecerse contra el mundo y, sin embargo, ella había agrietado la piedra...

—¿Querer o necesitar a alguien te vuelve débil... aunque sólo sea a veces? —Prospero le frotó el cuero cabelludo con la punta de los dedos, intentando aliviar la tensión que sentía allí.

—No puedo permitirme necesitar a nadie —ella bajó un poco la cabeza, con los ojos caídos, y él llevó una mano a su cadera, sujetándola, permitiéndole sentir su apoyo a través del contacto.

—¿Por qué no? —le preguntó mientras acercaba una mano a su nuca y sus dedos presionaban los nudos del músculo. Elise se estremeció, como si entre su toque y sus palabras estuviera a punto de dejarse llevar, de liberar las emociones anudadas tan profundamente en su interior que la agobiaban.

—No puedo. En el momento en que ceda el control, alguien tendrá poder sobre mí —su voz se endureció un poco—. Confías en un hombre, amas a un hombre, y te lo quita todo, todo lo que tienes, incluso tu libertad. Lo he visto muchas veces. No puedo ser una víctima. *No lo seré.*

Su tono amargo lo dejó atónito. Ella no estaba sola, ¿verdad?

—¿Y tus amigas? ¿Cinna y Edwina? ¿No puedes confiar en ellas?

Elise derramó lágrimas que se apresuró a limpiar.

—Puedo hacerlo, pero me parece horrible pedirles eso. Cinna ya tiene muchas preocupaciones, y la familia de Edwina tiene sus propias luchas. No puedo añadirles mis inquietudes. No cuando yo debería estar bien.

Prospero continuó, calmando a esta hermosa mujer.

—¿Y por qué deberías estar bien?

—Porque tengo dinero y algunos privilegios gracias a mi posición —lo dijo en un tono tan objetivo que a él lo pilló por sorpresa—. Pero todo se debe a mi padre. Sin él y su dinero soy como cualquier mujer que se financia su propia supervivencia siendo prostituta. Nacer como hija de mi padre fue solo suerte. ¿Eres consciente de lo horrible que es eso? El destino de una mujer depende enteramente de su nacimiento, pero un hombre... tiene la oportunidad de superarse, de trabajar, de encontrar la manera de mejorar su vida a través del esfuerzo. Y lo hace sin sacrificar su cuerpo ni su alma a los deseos de los demás.

Prospero quiso decirle que la idea de que los hombres mejoraran su posición en la vida tenía mucho más que ver con la suerte de lo que ella sospechaba. Lo había visto tanto en Londres como en París. Pero se contuvo. Al fin y al cabo, Elise tenía razón. Las mujeres tenían muchas más desventajas que los hombres. No se podía negar esa desafortunada verdad.

—Hay hombres en el mundo que te darían una oportunidad, que te apoyarían en lugar de hundirte —*hombres como yo*.

—¿Y *cómo* se supone que una mujer puede determinar qué hombre es cuál sin perjudicarse a sí misma o a su reputación? —replicó ella.

—Tienes razón —concedió él, con una sonrisa tirando de la comisura de sus labios—. ¿Quizá se podría elaborar un estudio científico sobre los hábitos y la naturaleza de los hombres para determinar qué tipos resultarían satisfactoriamente solidarios?

Lo había dicho en broma, en su mayor parte, pero su pequeño grito ahogado y la forma en que su piel se tiñó de rosa lo alertaron de algo más profundo que Elise había oído en sus palabras. Ella encorvó los hombros, sólo un poco. Se estaba alejando de él. Estaba en terreno inestable y huía de él para protegerse. Necesitaba distraerla.

—Bésame —le dijo bruscamente.

Sobresaltada, lo miró por encima del hombro. Él aprovechó la posición y le cogió la mejilla, sosteniéndole la cara mientras capturaba su boca con la suya. Tenía muy pocas respuestas para ella sobre las desigualdades y la injusticia de la vida, pero podía darle esto; podía ofrecerle su ser, significara lo que significara.

Elise abrió los labios bajo los suyos y Prospero absorbió su sabor. Cerró la mano en un puño contra su cabello, manteniéndola cautiva para besarla más profundamente, y luego retrocedió, llevándosela con él hasta que ella terminó tumbada sobre su cuerpo, con sus labios fundidos en un beso ardiente.

Poco después, él rompió el beso.

—Déjame enseñarte un secreto, uno que te dará la paz que necesitas, al menos por esta noche —Prospero deslizó la mano sobre su espalda, arriba de su trasero, estrujándolo ligeramente mientras disfrutaba de su peso encima de él.

Ella arqueó una ceja dorada.

—¿Intenta seducirme, lord March?

—La estoy *instruyendo*, señorita Hamblin, mi pequeña naturalista. Y este secreto es sólo para ti, no para mí, aunque disfrutaré enseñándotelo.

—Ahora estoy intrigada —admitió—. Puedes enseñármelo.

Con años de práctica, la hizo rodar rápidamente sobre la cama. Ella jadeó, con los ojos desorbitados por el repentino cambio de posición. Se deleitó al sorprenderla, introduciéndose entre sus muslos antes de que ella se percatara de lo que había hecho. Era mucho más fácil hacerlo cuando llevaba pantalones en lugar de faldas.

—Coloca las manos por encima de la cabeza y no las muevas —ordenó.

Su pequeña científica parecía dispuesta a protestar.

—Confía en mí —le dijo mientras la besaba. Le cogió las muñecas con una mano y las levantó por encima de su cabeza para sujetárselas—. Déjalas aquí —las presionó contra la cama antes de soltarla y se deslizó por su cuerpo, desabrochándole los botones del chaleco y sacándole la camisa por encima de los pantalones. Él maldijo para sus adentros cuando se percató de que sus pechos seguían atados. Tendría que ocuparse más tarde de ese inconveniente. Le desabrochó los pantalones y empezó a bajárselos, junto con la ropa interior. Elise levantó las caderas para permitirle exponer su parte inferior. Quedó desnuda de la cintura para abajo.

Él sonrió al ver su cara sorprendida y sonrojada. Ella se lamió los labios, más emocionado, más *curiosa* que inquieta. Menuda lección le iba a dar a su pequeña naturalista.

ELISE ESTABA DESNUDA —BUENO, *SEMIDESNUDA*—, Y tenía los hombros de un hombre entre los muslos. ¿Esto estaba ocurriendo de verdad? Prospero le acarició la cara externa de los muslos con las palmas de las manos, y luego las movió hacia el interior, rozando la delicada y sensible piel de sus labios internos con los pulgares. Ella respiró entrecortadamente mientras el miedo y la expectación se enfrentaban en su interior.

—Tranquila, amor, tranquila —la voz de Prospero era áspera y oscura. Le recordó al whisky que habían bebido en el club y la mareó un poco.

—¿Qué vas a hacer? —su voz delató sus nervios al contener un ligero temblor.

—No tienes nada de qué preocuparte.

—Aun así... —ahora respiraba con mayor rapidez—. Si

deseas instruirme, ¿quizá sería prudente que me explicaras lo que vas a hacer?

La miró, y su expresión malvada se suavizó un poco.

—De acuerdo —se rio, pero el intenso sonido no la tranquilizó lo más mínimo. Se lamió los labios antes de bajar una mano hasta la parte más sensible de ella, entre los muslos—. Este pequeño tarro de miel me atrae —murmuró.

—¿Tarro de miel? ¿Por qué lo llamarías de esa manera tan tonta? Es... —Elise comprendió la extraña elección de palabras.

—Calla, pequeña naturalista. Deja que lo llame como quiera. Y lo llamo así porque sé que sabrá tan dulce como la miel —el pulgar de Prospero recorrió el espacio entre su muslo y su montículo, provocándole un escalofrío—. Cualquier buen amante querrá lamerte, chuparte y provocarte hasta que grites de placer.

¿Su intención era meter la boca ahí abajo?

—¿Es... es normal?

Prospero acarició la piel interior con las puntas de los dedos, a escasos centímetros de su sexo. Su vientre se calentó con una suave sensación que la excitó y la calmó al mismo tiempo.

—Para cualquier hombre decente, ésta es una parte importante del ritual de apareamiento. Un hombre que es demasiado egoísta y demasiado tonto para disfrutar de esta parte del sexo no es digno de ser tu amante.

—Oh... —sentía curiosidad ahora que él le había dicho que era parte de un ritual de apareamiento—. ¿Las mujeres tienen un ritual similar con los hombres?

—Sí, pero no tenemos que hablar de eso esta noche. Esta noche se trata de *ti* —movió sus dedos juguetones sobre ella hasta que tocaron sus labios vaginales. Elise se tensó instintivamente. Ya se había tocado allí antes, por supuesto, pero la mano de otra persona le parecía una verdadera invasión.

Sin embargo, confiaba en Prospero. No le haría daño, ni la forzaría a nada. No importaba lo que Holmes o los periódicos dijeran de él, Prospero tenía honor.

—Dime lo que sientes; dime lo que te *gusta* —movió la punta de un dedo a lo largo de un lado de sus labios y hacia abajo, luego hacia arriba por el otro lado hasta llegar al santuario cubierto de su sensible clítoris. Lo presionó ligeramente con el dedo y luego lo rodeó por los lados.

Una repentina e intensa sensación hizo que sus caderas se estremecieran. Elise empezó a apartar las manos de su cabeza.

Se inclinó sobre ella y le inmovilizó las muñecas, sujetándolas con una mano mientras con la otra continuaba la deliciosa tortura entre sus piernas.

—Usa tus palabras, Elise. Dime qué se siente al dejar que te acaricie aquí...

—Se siente extraño... eh... un poco aterrador —odiaba admitir cualquier tipo de miedo.

—Siempre debes ser sincera en los momentos de intimidad. Un buen amante querrá eso y lo respetará —dijo Prospero. Bajó la cabeza y le besó el cuello de un modo que le provocó lentas oleadas de calor por todo el cuerpo—. ¿Qué sientes ahora? —su voz era ronca y grave.

—Siento... siento como si me hubieras drogado. Como si el cloroformo se moviera por mis extremidades... Siento calor y no puedo moverme, y siento una vibración dentro de mí.

Su aliento caliente le acarició la piel antes de que volviera a besarle el cuello, y luego deslizó algo dentro de ella. ¿Un dedo, tal vez? Estaba pensando demasiado en ello porque, de pronto, él la mordió y sus dientes le pincharon ligeramente la piel en el punto exacto.

Un grito de sorpresa escapó de sus labios cuando él introdujo profundamente el dedo y lo curvó, golpeando un punto que Elise no sabía que existía. Ningún libro de anatomía había hablado de *esto*...

—¿Ahí? —le gruñó al oído—. ¿Este es tu punto sensible, amor? —lo frotó una y otra vez mientras seguía penetrándola. Un embarazoso torrente de calor húmedo se precipitó al encuentro de su mano entre sus piernas.

—Prospero... es demasiado. Es... —perdió la capacidad de hablar, pues él le sujetó las muñecas con más fuerza cuando ella intentó levantarlas de nuevo.

—Si soy tu pareja, Elise, así es como te *reclamo*. Demuestro mi fuerza y mi dedicación a tu placer, pero te controlo aquí, así. Y tú, mi feroz leona, debes someterte a mí para que pueda darte lo que necesitas.

Elise lo habría abofeteado si hubiera estado pensando con claridad, pero con la boca de Prospero en su oreja, las manos inmovilizadas y sus dedos golpeando ese punto singularmente glorioso, ella simplemente empezó a arder.

Un placer puro y abrumador la recorrió y la sacudió como si fuera un barco diminuto en un mar inmenso y salvaje, sólo capaz de ir en la dirección de cada ola y dejarse llevar por ellas. Era algo que ningún libro, ningún profesor, ningún científico podía explicar. Era algo que había que *sentir* para comprenderlo verdaderamente.

Esto tenía mucho sentido para muchas cosas que Elise nunca había entendido antes. Conocía el proceso del apareamiento, por supuesto, pero nada sobre el placer que se podía experimentar, aparte del hecho de que existía. No era de extrañar que la gente hiciera el ridículo por amor y lujuria. Si ése era el objetivo que perseguían, ahora podía entender cosas que antes habían escapado a su comprensión.

Un momento después de percatarse de todo esto, se sintió invadida por un nuevo torrente de emociones. Había un hombre entre sus muslos, su mano entre sus piernas, sus dedos liberando suavemente las pequeñas réplicas de su clímax, y él observaba su rostro con ojos ilegibles.

—¿Qué se siente? —le preguntó con esa voz oscura y pecaminosa—. Te rendiste a mí durante unos instantes y el mundo no se ha acabado, ¿verdad?

Pero ella no se había rendido a cualquiera. Se había rendido a *él*. Para Elise, eso parecía marcar la diferencia.

Eligió cuidadosamente su respuesta.

—Ha sido... inquietante. Me siento como si hubiera bebido demasiado vino. Todo brilla y siento calor.

Él sonrió en señal de aprobación.

—Bien. Esa ha sido tu primera lección. Confiar en mí y recibir placer.

De pronto, ella tuvo mil preguntas.

—¿Siempre se siente así? ¿Con cualquier hombre? ¿Cuando te apareas completamente...?

Prospero la silenció con un beso profundo, y su lengua se deslizó entre sus labios separados para introducirse en un ritmo lento y seductor contra los suyos.

—Deja tu ardiente curiosidad para mañana. Por esta noche, sólo siente —volvió a besarla y su mano se deslizó hacia arriba para sujetarla por la cadera y sostenerla, clavándole los dedos en la piel de una forma posesiva que a Elise le gustó demasiado. No debería querer sentirse poseída por un hombre, sentirse reclamada, pero... lo hacía.

*Sólo siente...* Ella sentía. Sentía muchas cosas, y sabía que esto era sólo el principio.

# CAPÍTULO 11

Elise se despertó con la inquietante sensación de sentirse observada. Parpadeó y miró a su alrededor. Estaba sola en la cama de Prospero, pero no era la única en la habitación. Su criada, Mary, estaba de pie a los pies de la cama, con las manos en las caderas y la cara roja. Parecía a punto de estallar. Era el perfecto ejemplo de María en una gran furia.

—*¡Milady!* —siseó—. ¿En qué *demonios* está pensando? ¡Está desnuda y en la cama equivocada!

—No estoy desnuda... —se incorporó y jadeó cuando las sábanas se desprendieron de su piel desnuda. Las levantó frenéticamente hasta su garganta y comprendió que, después de todo, estaba bastante desnuda. Repasó rápidamente los acontecimientos de la noche. ¿Ellos habían...? No, estaba segura de que habría recordado si realmente hubiera hecho el amor con Prospero, al menos en su totalidad.

Pero, ¿qué había pasado con las cintas que envolvían sus

pechos, su camisa y su chaleco? Prospero debió habérselos quitado anoche, después de que ella se durmiera.

—¿Y bien? ¿Qué tiene que decir en su defensa? —exigió acaloradamente Mary.

Elise estaba acostumbrada a que su criada actuara como su madre, pero ya era mayorcita para que la sermoneasen como a una niña. En lugar de recordarle a su criada su posición, Elise se limitó a decir:

—Mi investigación salió bastante bien anoche, Mary. Debes felicitarme. Bebí whisky en un club de caballeros, jugué a las cartas, estuve involucrada en una pelea a puñetazos y permití que lord March me enseñara las sutilezas de lo que un hombre puede hacer para dar placer a una mujer. ¿Qué tengo que decir en mi defensa? Que he tenido una noche *espléndida*.

Su criada la miró como si se hubiera vuelto loca. Luego palideció cuando se acercó y miró detenidamente a Elise.

—¿Alguien le ha *pegado*? ¿Ha sido March? Yo... —volvió a enfurecerse y sus manos se enroscaron alrededor de un cuello invisible en el aire. La querida y dulce Mary podía ser muy cruel cuando quería protegerla.

—No ha sido March. Fue un hombre que hizo trampas en nuestra partida de cartas. Le devolví la jugada, y entonces el hombre *me* llamó tramposa y me derribó al suelo de un puñetazo. Después, Prospero casi lo estranguló. Fue fascinante ver a los hombres relacionarse sin la presencia de las mujeres. Pude observar cómo resolvían una disputa territorial entre ellos. En un momento, el hombre insultó a Prospero, y los otros hombres de la mesa claramente no aprobaron sus comentarios. Después de la pelea, el hombre intentó desacreditar a Prospero, pero ninguno de los presentes se puso de su lado. Cuando descubrieron que este hombre era el que realmente había hecho trampas, casi lo echaron —notó que acababa de divagar con entusiasmo, como hacía cuando descubría algo nuevo, como una subespecie de insecto que nunca había visto.

Mary cogió la barbilla de Elise y estudió su cara, girándola a un lado y a otro, examinando el hematoma.

—Tiene el ojo *morado*, milady. ¿Cómo se *lo* explicará a su padre? —hizo una mueca y frunció el ceño mientras la examinaba en busca de otras heridas.

—No lo sé —admitió—. ¿Has visto a lord March esta mañana? —ahora que la emoción por los acontecimientos de la noche anterior estaba desapareciendo, se percató de que seguía desnuda en su cama y que él no estaba. ¿Dónde estaba?

—Está comiendo con su padre. A diferencia de *usted*, se ha levantado a una hora razonable.

Elise frunció el ceño. Nunca dormía hasta tarde. Ya era la segunda vez que no se levantaba a una hora adecuada.

—¿Están congeniando?

—Bastante. Al parecer, su padre planea presentar a lord March a sus socios comerciales esta misma semana —Mary no temía escuchar a escondidas cuando servía para algo. Y todo lo que Mary pudiera contarle sobre lo que ocurría en la casa era información que Elise necesitaba.

Envolviéndose el cuerpo con la sábana, abandonó la cama y corrió a cambiarse a su habitación, con Mary pisándole los talones.

Se puso un bonito vestido de día de color ciruela con uno de los polisones más elaborados. Una pequeña parte de ella empezaba a disfrutar vistiéndose un poco más femenina, al menos durante parte del día. Siempre vestía con elegancia y estilo, pero ahora elegía vestidos que normalmente reservaba para ocasiones más formales. El adorno de cuentas plateadas y doradas del corpiño formaba pequeños dibujos de hojas, y el dobladillo brilló a la luz del sol cuando por fin entró en el comedor.

Los ojos de Prospero se iluminaron al verla entrar. Su rostro se sonrojó, inundado por los recuerdos de él tocándola entre los muslos.

*Oh, Dios...* Era extraño y salvaje pensar que ella le había permitido hacerle todo eso anoche, y que la había desnudado mientras dormía. Iba a tener que hablar con él sobre ello, aunque no con su padre en la habitación.

—Ah, Elise, me alegro de verte levantada —la voz de su padre llamó su atención. Tanto él como Prospero se levantaron cuando ella entró en la habitación.

—Buenos días, papá.

—¿Qué te ha pasado en el ojo? —le preguntó con un tono lleno de furia cuando pudo verle mejor la cara.

—Anoche me peleé —se apresuró a explicar Elise.

—¿Con quién? ¡No con March!

—No. March me rescató. Estábamos bebiendo en el club Berkeley's y jugando a las cartas. Un hombre llamado Swinton empezó a insultar a March, y yo decidí quitarle al tipo todo su dinero en la partida de cartas. Me llamó tramposo y me pegó.

Su padre se volvió hacia Prospero.

—¿Eso es cierto?

—Me temo que sí. Nunca imaginé que un caballero en mi club tuviera un comportamiento tan bajo. No habría llevado a Elise allí de haber sabido que ocurriría. Swinton fue expulsado del club poco después del incidente.

—Prospero casi lo estrangula —añadió Elise con orgullo —. La cara del hombre se estaba poniendo azul y sus pies colgaban en el aire. Fue entonces cuando se le cayó una carta de la manga, y resultó que *había* sido *él* quien había hecho trampas.

—¿Estuviste a punto de estrangular a un hombre? —preguntó John a Prospero.

—Yo... eh... en realidad no era consciente de ello. Simplemente lo sujeté y le advertí de que no tocara a Elise, y entonces alguien dijo que no podía respirar. Admito que no actué con la caballerosidad esperada.

—En mi experiencia, no hay que ser caballeroso cuando se está cerca de alguien que no lo merece. No me atrevo a pensar lo que yo podría haber hecho en tu lugar.

—Cubriré el moratón con unos polvos —aseguró Elise a su padre. Probablemente debería haberlo hecho antes de bajar a desayunar, pero se le había olvidado al recordar la introducción de Prospero a la pasión la noche anterior.

Los ojos de su padre se ablandaron al mirarla, completamente preocupado.

—No debes meterte en más situaciones peligrosas como ésa. Si te hubiera pasado algo...

—Tendrías menos de qué preocuparte —bromeó ella.

—*Nunca* bromees con eso —el tono de su padre se endureció un poco—. Sólo sobreviví a la pérdida de tu madre porque te tenía a ti para vivir.

Elise se mordió el labio.

—De acuerdo. No más salidas peligrosas —prometió.

Su padre se aclaró la garganta e intentó recuperar su habitual buen humor.

—¿Puedo preguntar qué travesuras vas a hacer hoy?

—Investigaciones —corrigió Elise.

Prospero intervino.

—Bueno, he pensado que esta mañana podríamos entrevistar al personal de mi casa y luego ir a montar a caballo a Hyde Park. Tengo órdenes de tu hija de comprar un caballo.

Su padre soltó una carcajada.

—A ella le encanta montar. Cómprate una buena bestia o nunca podrás seguirle el ritmo.

—Seguiré tu consejo —dijo Prospero con solemnidad, pero Elise vio un atisbo de picardía tras su seriedad.

—Entonces os dejaré a los dos con vuestro día. Elise, no olvides que esta noche tenemos un baile en casa del marqués de Rochester.

—¿Un baile? Papá, sabes que no me gusta...

—Ya he informado a nuestro anfitrión de que ambos asistiremos. También solicité permiso para llevar a lord March, y Rochester ha accedido. Parece que él y March se conocen —su padre miró a Prospero en busca de confirmación.

—Sí. Fuimos juntos a Eton. No le he visto desde mi regreso, pero estaré encantado de recuperar la amistad.

—Ahí lo tienes, Elise. Puedes continuar tu estudio del espécimen masculino en el baile de esta noche —su padre soltó una risita y le besó la mejilla al salir del comedor. Prospero le acercó una silla para que se sentara frente a él.

Señaló el aparador con la cabeza.

—¿Puedo?

—Oh, no tienes que...

—Por favor, permíteme —le dirigió una mirada que le hizo sentir mariposas en el estómago. Él insistía mucho en satisfacer sus necesidades. Muchos hombres se limitaban a hacer lo que la sociedad esperaba que hicieran por las mujeres, pero las acciones de Prospero parecían surgir de una necesidad más profunda. Elise no estaba acostumbrada a eso. Tenía a su padre y a Mary, por supuesto, pero lo que hacía Prospero era diferente. Nunca había querido cuidar de ningún hombre, salvo de su padre, pero algo en la forma en que Prospero la trataba la hacía querer hacer lo mismo por él—. Aquí están los candidatos con los que tu mayordomo cree que deberíamos empezar —colocó una pila de cartas frente a ella y luego empezó a prepararle un plato de comida.

Había solicitudes de un mayordomo, un ama de llaves, varias criadas y algunos lacayos como candidatos. Las leyó todas mientras picoteaba su desayuno.

—Parecen muy aptos, pero deberíamos hacer entrevistas en persona para estar seguros de que te agradan personalmente. Sería terrible contratar a alguien y luego descubrir que no lo soportas —terminó su tostada y lamió la mermelada de sus dedos antes de darse cuenta de que él la estaba mirando. Se sonrojó.

Prospero se cruzó de brazos y la miró fijamente mientras ella se sacaba la punta del dedo de la boca.

Elise tragó duro y se aclaró la garganta.

—¿Enviamos una solicitud para reunirnos con ellos pronto?

—Ya está hecho. Roberts se ha encargado de ello. Empezarán a llegar a mi casa dentro de unos diez minutos.

—¡Cielos! —saltó de la silla y cogió las cartas—. ¿Por qué no me lo dijiste?

—Necesitabas descansar y comer —dijo simplemente, como si eso fuera una excusa adecuada para su retraso.

—Antes debo empolvarme el ojo para ocultar ese maldito moratón. Me reuniré contigo en la entrada —subió corriendo a su dormitorio y se aplicó rápidamente crema facial y polvos para disimular el hematoma. Aún estaba sensible al tacto, pero el hielo de la noche anterior había evitado que se inflamara.

Cuando regresó a la entrada, Prospero la estaba esperando, con los dedos golpeando la copa del sombrero negro que sostenía entre las manos. Sonrió con una suavidad que le provocó dolor en el pecho. Nunca la habían mirado así.

—¿Vamos? —se colocó el sombrero y le ofreció el brazo. Salieron juntos a la luz del sol matutino.

DESDE SU HABITACIÓN, UN PISO MÁS ARRIBA, JOHN observó a la joven pareja cruzar la calle cogidos del brazo. Frunció el ceño al ver a su hija y al conde de March juntos. Parecía que Prospero Harrington podía ser un hombre peligroso, considerando lo que había oído sobre el encuentro de la noche anterior con ese tal Swinton. Pero, ¿ese peligro era algo que dañaría a su hija o la protegería?

Vio algo moverse por el rabillo del ojo y se volvió, intentando ver lo que acababa de percibir. Le había parecido muy familiar...

—¿Eloise? —se apartó de la ventana y siguió a la figura que había huido de su campo de visión.

Una risa suave y cálida llenó el pasillo.

—*Oh, John... deja de preocuparte. Ella estará bien...* —la voz de su esposa resonó en su mente. Sintió un dolor agudo en el brazo, pero lo ignoró.

—¡Eloise! —volvió a pronunciar el nombre de su esposa cuando vio un remolino de faldas desaparecer por otro pasillo—. ¡Espera! —llamó. Hacía demasiado tiempo que no la oía y, Dios mío, cómo echaba de menos ese sonido. Sintiéndose repentinamente mareado, tropezó y volvió a llamarla por su nombre.

—¡Señor! —Roberts se lanzó para capturarlo antes de que cayera—. ¿Qué ocurre?

—Roberts, mi mujer... Ella se ha...

—¿Ella se ha qué, señor? —preguntó el mayordomo, con ojos llenos de preocupación.

John sabía lo que el hombre iba a decir. *Ido*. Se había ido. Hacía años que se había ido.

Pero él había oído su voz y la había *visto*, aunque sólo fuera por un breve instante.

—Señor, creo que es hora de llamar al médico —Roberts adoptó un tono más autoritario y, por primera vez, John dejó que su criado le dijera lo que tenía que hacer.

—Sí, el doctor... por supuesto. Roberts... Debo hablar contigo. Debo asegurarme de que Elise sea cuidada... si... cuando... —no tuvo aliento para terminar.

—Por supuesto, señor. Por supuesto —le aseguró Roberts mientras lo ayudaba a entrar en la sala de estar más cercana y pedía a gritos que un lacayo trajera inmediatamente a un médico.

John se colocó una mano en el pecho y respiró lentamente mientras observaba cómo la luz del sol iluminaba la habitación. El polvo giraba y bailaba, y pensó por un momento, sólo por un momento, que Eloise estaba allí, observándolo, hecha mitad de polvo, mitad de luz solar, existiendo en algún mundo y lugar más allá de su imaginación mortal.

Pero la había *visto*, lo había hecho...

ADAM JACKSON SE APOYÓ EN LA FAROLA, OBSERVANDO cómo March y una mujer cruzaban la calle en dirección a otra casa. La construcción era la casa adosada de March; o mejor dicho, de su difunto padre. El jardín delantero estaba hecho un desastre, y la casa transmitía una sensación de vacío y deterioro propia de los lugares abandonados por la gente durante mucho tiempo. Adam estaba satisfecho de saber que la casa de March, en su día preciosa, estaba en tal estado que costaría una fortuna salvarla.

March no tenía dinero, Adam lo había descubierto con discretas averiguaciones hechas por la ciudad a hombres de su confianza. Los rumores de que el difunto conde había dejado que la finca cayera en ruinas tras la marcha de March a Francia eran ciertos. March no tenía nada más que la ropa que llevaba puesta, las deudas de su padre que se cernían sobre él y esta casa adosada que, sin duda, era un caos por dentro. Entonces, ¿qué podía hacer sonreír a su enemigo con tanta alegría? Tenía que ser esa mujer que llevaba del brazo. ¿Una pudiente heredera, quizás? ¿Alguien que pudiera borrar todas las deudas de March? Las cejas de Adam se fruncieron al pensar que March podía solucionar sus problemas tan fácilmente. El bastardo asesino era un maldito suertudo.

Adam sacó su reloj de bolsillo y comprobó la hora. Aún era bastante temprano para que los hombres llegaran a la residencia de una mujer. Sin embargo, March se pavoneaba con esa joven con demasiada familiaridad. Había actuado con rapidez para encontrar una mujer rica y seducirla en cuestión de días. Si Adam no hubiera querido ver muerto al hombre, habría admitido estar impresionado.

Un deshollinador y su joven ayudante pasaron por delante, con sus baldes en una mano y sus cepillos en la otra

Cogió al hombre del brazo para detenerlo.

—Disculpa.

El hombre volvió hacia Adam un rostro cansado y manchado de hollín.

—¿Sí, jefe?

—¿Quién vive en esa casa de allí? —señaló la casa que March acababa de abandonar.

—Esa sería la casa de los Hamblin.

—No me digas... —Adam le arrojó una moneda al hombre, quien se la guardó en el bolsillo y siguió su camino, con el muchacho siguiéndolo.

Hamblin. Ese era el nombre de la chica del libro de apuestas en Berkley's. *Elise Hamblin*. Con la que De Courcy había apostado que March se casaría para Navidad. Por lo que Adam había visto de ella, la chica era bonita. A Adam le gustaban las mujeres bonitas. Eran aún más bonitas cuando lloraban después de un par de bofetadas. Las mujeres sólo servían para una cosa. Incluso su hermana pequeña era una inútil. Ella había cometido errores y destruido la reputación de su familia en la sociedad, y ahora Adam tenía que limpiar su desastre. Había pensado que ya no tendría que lidiar con ella una vez que se casara, pero entonces el inútil de su marido se había ido y había muerto, devolviendo a la hermana de Adam a su control, lo cual era una gran frustración para él. Con un suave gruñido, volvió a centrar sus pensamientos en March. Ya se ocuparía de su hermana más tarde; por ahora necesitaba centrarse en el hombre que había matado a su hermano.

Una lenta sonrisa se dibujó en sus labios al pensar en la mujer de March de rodillas, con lágrimas en los ojos. Parecía que March tenía un talón de Aquiles. Un plan comenzó a surgir en la mente de Adam. Su sonrisa se amplió tanto que su cara se tensó.

*Sufrirás, March. Lo perderás todo, y al final te colgarán.*

# CAPÍTULO 12

—Creo que ha salido bastante bien —dijo Elise cuando se quedaron solos en las escaleras afuera de la casa de Prospero.

La luz del sol matutino iluminaba su cabello rubio, confiriéndole un glorioso resplandor. Estaba deslumbrante, con la ligera brisa acariciándole las mejillas y el cuello con mechones de pelo dorado, y sus ojos castaños brillantes y cálidos.

—¿Qué? —preguntó al cabo de un momento.

Prospero se recuperó rápidamente cuando se percató de que la había estado mirando.

—Eh, nada. Estaba pensando lo mismo. Me ha sorprendido gratamente lo bien que ha salido. Admito que esperaba más rechazo al saber quién los entrevistaba.

Afortunadamente, el personal parecía más que dispuesto a ayudarlo a poner orden en su casa. El ama de llaves que había elegido, la señora Stanwick, parecía más entusiasmada que intimidada por el reto. El señor Rueben, su nuevo mayordomo, tenía bastantes contactos en la ciudad e inmediatamente solicitó permiso para obtener presupuestos para la reparación de la madera podrida, la fontanería y otras cosas que necesitaban una solución urgente antes de que alguien pudiera mudarse cómodamente. Prospero había accedido con gratitud a la petición de Rueben.

Elise había manejado todo el asunto con naturalidad y se había presentado al personal como la empleadora del señor Roberts, lo que pareció disipar cualquier duda sobre la impropiedad de que llevara a su casa a una mujer soltera para las entrevistas. Había mantenido una apariencia fría, ofreciendo sólo un educado y femenino interés por ayudar a su nuevo vecino.

Elise se encogió de hombros con elegancia.

—Sospecho que Roberts les dijo tu nombre antes de concretar las citas para las entrevistas, para que no nos molestáramos con nadie que se sintiera incómodo con tu reputación.

—Sí, sospecho que tienes razón. Eso lo explicaría —reflexionó—. En cualquier caso, estoy agradecido con él y contigo. Pensaste en muchas cosas que yo no había considerado. Reconozco que llevo años sin administrar una casa.

La mirada de Elise se iluminó.

—¿Estás lo suficientemente agradecido como para que de verdad no te importe comprar un caballo hoy?

Él no pudo evitar poner los ojos en blanco.

—Sí, de acuerdo. Compraré uno. Supongo que necesito moverme por la ciudad a caballo hasta que pueda comprar un carruaje.

—Tenemos sitio en nuestros establos hasta que hayas tenido ocasión de evaluar el estado de los tuyos —comentó Elise.

—Gracias.

—Ahora, si no te importa, tengo que cambiarme de nuevo. Es menos divertido comprar caballos vestida de mujer. Una vez que compremos el tuyo, montaremos en Hyde Park. Quiero verlo desde la perspectiva de un hombre.

—Muy bien. Esperaré a que te cambies —volvieron a casa de Elise, y Prospero se reunió con Roberts mientras ella subía a cambiarse.

Roberts estaba encantado de que Prospero hubiera aprobado sus opciones. Una vez que Elise bajó los escalones vestida de hombre, Elliott, se dirigieron a Barnet Fair para ver caballos.

Barnet había sido principalmente un mercado de carne en la época de los Tudor, en el que los carniceros llevaban su mejor carne para vender. Los caballos habían empezado a venderse allí a finales del siglo XVI, pero a menudo no tenían pedigrí ni estaban registrados en ninguno de los libros de animales de pura sangre. Prospero era consciente de ello. Los hombres de su grupo siempre iban a Tattersall's. Elise, sin embargo, parecía bastante cómoda moviéndose entre los establos, como si visitara esos lugares con frecuencia.

—¿Por qué Barnet? —inquirió Prospero cuando entraron en el mercado, que se extendía por los verdes campos ante ellos.

—Tattersall's es bueno —admitió ella—. Pero necesitas una bestia *excepcional*, Prospero. Si algo sé de caballos es que los gitanos crían espléndidas monturas.

—¿Caballos *gitanos*? Santo Dios —exclamó Prospero—. He oído que los entrenan para escapar de sus prados y volver a las caravanas gitanas después de haber sido vendidos.

Elise le lanzó una mirada para callarlo, y él notó que bastantes personas habían mirado hacia ellos ante su arrebato.

—Creo que prestar atención a esos *rumores* es indigno de ti —dijo con calma—. Y prefieren que se les llame romaníes o viajeros. Ahora cállate y sígueme.

Elise lo condujo más allá de los prados construidos de manera poco rigurosa con cuerdas hasta una gran tienda con una lona a rayas en la parte superior. En el interior había un hombre elegantemente vestido, con pantalones y chaleco negros, que guiaba a varios caballos. Decenas de hombres e incluso algunas mujeres observan los caballos con gran interés.

El hombre del chaleco negro tenía la piel ligeramente aceitunada y el pelo negro azabache, y era casi de la misma edad que Prospero. El hombre emitió un silbido agudo y todos los caballos cambiaron bruscamente de dirección para girar en sentido contrario a las manecillas del reloj. Estaba claro que dominaba a los caballos; irradiaba una confianza serena que los caballos percibían y respetaban.

Elise observó al domador con admiración.

—Ese es Anthony Ardelean, uno de los mejores jinetes romaníes que conocerás en tu vida. Estudió en la Escuela Española de Equitación con los Lipizzanos.

Prospero se fijó inmediatamente en el hombre. Cualquier hombre o mujer que amara a los caballos conocía la Escuela Española de Equitación y sus hermosos caballos Lipizzanos. Tenían el pelaje tan blanco como la nieve fresca y podían realizar hazañas increíbles, como los "aires sobre el suelo", en los que un caballo se equilibraba sobre las patas traseras manteniendo las delanteras en el aire, y luego daba tres o cuatro saltos sólo con las patas traseras. A continuación, saltaba en el aire, metía las patas delanteras por debajo de su cuerpo y sacaba las traseras antes de aterrizar sobre las cuatro patas al mismo tiempo. La destreza necesaria para algo así era casi imposible de lograr sin el entrenador y el caballo más capaces.

Prospero vio cómo Anthony chasqueaba la lengua y los caballos detenían su marcha y esperaban pacientemente la siguiente indicación.

—¿Ya no monta en la escuela?

—No. Quería utilizar lo aprendido con caballos de todos los tamaños y razas. Cree que lo que importa es el temperamento más que la raza. El tamaño y la fuerza desempeñan un papel, pero un caballo sin raza puede derrotar al mejor pura sangre en una carrera si tiene corazón para ganar.

Prospero le sonrió.

—Ahora entiendo por qué te agrada.

Un rubor oscureció sus mejillas, y él se preguntó si tal vez se sentía atraída por este apuesto gitano. Un inesperado destello de celos lo obligó a contener sus reacciones para evitar que Elise se diera cuenta.

—En efecto, Anthony es un buen hombre, pero sólo somos colegas. Ambos creemos que los hombres a menudo juzgan mal; no sólo a las mujeres, sino también a otras criaturas. Es estimulante hablar con alguien que escucha y no descarta mis pensamientos y observaciones.

Prospero quiso señalar que él también lo hacía, pero temió sonar petulante.

—Ven, te presentaré —lo condujo más cerca del prado, bajo la carpa, donde Anthony podía verlos—. ¡Anthony! —gritó Elise, pero entonces recordó que su voz debía ser grave y volvió a gritar en un tono más masculino.

Anthony miró a Elise con una confusión momentánea antes de sonreír.

—Vaya, esto sí que es un cambio de imagen para ti, Hamblin —saludó mientras se acercaba.

Ella soltó una risita.

—Hoy soy Elliott Hamblin. Señor Ardelean, éste es mi amigo, Prospero Harrington, el conde de March. Necesita un buen caballo para montar. Algo fuerte, fiable y rápido.

Anthony lanzó a Prospero una mirada significativa.

—Te refieres a uno que siga el ritmo de Miel.

—Sí, exactamente.

Prospero sintió otra punzada de envidia. Estaba claro que tenían una amistad basada en la confianza y el respeto mutuos. Él quería eso con ella, y el deseo era tan fuerte que lo aturdía. Sólo llevaba un par de días conociendo a esta mujer y, sin embargo, ansiaba una intimidad no sólo corporal con ella, sino también sentimental.

Anthony tendió la mano a Prospero.

—Es un placer conocerlo, lord March. Si le agrada a Hamblin, debes de ser un tipo de fiar.

—Por favor, llámame Prospero. No sé si soy digno de los elogios que me acabas de dedicar, pero me esforzaré por serlo.

El agarre de Anthony era firme y su mirada honesta.

—Vamos a buscarte un caballo de verdad, ¿eh?

Prospero se agachó bajo las cuerdas con Elise mientras Anthony les hacía señas para que lo siguieran. Otros jinetes se hicieron cargo de las bestias que el hombre había estado conduciendo por el prado.

—Eres un hombre alto, así que necesitarás una altura decente. Al menos metro y medio —dijo Anthony—. Nada de árabes delicados para ti.

Prospero asintió. Si el caballo era demasiado bajo, sus patas bajarían demasiado y crearían incomodidad al caballo.

—También necesitarás velocidad y resistencia —Anthony observó los caballos en el prado frente a él, luego silbó a uno de los mozos de cuadra—. Renaldo, tráeme la apalusa.

—¿Apalusa? —Prospero nunca había oído hablar de esa raza.

—No es pura sangre por completo; el resto es apalusa. Lo adquirimos en América. La apalusa es una raza criada por los indios Nez Percé. Tienen sangre mustang, descendiente de los caballos españoles llevados a América. Aquellos caballos eran poderosos, listos para transportar a los conquistadores españoles con armadura completa. Los llaman caballos apalusa por el río apalusa que atravesaba las tierras de los nez percé.

El caballo que trajeron era completamente negro excepto por el flanco, que era blanco como la nieve y estaba salpicado de manchas negras como un dálmata. Tenía un aspecto inusual, pero no carecía de belleza.

—Este caballo no te defraudará, amigo mío. Pero te enfrentarás a las burlas de los jinetes de élite. No verán a esta bestia como nosotros. Este semental tiene corazón, fuerza y coraje. Necesita un hombre lo bastante valiente para montarlo.

Prospero se acercó al caballo, que inclinó las orejas hacia adelante con curiosidad y movió los labios arriba y abajo una o dos veces, haciendo que Anthony soltara una risita. Metió la mano en el bolsillo y sacó un terrón de azúcar. El caballo lo comió alegremente y empujó el codo de Prospero.

—Lo siento, viejo amigo, aquí no hay más azúcar. Al menos de momento —Prospero acarició el hocico del caballo y éste apoyó la cara contra su hombro en señal de ánimo.

—Es un caballo precioso. ¿Cuánto pides por él?

Había esperado pagar él mismo el caballo, pero la verdad era que el dinero que tenía en los bolsillos pertenecía realmente a Elise. Ella le había dicho que lo considerara suyo, pero aun así le resultaba difícil aceptarlo. Había disfrutado mucho recorriendo Londres con ella, y no podía justificar recibir una paga por vivir aventuras con ella.

Anthony consideró el asunto.

—¿Para un amigo de Hamblin? Setenta y cinco libras.

Pagó a Anthony con la billetera que llevaba en el bolsillo del abrigo.

—¿Tiene nombre? —preguntó Prospero.

Anthony acarició el hombro del caballo.

—Lo llamo Raider.

—Suena feroz en verdad. ¿Qué ha hecho para merecer ese nombre? —Prospero imaginó al caballo atravesando un campo de batalla, con cañones disparando a su alrededor mientras no cedía ante el enemigo.

—Asaltó un huerto de manzanas cuando era un potro.

—¿Así que no hay batallas feroces? —preguntó Prospero a Antonio.

—¿Él? No, pero es una bestia leal y no te defraudará. Sólo tiene debilidad por las golosinas —Anthony guiñó un ojo—. ¿Te lo entrego esta tarde?

—Sí, estaría bien —respondió Elise por él—. Se quedará en mis establos mientras Prospero prepara los suyos.

Antonio sonrió.

—Como desees. Ha sido un placer conocerte, Prospero. Que Raider te haga feliz.

Prospero estrechó la mano de Anthony una vez más.

—Estoy seguro de que así será.

Elise condujo a Prospero fuera de la tienda. Pasaron el resto de la tarde visitando los otros establos y hablando de caballos antes de regresar a su casa. El tiempo parecía volar siempre que estaba con Elise.

John se reunió con ellos en el vestíbulo cuando entraron en la casa.

—Dios santo —murmuró su padre al ver a Elise desfilando con su traje masculino.

—¿Te gusta mi bigote, papá? —le guiñó un ojo a Prospero, quien se mordió el labio para ocultar una sonrisa.

—Por Dios, no. Será mejor que te lo quites antes de esta noche, o tendrás mucho que explicar a tus parejas de baile esta noche.

Elise frunció el ceño al oír hablar del baile.

John se volvió hacia Prospero.

—¿Y qué tal la cabalgata?

—La verdad es que no tuvimos tiempo después de las entrevistas con el personal —interrumpió Elise, quitándose el bigote—. Fuimos a Barnet Fairy y le compramos un hermoso caballo a Anthony Ardelean.

—Bueno, me alegra saber que has encontrado una buena bestia para él —John mantuvo una expresión curiosa antes de volverse de nuevo hacia Prospero—. March, ¿te importaría acompañarme un momento a mi estudio? Me gustaría discutir algunos asuntos contigo. Se trata de nuestra reunión de esta semana con mis socios inversores.

—¿Te importa? —preguntó Prospero a Elise.

—No, en absoluto. Supongo que debería ir a bañarme y cambiarme si vamos a asistir a ese *baile* dentro de unas horas —arrugó la nariz ante la palabra y Prospero casi se echó a reír. Subió corriendo las escaleras de dos en dos, una hazaña que logró fácilmente con sus pantalones. John se volvió hacia su estudio y Prospero lo siguió obedientemente. John no se sentó una vez que estuvieron dentro, así que Prospero también permaneció de pie.

John se llevó las manos a la espalda.

—¿Qué piensas de mi hija?

—¿Pensar de ella? ¿Qué quieres decir?

—Quiero decir, ¿te *gusta* como mujer... ? ¿Como persona? ¿Como amiga? —la mirada seria de John calmó la extraña oleada de nervios en el estómago de Prospero.

—Eh... sí —Prospero vaciló porque no estaba seguro de por qué el padre de Elise le estaba haciendo una pregunta tan delicada. ¿El hombre sabía lo que él y Elise habían hecho la noche anterior? No había comprometido a Elise, per se, pero había estado condenadamente cerca.

—Me encuentro ante una situación desafortunada —John miró el temblor en las palmas de sus manos mientras se sujetaba al respaldo de la silla.

—¿Situación? —Prospero seguía confundido por el rumbo de la conversación y más que preocupado por ver temblar a un hombre fuerte como John.

—Estoy enfermo, querido muchacho —la suavidad en sus palabras provocó que algo en el corazón de Prospero se quebrara. Éste era un hombre al que Prospero habría llamado felizmente padre, un hombre que lo trataba como a un hijo a pesar de haberlo conocido hacía poco tiempo. John Hamblin era un buen hombre de la cabeza a los pies, y Prospero, más que la mayoría de la gente, conocía el valor de eso.

—¿Enfermo? —esa sola palabra tenía el poder de destruir algo precioso para ambos. *Elise.*

—Sí. Es mi maldito corazón, como ves —John se golpeó el pecho con un dedo y sonrió con tristeza—. Nunca he estado bien desde la muerte de la madre de Elise.

Los labios de Prospero se entreabrieron, pero no tenía palabras que pudieran consolar al padre de Elise.

John apoyó las palmas de las manos en el respaldo de su silla.

—Como ves, necesito saber que mi hija está a salvo... que recibe cuidados, atención, de un hombre que la amará y nunca intentará cambiarla. Debe aceptar que ande por ahí en pantalones, criando caballos de carreras, mirando microscopios y coleccionando fósiles. Debe amar cada parte de ella por la perfección que es. Por la *bendición* que es —John le sostuvo la mirada una vez más—. Te pregunto a ti, March. ¿Tú eres ese hombre?

Prospero no respondió de inmediato. ¿Lo era? Necesitaba tiempo para adentrarse en su alma y reflexionar. Se acercó a la ventana que daba al jardín de la casa y contempló las coloridas flores en medio del verde intenso. Era una muestra impresionante de la belleza de la naturaleza. Notó las rosas silvestres a lo largo del muro de piedra en la parte trasera del jardín. Temía que el invierno llegara pronto a sus breves pero brillantes vidas y cubriera los pétalos con una aterciopelada capa de escarcha.

Qué hermosa y corta era toda la vida; ya fueran años o días los que una criatura tenía en esta tierra, todo terminaba demasiado pronto. De joven, los días le habían parecido interminables, como si los cielos del verano sobre él fueran azules para siempre. Pero ahora estaba en el verano de la vida y olía una pizca de invierno en el aire. Prospero nunca había sido tan consciente de ello hasta este momento. Se volvió hacia John. El padre de Elise siempre parecía tener el control, pero mientras esperaba a que hablara, parecía inseguro de sí mismo.

—Me temo que no tengo nada que darle a su hija, salvo a mí mismo. Mi patrimonio está casi vacío, y mi hogar ancestral, Marchlands, ya no pertenece a mi familia. No poseo nada más que esa casa de enfrente.

—Soy consciente de ello, por supuesto —dijo John—. Lo que quiero saber es lo que mi hija significaría para ti.

—Si me tuviera a mí, la querría y me atrevería a decir que la amaría —las palabras atravesaron su alma. ¿Era posible que su corazón sangrara después de haber estado muerto tanto tiempo? No había pensado que el amor fuera posible, pero *sabía* en lo profundo de su ser que amaría a Elise con el tiempo.

—Es una guerrera, March. Pero sigue siendo humana. Todavía puede sangrar. Mi pequeña Juana de Arco necesita un caballero a su lado para matar a los enemigos que puedan atacarla por la espalda. ¿Lo entiendes?

Extrañamente, Prospero sí lo entendía. Elise era capaz de cuidar de sí misma, pero era deber de su padre, y luego de su marido, velar por ella en los momentos en que ella no pudiera hacerlo.

—Aunque no le ofrezcas nada más que a ti mismo, eso es todo lo que ella querría o necesitaría. Algún día, cuando llegue a entender este arreglo...

—¿Qué arreglo? —entonces, Prospero comprendió que esto era algo más que una conversación sincera.

—Lo tengo todo preparado. Deseo que os caséis mientras yo aún me encuentre bien para llevarla al altar. Mi abogado ha dispuesto que esta casa y la mitad de mi fortuna pasen a Elise en un fideicomiso. La otra mitad de mi dinero, así como mi empresa y mis intereses comerciales, pasarán a ti como su marido. Podrás utilizarlo para saldar las deudas de tu padre y devolver a tu casa su antiguo esplendor. Sin embargo, te pido que no vendas *esta* casa. La madre de Elise está en cada habitación. La decoró con amor, y no quiero que Elise pierda esa parte de ella.

Dejarla, venderla, rompería el corazón de mi hija, así que te ruego como padre que no le hagas eso.

—No lo haría —susurró Prospero. No había tenido unos padres tan cariñosos como los de Elise, pero, de alguna manera, esa triste verdad aumentaba su ferocidad a la hora de proteger los recuerdos que Elise tenía de sus propios padres.

—Esta noche, después del baile, hablaré con ella y le contaré mis deseos. El arzobispo de Canterbury me concedió una licencia de matrimonio inmediata esta mañana. Lo tengo todo preparado.

A Prospero se le formó un nudo en la garganta mientras se esforzaba por procesar lo que John le estaba diciendo.

—¿Qué... qué tan pronto deseas que esto suceda?

—En los próximos días, si podemos convencer a Elise de que acepte. Confiaré en ti para eso. Puedo ordenarle que se case, pero no cederá a mis deseos simplemente porque yo lo exija, por mucho que me ame. Quiero que se case contigo porque *ella* lo desea. Te doy permiso para que hagas lo que tengas que hacer para convencerla.

—¿Deseas que la manipule para que acepte el matrimonio? —dijo Prospero, apenas ocultando la amargura en su tono. Él no haría eso.

—Tú y yo sabemos lo que este mundo le hará si no tiene a nadie que la proteja. Mi hija encierra una luz en su interior que muchos hombres harían cualquier cosa por apagar. Sólo confío en ti para proteger esa luz, para protegerla a *ella*. Así que, sí, eso es lo que deseo que hagas.

Prospero se frotó la mandíbula con una mano y cerró los ojos, dejando escapar un suspiro.

—Puede que ella llegue a odiarme.

—Puede que llegue a amarte. ¿No vale la pena luchar por eso, hijo mío?

Dios, el hombre sabía exactamente qué decir para clavar una daga en el corazón de la resistencia de Prospero.

Su pecho se sintió extrañamente pesado.

—De acuerdo —aceptó. Haría todo lo posible por convencerla, pero no la manipularía, por mucho que John quisiera. Pero no se lo iba a decir a un moribundo.

—Bien. Ahora, hueles a establos. Será mejor que vayas a bañarte y cambiarte antes de esta noche. Tengo un viejo traje de gala que debería quedarte bien si lo necesitas. Te lo tendré preparado.

—Gracias, sí necesito uno. Había planeado ver a los sastres mañana.

—Entonces asegúrate de que también te hagan un traje de boda.

Prospero asintió con la cabeza y salió del estudio de John. Su respiración era débil mientras contemplaba la gran casa, con la luz del sol bañando las obras de arte y las estatuas que decoraban el espacio. Ahora podía ver la influencia femenina, una suave elegancia en cada habitación que resultaba cálida y acogedora.

*Me voy a casar...* La idea le seguía pareciendo surrealista.

¿Qué sabía él del amor y del matrimonio? La unión de sus padres fue un trato, como lo sería la suya con Elise. Deseaba amor, deseaba pasión, pero no había pensado en ello debido a su pasado. Y, sin embargo, estaba muy cerca de un futuro que encerraba una luz resplandeciente. Todo lo que tenía que hacer era ganarse la confianza de Elise. Y bajar la guardia para permitirse confiar en ella.

Pero para ello tenía que convencer a una mujer desinteresada en buscar marido que lo aceptara a él como uno. Elise no era tonta. Era una de las mujeres más inteligentes que había conocido. Él no quería mentiras entre ellos, ni secretos, ni nada que pudiera destrozar la vida que compartirían. Entonces, ¿qué podía hacer para que ella aceptara el plan de su padre?

Subió las escaleras y pasó por delante de su habitación, oyéndola cantar suavemente y chapotear ligeramente. Se estaba bañando, y la idea de verla mojada y desnuda en una gran bañera de agua caliente, cubriéndose la piel con aceite de rosas, le produjo un deseo carnal. Si lograba convencerla de que podían llevar una vida juntos, tal vez disfrutarían del matrimonio. Haría todo lo posible por hacerla feliz como amante, como pareja, de la forma que ella quisiera, si tan sólo confiaba en él.

Una voz susurró en su cabeza: *Bailaré con ella.*

Sí. Bailar. Le demostraría que encajaban bien, y todo empezaría con un vals. Después de todo, bailar era una metáfora del amor y la confianza, ¿verdad?

Capitulo 13


*BAILES.* ELISE SE ESTREMECIÓ AL OÍR LA PALABRA.

¿Existía algún infierno más grande que ser exhibida como una yegua en un mercado para ser examinada y juzgada por su adorable fachada y su complaciente sumisión a un hombre en un baile? No. No lo había.

Cuando ella juzgaba a los caballos, no se limitaba a mirarles los dientes o a pensar en los potros que podían dar a luz. Los juzgaba por algo más profundo. Algo más puro que llegaba hasta el alma misma del animal. Pero los criterios de los hombres de Londres podían reducirse a las dos «B» que sellaban el destino de cada mujer: ¿Sería bella y buena para llevar a la cama? ¿Además de sumisa?

Quería salir corriendo, pero no era cobarde. Si su padre quería que lo acompañara esta noche, haría todo lo posible por lucir hermosa, sonreír, bailar y *repetir* hasta que la noche terminara. No tenía ninguna obligación de hacer más que eso.

Elise suspiró al bajar del carruaje, cogiendo la mano de Prospero mientras él y su padre la acompañaban a la elegante casa de Belgrave Square. Los criados de lord Rochester los recibieron en la puerta y cogieron los sombreros y los abrigos. Elise se quitó la capa de satén rojo con capucha y se la entregó a un criado.

—Su señoría y los demás invitados están en el salón de baile —dijo el mayordomo mientras los acompañaba hacia la música. El salón estaba lleno de invitados y el baile había comenzado. Para alivio de Elise, vio a sus amigas junto a una de las paredes, parcialmente ocultas por una maceta alta. Era una de sus estrategias para evitar la atención de los hombres siempre que fuera posible.

—Ahí están Cinna y Edwina —se las señaló a Prospero —. ¿Quieres que te las presente?

—Por supuesto. He oído hablar tanto de ellas en los últimos días que siento como si ya las conociera.

Su padre asintió hacia ellos.

—Os dejo para que os reunáis con vuestros amigos. Me temo que tengo otros asuntos que atender esta noche —antes de marcharse para reunirse con un grupo de hombres que claramente hablaban de negocios, Elise notó la mirada que su padre compartió con Prospero. El tema de su previa conversación parecía haberlos dejado a ambos más callados de lo normal.

Hizo que Elise apoyara el brazo en el suyo, acercándola un poco más. Si otro hombre lo hubiera hecho, ella se habría apartado, pero cuando lo hacía Prospero, le gustaba.

—¿De qué habéis hablado tú y mi padre esta tarde? Parece que os ha dejado a los dos un poco callados.

—Mi futuro. Creo que me involucrará en sus negocios de una manera más directa, algo que nunca imaginé.

—Pero eso es bueno, ¿no? Pensé que querrías tener cierta sensación de estabilidad.

—Esperaba trazar mi propio camino, en lugar de que me diera tanto como él pretende. ¿Te molesta que piense darme algo tan valioso como su negocio? El hombre lleva sólo unos días conociéndome.

—Supongo que esperarías que me molestara... pero no tengo mucho interés en locomotoras o negocios. Soy más como mi madre, con la cabeza enterrada en los libros y los ojos orientados hacia los microscopios. No es que no me interesen los negocios de mi padre, pero la idea de meterme en ese mundo y forjarme una posición no me atrae. Sin embargo, creo que a ti sí, y eso hace que no me importe tanto como crees.

La tensión en el rostro de Prospero se relajó un poco.

—¿Confiarías algo así a un extraño?

—Ya no te veo como un extraño. Tal vez porque hemos vivido muchas cosas en los últimos días y te he hecho demasiadas preguntas, así que siento que te conozco mejor que a la mayoría de la gente, excepto a mi padre y a mis amigas.

Eso era cierto. Ella lo había interrogado sin cesar sobre su vida, su pasado, sus esperanzas para el futuro y todas las cosas que había anhelado durante su exilio. Este hombre no era un extraño. Era amable, irónicamente divertido, un hombre misterioso y reflexivo. Y era apasionado. A pesar de su propio deseo de mantenerse lúcida sobre el tema de su estudio, tenía que admitir que él había despertado en ella cosas que nunca había imaginado sentir.

Pero conocer la naturaleza exacta de los planes de su

padre para Prospero tendría que esperar, ya que ahora se reunirían con sus amigas en su escondite.

—¡Elise! —Edwina corrió hacia ella y la abrazó, lo que la obligó a soltar el brazo de Prospero.

—Edwina, Cinna, os presento a Prospero Harrington, el conde de March. Prospero, éstas son la señorita Edwina Tewksbury y lady Cinna Belmont.

Prospero miró a Cinna con intensa perplejidad.

—Es un placer conoceros —dijo mientras se inclinaba —. Pero... ¿nos conocemos, lady Cinna? Tengo una extraña sensación de déjà vu.

Una luz maliciosa brilló en los ojos marrones de Cinna.

—No nos conocemos, milord. Pero me han dicho que tengo una cara *muy* familiar.

—Oh, supongo que se trata de eso. ¿Y cómo estáis vosotras, señoritas, esta noche? —preguntó con aire de perfecto caballero. Prospero tocó las altas y arqueadas hojas de la planta frente a ellas—. Veo que esta planta proporciona cierta cobertura contra los tigres que acechan cerca.

—En efecto —coincidió Edwina—. Y ciertamente son tigres, ¿verdad, Cinna? —Edwina soltó una risita.

Cinna resopló, fulminando con la mirada a los dandis que desfilaban como pavos reales a poca distancia.

—¿Y estáis evitando con éxito a esos tigres? —les preguntó Prospero.

—No me importaría bailar con usted para escapar de ellos —confesó Edwina—. Estoy intentando llenar mi tarjeta de baile antes de que lord Pavenly me encuentre. Lleva meses acosando a mi padre para un acuerdo matri-monial —el cabello dorado de Edwina brillaba a la luz de la lámpara, acentuando sus rasgos angelicales. Prospero acudió en su ayuda sin vacilar, reclamando su último baile libre.

—¿Y usted, lady Cinna? ¿También necesita ser rescatada de un baile? —preguntó Prospero.

Cinna sacudió la cabeza, y Elise recordó a las yeguas salvajes que habían visto en los prados esa misma tarde.

—Cielos, no. Sé que es de mala educación rechazar a un hombre, pero no me importa rechazar a un bufón si su presencia me molesta.

—¿Tengo entendido que acaba de regresar de Francia, lord March? —preguntó Edwina.

Juntó las manos a su espalda y se irguió orgulloso mientras conversaba con las amigas de Elise.

—Sí, la muerte de mi padre me obligó a volver.

Elise se detuvo un momento a estudiarlo. Prospero llevaba uno de los trajes de noche de su padre y, con un poco de sastrería rápida, se ajustaba lo bastante bien como para que cualquiera supusiera que era suyo. Su presencia disuadía a los demás hombres de un modo que a Elise le resultaba fascinante y reconfortante. Varios caballeros se habían acercado a las tres mujeres con un propósito. Sin duda habían esperado solicitar un baile, pero al ver a Prospero, todos se dieron la vuelta de golpe y actuaron como si los necesitaran en otra parte, algunos incluso agitaron la mano en cualquier dirección para dar la impresión de que los habían llamado.

—¡Qué maravilla! —murmuró Cinna acercándose a Elise mientras Prospero y Edwina hablaban sobre las ventajas de París—. ¿Has visto cómo todo hombre que lo ve huye positivamente en dirección contraria? Ese hombre es un escudo de la sociedad. A partir de ahora, *debemos* llevarlo con nosotras a todas partes.

Elise soltó una risita, pero algo en las palabras de Cinna

agitó sus recuerdos. *Un escudo de la sociedad.* Su padre le había dicho que necesitaba a alguien que matara dragones por ella, y aquí estaba un caballero haciendo precisamente eso. Su mente viajó hacia ese futuro imposible, una vida que no podría tener porque significaría renunciar a lo que ella era. Se sacudió mentalmente.

—Sí, él es especial, ¿verdad? —coincidió Elise—. No vas a creer lo que sucedió cuando fuimos a su club anoche.

Los ojos de Cinna se abrieron de par en par.

—¿Qué pasó?

—Un hombre me dio un puñetazo durante una partida de cartas. ¡Fue sencillamente emocionante!

—¿De verdad? Ahora desearía haberme escabullido a las salas de juego ese día que le enseñé el anuncio sobre tu estudio —susurró Cinna—. ¿Cómo fue ver a los hombres allí? ¿Estaba lleno de humo y de viejos locos fanfarrones que apostaban su fortuna?

—Lo estaba, en cierto modo. Tenía poco interés en el juego en sí, pero me fascinó ver la reacción de los hombres entre sí. Se enfrentaban como ciervos en época de celo, haciendo crujir sus astas al unísono. He tomado algunas notas rápidos y pronto podré redactar un artículo para el señor Holmes que demuestre que entiendo perfectamente el sexo masculino. No hay forma de que él pueda argumentar lo contrario.

—No puedo esperar a que entregue ese espantoso violín suyo. Yo digo que lo quememos en la chimenea —gruñó Cinna.

—El instrumento no es el que suena tan mal, sino el hombre —le recordó Elise—. Creo que deberíamos dárselo a Edwina. Podría venderlo por un poco de dinero. Sé que su padre está en apuros.

—Sí, deberíamos hablarlo con ella. No me gusta pensar

que su padre pueda presionarla para que se case con algún viejo cascarrabias sólo por el bien de su familia.

—Estoy de acuerdo. Tal vez mi padre podría hablar con el suyo. Quizá ayudarlo a resolver su situación —Elise dejó de hablar cuando vio a dos hombres aproximándose a su escondite, impertérritos ante su escudo social. Reconoció a uno como el encantador amigo de Prospero del club de caballeros, Guy De Courcy. El otro caballero también le resultaba familiar. Lo había visto una o dos veces en compromisos sociales, pero ignoraba su nombre por el momento.

—Ah, Guy, Nicholas, os presento a la señorita Edwina Tewksbury y a lady Cinna Belmont. Y esta es la señorita Elise Hamblin —dijo Prospero—. Damas, estos son mis amigos, el vizconde De Courcy y el conde de Durham.

—Señorita Hamblin —Guy le guiñó un ojo a Elise—. Encantado de volver a verla.

Nicholas miró a Guy con ligera suspicacia.

—¿Puedo preguntar en qué has estado metido, Guy?

—Nada de lo que tengas que preocuparte, hombre —Guy dio un codazo a Prospero—. ¿Verdad, Pross?

—Guy ha sido todo un caballero y *seguirá* siéndolo —dijo Prospero.

Guy se limitó a soltar una risita ante la amable advertencia antes de dirigir su atención a las amigas de Elise. Se acercó a Cinna, que levantó la barbilla en señal de desafío.

—Lady Cinna, por favor, dígame que tiene un baile libre.

—No bailo —dijo simplemente.

—¿Oh? ¿Tiene dos pies izquierdos? Qué mala suerte. He conocido a muchas mujeres hermosas que simplemente no pueden bailar debido a la amenaza que representan para los dedos de sus parejas —dijo displicentemente Guy.

Cinna se enfadó.

—Bailo a la *perfección*, milord. Simplemente elijo no bailar.

—Me parece que no le creo —Guy se dio unos golpecitos en la barbilla, pensativo, y Cinna enrojeció cuando se acercó y se puso en guardia frente a él—. No se puede bailar a la *perfección* sin haber participado en el acto tanto en público como en privado.

—¿Me está acusando de mentir? —respondió Cinna con frialdad.

—En absoluto, pero ¿no sería *satisfactorio* demostrar que me equivoco? —le tendió la mano a Cinna, con un brillo juguetón y perverso en los ojos. Tenía que bailar con él para demostrar que tenía razón, y Cinna, por la mirada asesina que le dirigió al pícaro juguetón, parecía ser muy consciente de su situación.

Elise estaba segura de que Cinna se negaría, pero, en lugar de eso, estrechó la mano enguantada contra la de Guy. Éste lanzó una sonrisa victoriosa a Elise y Prospero antes de conducir a su amiga a la pista de baile.

—Oh, cielos —murmuró Edwina.

—¿Deberíamos preocuparnos, señorita Tewksbury? —preguntó Nicholas.

—Bueno, no lo sé. Cinna puede ser muy... —Edwina se detuvo y miró a Elise.

—Puede *irritarse* bastante cuando uno la presiona —aclaró Elise.

—Ah, ya veo —reflexionó Nicholas—. Bueno, Guy es frío. No es fácil lastimar sus sentimientos.

—Nicholas tiene razón —le dijo Prospero a Elise—. No deberíamos preocuparnos por ellos.

Nicholas se centró en la amiga de Elise, más amable y de voz más suave.

—Ahora, señorita Tewksbury, ¿puedo preguntarle si *tiene* algún baile libre?

—Lamentablemente, no —Edwina parecía sumamente decepcionada, pero Prospero intervino.

—Señorita Tewksbury, sería un honor que le concediera mi baile a Nicholas.

Edwina se animó.

—¿No le importaría?

—En absoluto —le aseguró. Nicholas acompañó a Edwina a la pista, dejando a Elise y Prospero solos una vez más—. Me agradan tus amigas.

—Y a mí los tuyos —ella se sorprendió de que fuera cierto. Ni Nicholas ni Guy eran como la mayoría de los hombres con los que se veía obligada a relacionarse en eventos como éste. Descubrió que disfrutaba con las bromas de Guy, y que Nicholas tenía una paciencia suave y firme que parecía equilibrar la audacia de Guy y la ardiente intensidad de Prospero.

Prospero señaló con la cabeza la mesa de refrigerios.

—¿Te traigo algo de beber?

—Sí, gracias —tenía bastante sed y un vaso de ponche sería bienvenido.

—Vuelvo enseguida.

Elise se volvió para ver bailar a sus amigas, pero se sobresaltó al ver a un hombre alto y moreno dirigiéndose hacia ella. Miró a su alrededor y no vio a ninguna otra mujer, y desde luego a ninguna en su posición parcialmente oculta tras la gran planta. ¿Qué demonios quería de ella?

El hombre hizo una reverencia cuando la alcanzó.

—Señorita Hamblin —era rubio y compartía la misma intensidad que Prospero, pero había algo en él que la puso en guardia. Mientras que la intensidad de Prospero encendía un fuego en su sangre, la de este hombre era mucho más amenazadora—. Me llamo Adam Jackson. Pido disculpas por la falta de una presentación adecuada —iba totalmente en contra del protocolo que un hombre se presentara de esta manera.

—¿Señor Jackson? —repitió ella.

—Sí, y me gustaría solicitar su siguiente baile, si está libre.

Elise lanzó una mirada a Prospero, quien estaba hablando con una mujer junto a la mesa de refrigerios. Parecía bastante concentrado en ella y era poco probable que volviera enseguida. Sería de mala educación rechazar al señor Jackson, y eso se reflejaría mal en su padre. Elise nunca avergonzaría a su padre haciendo un espectáculo público.

—Yo... Muy bien —colocó su mano en la del señor Jackson y se dirigieron a la pista de baile justo al término del baile anterior. Tiró de ella hacia él, pero no tan cerca como para resultar escandaloso, mientras los músicos comenzaban la siguiente melodía—. Señor Jackson, ¿puedo preguntarle por qué se arriesgó al escándalo presentándose a mí de esa manera?

—Porque soy lo bastante atrevido como para decir que creo que es la mujer más hermosa aquí esta noche, y deseaba ser uno de los pocos afortunados que bailaran con usted.

Elise vio algo en los ojos del hombre que le produjo una punzada de inquietud. Sus ojos no contenían pasión ni emociones de ningún tipo. No había *nada*, salvo una fina capa de hielo bajo su comportamiento claramente encantador.

—Le agradezco el cumplido, señor Jackson, pero ambos sabemos que no soy la mujer más hermosa de la sala.

—Tonterías. Ambos sabemos que es encantadora. Si yo

fuera un tonto, me arriesgaría a pedirle que me acompañara al jardín, pero sospecho que es usted una dama demasiado sensata y declinaría la oferta.

—Por supuesto —respondió ella. Deseó que él no hablara más durante el resto del vals, pero, por desgracia, no tuvo esa suerte.

—Dígame, ¿está comprometida, señorita Hamblin? Todos la vieron llegar con lord March. Esa fue una gran declaración, pero no tenemos noticias de una boda. ¿Hay esperanzas de que siga soltera? —el señor Jackson le ofreció lo que habría sido una sonrisa seductora en cualquier otro hombre. Elise pensó en una hiena que había visto en el zoo de Londres, en cómo había enseñado los dientes y emitido ese terrible sonido que era como una risa maligna.

—Estoy soltera, pero *lamentablemente* —se ahogó con la palabra—, nunca voy a casarme.

—Es una lástima. Creo que usted y yo podríamos haber hecho una pareja impresionante.

—Señor Jackson, ¿le importaría que continuáramos este baile en silencio? —le pidió, consciente de que su tono se estaba endureciendo. No era tan grosera como para negarse a bailar, pero no por ello no podía exigir silencio.

—Por supuesto —dijo Jackson con la aparente amabilidad que se esperaría de él, y Elise se preguntó si imaginó un brillo de triunfo en sus ojos.

Elise se soltó de sus brazos en cuanto terminó el vals. Pero él insistió en acompañarla de vuelta hasta Prospero, quien estaba de pie en el borde del suelo sosteniendo dos vasos de ponche. Tenía la cara pálida y los ojos tan duros y fríos como los de Jackson cuando llegaron hasta él.

—Ah, March —saludó Jackson.

—Jackson —el tono de Prospero pudo haber convertido el ponche que llevaba en hielo sólido.

—Tienes una compañera encantadora esta noche —Jackson se inclinó hacia la mano de Elise y besó sus dedos enguantados. Luego se alejó y desapareció entre la multitud.

—Y por *eso* no me gustan los bailes —murmuró cuando ella y Prospero se quedaron solos. Él no dijo nada, pero se quedó mirando en la dirección que había seguido Jackson.

Elise intentó quitarle uno de los vasos de ponche de las manos, y él acabó por soltarlo.

—¿Qué te dijo? —preguntó Prospero.

—Alguna tontería sobre que era la chica más guapa de aquí y que todos los hombres me deseaban y se preguntaban si estaba soltera. Estaba claro que no tenía ningún interés genuino. Puedo ver las mentiras en la mirada de una persona con bastante facilidad —Elise bebió un sorbo de ponche, pero tenía un sabor amargo en la boca por el tiempo que había pasado con Jackson. Había algo en él. La forma en que Prospero había reaccionado... Ella tuvo un violento destello de claridad—. Jackson. ¿Él es...?

—Sí —la voz de Prospero era grave—. Es el hermano mayor de Aaron.

No era de extrañar que hubiera esperado la partida de Prospero para acercarse a ella. Jackson lo había hecho a propósito, el muy cabrón. Había querido que Prospero la viera bailando con él.

—Sí —bebió el ponche de un trago y dejó el vaso en una bandeja cuando un lacayo se acercó. Luego cogió la mano de Elise y con la otra le quitó el vaso de ponche y lo colocó en la bandeja junto al suyo—. Baila conmigo —era una orden, muy poco propia de él, pero Elise no protestó. Permitió que la llevara hasta la pista de baile—. Gracias.

Necesito una distracción. Algo que me impida hacer algo imprudente —el tono de Prospero era frío mientras su mirada recorría el salón de baile antes de centrarse en ella.

Elise no preguntó qué imprudencia podría cometer, así que se limitó a arrojarse a sus brazos mientras otro baile daba inicio. No hablaron mientras permitía que Prospero la guiara por la pista. Solía tener problemas para permitir que los hombres la guiaran en los bailes, pero para ella era algo natural depositar su confianza en *este* hombre.

Al cabo de un momento, las líneas de tensión en el rostro de Prospero se suavizaron y por fin pareció relajarse. Y para sorpresa de Elise, disfrutó del resto del baile, incluso se rio cuando giró y bailó bajo su brazo con los dedos entrelazados. Las sombras en los ojos de Prospero desaparecieron momentáneamente a la luz de su risa. Cuando el baile terminó, ella dudó en soltarlo. Quería seguir bailando, porque algo le advertía que nada sería igual una vez que la música cesara y dejaran de girar uno en brazos del otro.

—No paremos —le susurró a Prospero.

—La gente creará rumores sobre nosotros —advirtió él.

—Déjalos. Que hablen todo lo que quieran —y así bailaron una y otra vez, hasta que las lámparas se apagaron y los invitados empezaron a marcharse. Sin embargo, seguían girando en círculos, hablando de un millar de cosas diferentes. Durante unas horas preciosas de esa noche, Elise aplazó la sensación de pavor que se cernía sobre ella sin explicación alguna.

Entonces, la música terminó y los músicos empezaron a recoger sus instrumentos. Finalmente, ella y Prospero tuvieron que abandonar la pista de baile. El marqués de Rochester, Benedict Russell, los alcanzó y estrechó la mano de Prospero.

—Me alegra verte de vuelta en Londres, y con tan inteligente compañía. Un hombre astuto se rodea de las mentes brillantes, ¿no es así? —preguntó lord Rochester con una mirada cómplice. Sonrió a Elise y se inclinó para besarle la mano. Rochester hacía donaciones a muchas sociedades intelectuales de Londres, y sus caminos se habían cruzado a menudo. Era uno de los pocos hombres que se alegraba de hablar de ciencia y naturaleza con ella cada vez que se encontraban en actos sociales.

—Gracias, Rochester. Me siento muy afortunado de contar con la compañía de la señorita Hamblin. Y gracias por invitarme esta noche.

—Por supuesto —Rochester hizo una reverencia y saludó al padre de Elise, que se había reunido con ellos.

—Maravilloso baile, Rochester.

—Gracias, John. Estoy encantado de que hayáis podido asistir. Ahora, si me disculpáis, debo ver a los músicos.

Cuando su anfitrión se hubo ido, Elise tocó el brazo de su padre. Parecía agotado, y eso no le gustó.

—Papá, creo que has trabajado demasiado. Vamos a casa a descansar.

John asintió, con la mirada distante, mientras salían de la casa de Rochester y subían al carruaje que los esperaba.

Estaban a mitad de camino cuando su padre se aclaró la garganta.

—Elise, debo hablar contigo sobre algo importante.

Prospero se removió a su lado. De pronto, el cuerpo de Elise se tensó como un resorte.

—Papá... ¿se trata de Prospero haciéndose cargo de una parte de tus intereses comerciales?

—Sí —su padre vaciló, luego pareció armarse de valor—. De hecho, Prospero pronto se hará cargo de *todos* mis intereses comerciales.

—¿Todos? —ella repitió la palabra—. Pero, ¿por qué? ¿Y por qué tan pronto?

Al principio no dijo nada, ni tampoco Prospero. Ella miró entre los dos hombres.

—¿*Alguien* puede hablar, por favor? —su corazón empezó a latir tan fuerte como para magullarle las costillas. La sensación de miedo que había tenido toda la noche se intensificó.

—Estoy indispuesto. No sé cuántos días me quedan. Así que he hecho preparativos para mi patrimonio, así como para tu futuro.

*Indispuesto*. La palabra sonó como una campana lejana en medio de la noche, una horrible advertencia de que no todo estaba bien. Que se avecinaban cosas terribles.

—Me estoy muriendo, cariño —el tono de su padre se suavizó, le cogió la mano y la estrujó—. Pero como moribundo, quiero pedirte una cosa.

Su agarre era fuerte y seguro, sin mostrar ningún signo de enfermedad. Elise tragó duro, con un nudo en la garganta.

—¿Qué... qué deseas que haga?

—Quiero llevarte al altar de St. George y entregarte.

Sus palabras no tuvieron sentido, no al principio.

—¿Un matrimonio? ¿Con quién?

La mirada de su padre se deslizó hacia Prospero.

—¿Te refieres a que *nos* casemos?

—Es el único hombre en quien podría confiar para estar contigo. Él te conoce, Elise. Te acepta.

—¿Me acepta? —su voz adoptó un tono un poco furioso—. ¿Qué hay en mí que necesite ser *aceptado*?

—Nada —intervino Prospero en voz baja—. Eres *perfecta* tal como eres. Pero otros hombres te cortarían las alas y te meterían en una jaula dorada. Tu padre sabe que yo te dejaría permanecer libre.

*Traicionada.* La palabra se clavó en su corazón a mayor profundidad de lo que podría hacerlo cualquier daga. Su padre la había traicionado y a Prospero le había parecido bien.

Fulminó con la mirada a su padre.

—¿Cómo puedes pedirme esto?

—Porque te amo, y sé que una heredera soltera estaría en la mira de la peor clase de hombres.

—No sería tan tonta como para dejarme *seducir*, y desde luego no me comprometeré —argumentó Elise.

—Pero los hombres tienen una manera de doblegar a las mujeres, obligándolas a hacer lo que desean. Cuando yo era joven, era habitual que secuestraran a las herederas y las obligaran a casarse. Eso no ha cambiado. Ni siquiera tu inteligencia y determinación te salvarían si te retuvieran a punta de pistola. Te harían decir tus votos contra tu voluntad, y el clérigo estaría comprado. Ésa sería sólo una de la docena de maneras en que alguien podría atraparte para obligarte a contraer matrimonio. Sería un final terrible para la niña a la que amo más que a mi propio aliento —su padre volvió a estrujarle la mano—. *Por favor*, Elise.

El carruaje se detuvo frente a su casa, su padre bajó y le ofreció la mano. Elise no se movió. No podía.

—¿Elise?

No hizo ningún movimiento, ningún sonido. Era como si el mundo a su alrededor se estuviera cerrando, como si la oscuridad se arrastrara por los rincones de su mente.

—Me quedaré con ella, John. Tú entra —la voz de Prospero sonaba muy lejana.

Fue vagamente consciente de que la puerta del carruaje se cerraba y la oscuridad crecía a su alrededor. Extrañamente, sintió que el vehículo seguía moviéndose, meciéndose, aunque sabía que se había detenido.

Unas manos la sujetaron con suavidad y la levantaron, colocándola en el regazo de alguien. La niebla en su mente se densificó y Elise luchó, golpeando el pecho de Prospero con los puños cerrados hasta que se ahogó en sus propios sollozos y sus lágrimas empañaron el resplandor de las lámparas del carruaje a su alrededor y crearon franjas de luz dorada a través de sus ojos en la noche. Se agitó, con el cuerpo ahogado por el dolor. Sentía como si sus pulmones ardieran con sus propios gritos.

Más tarde, después de lo que parecieron horas, se sumió en un estado de quietud en el que sólo se mantenía despierta gracias a su respiración entrecortada.

Él cogió su nuca, apoyando la mejilla contra su pecho. Un latido constante retumbó con fuerza y consuelo en sus oídos.

—Tranquila... —una mano le acarició la espalda. Sus párpados se cerraron y, al despertarse, descubrió que Prospero la estaba llevando en brazos escaleras arriba. Se sentía segura entre sus brazos de una forma que nunca había creído necesitar. La llevó a su habitación y la tumbó en la cama.

Oyó el susurro de Mary desde algún lugar de la habitación poco iluminada.

—Gracias, milord.

—Alguien debería quedarse con ella esta noche. Yo puedo hacerlo para que puedas dormir un poco —murmuró Prospero a Mary—. Te necesitará por la mañana.

—Oh, pero...

—De verdad, Mary, está bien. No me importa —aseguró a la sirvienta.

Elise volvió a dormirse, pero se despertó al sentir cómo

le quitaban la ropa. Fue metida en un cálido camisón, y volvió a sentir que se deslizaba por esa pendiente hacia el abismo de un sueño agitado.

—Prospero —murmuró.

—¿Sí? —su respuesta se oyó cerca.

—Tú... ¿no te irás? —no estaba segura de si se refería a esta noche o a algún día después de que unieran sus vidas en el matrimonio que su padre quería. Todo lo que sabía era que su vida había cambiado y que lo único que le impedía alejarse era él.

—Estaré aquí todo el tiempo que desees.

Ella se dio la vuelta en la dirección de su voz y apartó las mantas en señal de invitación silenciosa. Un momento después, él se le unió, aún vestido pero sin zapatos ni chaqueta. La estrechó entre sus brazos y entonces experimentó la única sensación de paz que había tenido esta noche.

John estaba de pie ante la puerta de la habitación de Elise, con el corazón roto mientras Prospero sostenía a su única hija en brazos. Mary se le unió en el pasillo y cerró la puerta.

—La pobre está agotada. Ha llorado hasta quedarse dormida.

—Sí —John sintió un dolor en el pecho—. Mary, te necesitará más que nunca una vez que se case con lord March y se convierta en la señora de esta casa. No la abandonarás, ¿verdad?

—No, señor. Es mi hija en todos los sentidos menos en la sangre.

—Bien —John observó a la criada caminar hacia las escaleras del servicio. Comenzó a experimentar un dolor sordo en las sienes y parpadeó, observando cómo un rayo de luz de luna bailaba y se arremolinaba ante él. La voz de su esposa acarició sus oídos.

—*Es la única manera...*

—La única manera —aceptó—. Tengo muy poco tiempo...

No quería dejar a Elise. Su hija se parecía mucho a su madre.

—Sólo he durado tanto sin ti porque ella me necesitaba, necesitaba mi amor. Pero ahora creo que tiene a alguien que será para ella lo que yo fui para ti.

—*Sí...* —esa voz de luz de estrellas y sueños recordados parcialmente volvió a él. Las lágrimas cayeron por su rostro mientras se dirigía a su dormitorio y cerraba la puerta tras de sí. Las cosas más bellas de la vida podían ser muy breves, pero el amor era algo que perduraba durante mucho tiempo, aun después de la desaparición de su origen. Su corazón había crecido alrededor de su dolor tras perder a su esposa, pero ese dolor, esa pérdida, nunca se habían desvanecido.

Cuando Elise había sido niña, poco después de la muerte de su madre, ella le había preguntado por qué le dolía el corazón al perder a su mamá. Él sólo tenía una respuesta. Le dolía porque era real, porque era verdadero. El dolor que sentía le decía que el amor hacia su madre no había desaparecido. Le dolía porque ese amor estaba aprisionado en su interior y ya no podía brindárselo a su madre. La única forma de sentirse mejor era encontrar a otra persona para darle ese amor. Y él le había dicho que le había dado ese amor a Elise. Le había dado unos golpecitos en la nariz y le había limpiado los ojos con el pañuelo.

—Pero, ¿qué pasa si te pierdo? —había preguntado ella con los ojos abiertos como los de una niña que se esforzaba por comprender cosas que era demasiado joven para saber.

—Algún día amarás a alguien. Ámalo como yo amé a tu madre, con toda tu alma, con todo tu aliento. Y cuando lo hagas, este dolor que sientes se mezclará con el amor que le des a esa nueva alma en tu vida, y el dolor cesará.

Ese día había prometido que se aseguraría de que Elise encontrara una persona a quien amar, pero su enfermedad había llegado demasiado pronto. Sólo rezaba para que su hija lo perdonara por lo que la estaba obligando a hacer.

# CAPÍTULO 13

Elise se despertó a la mañana siguiente del baile con un dolor en lo más profundo del pecho. Pero ese dolor se alivió un poco al sentir algo cálido y duro presionado contra su cuerpo. Tenía un gran peso en la cintura y, cuando lo exploró, se percató de que era el brazo de Prospero, que la cubría mientras estaba tumbado en la cama a su lado. Todo el dolor enterrado en lo más profundo de su pecho desde la noche anterior le dificultaba respirar.

Su padre se estaba muriendo y su último deseo era verla casada con Prospero. Era difícil de comprender. Nunca se había permitido imaginar la vida sin su padre. Había sido una presencia muy sólida, como una vieja fortaleza que no se doblegaba ante ejércitos invasores ni ante los elementos de la naturaleza. Se suponía que él estaría aquí durante mil años. Se suponía que ella no viviría ni un solo día sin él. Gruesas lágrimas se acumularon en las comisuras de sus ojos y su cuerpo tembló.

El brazo de Prospero la rodeó con fuerza y su cabeza se acercó hasta que presionó los labios contra su pelo. Abrumada por la necesidad de ser abrazada, de ser consolada, rodó y se acurrucó contra su pecho, buscando el calor y el cobijo que él le ofrecía sin palabras. Permaneció así en sus brazos un tiempo antes de hablar.

—¿Podemos hacer esto? ¿Podemos casarnos y sobrevivir a lo que eso signifique para nosotros?

Prospero le acarició la mejilla con el dorso de la mano.

—Sinceramente, no tenía ni idea de lo que haría una vez que regresara a Inglaterra. Pero desde el momento en que te conocí en tu sociedad, sentí como si hubiera encontrado una estrella para seguir en el cielo nocturno —sus palabras aliviaron completamente la pesadez de su alma que sintió que podía respirar de nuevo—. Me casaría contigo, Elise. Y haría todo lo posible por hacerte feliz, justo como tu padre espera. Creo que podemos sobrevivir a esta tormenta, siempre que tú también creas en nosotros.

El azul penetrante de sus ojos la clavó en su sitio y la mantuvo firme. Las palabras de Prospero le ofrecían lo que más necesitaba: esperanza. Como mujer que se había rebelado toda su vida contra un mundo que pretendía ahogarla, la esperanza lo era todo.

—Casada... —suspiró, incapaz de ocultar su temor—. Ni siquiera sé lo que significa estar casada... excepto que sería de tu *propiedad* —no pudo ocultar el odio en la última palabra.

—Para muchos, el matrimonio no es más que un trozo de papel. Nuestra unión significará lo que tú quieras que signifique. No me convertiré repentinamente en un amo tiránico. Harás lo que te plazca cada día. Nada tiene que cambiar.

—¿Y tendríamos...? —no sabía muy bien cómo preguntarle lo que estaba en su mente. Su franqueza habitual no encajaba en esta conversación tan delicada.

—Tendríamos intimidad, si lo deseas. No te exigiría nada para satisfacer mis necesidades pero, siendo honesto, me gustaría que fuéramos amantes y leales el uno al otro, y tal vez algún día, si lo deseas, tener hijos.

*Hijos.* Nunca había imaginado que hablaría de futuros hijos, y menos con el conde de March.

—Nunca pensé tener hijos. No quiero ser tratada como una... —ahogó las palabras que habrían sonado mal en su boca.

—¿Una yegua de cría? —enarcó una ceja, pero sus labios se crisparon en un atisbo de sonrisa—. Nunca te trataría como tal, ni desearía ser tratado como un semental. Si queremos tener hijos, lo decidiremos juntos.

Ella asintió. Un dolor sordo comenzó a golpearle las sienes. Cerró los ojos.

—Deberías comer algo. Dejaré que Mary te cuide con ternura, y yo me arreglaré y te veré en el comedor para desayunar. Entonces te sugiero, si te parece bien, que discutamos los planes de boda hoy más tarde. Creo que sería mejor afrontar el asunto sin rodeos que retrasar las cosas.

—Oh, muy bien, maldito seas —murmuró, pero no estaba enfadada con él. Agradecía que uno de ellos aún tuviera el buen juicio de pensar racionalmente.

Él depositó un beso en su frente y, tras una larga mirada de búsqueda, le besó los labios y ella se acercó más, devolviéndole el beso. La boca de Prospero era cálida y sus labios suaves y suplicantes. Su beso hizo que algo cálido floreciera en su pecho y se extendiera hasta desvanecer por completo la frialdad de su dolor.

Una de las cosas que Prospero le había enseñado era que los besos podían excitar, pero también curar. Por difícil que fuera imaginarlo, sintió que si confiaba en este hombre, el dolor de la pérdida de su padre se curaría con el tiempo. ¿Qué había dicho su padre sobre las cicatrices? Por dura o suave que fuera, vieja o nueva, una cicatriz significaba que una herida estaba sanando. Las heridas del corazón, como las del cuerpo, no estaban destinadas a sangrar para siempre. La sangre se coagulaba y la piel volvía a unirse con más fuerza que antes con la presencia de la cicatriz. Las cicatrices personificaban la fuerza y no eran algo para avergonzarse. Significaban que habías sobrevivido.

—¿Estarás bien? —preguntó Prospero, con voz grave y ronca, mientras seguía mirándola. Elise seguía tendida en sus brazos, perdida en el remolino de sus propios pensamientos melancólicos. Él no la había abandonado.

—Algún día lo estaré —se acurrucó más, sintiendo de nuevo el calor de su cuerpo. ¿Así sería ser su esposa? ¿Siempre tendría derecho a acurrucarse en sus brazos y calentarse en el fuego del corazón de este hombre?

Prospero le rozó la cabeza con la mejilla, acercándola aún más, como si percibiera que ella también necesitaba sentir su deseo de tenerla cerca. Después de un largo momento, habló.

—Hoy deberíamos ir a montar a caballo a Hyde Park.

El corazón de Elise dio un salto de alegría fugaz, pero sus esperanzas de pasar un día agradable se esfumaron con la misma rapidez que las nubes de una tormenta occidental arrastradas mar adentro.

—¿Crees que tendremos que pasar todo el día planeando nuestra boda?

—He tenido una idea... —comenzó Prospero—. Tal vez alguien como Edwina podría planearla por ti. Parece que podría estar a la altura de la tarea. A menos, claro, que tú quieras implicarte más en las decisiones.

Elise arrugó la nariz.

—No me apetece mucho. Las bodas no me parecen tan interesantes.

—No me sorprende tanto.

—Supongo que querías que dijera algo más femenino y romántico, pero prefiero mirar especies de escarabajos todo el día antes que planear una boda. Pero Edwina se divierte con esas cosas.

Prospero deslizó la punta de un dedo por su nariz, y esa sensación de una maravillosa calidez creció en su interior.

—Bueno, yo también prefiero mirar escarabajos, unos bichitos fascinantes. Demasiadas formas, tamaños y colores. Aquellos de caparazón iridiscente que me enseñaste en el museo eran sencillamente maravillosos —habló de escarabajos durante un rato, y Elise sintió que se ahogaba en sus hermosos ojos azules—. Pero sí, volvamos a Edwina. Deberíamos enviarles un mensaje a ella y a Cinna para pedirles ayuda. Son tus amigas más queridas, y les dolería que no se lo dijeras.

—¿Por qué empiezo a sospechar que *serás* la voz de la razón en nuestro matrimonio? —curiosamente, cuando ahora pensaba en él como su marido, la idea le resultaba un *poco* menos aterradora que antes.

—Porque yo soy el aburrido. Tendrás que ser nuestra soñadora, nuestra *visionaria* en este matrimonio.

—Visionaria. Eso me gusta.

—Bien —le dio otro beso suave y duradero antes de salir de la cama, con el traje de la noche anterior desarreglado y el pelo hecho un desastre. Se detuvo en la puerta y volvió a mirarla—. Todo saldrá bien. Debemos darle tiempo.

Elise suspiró, se tumbó boca arriba en la cama y miró al techo.

—Tiempo...

Toda su vida había cambiado en cuestión de días. No pudo evitar preguntarse qué habría pasado si nunca hubiera intentado impedir que el señor Holmes tocara su maldito violín. Nunca habría conocido a Prospero. Quizá se habría enterado de la enfermedad de su padre demasiado tarde. Era extraño cómo la horrible melodía de un violín podía haber cambiado tanto las cosas.

—¿Cómo está ella? —preguntó John cuando Prospero se reunió con él en el comedor para desayunar.

Examinó al padre de Elise con preocupación. Era como si al compartir la noticia con su hija la noche anterior, una gran parte de la vida y el vigor de John hubiera salido de él. Parecía agotado, pálido... más viejo.

—Está herida —dijo Prospero al cabo de un momento—. Le sugerí que permitiera que Cinna y Edwina ayudaran a planear la boda. Hoy la llevaré a montar a caballo. Creo que necesita una distracción después de todo lo que pasó anoche.

—Eso es muy sabio de tu parte. También estaba pensando que deberías llevarla de luna de miel después de casaros. Necesita algo no muy lejos pero con muchas distracciones. ¿Brighton o la Isla de Wight, quizás? Siempre ha querido buscar fósiles en las playas de allí. Y otra cosa — se detuvo un momento, reflexionando—. Siempre he detestado esos malditos rituales de duelo. No me importa lo que espere la sociedad; no permitas que vista de negro durante mucho tiempo. Quema sus vestidos negros en la chimenea si es necesario, pero mantenla vistiendo colores. Quiero que mi hija me recuerde viviendo en un mundo de luz, no de sombras.

Prospero asintió, sintiendo un nudo en la garganta.

—Haré lo que deseas, John —se dio la vuelta para preparar platos de desayuno para él y Elise.

—Si no tengo ocasión de darte las gracias, ahora ya las tienes, March.

Prospero miró de frente a John mientras dejaba los dos platos.

—Sólo he hecho lo que haría cualquier hombre.

—Lo que haría cualquier *buen* hombre —corrigió John—. Realmente eres el único al que confiaría su cuidado —abandonó su silla y rodeó la mesa para colocar una mano en el hombro de Prospero—. Algún día, cuando tengas tu propia hija, sabrás lo que esto significa para mí —estrujó su hombro y salió de la habitación.

Prospero se sentó, mirando fijamente la comida frente a él. Su apetito había disminuido. Sabiendo que tenía que seguir su propio consejo, se obligó a ingerir el desayuno y, cuando estaba a mitad del mismo, Elise entró en la habitación con su peluca y sus pantalones, además de su fino bigote. Su aspecto no era el de una dama, sino el del apuesto dandi que pretendía ser. Una sonrisa se dibujó en la comisura de sus labios. Nada sería aburrido con ella, y le encantaba saberlo.

—Hoy veremos lo bien que se desenvuelve mi poni gitano —dijo con una sonrisa de suficiencia.

Ella le lanzó una mirada desafiante.

—Querrás decir tu caballo *romaní* —corrigió.

—Sí, claro —soltó una risita—. Pero *gitano* suena bastante romántico, ¿no crees? —le guiñó un ojo—. Supuestamente, tengo sangre gitana, de muchos antepasados atrás, por supuesto, pero supongo que eso me convierte parcialmente en gitano... eh, romaní.

—¿En serio? Me pregunto si eso explica el brillo oscuro de tu pelo. Es tan... —Elise tragó un poco de comida y su rostro enrojeció—. Anthony y tú podríais ser primos.

Satisfecho de que su método de distracción funcionara, prosiguió:

—Entonces, ¿cómo os conocisteis Anthony y tú?

—Lo conocí hace un año, cuando empecé a interesarme por las potras de carreras. Me enseñó muchas cosas sobre caballos que nunca habría aprendido sola. Hace poco le compré un nuevo caballo de carreras. De hecho, fue sólo unos días antes de conocerte.

—¿Ah, sí?

—Es joven, pero debería ser excelente en algunas de las carreras de potras. Es espléndidamente rápida y está totalmente decidida a ganar, por muy rápida que sea su rival. Hoy quiero llevarla a montar al parque.

—¿Montas a tu caballo de carreras en el parque? —la mayoría de los propietarios de caballos de carreras los trataban mejor que a sus propias esposas e hijos. Montar a un caballo de carreras en el parque por simple recreación era algo inaudito.

Elise le lanzó una mirada de suficiencia.

—Y por *eso* corre tan bien. He probado mi teoría con mis caballos anteriores durante los dos últimos años. Cuando pisan distintos caminos, ven todo tipo de distracciones y experimentan terrenos diferentes. Es una buena práctica. Y cuando añades su necesidad de mantenerse invictos, puedes tener un caballo ganador.

Prospero observó a Elise comer mientras hablaban, queriendo asegurarse de que comiera lo suficiente antes de que se marcharan.

—Habría imaginado que estarías interesada en los linajes, como los purasangres más fuertes, los caballos que llevan en la sangre una tradición de victorias. ¿Eso no te interesaría más?

—Eso es algo fácil de suponer, pero el corazón de un caballo siempre es más revelador que su crianza. Creo que los hombres y las mujeres son iguales. Seguro que has oído historias de guerras en las que los hombres se enfrentaron a adversidades impensables y, sin embargo, lograron sobrevivir.

Asintió, pensativo.

—Sí, es verdad —le gustaba no poder predecir qué diría o haría Elise a continuación. Era increíblemente original en sus pensamientos y observaciones, y era infinitamente fascinante estar cerca de ella.

—Háblame de tu nueva potra —la animó.

—Oh, ella es definitivamente hermosa. Del color del champán. La he llamado Miel, y es muy lista. Tiene un temperamento dulce a menos que detecte a un jinete inadecuado sentado encima de ella. Anthony me dijo que ella observa la forma en que un hombre maneja su fusta. Si se muestra impaciente o temperamental, no tiene ninguna oportunidad con ella. Pero es maravillosa con las mujeres y los niños. Cuando encuentra un camino abierto, es más veloz que el mismísimo rayo.

Había tanto amor y adoración en su voz por Miel que a Prospero le divirtió el hecho de sentir celos de un caballo. Suponía que a algunas personas les parecería insólito que alguien con una mente analítica y científica sintiera una emoción tan profunda por una criatura, pero para él era lógico. Elise amaba todo lo relacionado con el mundo natural, y era totalmente razonable que amara a las criaturas que había en él.

Cuando Prospero se percató de que ella había comido lo suficiente, los mozos de cuadra habían preparado sus caballos y los esperaban afuera.

Mientras estudiaba a su nuevo caballo, Prospero fue consciente de su entusiasmo por volver a montar. En París había tenido caballos, pero siempre habían pertenecido a sus amantes y, una vez que se mudaba, los animales volvían con ellas. Ahora tendría su propio caballo una vez más. Sí, era un caballo que había comprado con el dinero de Elise, pero era dinero que había ganado de ella. Sólo así podía aceptarlo; recordándose a sí mismo que le estaba enseñando una parte de la vida que ella quería estudiar. Se negaba rotundamente a pensar en lo que su padre le había ofrecido como parte del contrato marital, y en que detestaba la sensación de que le acababan de dar dinero sin habérselo ganado honradamente. Ya lidiaría con eso más tarde, cuando estuviera listo para arruinar su buen humor.

Siguió a Elise hasta su precioso caballo.

—¿Necesitas ayuda? —la potra bailó de emoción al verla acercarse, reconociéndola claramente a pesar de su disfraz masculino.

—No, puedo hacerlo —se subió a la silla con una sonrisa adorable y arrogante. Dios, amaba verla radiante de confianza. Cabalgaba a horcajadas como un hombre y parecía sentirse completamente cómoda. Imaginó que sus pantalones ayudaban bastante en ese sentido.

—Excelente —Prospero asintió al mozo que sostenía las riendas de Raider y montó.

Partieron hacia el parque. Elise lo observó atentamente mientras saludaba con la cabeza a los caballeros que pasaban, y ella hizo lo mismo a modo de imitación. Para tener poca práctica fingiendo ser un caballero, se le daba sorprendentemente bien.

—¿Has interpretado este papel antes? —preguntó, pues parecía muy cómoda con su traje.

—Sí. Para asistir a reuniones donde no se permiten damas. Presenté una ponencia en una sociedad ornitológica sobre los patrones de migración de las aves, pero estaba tan nerviosa que se me cayó el bigote. Más tarde descubrí que el adhesivo que utilicé no era resistente al sudor —levantó despreocupadamente la mano y se tocó el bigote, como para comprobar que estaba bien adherido a su labio superior.

—Imagino que a los hombres no les hizo gracia.

—Desde luego que no. Afortunadamente, lord Rochester asistió a la reunión. Me aplaudió, incluso después de que se me cayera el bigote, y no de forma burlona. Reprendió a los que lo rodeaban, que pedían a gritos que me sacaran del escenario y me echaran del lugar después de que se descubriera mi artimaña.

—Ah, eso explica sus palabras de anoche. Creo que te llamó mente brillante. Estoy bastante de acuerdo con esa afirmación. Yo habría hecho lo mismo de haber estado allí.

—¿No te importará si continúo con mis actividades una vez que estemos casados? Sé que mi padre ha dicho que no te importará, pero... —Elise ajustó las manos en las riendas cuando entraron en Hyde Park.

—Necesitas oírlo de mí —confirmo, mostrándose comprensivo—. Sí, no quiero que tu vida cambie en nada, excepto en que yo forme parte de ella. ¿Y tú? ¿Qué deseas que haga una vez que estemos casados?

Prospero estaba acostumbrándose a la idea de que pronto él y Elise se casarían. Por supuesto, su padre no podía obligarlo a aceptar la situación. Pero él *quería* hacerlo. Sí, llevaba pocos días conociéndola, pero su instinto nunca se había equivocado. Después de más de una década sintiendo que no tenía futuro, veía con bastante claridad lo que este nuevo camino significaba para él.

—¿Qué deseo que hagas? —preguntó Elise, como si no estuviera segura de su pregunta.

—Lo que quiero decir es... ¿Me quieres en todos los sentidos? ¿Como marido? ¿Hombre? ¿Amante? —mantuvo un tono suave. Estaban demasiado lejos para ser oídos, pero la precaución era vital, y ésta era una conversación muy necesaria.

—¿Hablabas en serio cuando dijiste que me darías a elegir? —su sorpresa era muy evidente, y lo hirió. ¿De verdad pensaba que él no lo haría?

—Por supuesto. Me gustas, Elise. Te admiro. Me atrevo a decir que me enamoraré de ti. Pero te respeto, y ese respeto me ha dado una claridad de pensamiento que otros hombres quizá no tengan. No quiero obligarte a nada. Podemos estar casados sólo por escrito, o podemos estar casados de verdad.

Ella pareció considerar el asunto durante un largo momento mientras cabalgaban por los senderos de tierra del parque, evitando las rutas más transitadas.

—¿*Tú* qué quieres, Prospero? Olvida por el momento cualquier decisión que pueda tomar. ¿Qué es lo que realmente deseas?

Acarició el cuello de Raider y detuvieron sus caballos en un camino cubierto de hierba que conducía a un campo abierto. Él ya le había dicho lo que deseaba, pero entendía que ella necesitara oírlo de nuevo, para reconfirmar lo que deseaba y estar seguros de que se entendían.

—Querría *todo* contigo. La pasión, la satisfacción, la aventura. Hijos, si tenemos la suerte de tenerlos. Querría todo eso contigo.

—¿No esperarías tener amantes? La mayoría de los

hombres creen que es un derecho divino hacer lo que les plazca —el pensamiento pareció molestarla de verdad.

—Incluso cuando vivía en París como... acompañante, ni una sola vez me aparté de la mujer a la que acompañaba. Soy un hombre leal. Y te seré leal a ti —no le pidió que le prometiera lealtad a cambio. No lo necesitaba. Elise era el tipo de mujer leal por naturaleza.

De repente, sus ojos se llenaron de lágrimas.

—¿Por qué? —espetó ella, intentando ignorarlas—. *¿Por qué* te conformas con casarte conmigo? A pesar del escándalo de tu pasado, aún podrías elegir entre las mejores damas de Inglaterra.

—¿Por qué? —Prospero frunció el ceño—. ¿De verdad no te ves? —preguntó, guiando a su caballo más cerca. Su potra empujó juguetonamente al caballo más grande, y Raider aceptó las muestra de afecto.

Las cejas de Elise se fruncieron en confusión.

—¿Verme?

¿De verdad no tenía ni idea? Dios, esta mujer tenía mucha confianza, excepto en esto. ¿Cómo no podía ver por qué *cualquier* hombre decente podía enamorarse locamente de ella? Era una maldita burla presenciarlo, y él no la dejaría sufrir con semejantes dudas ni un momento más. Se merecía oír la verdad.

—Oh, mi pequeña naturalista —suspiró y sonrió—. Eres *feroz*: ferozmente hermosa, ferozmente inteligente, ferozmente apasionada, ferozmente divertida y *real*. Eres genuina de una forma que muchos otros temen ser. Me haces sentir como solía sentirme antes de la muerte de Jackson.

Volvieron a frenar sus caballos, esta vez abandonando el camino. Elise volvió a encontrarse con sus ojos.

—Muy bien, estaremos juntos en este lío, y siempre —

luego, con una mirada burlona como única advertencia, ella añadió—: Ahora, ¿vamos a ver de qué es capaz tu nuevo caballo?

Antes de que él pudiera asimilar que acababa de aceptar ser su esposa, Elise espoleó a su potra y se lanzó a un galope salvaje por el campo abierto del parque.

—*¡Arre!* —gritó y golpeó los costados de Raider con sus talones.

El semental romaní se puso en marcha. La cabeza de Raider se balanceó mientras recuperaba el terreno perdido detrás de la potra color champán. Prospero se rio mientras perseguían a sus salvajes hembras. Miel realmente podía volar. Sus pezuñas apenas tocaban el suelo. Elise mantuvo la cabeza inclinada hacia abajo para no perder el sombrero

La potra atravesó caminos y saltó setos. Era como si la yegua hubiera aprendido el secreto del vuelo del halcón, y era una de las imágenes más hermosas que Prospero había visto en su vida; mujer y caballo en perfecta y total sincronía que cabalgaban como uno solo.

Raider saltaba y corría detrás de ellas. Elise tenía razón; su potra era rápida, demasiado rápida. Ni siquiera Raider podía alcanzarla. Al cabo de un rato, Elise aminoró la marcha de Miel y, con una sonrisa perezosa, hizo correr al caballo en un pequeño círculo antes de reducir la velocidad y acercarse a ellos.

—Miel es como el rayo —le dijo a Elise—. Creo que Raider ha disfrutado del desafío, aunque haya perdido —golpeó ligeramente el cuello del caballo—. ¿Verdad, hombre?

—Te dije que Anthony conoce a sus caballos —Elise soltó una risita.

—Desde luego que sí. En futuras decisiones equinas,

me doblegaré ante él y ante ti —se quitó el sombrero e hizo una pequeña reverencia desde la silla de montar.

Ella asintió imperiosamente, como si fuera la reina Victoria.

—Como debe ser.

—¿Damos una vuelta por los caminos más transitados para que observes a los caballeros a caballo? —señaló con su fusta un camino más adelante por el que paseaba gente a pie y a caballo.

Solo llevaban unos minutos en el sendero cuando lady Cinna y la señorita Tewksbury aparecieron cabalgando delante de ellos. Prospero miró a su alrededor y vio a dos caballeros conocidos más atrás en el camino, también a caballo.

—Adelante. He visto a Nicholas y a Guy justo detrás de nosotros.

Elise asintió e instó a su potra a trotar para alcanzar a sus dos compañeras. Prospero giró a Raider para volver con sus viejos amigos.

—Ah, Pross, ¿qué estás haciendo? —preguntó Guy mientras Prospero daba la vuelta a Raider para que caminara junto a su caballo.

—Sólo estoy poniendo a prueba a mi nuevo caballo. No estarás acechando a esas dos jóvenes, ¿verdad? —señaló con la cabeza a Cinna y Edwina.

Guy sonrió.

—Nick lo está haciendo. Yo solo estoy aquí para burlarle de él —señaló a Raider con su fusta—. Hermosa bestia, por cierto. ¿Dónde la encontraste?

—En Barnet Fair, si puedes creerlo.

Las cejas de Guy se alzaron.

—No me digas. Caballos gitanos, ¿eh?

—Me han dicho que prefieren ser llamados romaníes —dijo Prospero sin pensar.

Su amigo soltó una risita.

—¿En serio? Eso...

—Alto —dijo Nicholas, interrumpiendo a Guy—. ¿Quién demonios es *ese* tipo?

—¿Qué tipo? —preguntó Guy.

—Ese hombre que cabalga entre lady Cinna y la señorita Tewksbury —señaló Nicholas—. Estaba contigo hace un momento, Pross. ¿Quién demonios es? —Nicholas miró con el ceño fruncido al trío frente a ellos, sin percatarse de que estaba mirando a Elise disfrazada.

Antes de que Prospero pudiera responder, Guy le lanzó una sonrisa socarrona y un guiño de complicidad.

—Ah, ¿él? Es Elliott, el primo de Prospero.

—¿Primo? Prospero, no tienes primos en Londres. Será mejor que vaya a ver a la señorita Tewksbury antes de que... —Nicholas comenzó a avanzar, pero Prospero lo cogió del brazo.

—No es necesario. Es sólo mi prometida.

El rostro de Nicholas palideció.

—¿Acabas de decir que la señorita Tewksbury es tu prometida? ¿Cuándo ocurrió esto?

Prospero no pudo evitar reírse.

—No, no, hombre, ella no.

—¿Cinna, entonces? —interrumpió Guy, con ojos repentinamente duros y fríos.

Prospero ahogó una risita. Dios, sus amigos estaban tan claramente enamorados de las amigas de Elise que ninguno de ellos pudo llegar a la conclusión más obvia.

—Es *Elise*. Elise y yo estamos comprometidos. Es ella a la que veis entre Cinna y Edwina. Va vestida de hombre para estudiar el comportamiento masculino en el parque.

Sus amigos se relajaron, aunque la confusión sustituía ahora a la preocupación en sus rostros.

—Volveré al hecho de que va vestida de hombre —dijo Nicholas—. Pero primero debes explicar cómo te comprometiste con la señorita Hamblin en menos de una semana.

—No es una historia corta —advirtió Prospero.

—No es un parque pequeño —replicó Nicholas.

Y así, Prospero contó a sus amigos cómo había acabado prometido con la pequeña naturalista. Guy se jactó de su triunfo al anunciar que había apostado que esto ocurriría en el libro de apuestas en Berkeley's, a lo que Prospero sólo se rio y Nicholas puso los ojos en blanco. Era bueno volver a estar con sus dos amigos más queridos después de tantos años. Guy y él habían echado mucho de menos a Nicholas durante su estancia en París.

—Sí amo las bodas —dijo Edwina—. Y sí, Cinna, antes de que me regañes, soy plenamente consciente de cómo las odias.

—Odio lo que *representan*. Son rituales bárbaros —Cinna miró hacia Edwina, y su mirada se volvió seria—. ¿De verdad te casarás con este hombre porque quieres hacerlo?

Elise asintió.

—Mi padre lo desea, pero sabe que no debe dar órdenes, así que ha sido su última voluntad. En realidad, accedí porque él me agrada.

—Desde luego que te agrada tu padre —Cinna asintió en señal de comprensión—. Pero esa no es razón para...

—No, quiero decir que me agrada Prospero —sentía la cara enrojecida, pero no quería mentir a sus amigas sobre cómo estaba cayendo bajo el hechizo del infame conde de March.

—¿En serio? —Cinna miró por encima del hombro a los tres hombres que las seguían a una distancia correcta y discreta.

—Así que te gusta. ¿Pero tú le gustas a él? —preguntó Edwina, y sus ojos brillaron la esperanza.

—Sí, le gusto. Por eso accedió a la petición de mi padre.

—¿Esto significa que podemos ayudarte a planear tu boda? —preguntó Edwina—. Por favor, di que podemos.

—Esperaba que lo hicierais. Debe hacerse en unos días. Mi padre... —se detuvo cuando se le formó un nudo en la garganta. Había intentado con todas sus fuerzas no pensar en su condición durante las últimas horas—. No sabemos cuánto tiempo le queda.

—Entonces haremos lo que necesites, ¿verdad? —dijo Cinna, y Edwina asintió.

—Gracias —Elise sintió cómo el nudo del miedo disminuía un poco. Prospero tenía razón. Tenía dos amigas que querían ayudar. No sería el fin del mundo si se apoyara un poco en ellas.

Edwina asumió el control como un general reuniendo sus tropas.

—Si sólo tenemos unos días para planear una boda, no deberíamos perder el tiempo en el parque. Tenemos que organizarnos. Cinna, ayudarás a Elise a encontrar un vestido y a preparar su ajuar. Yo me encargaré de los preparativos del desayuno nupcial y de las flores en St. George. No debemos olvidar las invitaciones.

—La has hecho muy feliz —susurró Cinna a Elise—. Cantará marchas nupciales el resto del año.

Elise suspiró.

—Lo sé. A pesar del dolor en su corazón, ella sintió una esperanza silenciosa nunca antes experimentada.

—Madre mía... Acabo de recordar tu apuesta con nuestro hosco vecino. ¿Qué le dirás al señor Holmes? —preguntó repentinamente Cinna.

—Oh, cielos —jadeó Elise, sobresaltando a los tres caballos—. ¿Qué le *voy* a decir?

Edwina se dio unos golpecitos en la barbilla, pensativa.

—Más bien creo que cuando una mujer acepta casarse con un hombre, debe conocerlo y comprenderlo, así que ¿eso no significa que tú ganas?

—No todas las personas se conocen *o* se entienden cuando se casan —intervino Cinna—. Mucha gente se casa con desconocidos por dinero u otras razones. O lo hacen apresuradamente, impulsados por sus sentimientos fugaces del momento. Al menos, supongo que eso es lo que diría el señor Holmes.

—Cierto, pero las mujeres como nosotras... no haríamos eso —argumentó Edwina.

Elise frunció el ceño.

—No, no lo haríamos, pero Cinna tiene razón. Holmes podría rebatir cualquiera de sus argumentos, así que depende de nosotras convencerlo de lo contrario. Presentaré mi caso, le ofreceré mis hallazgos científicos. No perderé esta apuesta sin luchar. Creo que será mejor que enviemos una invitación a los señores Holmes y Watson y les digamos que lleven ese maldito violín al desayuno nupcial.

# CAPÍTULO 14

**D**os días después

Elise contuvo la respiración cuando el carruaje se detuvo frente a St. George. Le temblaban las manos mientras intentaba calmar su acelerado corazón. Se alisó el vestido de novia color marfil que fluía a su alrededor en una cascada de seda. Su padre le cogió las manos.

—¿Lista, mi querida niña? —su mirada era solemne e intensa mientras esperaba su respuesta.

—¿Estuviste nervioso el día que te casaste con mamá?

—¿Lo estuve? —sonrió ante un viejo recuerdo—. Me corté afeitándome. En esa época no tenía ayuda de cámara. Me temblaban tanto las manos que me hice un corte justo aquí —su padre señaló una débil cicatriz parcialmente oculta por su barba.

—Pero, ¿por qué estabas nervioso? ¿No la amabas?

—Sí, la amaba. *Ferozmente.* Pero las bodas pueden aterrorizar a alguien, aunque esté enamorado. Quizá demasiado.

Ella asintió, entendiendo de alguna manera esa respuesta.

—Es solo que no quiero que todo el mundo me mire. Sabes que no me gusta este tipo de atención —era diferente cuando hablaba de temas científicos con otros naturalistas, pero ¿que la llevaran a un altar como una mujer a punto de casarse? Nunca había querido ese tipo de atención.

Su padre le estrujó la mano.

—Bueno, querida, es el precio que hay que pagar por los seres queridos. Tendrás que caminar hacia el altar con todas las miradas puestas en ti, pero no estarás sola. Sabes que por eso los padres llevan a sus hijas al altar, ¿verdad?

—¿De verdad? ¿Creía que era un traspaso simbólico de propiedad a mi marido porque soy un bien mueble? —siempre había odiado las bodas por ese motivo. En eso se parecía más a Cinna que a la romántica de Edwina, quien lo veía como la unión de dos almas.

Su padre negó con la cabeza.

—¡Bah! Algún hombre que nunca tuvo una hija inventó esa tontería. La verdadera razón por la que un padre acompaña a su hija al altar es para que no tenga que hacer ese viaje sola. Es nuestra última oportunidad de proteger a nuestras hijas, de demostrarte que me importas tanto que quiero estar a tu lado hasta el mismo momento en que el honor y el deber me exijan soltarte.

Sus palabras llegaron directamente a lo más profundo de su alma, y todo su ser se llenó de tanto amor que le dolió respirar.

—Mi corazón se romperá en el momento en que te alejes, porque entonces deberé compartirte con otro. Todo cambiará una vez que me separe de ti en esa iglesia.

Lágrimas calientes e hirientes la cegaron, y se arrojó a

los brazos de su padre. Se sintió de nuevo como una niña frente a una tumba en un tranquilo cementerio, aferrada al único padre que le quedaba. Toda su vida habían sido ella y su padre contra el mundo.

—¿Por qué todo tiene que cambiar? —le preguntó, con la voz amortiguada por el chaleco. Olía a puros, de los intensos que venían de la India, y su corazón se llenó de nostalgia por aquellas noches lejanas en las que él le leía cuentos en el estudio y ella se sentaba en su regazo, quedándose dormida mientras su voz la acompañaba en sus dulces sueños de bestias mágicas y hermosos reinos. Si hubiera sabido entonces que algún día, más pronto de lo que pensaba, ya no habría noches así, habría llorado. Su padre seguramente había sabido que llegaría ese momento. ¿Cuánto le había dolido esa carga?

—Sabes mejor que nadie que la vida tiene que cambiar. Es parte de la vida en este pequeño planeta entre las estrellas. Crecemos, cambiamos y aprendemos. Esto no es más que un paso adicional en el camino que estás recorriendo para convertirte en la mejor versión de ti misma. Ahora vivirás tu propia vida con un buen hombre. Todo pájaro debe abandonar algún día el nido de sus padres.

¿Vivir su propia vida? ¿Dejar el nido? ¿Pensaba que ella lo abandonaría?

—Prospero y yo no te abandonaremos, papá. Lo sabes, ¿verdad? —Elise miró sus ojos marrones, muy parecidos a los suyos. No había hablado de ello con su futuro marido, pero sabía que él nunca la obligaría a dejar a su padre.

—Ya no será lo mismo.

Estas pocas palabras nunca habían tenido el poder de herir mientras eran pronunciadas con mucho amor. Él le levantó la barbilla.

—Ahora sécate los ojos. El pobre March sufrirá si ve

que has estado llorando, y me agrada lo suficiente como para querer evitarle eso.

—¿De verdad te agrada?

John asintió.

—Es tranquilo. Respetuoso. Pero también tiene una intensidad, una fiereza que coincide con la tuya. No puedes amar a un hombre que te dé órdenes, ni puedes amar a un hombre al que debas dar órdenes. Sólo puedes amar a alguien que sea igual a ti. March y tú sois el uno para el otro.

—Me llamó feroz —dijo, pensativa—. Dijo que me ve de verdad.

Su padre asintió.

—Así es. Y es importante que tú también lo veas. Ha tenido mucho dolor en su vida, como tú. Él custodiará su corazón, y tú no debes permitírselo —la miró con seriedad —. Tú tampoco debes custodiar tu corazón. Permite que el amor entre cuando te busque.

Pero, ¿cómo podía saber lo que era el amor? ¿Cómo se sentía? Elise vivía en un mundo en el que las teorías debían probarse y demostrarse. ¿Cómo se podía demostrar el amor? ¿Habría alguna señal, como cuando una oruga entraba en un capullo y comenzaba su transformación? La naturaleza, por muy misteriosa que fuera, seguía teniendo muchas respuestas. Sin embargo, cuando se trataba del amor, Elise no tenía estudios, ni libros, ni tablas de análisis que pudieran prepararla.

—¿Cómo sabes que él llegará a amarme?

Los ojos de su padre se iluminaron.

—¿A una mujer como tú? ¿Cómo podría no hacerlo?

Sacó su pañuelo y se lo entregó. Ella se secó los ojos.

—¿Te sientes mejor? —se lo preguntó con el tono que sólo un padre podía emplear después de que ella se hubiera caído de un árbol o se hubiera raspado un brazo de niña. Elise asintió—. Bien, ahora afrontemos esto juntos —salió del carruaje y se volvió para ayudarla.

Una vez fuera del vehículo, aceptó un ramo de flores de Cinna, quien estaba de pie junto a Edwina a las puertas de la iglesia, esperándola. Compartían la misma mirada de preocupación.

—No tienes que hacer esto —dijo Cinna en voz baja. Rodeó el brazo de Elise con su mano—. Si quieres huir, tengo un carruaje esperándote en la parte trasera.

—Te amo por eso —le dijo a su querida amiga—, pero todo saldrá bien. Quiero hacer esto. Sólo tengo un poco de miedo. ¿Recuerdas la vez que nos tiramos por esos acantilados hasta ese lago a los diecisiete años?

Cinna asintió.

—Necesitamos mucho tiempo para armarnos de valor.

—Y aun así gritamos todo el camino hasta el agua — añadió Elise.

—Pero fue malditamente glorioso. Ese día lo hicimos varias veces más.

—Exacto —dijo Elise con una pequeña sonrisa—. Hoy voy a dar otro salto, y será igual de maravilloso, creo, si puedo confiar en mí misma.

Luego se volvió hacia Edwina.

—Sé que has trabajado mucho en los planes de la boda. No puedo agradecerte lo suficiente, mi querida amiga.

Edwina se limpió los ojos.

—Sé que no crees en cuentos de hadas ni en príncipes, pero alguien tiene que hacerlo.

Cinna sonrió en señal de comprensión mientras rodeaba los hombros de Edwina con un brazo.

—Y tú crees lo suficiente por las tres.

El interior empezó a llenarse de música y dos caballeros les abrieron las puertas de la iglesia. Edwina entró primero, seguida de Cinna, ambas con vestidos color lavanda.

Elise cogió el brazo de su padre y estrujó el ramo con la otra mano. Después, entraron juntos en la iglesia.

Los invitados se pusieron de pie y la miraron al pasar. La presencia de su padre la mantuvo concentrada en el lejano altar. La luz del sol entraba por las ventanas, haciendo brillar todo a su paso. En lugar de mirar a todos los que la rodeaban, observó la luz del sol y las motas de polvo que parecían bailar sobre su cabeza. Nunca se había percatado de que algo tan común como el polvo, cuando se movía a la luz del sol, podía ser tan hermoso.

*Ojalá pudieras estar aquí, mamá.* Había pasado gran parte del día intentando no pensar en la pérdida que había sufrido de niña. Pero precisamente hoy, su madre parecía existir silenciosamente a su alrededor, incluso en las motas danzantes atrapadas en los rayos de sol.

Prospero estaba de pie en el altar, y sus amigos Nicholas y Guy se encontraban a su lado. No sonrió ni frunció el ceño al verla, pero sus ojos; Dios, sus ojos, eran como dos zafiros brillantes. Al llegar junto a él, Edwina avanzó y cogió el ramo de Elise. Su padre se volvió hacia ella y se inclinó para besarle la frente.

—Lo más difícil es desprenderse de algo o alguien —susurró—. Aferrarse al amor es infinitamente más fácil —luego dedicó una pequeña inclinación de cabeza a Prospero, quien le devolvió el gesto.

Su padre la sostuvo un momento más. Luego, con un suave suspiro, le soltó las manos y dio un paso atrás. Elise subió los dos escalones hacia Prospero y el clérigo.

Su futuro marido rodeó sus trémulos dedos con las manos.

—¿Lista? —preguntó en un suave susurro. Esa palabra tan pequeña albergaba un gran significado.

—Sí —estaba preparada, aunque también asustada. *Estoy preparada para afrontar este nuevo cambio. Lista para arriesgarme. Lista para saltar desde este acantilado y sentir la alegría del agua debajo.*

Prospero le estrujó las manos y sus labios, pecaminosamente atractivos, esbozaron una sonrisa fugaz. Pretendía estar tranquilo e impasible, pero en realidad estaba listo para sonreír o reír. Incapaz de resistirse a burlarse de él, se inclinó para que solo él pudiera oírla.

—Ahora observaré a un caballero en su ceremonia nupcial y aprenderé sus rituales secretos.

A Prospero le brillaron los ojos y soltó una repentina carcajada antes de toser y encontrarse con la mirada desaprobatoria del clérigo.

—Hombre y esposa —pronunció el clérigo, dando por concluida la ceremonia.

—Eh... *marido* y esposa —corrigió Prospero—. Si no le importa, señor.

El clérigo enarcó una ceja, pero se aclaró la garganta.

—*Marido* y esposa.

Los ojos marrones de Elise se iluminaron.

—Gracias.

—Ahora nos pertenecemos el uno al otro —a él nunca le había gustado la idea de que una mujer fuera etiquetada como *esposa* mientras el hombre seguía siendo *hombre* en el pronunciamiento. Pertenecía a Elise tanto como ella le pertenecía a él, y quería que ella lo supiera. Quería que ella lo creyera, desde ahora y para el resto de sus vidas. Eran iguales por naturaleza, aunque las leyes del hombre no estuvieran de acuerdo, y la naturaleza superaba todo.

Se inclinó hacia ella y le susurró:

—Somos compañeros —le robó un beso que no fue tan casto como se suponía que debía ser.

Sabía maravillosamente dulce, y Prospero no podía esperar a tenerla a solas. Los dos últimos días habían sido ajetreados para ambos, ya que los preparativos de la boda habían absorbido muchas de las horas del día. Habían desayunado y cenado juntos, y nada más. Se había acostumbrado a que ella lo acompañara a casi todas partes, se había acostumbrado a que estuviera en la cama a su lado, aunque sólo hubiera sido durante un puñado de días. Elise se había vuelto... indispensable. Y se encontró añorando su sonrisa, su risa, sus lecciones de ciencia, su deseo de explorar el mundo e incluso su propensión a meterse en líos.

Elise había insistido en acompañarlo al sastre para conseguir un traje nupcial, pero se había visto obligada a visitar a la modista para conseguir su vestido de novia. Su criada se había puesto furiosa cuando Elise había osado argumentar que podía ponerse uno de sus vestidos de diario para la ceremonia.

John y él habían almorzado tarde y las habían escuchado discutir mientras bajaban las escaleras. Se habían encogido ante los gritos, pero Mary había triunfado al final, y Prospero estaba encantado, porque el lujoso vestido de seda color marfil con adornos de encaje le quedaba exquisito a Elise. Esperaba que algún día ella recordara este momento como un día hermoso donde había sido la novia más deslumbrante.

Sus ojos brillaron de miedo y él vio a la joven vulnerable

que tanto había luchado por ocultar al mundo. Le estaba confiando su cuerpo, su libertad, incluso su vida. Prospero era infinitamente consciente de ello. Se enderezó un poco, lleno de un orgullo ancestral. Era su deber, su honor, su destino. Ser su defensor, su protector, su amante, su escudo, para que ella pudiera crecer hacia un futuro mejor, como un joven roble extendiendo sus ramas hacia el cielo.

Su esposa iba a lograr muchas cosas maravillosas, y su alegría sería presenciarlas a su lado.

—Estoy aquí, cariño —susurró mientras la sostenía un momento más. Elise tembló, pero se acercó todavía más. Su corazón sintió una exquisita agonía al saber cuánto confiaba en él en este momento—. Sólo tienes que buscarme y yo estaré aquí para ti.

—¿Hoy?

—Todos los días.

Ella murmuró algo que sonó como *gracias*, pero las palabras quedaron amortiguadas contra su pecho. Luego la soltó para que pudieran mirar a la multitud. Los ojos de Prospero se clavaron en dos hombres sentados casi al fondo. No los había visto antes mientras esperaba la llegada de su novia.

—Vaya... ¿Ese es...? No, no puede ser.

Elise entrelazó sus dedos con los de él mientras miraban hacia la parte trasera de la iglesia.

—¿Quién?

Él señaló con la cabeza en su dirección.

—Creo que son el famoso detective señor Holmes y su amigo el doctor Watson.

A Elise se le dibujó una expresión de culpabilidad en la cara y sus mejillas se tiñeron de rojo.

—Oh... Son mis vecinos. O mejor dicho, los vecinos de la sociedad en Baker Street. Les extendimos una invitación.

—Caramba, me encantaría tener la oportunidad de hablar con el señor Holmes. ¿Podrías presentármelo? —preguntó Prospero, pero su esposa desvió la mirada.

—Tal vez, si él tiene tiempo —contestó con evasivas—. No creo que se quede mucho tiempo.

Elise estaba evitando hablar del señor Holmes, pero ¿por qué? Pero no era el momento de interrogarla más, así que planeó seducirla para que le dijera la verdad esta noche, una vez que estuvieran en la cama. Prospero la condujo escaleras abajo y estrechó la mano de su nuevo suegro.

—Gracias —dijo John y dio un paso atrás mientras una multitud de amigos los rodeaba, la mayoría damas, pero bastantes otros que Prospero había conocido antes de marcharse a Francia.

—Me alegro mucho de verte de vuelta en Londres, March —dijo un hombre—. ¿Puedo felicitarte?

Los buenos deseos no cesaron, y todos fueron sinceros. Parecía que su temor a ser juzgado eternamente no era del todo cierto. Tenía amigos, más de los que había imaginado. Mientras Elise y él se dirigían hacia el carruaje que los esperaba, compartieron una mirada y su corazón dio un vuelco cuando ella le sonrió. Parecía más tranquila ahora que al término de la ceremonia.

La subió al carruaje abierto por la cintura y ajustó la elaborada cola de seda de su vestido, colocándola a su alrededor. Había pétalos esparcidos dentro y alrededor del carruaje, y flores en los bordes del mismo, incluso en los arreos de los caballos.

Prospero vio a Edwina de pie entre la multitud, observándolos a él y a Elise, mientras se limpiaba discretamente los ojos con un pañuelo. Los adornos debieron haber sido obra suya. Él asintió con la cabeza en señal de agradecimiento por todo el trabajo que había hecho para que este día fuera especial.

El sol salió de detrás de las nubes para iluminar el cabello dorado de Elise como un halo. Mary lo había recogido en un mechón suelto lleno de rizos, y en la coronilla de su cabello había un escarabajo enjoyado con alas de color azul brillante.

—Eso debe ser tu algo azul —le dijo mientras se sentaba a su lado en el carruaje.

—¿Hmm? —preguntó, distraída.

—El escarabajo de tu pelo. Es azul.

Elise le sonrió.

—Ah, sí. Es obra de Cinna. Fue su regalo. Quería algo menos tradicional, y esto era perfecto.

—Es un regalo perfecto —coincidió él.

Despidieron a la multitud en las escaleras de la iglesia mientras se dirigían a casa para el desayuno nupcial que ofrecería el padre de Elise. El viaje le concedió tiempo para disfrutar de este momento a solas con su esposa. *Su mujer.* Las palabras le provocaron una gran sonrisa que hirió su rostro.

—¿Y tu algo viejo, nuevo y prestado? —preguntó. Cinna también se habría ocupado de eso, aunque insistiera en que estaba totalmente en contra de las bodas.

Elise se tocó el collar.

—Esto es prestado —era una perla en forma de gota que colgaba de una fina cadena de oro—. Pertenece a la madre de Cinna —luego se metió discretamente la mano en el escote, lo que capturó de inmediato toda la atención de Prospero. Sacó una concha circular que le recordó al nautilus que habían visto en el museo. Debió haberla tenido escondida entre los pechos, fuera de la vista. La concha estaba desgastada y tenía un hermoso tono marrón claro con finas líneas de color púrpura oscuro que la atravesaban—. Es un ammonite. Lo encontré en el lecho de un río en Dorset cuando estuve allí de vacaciones —lo colocó en la palma de la mano de Prospero—. No te puedes imaginar lo viejo que es.

—Es pesado —tenía el peso de una piedra destinada a rebotar en el río, y él la habría lanzado al lago de era niño. También estaba caliente por estar metido en el delicioso escote de Elise.

—Cuando algo se convierte en fósil, esencialmente se vuelve piedra. Con el tiempo, la materia orgánica es sustituida por minerales. Se llama petrificación. Fascinante, ¿no?

—Sí. Es fascinante pensar cómo algo vivo y que respira puede convertirse en piedra durante millones de años, cambiar permanentemente. Es increíble... —le rodeó la cintura con el brazo y la acercó a él. Luego, con una sonrisa pícara, volvió a deslizar la piedra en el suave lugar entre sus pechos, lo que hizo que ella se sonrojara. A pesar de su sonrisa, sus pensamientos internos habían adquirido un sentido más serio. Su propio corazón, que había sido de piedra durante mucho tiempo, había cambiado de dirección. Latía cada vez más fuerte, y cada latido pertenecía a esta mujer... su esposa.

—¿Y tu algo nuevo? —se aclaró la garganta, intentando contener sus emociones.

Las mejillas de Elise se tiñeron de rojo.

—Eso es algo que debo mostrarte más tarde —ella soltó una risita ante su mirada atónita y le guiñó un ojo coquetamente.

—¿Lo *llevas puesto*? —supuso con una sonrisa y miró a su alrededor. Estaban en un carruaje abierto, pero no había nadie cerca que pudiera verlos con claridad. Usando la cola de su vestido como protección, deslizó una mano por las faldas y le acarició la pantorrilla con la palma.

—¡Prospero! —jadeó Elise, aferrándose a su mano a través de las capas de su falda. En cualquier momento su chófer podría darse la vuelta y verlos, por no mencionar a nadie más.

—*Calla* —se burló con maldad—. Es tu *deber* dejarme explorar estas hermosas piernas —sabía que sus palabras la pondrían nerviosa, pero aunque se opusiera al matrimonio, había una parte de ella a la que le gustaba que él asumiera el control de sus encuentros sensuales.

Estaba indecisa entre abofetearlo o besarlo. No pertenecería a ningún hombre como una propiedad, pero sí le pertenecería como amante, igual que él le pertenecía a ella, y un poco de provocación le sentaría bien. Elise debía comprender que, como marido y mujer, tenían derecho a provocarse mutuamente, a sentirse lo bastante cómodos como para ser juguetones.

Ella se retorció cuando él llegó a la zona interior de su rodilla y encontró el lazo en la parte superior de las medias. Tiró del lazo de satén. Los labios de Elise se entreabrieron y su respiración se aceleró. No había nada inusual en unas medias, así que él continuó, acariciando la sedosa piel del interior de sus muslos. Se retorció adorablemente cuando él encontró un trozo de encaje que rodeaba su muslo. Ah... así que se trataba de esto. Una liga nueva. Se propuso quitársela esta noche con los dientes.

Fingió no percatarse de la liga y deslizó los dedos hacia arriba hasta encontrar su monte.

—¡Prosper-oh! —se sacudió cuando él la penetró con un dedo índice, y la última sílaba de su nombre salió como un delicioso jadeo.

—¿Este es el bonito regalo que me has estado ocultando? —preguntó, con voz grave y áspera, mientras movía el dedo dentro y alrededor de su sexo, extendiendo la humedad que allí había.

Elise emitió un sonido suave y sofocado, mientras sus manos se cerraban en puños contra sus faldas, sin intentar detenerlo.

—Ahora sé una buena chica, cariño, y deja que tu marido *juegue* contigo —ronroneó y le besó el cuello, sin importarle quién los viera. Ella dejó escapar un dulce suspiro, y sus piernas se abrieron más para permitirle hacer lo que quisiera. Su sumisión era hermosa, hermosa porque significaba que no sólo lo deseaba, sino que *confiaba* en él—. Eso es —introdujo un segundo dedo, follándola suavemente mientras le murmuraba al oído lo excitado que estaba por esta noche, lo impaciente que estaba por tenerla a solas, y Elise se arqueó bajo sus caricias. Encontró el punto ligeramente áspero en su interior que le daría más placer, y enroscó los dedos en ese punto singular una y otra vez mientras Elise contenía todos los pequeños sonidos que él no podía esperar a oír esta noche. Estaba excitado y desesperado por reclamarla ahora mismo, pero se trataba de darle placer, de demostrarle que siempre priorizaría sus necesidades, incluso en esto.

—¡Oh! —ella no pudo contener más sus sonidos mientras se corría. Prospero soltó una risita mientras prolongaba su clímax, sintiendo cómo su cuerpo se estrujaba alrededor de sus dedos.

Apartó tímidamente su cara sonrojada, y Prospero se inclinó para besarle la mejilla.

—No sabes cuánto te adoro, esposa. Cuánto me complace tocarte así. Y algún día, si lo deseas, podré enseñarte cómo provocarme de la misma manera.

Elise le devolvió la mirada, con ojos brillantes.

Comprendió que ella había necesitado oír eso, que aún podía tener cierto poder en su relación cuando se trataba de cuestiones de deseo.

—Oh, sí, mi pequeña naturalista. Puedo mostrarte todas las formas en que puedes doblegarme a *tu* voluntad —prometió, y su sonrisa como respuesta lo golpeó con fuerza detrás de las rodillas. Sí, esto iba a funcionar entre ellos. Él sabía que así sería.

Después de apartar lentamente sus dedos de ella, utilizó un pañuelo para limpiarse la mano. De nuevo, su mujer se sonrojó con locura.

—¿Y puedo ponerte un nombre cariñoso? —preguntó, con un brillo pícaro en los ojos—. ¿Mi pequeño conde, tal vez? Mi...

La silenció con un beso y disfrutó del momento en que ella se fundió con él. Se rio contra sus suaves y cálidos labios y la acarició con la lengua. Elise dejó escapar otro delicioso suspiro cuando se separaron.

La sonrisita de Prospero estaba llena de picardía.

—¿Qué te parece *mi conde maravillosamente grande y bien dotado*?

Esta vez, Elise lo silenció con un beso. Él gimió con exquisita agonía mientras su cuerpo se tensaba con un deseo que podría satisfacer dentro de varias horas.

—¡Dios santo! —chilló una mujer.

Prospero se apartó bruscamente de su esposa. Otro carruaje se había detenido junto al suyo. Una mujer de mediana edad y cara redonda, con un vestido caro, estaba sentada en un carruaje abierto con una sombrilla sobre la cabeza, y los miraba como si estuvieran jugueteando completamente desnudos... y él deseó secretamente que así fuera.

—Perdone, pero estoy recién casado y estoy muy emocionado —le guiñó un ojo a la mujer, quien resopló y ordenó a su chófer que se pusiera en marcha de inmediato.

—Oh, Dios —gimió Elise—. Le dirá a todo el mundo...

—¿Que tú y yo nos besamos después de nuestras nupcias? No me importa quién sea ni lo que diga. Tampoco debería importarte, *condesa*.

—¿Condesa? —Elise lo miró con ojos muy abiertos—. Supongo que *soy* condesa, ¿no?

—Aún no te habías dado cuenta, ¿verdad? —se rio.

—No lo había considerado, no. Estaba un poco ocupada con otras cosas. Oh, vaya. Esto significa que tendré que presentarme en sociedad con más frecuencia.

—Lamentablemente, sí —Prospero todavía no podía dejar de sonreír. La mayoría de las mujeres se habrían emocionado ante la perspectiva. Elise no.

—Quizá deberíamos huir —se aferró a su brazo desesperadamente—. Huyamos a América y no volvamos nunca.

—Tranquila —la calmó y tiró de ella hacia su regazo—. Iremos despacio con ese tema de la sociedad. No dejaré que te asusten.

—No tengo miedo —insistió ella—. Sólo que no quiero que me molesten con todo eso.

—Entonces mantendremos nuestro calendario social limitado.

—¿Lo prometes?

Tocó su frente con la de ella.

—Lo prometo.

Un minuto después, el carruaje se detuvo. Se bajaron, listos para enfrentarse a sus invitados y participar en el desayuno nupcial. Prospero le cogió la mano, estrujándosela, y Elise soltó un suspiro.

—Juntos —él le prometió.

La puerta de la casa se abrió y entraron como marido y mujer.

—Te está mirando otra vez —le murmuró Cinna a Elise. Estaban reunidas alrededor de las mesas de refrigerios del comedor principal de la casa de Elise, junto con Edwina.

—¿Quién?

Cinna soltó una risita.

—El señor Holmes. Supongo que está furioso porque has ganado, y ahora ha venido a fulminarte con la mirada.

—En realidad, creo que está mirando a Prospero, quien está mirando a Elise —dijo Edwina.

—¿Qué? —Elise miró hacia su marido, quien estaba en el otro extremo del comedor con un grupo de hombres, entre ellos su padre. Habían formado un círculo informal y mantenían una animada charla que hacía reír a su padre y sonreír a Prospero.

Pero Prospero se había colocado de modo que aún podía ver a Elise, y sus ojos se clavaban en ella cada pocos segundos aunque hablara con los otros caballeros. Elise le devolvió la sonrisa y él le dirigió una mirada *malvada* y pecaminosa antes de alzar la copa en su dirección con gesto cómplice. Su vientre se llenó de calor al imaginar lo que él podría estar pensando para esbozar semejante sonrisa. Pero antes de dejarse distraer por la mirada pecaminosa de su marido, volvió a centrar su atención en el señor Holmes.

Elise lo encontró de pie junto al doctor Watson entre varias integrantes de la Sociedad de Damas Rebeldes. La mirada de Holmes iba y venía entre Elise y Prospero con clara consternación. El doctor Watson, en cambio, parecía disfrutar de la compañía de aquellas mujeres tan francas.

—Creo que ya es hora de que me adueñe de ese maldito violín —Elise se dirigió hacia el señor Holmes, ansiosa por acabar esto de una vez. Holmes se separó del doctor Watson y de la multitud de invitados con los que había estado, y se alejaron lo suficiente como para que ambos pudieran mantener una conversación privada.

—Le ofrezco mis felicitaciones —dijo Holmes con rigidez. Su mirada recorrió la figura de la muchacha como si buscara algo critico que señalar, pero no encontró nada. En efecto, lucía hermosa con el vestido que ahora se alegraba de que Mary la hubiera obligado a confeccionar para su ceremonia nupcial. El suave aroma a naranjas de los capullos que llevaba en el pelo impregnaba la habitación con un tenue aroma cítrico que a casi todo el mundo le resultaba agradable.

—Gracias —respondió delicadamente Elise—. Confío en que haya recibido mi informe sobre la naturaleza de los hombres.

Él asintió, entrecerrando ligeramente los ojos.

—Podemos discutir el valor de sus hallazgos más tarde. No parece el momento adecuado, ¿no cree? —miró a la multitud—. El matrimonio no formaba parte de nuestra apuesta.

—No, desde luego que no —coincidió ella.

—Eso significa que algo la forzó a aceptarlo. Pero, ¿qué? —dijo el señor Holmes, apartando su atención de ella para observar a los demás invitados como si intentara descubrir a un sospechoso. Cuando su mirada se posó en su padre, sus ojos se suavizaron ligeramente—. Mis condolencias por la salud de su padre. Si lo desea, puedo pedirle al doctor Watson que se ocupe de él. Pero supongo que, conociendo a su padre, ya habrá visto a los mejores médicos de la ciudad.

—Usted tiene razón —aceptó—. Mi padre solicitó el matrimonio. Dada su enfermedad, no podía negarle tal petición.

—Ah... —un breve destello de compasión brilló en el rostro habitualmente frío del detective—. Una lástima. Su padre me parece un tipo justo y honesto. El mundo necesita más hombres como él, no menos —era el mejor cumplido que podía hacerle este famoso detective, y Elise sintió un nudo en la garganta.

—Ahora —dijo en voz baja—. Como usted sabe, sé entender a los hombres, lo suficiente como para aceptar casarme con uno, incluso con el que usted eligió para nuestra apuesta.

Sus labios se estrecharon en una fina línea.

—Si cree que el matrimonio inclinará la balanza a su favor en la apuesta...

Su palma golpeó la mejilla de Holmes. Sabía que él estaba bien entrenado en artes marciales baritsu y que podría haber detenido su ataque, pero no lo hizo, porque sabía tan bien como ella que se merecía la bofetada.

La furia volvió a encender a Elise cuando se inclinó hacia el señor Holmes, consciente de que toda la sala los estaba observando y a su acalorada discusión.

—Entregué mi vida, mi libertad, incluso mi autonomía corporal a ese hombre. ¿Cree usted que habría hecho eso con *cualquiera* si no confiara en él y no supiera todo lo concerniente a él? Desde luego, no lo hice para ganar una apuesta.

Holmes la miró fijamente durante un largo momento, evaluando cuidadosamente sus palabras.

—No, no creo que usted lo hubiera hecho. Otras mujeres sí, pero usted no.

—Entender a una persona va más allá del género, señor Holmes. Puedo contarle todo sobre el comportamiento de los hombres, sobre cómo caminar, hablar y actuar como uno, pero para entender de verdad a mi marido, he tenido que amarlo —las palabras se le escaparon antes de que tuviera tiempo de pensar, pero eran ciertas. Conocer a Prospero, sus esperanzas, sus sueños, sus pasiones, incluso sus miedos, sabiendo todo eso era imposible *no* amarlo. Esa comprensión requeriría más análisis en otro momento, no por ahora—. Abandonó todo su mundo porque un hombre lo obligó a hacerlo. Vivió una vida que lo dejó vacío, y regresó a un hogar en ruinas, sin familia. Pero él no siguió el camino fácil. No se rindió. En lugar de eso, hizo todo lo posible para ganarse la vida. Estudió, y en lugar de conformarse con su título y el pasado, buscó la manera de adaptarse a esta era de crecientes maravillas tecnológicas. Cumplió la petición de mi padre de ocuparse de mí, consciente de que los demás cotillearían sobre su decisión de casarse tan pronto con una heredera. Sé todo esto sobre él, y me hace adorarlo aún más. Tiene un corazón tan rebelde como yo. ¿Para usted eso es prueba suficiente de que lo comprendo?

Holmes levantó la barbilla.

—Sí. Supongo que esa prueba es suficiente, lady March.

*Lady March.*

Era la primera vez que alguien la llamaba así. Ya no era Elise Hamblin. Era la esposa de alguien, la propiedad y la carga de alguien. Se le formó un nudo en el estómago y el corazón se le oprimió en señal de protesta. La mujer de su pasado había perecido lentamente de un momento a otro, y tenía que aceptar que esa mujer se había ido. Elise Hamblin había muerto de verdad. Ahora era lady March, y sólo el tiempo diría lo que eso podría significar.

—Me encargaré de que el violín le sea entregado en cuanto regrese a casa, según nuestro acuerdo —el señor Holmes le tendió la mano y, al cabo de un momento, ella se la estrechó. Se dio la vuelta para marcharse, pero se detuvo y volvió a mirarla—. Lady March, hay algo que me preocupa sobre su marido.

—¿Y qué es? —ella se preguntó a qué estaría jugando, pero su tono no era acusador. Más bien, estaba preocupado.

—Sí, no es algo sobre su persona, pero creo que está atrayendo la atención equivocada —Holmes se mostró inusualmente serio—. Por favor, tenga cuidado, lady March. Es todo lo que puedo decir por ahora.

Antes de que pudiera exigirle al señor Holmes que se explicara, éste sacó al doctor Watson del grupo de jovencitas con las que había estado hablando y se marchó. Distraída por la advertencia de Holmes, Elise se apartó de la puerta y chocó con un cuerpo duro.

—¿Cariño? —la voz profunda de Prospero fue el consuelo que ella no sabía que necesitaba en ese momento —. ¿Qué sucede? ¿Qué te ha dicho?

En cuestión de segundos, su marido había visto su angustia y corrido a su lado, dispuesto a defenderla. Y la había llamado *cariño*. ¿Por qué le temblaban las rodillas?

Siempre había pensado que los apelativos cariñosos eran ridículos, pero la forma en que la había llamado *cariño*, como si ella fuera algo precioso, pero también algo más profundo, algo más duradero; le provocó una oleada de intenso calor en el pecho.

—Yo... —se detuvo y volvió a intentarlo—. ¿Podríamos hablar de ello esta noche?

Su marido le frotó la espalda con la palma de la mano.

—Por supuesto —le aseguró—. Pero, ¿estás bien?

—Sí, muy bien. Gracias —estaba agradecida de que pensara en ella, de que se preocupara por ella. Nunca había imaginado que estaría agradecida por eso, pero aquí estaba, a punto de llorar por su amabilidad hacia ella.

El resto del desayuno nupcial transcurrió sin más incidentes y, en cuanto el último invitado se marchó, Elise estaba muerta de cansancio. Entró en su habitación para ponerse un camisón y encontró varias valijas de viaje preparadas junto a la puerta de su dormitorio.

—¿Mary? —exclamó, preocupada. Su criada salió del vestidor con una pila de ropa en los brazos.

—Ah, ahí está, milady. Ya casi estoy lista para irme.

Elise jadeó.

—¿Irte? ¿Te irás?

Mary soltó una risita y se acercó a ella, acariciándole la mejilla de forma maternal.

—*Nosotras* nos iremos. Tu marido ha planeado una luna de miel sorpresa a la Isla de Wight. Cogeremos un tren a Southampton esta tarde, y él ha reservado un billete para la isla esta noche.

Elise miró fijamente a su criada.

—Pero él no me lo dijo...

Mary se rio.

—Creo que ese es el punto de una sorpresa. Ahora

vamos a cambiarte. No permitiré que este precioso vestido de novia esté cerca de una estación de tren.

Adormecida, Elise permitió que Mary la cambiara y le pusiera un vestido de día azul cielo y anaranjado, con una cola corta que no se arrastrara por el suelo. En condiciones normales, le habría encantado lucir semejante explosión de color, pero en este momento no le apetecía.

—¿Por qué no me lo dijo? —susurró Elise. Se sentó en el tocador para permitir que la mujer le arreglara el pelo—. No puede hacer cosas así sin preguntarme.

Su criada colocó las manos sobre los hombros de Elise y la miró en el espejo.

—Ahora sois dos personas compartiendo una vida, hija mía. Un buen hombre, un buen marido, hará cosas para sorprenderla. Y si lo ama, usted también debería sorprenderlo. Él quería que usted tuviera tiempo de disfrutar de su matrimonio antes de volver e instalarse.

—¿Cómo lo sabes? —preguntó, sintiéndose algo inmadura y despreciándose por ello.

—Porque me preguntó si a usted le gustaría tener una luna de miel, y se preguntó si debería llevarla a la Isla de Wight después de que su padre sugiriera que podría ser un buen lugar. Le dije que usted ciertamente disfrutaría dedicando todo el día a excavar en busca de esas conchas que tanto ama, y su marido se limitó a sonreír y decir: *'Bien. Quiero que haga lo que más le gusta'*.

¿Prospero le había preguntado a su criada lo que pensaba sobre las cosas que le gustarían a Elise? Bueno, eso era tan inteligente como considerado. Y había parecido encantado de llevarla a un lugar donde ella correría por los acantilados en busca de fósiles. ¿Cómo podía enfadarse con él por eso? No podía. ¿Acaso su padre no la había sorprendido a menudo con encantadoras aventuras que a ella le habían encantado? La verdad era que estaba buscando una razón para enfadarse con él y así poder sentir que tenía el control de algo, y eso era absolutamente lamentable por su parte.

—Admito que al principio desconfiaba de ese hombre, pero se preocupa mucho por usted —dijo suavemente Mary—. La está poniendo a usted primero. ¿Sabe lo raro que es eso?

Elise tragó duro. Sí, era raro, y se había estado quejando de ello como una niña malcriada. Bueno, ya no más. No iba a buscar más defectos en su marido. Mary tenía razón. Estaban compartiendo una vida, y él era un buen hombre, y había hecho más por ella en los últimos días que cualquier otro hombre, aparte de su padre. Edwina habría dicho que era el héroe de una de sus novelas de fantasía favoritas. Y por extraño que le pareciera admitirlo, Elise pensaba que Edwina tenía razón.

—Ahora, vamos a vestirla. Tenemos que coger un tren.

Prospero estudiaba el violín frente a él, aún perplejo.

John estaba de pie junto a Prospero en el salón, examinando el regalo.

—¿De quién es?

El mayordomo les había traído hacía unos momentos un estuche negro. Cuando Prospero lo había abierto, había descubierto un violín en su interior, con una nota metida entre las cuerdas. Volvió a leerla en voz alta para John.

—*Usted gana*. Está firmado, *Sherlock*.

—¿El señor Sherlock Holmes? —preguntó John mientras echaba un vistazo a la nota—. Estuvo en el desayuno nupcial, pero no tuve ocasión de hablar con él.

—Seguramente. Él y Elise tuvieron una conversación bastante acalorada en un momento dado.

—Me había preguntado qué le había dicho el tipo, porque ella lo abofeteó por ello —murmuró John, preocupado—. Confío en que indagarás al respecto.

—Desde luego —prometió Prospero.

—Bien. Ahora, creo que oigo a Elise en las escaleras —John asintió hacia la puerta del salón—. ¿Vamos?

Prospero siguió al padre de Elise hasta la entrada, al pie de la escalera. Elise y Mary estaban vestidas y listas para partir, pero el rostro de su esposa estaba un poco pálido. Hoy había estado sometida a demasiada tensión. Averiguaría cuál era el problema y lo solucionaría, fuera lo que fuera. Su nuevo ayuda de cámara, Conley, también estaba listo y llevaba una maleta de viaje en cada mano. El hombre llevó las maletas hasta el carruaje, mientras Elise se despedía de su padre con un abrazo.

El corazón de Prospero se detuvo al ver el gran dolor que este momento producía tanto en el padre como en la hija, al igual que había ocurrido en la iglesia. John acarició el pelo de su hija y murmuró algo que hizo que Elise llorara, asintiera y susurrara algo en respuesta. Luego la soltó y le tendió la mano a Prospero.

—Buen viaje, hijo mío.

En ese momento, Prospero ya no se sintió como un hombre parado en el exterior, en el frío. Las dos palabras de John, *hijo mío*, lo habían introducido en el calor de su nueva familia, reclamándolo como hijo en el lugar donde su propio padre lo había abandonado.

—Te escribiré todos los días —prometió Elise a su padre.

—Espero que no lo hagas —dijo su padre con una sonrisa—. Hay otras cosas que te mantendrán ocupada. Ahora vete, antes de que pierdas el tren.

Elise permaneció callada durante la mayor parte del trayecto en tren hasta Southampton y en barco hasta la isla de Wight. Pero no sería amable presionarla hasta que estuvieran realmente solos. Prospero había alquilado una pequeña casa junto al mar en lugar de alojarse en uno de los costosos hoteles. Así su mujer tendría un acceso más fácil a la playa y los acantilados. La casa tenía su propia cocinera, una criada y un lacayo, y había habitaciones libres para Mary y Conley. Elise y él compartirían el dormitorio más grande.

Ahora estaba de pie detrás de Elise, con las manos en la cintura, mientras ella contemplaba el acogedor dormitorio donde él esperaba que pasaran al menos la mitad del tiempo. No podía negar el deseo que sentía por ella, y sabía que Elise también lo deseaba. Ya habían compartido cama, ya habían intimado, aunque no del todo. Aun así, era perfectamente comprensible que una mujer que nunca había estado con un hombre estuviera ansiosa.

—¿Te gustaría cenar antes de instalarnos para pasar la noche? —le preguntó mientras le frotaba la cintura.

—S-sí, cenemos primero —ella se giró en sus brazos, dispuesta a huir del dormitorio, pero él la capturó antes de que pudiera pasar.

—Elise, ¿de qué hablaron tú y el señor Holmes en el desayuno de esta mañana? —supuso que aprovecharía esta oportunidad para conseguir la verdad de ella mientras estaba inquieta.

Elise parpadeó.

—¿El señor Holmes?

—Sí, le diste una bofetada en el desayuno nupcial, y luego un violín fue entregado en tu casa antes de irnos, junto con una nota diciendo que habías ganado. ¿Ganar qué, si se puede saber?

—Yo... —intentó ocultar un destello de culpabilidad, pero se había habituado enormemente a leer a su nueva esposa.

—La verdad, por favor, *esposa* —pronunció la palabra con afecto en lugar de reprenderla. Necesitaba que ella creyera que la verdad y la comunicación entre ellos funcionaría. La acercó más a él, sosteniéndola de la forma más reconfortante que pudo.

Su rostro enrojeció.

—Me temo que te enfadarás conmigo cuando oigas toda la historia. Pero a decir verdad, tú y yo no nos conocíamos cuando todo esto empezó...

—¿Por qué no empiezas por el principio? —la condujo al dormitorio y cerró la puerta. Se sentó en uno de los grandes sillones y tiró de ella para que descansara en su regazo. Le gustaba su peso y poder rodearle las caderas con los brazos y abrazarla, y a ella parecía reconfortarla tanto como a él.

—Empezó unos días antes de conocernos. El señor Holmes me estaba volviendo loca con su violín. Interrumpía nuestras reuniones en la sociedad, y él sabía lo que hacía porque yo le había pedido específicamente que no tocara en determinados días y horas. Fui a la puerta de al lado para enfrentarme a él y, bueno, acabamos haciendo una apuesta.

—¿Qué tipo de apuesta? —eso no le gustó en absoluto, pero esperó a escuchar toda la historia para emitir un juicio.

Elise le explicó los términos de su apuesta para estudiarlo y cómo había enviado a Cinna a su club para atraerlo a la entrevista ese día con el anuncio que había hecho imprimir.

—¿Por qué me elegiste a mí?

—Yo no lo hice. El señor Holmes lo hizo. Pensó que serías el más interesante porque viviste tu vida en la oscuridad, como él la llamó. No eras un caballero perfecto, dado tu escandaloso pasado, pero él tampoco te consideraba un villano.

Prospero titubeó en voz baja, sin saber muy bien qué pensar de la apreciación del detective.

—¿Y el caballero que leía el periódico era Cinna?

Elise asintió.

—Ya se había infiltrado una vez en el club y pensamos que ella sería la mejor. Si hubiera sido yo, quizás me habrías reconocido en la entrevista.

—Creí reconocerla, cuando nos presentaste por primera vez.

Una pizca de picardía volvió a aparecer en los ojos de Elise.

—Por supuesto.

—¿Y esos otros hombres que estuvieron presentes el día de la entrevista? ¿Formaron parte de tu plan?

—No exactamente. No había previsto la cantidad de gente que se presentaría en respuesta al anuncio. Tenía que hacer algo para ahuyentarlos a todos. La mayoría huyeron cuando se percataron de que una mujer estaría a cargo del estudio, pero otros fueron más difíciles de disuadir.

Prospero reflexionó sobre todo lo que ella había dicho.

—¿Y de qué hablaron Holmes y tú en el desayuno?

—Hablé con él sobre la forma de obtener mi premio, el violín, e hizo un comentario desagradable sobre mí... que me estaba casando contigo para ganar la apuesta —se estremeció—. Perdí los estribos, lo abofeteé y le dije...

Elise se detuvo repentinamente.

—¿Le dijiste qué?

Ella tragó saliva con nerviosismo.

—Le dije que no podía entenderte a menos que te amara, o mejor dicho, que *entenderte* era amarte, o algo sobre saber... —empezó a divagar, pero él le sujetó la barbilla.

—¿Me amas? —preguntó, intentando contener la esperanza y la emoción por la posibilidad de que el amor pudiera presentarse tan pronto para ellos.

—Supongo que sí... —reflexionó—. Como nunca había estado enamorada, no puedo decir que sé cómo se siente —admitió—. ¿Y tú?

—¿Si te amo, o si sé cómo se siente estar enamorado?

Elise colocó las manos sobre su pecho y acarició su corbata de nudo francés con los dedos.

—Ambas cosas, supongo.

—Creo que lo hago, en respuesta a tu primera pregunta, y no hasta este momento, en respuesta a la segunda.

Ese fue el primer momento en que Elise y él pronunciaron palabras de amor, aunque de un modo indirecto que extrañamente pareció satisfacerlos. Ella levantó la mirada de su corbata a sus ojos, luego a sus labios, y ambos comprendieron que la cena podía esperar.

ADAM JACKSON FULMINÓ CON LA MIRADA EL DIARIO QUE hablaba del desayuno nupcial de un tal Prospero Harrington, el nuevo conde de March, con Elise Hamblin. Así que estaba hecho, y se con mucha rapidez. Pero sus planes ya estaban en marcha. Su venganza estaba cerca; casi podía sentir la liberación de esa presión que llevaba semanas acumulándose en su cabeza.

—¡Celine! —la casa tembló cuando gritó el nombre de su hermana. Ella acudió de inmediato, con la cabeza inclinada y los ojos aún negros por el golpe que él le había propinado.

—¿Sí? —su voz era un susurro.

—Averiguarás si la pareja de recién casados está en casa esta noche. Si es necesario, paga a algún sirviente y vuelve enseguida.

Se quedó callada un largo momento.

—¿Qué harás para vengar a nuestro hermano?

La miró con suspicacia.

—¿Ahora finalmente estás de acuerdo en que March debe sufrir?

Ella asintió.

—Estoy de acuerdo. Ahora lo entiendo. ¿Qué le harás? ¿Matarlo?

Adam esbozó una sonrisa de satisfacción.

—Muy simple. Le haré *desear* estar muerto. Mataré a su nueva novia y haré que lo cuelguen por ello. Podría hacerlo esta noche, cuando estén dormidos —le hizo un gesto con la mano—. Ahora ve a averiguar lo que puedas y regresa enseguida.

Su hermana salió de la habitación. Él hizo señas a un lacayo para que le sirviera una copa de brandy. Si iba a estrangular a una mujer esta noche, deseaba disfrutarlo plenamente. La sensación del brandy fluyendo por sus venas siempre hacía que la violencia fuera más divertida. Y a él le encantaba divertirse.

CÓMO CUIDAR Y ENAMORAR A UN PÍCARO

plenamente. La sensación del brandy fluyendo por sus venas siempre hacía que la violencia fuera más divertida. Y a él le encantaba divertirse.

# CAPÍTULO 16

E lise permaneció de pie muy quieta mientras Prospero cerraba la puerta y deslizaba el pestillo para asegurarla. El mensaje era claro: no quería que los molestaran. El corazón empezó a latirle con fuerza en los tímpanos cuando se acercó a ella. Estaban solos, como tantas otras veces, pero ahora todo era diferente. Ella no estaba aquí para explorar su mundo; estaba aquí como parte de su mundo. Como su *esposa*. Todo parecía demasiado surrealista.

*Estoy casada... y ésta es mi noche de bodas.*

Prospero le levantó suavemente la barbilla para que lo mirara. Sus ojos eran como el mar en la noche, con tenues destellos de luz de luna. Si ella se sumergía bajo la superficie de esa mirada, tal vez no querría volver a salir.

—Esta no es una noche diferente a las demás —su aliento era cálido sobre su piel mientras le acariciaba el labio inferior—. Sólo que esta vez terminaremos lo que empezamos, y será aún mejor que antes.

Elise asintió, pero maldita sea, su cuerpo no la traicionó con un repentino escalofrío.

—Desvísteme —le cogió las manos y las llevó hasta su pecho, luego siguió acariciándole las manos con los dedos para tranquilizarla.

Ese movimiento la ayudó a calmarse. Quitarle la ropa le daba cierto control sobre la situación. Tiró del pliegue de su corbata y se la quitó del cuello, dejándola caer al suelo. Luego le desabrochó el chaleco de lana gris, teniendo cuidado con cada botón.

—Lo haces muy bien.

Tal vez la antigua Elise se habría mofado de su elogio, pero esta nueva Elise, la mujer que se había entregado a esta nueva vida, se sentía como un potro recién nacido que se esforzaba por ponerse de pie sobre patas trémulas por primera vez. A continuación le quitó la camisa con cuidado, disfrutando de una secreta emoción que le produjo un maravilloso zumbido en la sangre. Llevaba una camiseta ligera debajo, y Prospero levantó los brazos para que ella pudiera quitársela también.

Con el pecho desnudo, él volvió a colocar las manos de Elise sobre la piel. Ella se acercó, le acarició el hueco de la garganta y deslizó las palmas de las manos por su pecho, maravillándose de su fuerza y del camino de vello oscuro que se extendía desde el ombligo hasta debajo de la cintura. Él permaneció quieto, pero ella podía sentir la excitación en su aliento cada vez que sus manos lo tocaban.

—Soy *tuyo,* Elise. Tuyo en *todos* los sentidos. Tócame cuando desees, como desees. Es tu derecho ahora, como mi esposa —mantuvo las manos de Elise contra él durante un largo momento, permitiéndole sentir el latido de su corazón. Era firme, tranquilo, muy distinto del suyo. E incluso eso la tranquilizó, que él estuviera tan calmado, tan a gusto, e hizo que ella empezara a sentir lo mismo.

—¿Cómo estás tan tranquilo? —suspiró—. Siento que el corazón me va a estallar en el pecho —confesó.

Los labios de Prospero se curvaron en una sonrisa que contenía mucho afecto, una indulgencia tan dulce que algo dentro de ella cambió para siempre en ese momento mientras él respondía.

—Sólo me calma mi fuerza de voluntad para ser gentil contigo, para ser el hombre que te mereces esta noche... y todas las noches siguientes. Soy tuyo, mi querida esposa.

Este hombre era suyo. Le pertenecía. Qué extraño. Había sido muy feliz sola. Se había sentido bastante satisfecha. No había experimentado ningún vacío, ni ningún deseo de tener a nadie en su vida aparte de su padre. Pero ahora que tenía a este hombre hermoso, amable, compasivo y atractivo, nunca renunciaría a él. En ese momento, su vida se dividió en dos épocas. La época anterior a su amor por Prospero y la posterior. Al percatarse de ello, su corazón se calmó y, de repente, no sólo se sintió excitada, sino también llena de una paz infinita.

Las puntas de sus dedos exploraron la ligera capa de vello en la parte superior de su pecho y luego recorrieron sus planos pezones masculinos hasta que se endurecieron ligeramente bajo su toque. Él contuvo la respiración mientras ella lo exploraba, hasta que sus dedos se deslizaron por la línea de la cintura, donde los pantalones aún colgaban de sus caderas. Se le cortó la respiración cuando ella empezó a desabrochárselos.

Elise se mordisqueó el labio inferior mientras los pantalones caían al suelo. Prospero se despojó de ellos antes de quitarse los zapatos, los calcetines y la ropa interior. Aunque ahora estaba completamente desnudo, ella permaneció completamente vestida. Su miembro tenía un tamaño admirable comparado con lo que Elise había visto en las esculturas de los museos y en sus propias exploraciones científicas.

—Puedes tocarlo —la animó Prospero en voz baja y ligeramente áspera.

Elise movió una mano a lo largo de su cadera delgada y dura hasta los músculos en forma de V que apuntaban hacia su parte más masculina.

Prospero asintió y, cuando ella le tocó el pene con vacilación, él dejó escapar un suspiro reprimido.

—¿Te duele cuando estás excitado? —le preguntó cuando su polla se puso rígida ante su contacto. Siempre se había preguntado si semejante torrente de sangre en una zona podía resultar incómodo al contacto.

—No, cariño. Simplemente te sientes demasiado bien —le cogió la muñeca y volvió a guiarle suavemente la mano hacia su pene, mostrándole la mejor manera de acariciarlo.

Elise se apoyó en su pecho mientras lo tocaba, envolviendo los dedos en su miembro para sostenerlo. Sus ojos se cerraron y sus labios se curvaron mientras ella movía la mano en ambas direcciones.

—Esa es una de las muchas formas en que me conquistarás, esposa —susurró con voz ronca—. Tócame así y haré *cualquier cosa* que me pidas.

La excitación la calentó por dentro e inclinó su cuerpo cada vez más hacia Prospero mientras seguía acariciándolo. Una profunda y dolorosa vibración comenzó en su propio cuerpo, una que sabía instintivamente que sólo podía encontrar satisfacción con este hombre. Sentimientos, sensaciones que nunca había experimentado, que nunca había imaginado, empezaron a invadirla por todas partes.

Una brisa fresca entraba por las ventanas abiertas, y olía

a mar y a cielo. Elise sintió el cálido aliento de su marido en el cuello cuando se inclinó para depositar delicados besos en su mandíbula, junto con el cosquilleo de su pelo en la mejilla y la sensación de su sedosa dureza en la mano cuando siguió acariciándolo.

—Ahora es tu turno —la giró suavemente para que se pusiera de espaldas a él. Tuvo que liberar su miembro y permaneció quieta mientras él le desabrochaba los lazos del vestido y el polisón. Le quitó rápidamente el elaborado vestido de día y Elise jadeó cuando él le cogió las nalgas a través de las enaguas y las golpeó con delicadeza.

Ella se giró.

—¡Prospero!

Él la sostuvo por la cintura, riendo mientras le robaba un beso que luego se convirtió en algo lento y maravillosamente lánguido, cuando le cogió las nalgas y las estrujó suavemente. Eso le provocó un largo suspiro. Su lengua la acarició, haciéndola gemir. Apenas fue consciente de sus manos desatando los lazos de sus enaguas y los nudos de su corsé. El aire helado le besó la piel cuando la ropa interior cayó a sus pies.

—Por fin puedo ver estos hermosos pechos —dijo Prospero al romper el beso. Su gran mano le cogió el pecho izquierdo, lo amasó suavemente y frotó el pezón con el roce del pulgar. Al tocarlo, el pezón se endureció y Elise jadeó al notar la pesadez que ahora le causaba dolor en los pechos.

Se inclinó lentamente hacia ella. Una vez a la altura de sus pechos, Prospero se llevó un pezón a la boca mientras le acariciaba suavemente el otro.

Una sensación de calor se disparó hasta su centro y sus rodillas temblaron.

—Oh, Dios... —gimió y clavó las manos en su pelo,

aferrándose a él mientras introducía más profundamente su pecho en la boca y succionaba con más fuerza.

El vínculo entre ellos se intensificó a medida que la boca y las manos de Prospero la exploraban de formas que Elise nunca había imaginado. Se estremeció cuando él empezó a succionarle el otro pecho. Su mirada satisfecha mientras cerraba los ojos y deslizaba la lengua por la sensible zona la mareó.

—Prospero, yo... —no estaba segura de lo que quería decir, pero no pudo terminar la frase porque él deslizó una mano entre sus piernas y la penetró con dos de sus dedos. Algo explotó en su interior tan rápido que soltó un grito, pero se silenció con una mano en la boca. Su diabólico marido se limitó a sonreír mientras seguía jugando con ella, succionando sus pechos al tiempo que Elise se tambaleaba sobre sus pies mientras vertiginosas oleadas de placer la recorrían como consecuencia de esa primera descarga de excitación.

Prospero liberó su pezón y se levantó para poder cogerla por la cintura. Elise intentó hablar de nuevo, pero sus palabras volvieron a abandonarla.

La cogió en brazos y la tumbó en el borde de la cama, abriéndole las piernas. Elise intentó cerrarlas por instinto más que por intención, y su cuerpo enrojeció de calor ante la sensación de vulnerabilidad al quedar tan expuesta. Aún estaba débil por el placer explosivo que acababa de experimentar, y no pudo resistirse a él cuando volvió a abrirle las piernas.

—Túmbate, cariño —obedeció, y él le levantó un poco las piernas y las colocó alrededor de sus caderas.

Sus pechos subían y bajaban mientras respiraba y miraba a lo largo de su cuerpo hasta la posición de Prospero, justo entre sus muslos. Le acarició el vientre con una mano mientras con la otra guiaba su miembro hacia ella. Sintiendo pánico, Elise tuvo la repentina idea de que no le cabría, pero, lógicamente, si su miembro podía crecer de ese modo, seguro que ella...

Jadeó cuando la penetró. Sintió un pinchazo de dolor y una presión incómoda. No le gustó en absoluto.

—Respira —le dijo, pero era difícil hacerlo cuando se sentía muy incómoda.

Prospero se inclinó hacia adelante y le pellizcó un pezón. El dolor agudo la hizo tensarse y luego relajarse. La presión en su vientre empezó a disminuir mientras Elise inhalaba otra bocanada de aire relajante.

—Me has *pellizcado*.

Su marido sonrió perversamente.

—Tenía que distraerte para que tus músculos se relajaran —ella tuvo que admitir que el truco funcionó.

—¿Qué pasará ahora? ¿Hemos terminado? —Elise se quedó mirando el lugar donde se habían unido. Había visto animales aparearse: pájaros, sobre todo, y una vez una pareja de gatos. No sabía muy bien qué esperar.

Prospero soltó una risita.

—Apenas hemos comenzado —llevó la mano a su monte y su pulgar rozó su clítoris. Elise estrujó los músculos internos en respuesta. La acción fue instintiva, pero ella no pudo evitar analizarla incluso en medio de su creciente pasión. Ella nunca había imaginado que su cuerpo respondería a él por instinto, considerando las pocas afirmaciones que habían hecho los ilustres hombres de ciencia. Tal vez la sociedad debería escribir un panfleto secreto y compartirlo con las mujeres de Inglaterra, haciéndoles saber que había grandes beneficios para ellas si decidían hacer el amor y se dejaban llevar por sus instintos. Antes de que pudiera seguir pensando en esto, su marido la distrajo con su profunda voz.

—Eso se siente bien —gruñó—. Hazlo otra vez, cariño.

Elise cerró los músculos contra él, y él continuó frotándole el clítoris.

Después de un largo momento, sintió un fuerte dolor en el bajo vientre y Prospero empezó finalmente a moverse. Y cuando lo hizo... No se parecía a nada que ella hubiera experimentado en su vida. Cuando él salía, se sentía vacía; y al penetrarla, ella jadeaba y se levantaba sobre la cama. Las sensaciones que se encendían en su interior eran maravillosas y excitantes. Quería que él no se detuviera nunca, pero al mismo tiempo deseaba alcanzar la cima de *algo* que sentía muy cerca.

—Joder, eres preciosa, Elise —volvió a penetrarla profundamente, acelerando su ritmo. El pelo le había caído sobre los ojos, haciéndolo parecer más joven, más aniñado, mientras su rostro mostraba una mezcla de determinación y embeleso.

Elise arañó las sábanas.

—Tú también eres hermoso... —y eso era verdad. Él era la cosa más hermosa que jamás había visto. No podía apartar la mirada de él mientras la luz de la lámpara jugaba con el pecho de su marido y sus músculos se movían. Prospero le sujetó los muslos con más fuerza, clavándole los dedos mientras se movía cada vez más profundo, más deprisa, y cada fuerte movimiento de sus caderas lo hundía aún más en el pozo de su cuerpo y de su alma.

Se inclinó sobre ella y sus miradas se cruzaron mientras la penetraba una y otra vez, con la lujuria iluminando su rostro, aunque en sus ojos brillaba algo más suave, más profundo. Capturó sus muñecas y entrelazó sus dedos con los de ella.

—Eso es, amor —susurró—. Reclámame, todo lo que hay en mí, tan profundo como puedas —la penetró, reduciéndola a un cúmulo de instintos femeninos mientras ella intentaba frenéticamente levantar las caderas para responder a cada una de sus sacudidas.

—Prospero... —una vez había soñado que volaba, que corría hacia un acantilado y abría los brazos cuando sentía que el aire la capturaba y la elevaba hacia el cielo. En cuanto pronunció su nombre, ella *voló*.

*Glorioso. Cegador. Impresionante.* El suelo cayó bajo ella y el mundo se redujo a este momento, a esta cama, a este hombre. El calor de la felicidad onduló sobre la superficie de su piel y sus ojos se cerraron mientras se rendía a la sensación de ser ella misma con Prospero.

Cuando por fin descendió, su interior giraba salvajemente, hasta que aterrizó suavemente en la cama, como lo haría la semilla de un gran árbol sicomoro en la tierra. Se preguntó en qué se convertiría ella con el tiempo. ¿Este sentimiento de pertenencia la haría echar raíces profundas sin dejar de buscar el sol? Eso esperaba. Las lágrimas empañaron sus ojos al sentir los labios de Prospero en sus mejillas. De algún modo, él se había retirado de su cuerpo mientras ella descendía de las nubes. No había querido que esa sensación de conexión con él terminara, no cuando se sentía tan a la deriva, tan vulnerable y en un estado puro.

—Shhh...

Elise se percató de que estaba llorando suavemente. Se acercó a él y lo rodeó con los brazos mientras la levantaba, la metía más en la cama y luego se acostaba con ella aún envuelta en sus brazos.

—No llores, cariño —Prospero la abrazó con más fuerza.

¿Cómo podía explicar cómo se sentía? ¿Nueva, desnuda,

vulnerable, diferente en todos los sentidos? ¿Había palabras lo bastante poderosas y claras para describir todo eso? Lo dudaba. Nada podría explicar lo que sentía.

—No estoy llorando —mintió, y enterró la cara contra su cuello.

—¿Te he hecho daño?

Elise negó con la cabeza mientras se acurrucaba contra su pecho.

Él le rozó las mejillas con el dorso de los nudillos.

—Entonces dime, ¿qué te pasa?

—No sabía...

—¿Saber qué?

—Que estar contigo podía sentirse tan... —de nuevo, las palabras que siempre habían sido sus aliadas la abandonaron.

—¿Maravilloso? —replicó Prospero—. Yo sentí algo maravilloso.

Al oír esto, Elise levantó la cara para mirarlo.

—¿De verdad?

—*De verdad*. He estado con muchas mujeres, pero nunca me había sentido como ahora contigo —un placer cálido recorrió lentamente todo su cuerpo. Elise podría haberse quedado aquí para siempre, pues era como si se hubiera tumbado sobre una manta bajo un brillante cielo de verano y hubiera escuchado el reconfortante zumbido de las abejas entre las flores silvestres.

—Más bien creo que es porque nos preocupamos profundamente el uno por el otro, ¿no crees? —la vacilación en su tono sugería que él mismo estaba analizando este cambio.

—¿Te refieres al amor?

—Creo que sí. ¿Te importaría mucho que me enamorara locamente de ti?

Lo había dicho como una broma, pero ella no pudo negar la seriedad en sus ojos.

—No. ¿Te importaría si yo también me enamorara locamente de ti? —le aterrorizó pronunciar esas palabras, expresar sus profundos deseos y sus más profundos temores en la misma frase.

—No me importaría en absoluto —respondió Prospero, y atrajo su cabeza hacia la suya para besarla detenidamente.

PROSPERO SOSTUVO A SU ESPOSA ENTRE SUS BRAZOS Y LA dejó dormirse mientras sus propios pensamientos vagaban por su cerebro, impidiéndole hacer lo mismo. Si antes no había estado enamorado de su mujer, ahora sí que lo estaba. Y no era porque se había acostado con ella. No, era porque ella había confiado en él como nadie lo había hecho antes. Había unido su vida y su libertad a las de él y, sin saberlo, le había entregado su corazón. ¿Cómo no ofrecerle el suyo a cambio?

Su esposa era una persona brillante, maravillosa y compasiva, y se estaba enamorando de él. Prospero la estrechó, sintiendo que nunca estaría lo bastante cerca. Su mundo orbitaba alrededor de una única estrella brillante llamada Elise.

El día de hoy había sido difícil para ambos. Él la había apartado del cuidado de su padre, le había quitado su nombre, le había arrebatado la mitad de su fortuna, su futuro como alguna vez lo había imaginado, y lo único que él podía hacer era amarla y jurarle que la haría feliz. Se le formó un nudo en la garganta al imaginar lo diferente que habría sido el día de hoy si nunca hubiera ido a ese duelo todos esos años atrás. ¿Sus padres habrían asistido a su boda? ¿ Su madre habría tenido aún las joyas de la familia March para regalárselas a Elise? ¿Habría pasado la luna de miel en Marchlands y le habría enseñado los lugares de su infancia?

Pero no, era absurdo imaginar lo que podría haber sido. El joven Prospero había muerto en el momento en que Aaron Jackson pereció. Era inútil desear que las cosas fueran diferentes. Que Prospero nunca hubiera conocido a Elise.

—Los dos somos muy diferentes, ¿verdad? —acarició con los dedos el cabello dorado de Elise y recordó el amor que había visto brillar en sus hermosos ojos marrones esta noche. No se merecía a esta mujer, ni una segunda oportunidad, pero que lo condenaran si se alejaba de ella ahora que la tenía entre sus brazos.

*Seré digno de ti,* juró. *Pase lo que pase.*

CELINE PERKINS LLAMÓ A LA PUERTA DE LA CASA DE ciudad de los Hamblin. Tenía el corazón atrapado en la garganta y le temblaban las manos. Sentía que en cualquier momento vomitaría, por la forma en que se le retorcía el estómago. No quería estar aquí.

El mayordomo abrió la puerta.

—¿Sí?

—Soy la señora Celine Perkins. He venido a ver a lord y lady March. ¿Están en casa? —casi susurró las palabras. Adam no estaba aquí, pero juró que sintió sus ojos sobre ella. Su hermano tenía esa característica. Su presencia oscura y maligna parecía seguirla dondequiera que fuera.

*Adam no está aquí,* se recordó a sí misma. Era una tontería, porque sabía que estaba en casa bebiendo hasta ponerse violento. Si tan solo su marido no hubiera muerto, podría haberse librado de su hermano mayor, pero el destino no había sido muy amable.

Tal vez ella se lo merecía, después de lo que le había hecho a Prospero, arrastrándolo a una pelea que nunca fue suya. Esta podría ser su única oportunidad de salvar vidas inocentes, y tenía que intentarlo.

—Lo siento, señora, pero lord y lady March se han ido de luna de miel —respondió el mayordomo.

—¿Luna de miel? Gracias a Dios —murmuró para sí misma. Pero cuando el mayordomo empezó a cerrar la puerta, ella extendió la mano enguantada, presionándola para mantenerla abierta—. Por favor, ¿el señor Hamblin está en casa?

—Sí, pero es demasiado tarde para visitas, señora.

—*Por favor* —le suplicó Celine—. Es cuestión de vida o muerte.

El mayordomo la miró fijamente un largo instante, y lo que vio en su rostro lo convenció de que debía escucharla.

—Un momento. Por favor, entre mientras pregunto si el amo la recibirá —el mayordomo le permitió la entrada, cerró la puerta y desapareció por un pasillo. Cuando regresó, le indicó que lo siguiera—. El señor la recibirá.

La hizo pasar a un despacho y cerró la puerta tras ella. El señor Hamblin estaba sentado en su escritorio. Se levantó y le hizo señas para que ocupara una de las sillas frente a él. Era un hombre alto, de hombros anchos, con mechones grises en las sienes de su cabello oscuro.

—Señora Perkins, mi mayordomo me informó de que

esto era una cuestión de vida o muerte. Ruego que sea una exageración.

De pronto, se le secó la garganta.

—Me temo que no. Mi hermano era Aaron Jackson, el hombre que murió en un duelo con lord March.

—Reconozco el nombre. ¿De qué se trata esto, señora Perkins?

—Se trata de mi hermano mayor, Adam. Él es... —tragó saliva, pues sabía que sólo la verdad funcionaría—. Está loco. Todavía quiere vengarse de Prospero, incluso después de todos estos años. Mi hermano quiere matar a su hija e inculpar a Prospero.

—¿Qué? —Hamblin gruñó la palabra de manera peligrosa—. ¿Quiere matar a mi hija?

—Me envió aquí esta noche para ver si estaban en casa. Espera que vuelva y le cuente lo que he descubierto. No sabe que planeé advertirle a usted. Es peligroso y piensa pretende lo que dice. Yo sabía que tenía que avisarle.

—¿Por qué no acudió a las autoridades con esta información? —exigió Hamblin.

—Señor Hamblin, mi hermano es un hombre brutal pero poderoso. Si pensara por un momento que yo acudiría a las autoridades, ya estaría muerta. Yo...

*¡Crash!* Algo duro golpeó la puerta cerrada del estudio, haciendo que ambos jadearan.

—¿Ha dicho que su hermano la envió aquí? —susurró el señor Hamblin.

Ella asintió bruscamente, con el cuerpo paralizado por el terror. Adam estaba *aquí*. No había esperado a que volviera, sino que la había seguido. *¡Madre mía!*

—¡Colóquese detrás de mí! —susurró John mientras abría el cajón de su escritorio y sacaba un revólver. Había empezado a cargar el cilindro con balas cuando la puerta se abrió de golpe. Celine se lanzó detrás del escudo protector del señor Hamblin.

Adam estaba de pie en el umbral de la puerta, con una sonrisa diabólica que transformó su hermoso rostro en una máscara aterradora. A sus pies estaba el lacayo, inconsciente o muerto, ella no podía saberlo. Los ojos de Adam brillaban por la locura, la bebida y el deseo de matar.

—Celine, me has decepcionado —dijo Adam con frialdad, pero su mirada estaba fija en el señor Hamblin, cuyas manos temblaban mientras intentaba meter las balas en la pistola—. No serás lo bastante rápido, anciano —se lanzó hacia ellos.

Hamblin arrojó el arma a un lado y levantó los puños, dispuesto a luchar. Celine gritó. Los dos hombres chocaron en una explosión de puñetazos y bramidos. Los muebles se hicieron añicos, los papeles volaron por los aires y las estanterías se deformaron por el impacto de los cuerpos de los hombres mientras luchaban. Celine intentó sujetar la pistola que había en el suelo, pero se había metido debajo de una estantería, fuera de su alcance. Por un momento pareció que su hermano iba perdiendo, pero después de que Hamblin conectara un fuerte gancho de derecha, el rostro del hombre mayor perdió repentinamente el color. Se tambaleó hacia atrás, sujetándose el pecho con una mano. Chocó contra su silla y se desplomó en el suelo.

Su hermano avanzó hacia el hombre caído, como si se dispusiera a terminar con el trabajo.

Celine hizo lo único que se le ocurrió y se colocó delante del señor Hamblin.

Adam se movió para apartarla.

—Tú pequeña traidora...

Ella lo apuñaló con un abrecartas que encontró en el escritorio, pero él lo apartó y la golpeó tan fuerte que su cabeza chocó contra el borde del escritorio. Todo se desvaneció en un instante.

ADAM JADEABA COMO UN ANIMAL SALVAJE MIENTRAS contemplaba los dos cuerpos sin vida en el suelo del estudio. No eran los dos que había planeado, pero no importaba. El licor en sus venas hacía que todo pareciera maravillosamente posible. La zorra de su hermana estaba muerta, al igual que el suegro de March. Todo lo que Adam tenía que hacer ahora era encontrar a March y a su novia. Entonces tendría la venganza que tanto ansiaba.

Pateó el cuerpo del anciano, satisfecho cuando la figura inerte no reaccionó. Abandonó el estudio destrozado para volver al pasillo. Uno de los criados a los que había atacado yacía en el suelo, recuperando lentamente el conocimiento. Sujetó al lacayo por las solapas y tiró de él para ponerlo en pie.

—¿Adónde ha ido March?

La cara del criado estaba inflamada por los golpes que había recibido, pero sacudió la cabeza con actitud desafiante. Adam golpeó el cráneo del hombre contra la pared.

—¿Dónde? —volvió a gritar.

—W-Wight... Isla... de Wight... —los ojos del lacayo se cerraron y se desplomó.

La isla de Wight. Adam sonrió y se lamió una mancha de sangre que tenía en los labios.

—Voy a por ti, March.

—De verdad, Sherlock, esto es muy inusual. Ya la has liado bastante esta mañana en el desayuno nupcial. No creo que debamos... —Watson tiró del brazo de Sherlock—. ¿Me estás escuchando siquiera?

—¿Hmm? ¿Qué? —Sherlock acababa de llegar a la puerta principal de la casa de los Hamblin y no había estado escuchando a Watson. Estaba tan concentrado como acostumbraba justo antes de resolver un caso, excluyendo todo lo demás. Había algo que aún no veía, algún detalle que se le escapaba y que haría que todo se aclarara. Recorrió con la mirada el exterior de la casa. Estaba en silencio, pero la puerta principal estaba abierta... aunque muy poco.

Holmes colocó una mano sobre el hombro de Watson y detuvo a su amigo cuando el doctor alcanzó la aldaba.

—Watson, prepara tu pistola, por favor —dijo Sherlock mientras desenvainaba la espada corta de su bastón. Watson sacó su pistola y asintió sutilmente.

Holmes empujó la puerta y entró, con la espada preparada. La casa estaba en silencio... No... no lo estaba. Oyó un débil sollozo en los alrededores. Siguió el sonido y encontró a una joven criada abrazada a un anciano. Estaban semiocultos detrás de un tapiz parcialmente caído. El mayordomo estaba inconsciente. La criada levantó un rostro cubierto de lágrimas hacia Sherlock y gritó alarmada.

—Tranquila, señorita —dijo Sherlock, acuclillándose cerca de la muchacha—. Dígame qué ha pasado.

Entre sollozos entrecortados, la muchacha relató la

historia de un hombre que irrumpió en la casa y atacó al mayordomo y a uno de los lacayos. Las otras criadas y uno de los lacayos más jóvenes habían huido, esperando encontrar ayuda. Pero ella se había quedado para cuidar del mayordomo.

Watson se arrodilló y se ocupó del mayordomo, examinando su pulso y su estado.

—¿Dónde están lord y lady March? —preguntó Sherlock.

—Partieron hacia la Isla de Wight para su luna de miel hace varias horas —la criada se secó los ojos y miró a Watson—. ¿Sobrevivirá?

Watson asintió. Él sufriría de un fuerte dolor de cabeza, pero debería recuperarse.

La mano de Sherlock seguía tensa sobre su espada.

—¿Y qué hay del señor Hamblin?

La criada levantó un dedo pálido y trémulo para señalar el pasillo al otro lado de la entrada.

—Ahí dentro... Tenía demasiado miedo para mirar. ¡Lo siento! —estalló en sollozos silenciosos, y Watson le dio unas palmaditas en la mano, asegurándole que había sido muy valiente al quedarse.

—Watson, detrás de mí —Sherlock se enderezó y se dirigió al pasillo. Tendido cerca de una puerta abierta, encontraron al lacayo herido que la criada había mencionado. Aún sangraba por la parte posterior del cráneo.

—Dios, tenemos que llevar a este hombre al hospital de inmediato —murmuró Watson con gravedad.

Sherlock se llevó un dedo a los labios mientras se acercaba a la puerta abierta del estudio, donde aún brillaba la luz de las lámparas del interior. Watson se unió a él.

—Dios mío —dijo Watson al ver la destrucción de la habitación.

Sherlock observó los muebles dañados, las sillas volcadas, la tinta de las botellas rotas que salpicaba en salvajes patrones la habitación, mostrando claramente que alguien había luchado por su vida. No, *vidas*, corrigió al notar dos cadáveres que yacían detrás del escritorio. Uno era el de una mujer de unos veinte o treinta años, y el otro el de John Hamblin.

—¡Watson! —Holmes hizo un gesto a su amigo para que se acercara. Watson se arrodilló y evaluó el pulso en la muñeca de la chica.

—Apenas está con vida —dijo negativamente—. Otra espantosa herida en la cabeza —se acercó a Hamblin, y su rostro se llenó de la tristeza de un hombre que cargaba con la vida de otros sobre sus hombros—. Sherlock, ¿quién ha hecho todo esto? —gruñó.

—Creo que lo sé, pero no hay tiempo. Quédate aquí y ocúpate de que esta gente llegue al hospital. Debo ir a la Isla de Wight de inmediato. Sólo puedo rezar para no llegar demasiado tarde. Espera mi telegrama.

—Pero, Sherlock, el hombre que ha hecho esto es un *monstruo*. No puedes ir solo —argumentó Watson.

Sherlock esbozó una leve sonrisa de afecto hacia el médico con corazón de soldado que se había convertido en uno de sus amigos más queridos. Watson era necesario aquí.

—Debo hacer esto, viejo amigo. Yo metí a la señorita Hamblin en el camino de esta bestia cuando la envié a estudiar a lord March. Esto no es culpa de nadie más que mía. Si puedo salvar dos vidas más, eso aún no lavará la sangre de mis manos, pero tengo que intentarlo.

# CAPÍTULO 17

*El acto del apareamiento puede ser placentero para ambos sexos. Hay mucha más estimulación del cuerpo, tanto para el macho como para la hembra, de la que se ha discutido en investigaciones científicas anteriores. Las acciones de la hembra no tienen por qué permanecer pasivas durante el apareamiento, ni funcionar únicamente como un instrumento para preservar el linaje del macho. El arte y el acto del apareamiento pueden ser un encuentro profundamente satisfactorio para ambas partes implicadas...*

Elise hizo una pausa para subirse las sábanas sueltas alrededor del cuerpo. Estaba sentada ante el pequeño escritorio del dormitorio de la casa que Prospero había alquilado para ellos. Entrecerrando los ojos ante la tenue luz de las velas, analizó las notas que ella había garabateado apresuradamente la noche anterior. Eran poco más de las cuatro de la madrugada, pero no podía esperar a poner por escrito sus pensamientos después de lo que había vivido en su noche de bodas.

Prospero dormía desnudo, salvo por una manta que le cubría la espalda, las nalgas y los muslos. Estaba tan caliente que necesitaba pocas mantas para dormir por la noche, algo que también fascinaba a Elise. Ella siempre parecía tener más frío por la noche, y compartir su calor era muy satisfactorio, entre otras cosas. ¿Quizá esta diferencia natural de temperatura entre machos y hembras pretendía animar a las hembras a acercarse a los machos? Prospero la había despertado dos veces a lo largo de la noche con caricias seductoras y dedos exploradores antes de deslizarse dentro de ella y follarla hasta que ambos gritaron de placer.

Con una amplia sonrisa al ver cómo se le calentaba el cuerpo con sólo recordarlo, volvió al papel.

*Un macho con un rendimiento de regular a excelente encontrará los lugares sensibles y delicados con su boca o sus manos y los utilizará para avivar el deseo de la hembra. Esta dedicación al acto de hacer el amor y al disfrute de la hembra tiene un efecto duradero en los sentimientos de ésta hacia el hombre. Es natural suponer que crea una preferencia por este macho por encima de otros. Esto profundiza aún más el vínculo entre el macho y la hembra y puede acentuar el deseo de permanecer leales el uno al otro, aumentando así las posibilidades de que la hembra desee tener descendencia con un macho en el que pueda confiar para recibir apoyo y afecto. Estas observaciones se limitan a las experiencias específicas y por el momento limitadas de la autora, pero con una investigación más profunda a través de ella misma y de charlas e investigaciones con otras hembras sobre el tema, esta autora pulirá sus observaciones y conclusiones.*

Elise se mordió el labio inferior mientras pensaba en la gran cantidad de cambios que había experimentado en la última semana. Había hecho dos cosas que nunca había planeado: tener relaciones sexuales y casarse. Ambas cosas le resultaban placenteras, y rezaba para que eso no cambiara. Se sentía de maravilla, pero la idea de que Prospero pudiera perder interés en ella le produjo una sombría sensación de vacío dentro del pecho. Él había jurado serle fiel, pero sólo el tiempo demostraría si eso era cierto. Tenía que ser valiente y afrontar su futuro con él con una actitud positiva.

La voz de Prospero, enronquecida por el sueño, llegó desde la cama.

—Te has levantado temprano, cariño. ¿Estás bien?

Elise se giró en su silla.

—Sí, me he despertado con algunas observaciones retumbando en mi mente y tenía que ponerlas por escrito.

—¿Quieres compartirlas? —él rodó sobre su espalda y cruzó los brazos detrás de la cabeza mientras la miraba de una forma seductora y leonina que le produjo un cosquilleo en los pezones, sobre todo cuando notó que él ya estaba excitado.

Su mirada recorrió el cuerpo de Prospero.

—Todavía no. Pero me gustaría que me dijeras cómo puedo corresponder a lo que me hiciste cuando me besaste entre las piernas. ¿Mencionaste que una mujer podía hacer algo parecido a un hombre? Supongo que tengo alguna forma de activar tu polla para que... bueno... para que te excites tanto como yo cuando tú... —Dios, era embarazoso hablarle con tanta sinceridad. Nunca había sido tan tímida con el sexo, pero nunca había sido tan personal porque nunca antes había hablado con un amante.

—¿Cuando probé tu tarro de miel? —bromeó él, y un brillo iluminó sus ojos azules—. Pues ven aquí, pequeña naturalista, y te enseñaré —dio una palmada en la cama, y Elise abandonó sus apuntes y se acercó a él, con el cuerpo ya vibrando. Se arrastró hasta la cama, aún envuelta en la sábana—. Que empiece la lección —le dijo en tono burlón mientras tiraba de la sábana y la obligaba a desprenderse de ella. La sábana le rodeó la cintura y le descubrió los pechos.

—Lo primero que debes saber es que todos los hombres pueden quedarse sin habla al ver los pechos de una mujer. Cualquier forma, cualquier tamaño, poco importa. Nos encantan todos. Los pechos de una mujer son herramientas poderosas para usar contra nosotros —mientras hablaba, estiró la mano para coger uno de sus pechos y luego hizo rodar un pezón entre el pulgar y el índice. Ella se movió inquieta, y un suave suspiro se le escapó al ver cómo se dilataban los ojos de Prospero. Cuando él bajó la mano, ella sintió un destello de decepción. Pero procesó sus palabras. ¿Los hombres podían quedarse sin habla?

Elise resopló.

—A mí me resultan bastante frustrantes. Pesan mucho y, al usar un corsé, pueden terminar metidos en mi cara. Y cuando duermo de lado, se oprimen de la manera más irritante.

Su marido le guiñó un ojo.

—Para ti deben ser molestos. Pero los hombres están infinitamente fascinados y obsesionados con ellos. Cuando quieras mi atención, esposa, solo tienes que mostrar estas bellezas —señaló sus pechos—, y caeré a tus pies, esperando tu próxima orden.

—¿Ah, sí? —Elise se miró los pechos, frunciendo el ceño. ¿Qué demonios podía encontrar tan deseable en ellos?

Como si percibiera su perplejidad, Prospero señaló con la cabeza su regazo.

—Ven aquí y ponte a horcajadas sobre mí —dijo con una sonrisa socarrona. Elise abandonó la sábana que la envolvía y se arrastró hacia él, colocando las rodillas a ambos lados de sus caderas, con el monte desnudo rozándole la polla a través de la delgada colcha de la cama que separaba sus cuerpos—. Ahora ofréceme tus pechos.

—¿Ofrecerte mis...?

—*Sí* —la palabra fue pronunciada con tanta maldad que la criatura lasciva que ella llevaba dentro ronroneó en respuesta. Sus pechos se sintieron repentinamente pesados de una forma que sólo parecía ocurrir cuando Prospero se centraba en ellos.

Elise se inclinó hacia adelante y sujetó sus pechos con las palmas de las manos desde abajo, de modo que se alzaron como ofrendas para él. Sus pezones eran picos duros, ansiosos por sentir sus labios.

Prospero se inclinó hacia adelante, sujetando su espalda con las manos, y cogió un pezón entre los labios y lo chupó. La explosión de sensaciones la hizo jadear y cerró los muslos en torno a él mientras se balanceaba hacia adelante, ansiosa por acercarse. Ella presionó los pechos contra su boca, gimiendo mientras él los amasaba sin dejar de chupar. Una intensa punzada de placer en la entrada de su cuerpo fue seguida de una embarazosa avalancha de calor húmedo entre sus piernas.

Prospero movió la boca hacia el otro pecho, acariciando con la nariz el segundo pezón antes de mordisquearlo, haciéndola chillar. Elise había descubierto que una pizca de dolor, como un mordisco de amor o un leve azote en el trasero, la hacía explotar con más fuerza cuando el clímax la hacía rugir. Y su nuevo marido era muy consciente de ello. Mordisqueó sus pechos antes de lamerlos y chuparlos de nuevo hasta que ella no pudo más.

—Ahora, ¿preparada para torturarme, descarada?

Elise tardó un momento en comprender sus palabras a través de la bruma de su propia necesidad.

—¿Qué?

Él se rio.

—Ah, qué inocente criaturita eres. Agáchate un poco —la instó a retroceder y apartó el cubrecama para dejar al descubierto la parte inferior de su cuerpo y su impresionante erección. Se sujetó el pene, lo rodeó con los dedos y movió la mano a lo largo de su miembro—. Puedes hacerlo con la mano, pero es aún mejor con la *boca*.

—¿Mi boca? —Elise miró fijamente su polla—. No cabrá. Me ahogarías.

De nuevo, su marido se rio.

—No toda, cariño, sólo lo que puedas abarcar de forma cómoda. Puedes usar la mano para sujetar el resto.

Elise volvió a bajar por su cuerpo, inclinándose sobre él mientras se arrodillaba sobre manos y rodillas. Sus pechos colgaban hacia abajo, y Prospero estiró la mano y le cogió uno, pellizcándole ligeramente un pezón y provocándole un nuevo escalofrío.

—Ahora abre la boca y explórame —la animó. El calor la abrasó cuando sus miradas se encontraron. Abrió los labios y deslizó la lengua contra la cabeza de su polla.

La mano de Prospero sobre su pecho se tensó y sus dientes se hundieron en su labio inferior mientras le hacía un gesto con la cabeza para que continuara. Elise volvió a lamer y, de manera vacilante, sujetó la base del pene con una mano. Abrió la boca completamente, bajó la cabeza sobre la polla y chupó.

Él exhaló un suspiro y emitió un gruñido áspero.

—Dios, sí, cariño, así.

Elise movió la cabeza arriba y abajo con entusiasmo. No tardó en comprender por qué a él debía de gustarle esto, porque simulaba el acto carnal con mucha más exactitud que el simple uso de la mano. Y el grado de control que tenía le abría muchas nuevas posibilidades de excitarlo a él y a sí misma.

*Interesante...*

—Me sorprendes, esposa. Puedes volverme loco incluso cuando estás sumida en tus pensamientos.

Elise soltó una risita, con la boca todavía alrededor de su polla. Prospero empezó a reírse hasta que ella volvió a chupar, y su risa se convirtió en otro gemido. Dejó de sujetarle el pecho y le clavó los dedos en el pelo.

Esta forma de tortura sensual iba a ser su manera favorita de provocarlo. Se movió más despacio, más deprisa, usó más la lengua e incluso intentó abarcar más de él cuando se sintió lo bastante segura. Entonces chupó con más fuerza, moviéndose a un ritmo constante y, de pronto, él intentó advertirle.

—Amor, por favor, voy a...

Elise sintió un sabor salado y tragó con sorpresa al sentir su semilla en la boca.

—Dime que no te he asustado —gimió—. No era mi intención.

Se tomó un momento para apartar los labios de Prospero, tragó de nuevo y sonrió.

—Siempre te quedas entre mis piernas cuando me derrito de placer. ¿Por qué no puedo hacer lo mismo contigo?

—Bueno... Supongo que tienes razón. Me siento un maldito prístino por disfrutarlo tanto —parecía algo preocupado, pero ella no. Le había gustado lo que había hecho, le había gustado que él estuviera fuera de control.

Se sentó a horcajadas sobre él, pues su cuerpo aún buscaba su propia liberación, pero había aprendido que un hombre necesitaba tiempo para recuperarse entre un coito y otro. Se acomodó en su regazo, con su polla rozando su húmedo centro mientras él tiraba de su cabeza hacia la suya para besarla.

Sus bocas se encontraron en una lenta y persistente caricia, y sus lenguas se exploraron intensamente. Elise se retorció en su regazo y él le dio unos ligeros golpecitos en el trasero. Ella gimió y él le cogió las nalgas con sus manos grandes y fuertes, que la sujetaban con una fuerza prácticamente abrasadora. No estuvo segura de cuánto tiempo se besaron, con sus cuerpos fundidos, antes de que, sin previo aviso, él la tumbara de espaldas sobre la cama y ella terminara sobre sus manos y rodillas.

—¿Lista para una dura follada, cariño? —le preguntó con un gruñido oscuro que la hizo estremecerse. Elise asintió.

Se arrodilló detrás de ella, con la polla rozando su entrada, la sujetó por la cadera izquierda y la penetró casi con brutalidad. Esta invasión repentina, cuando ella estaba tan húmeda, tan preparada, fue gloriosa. Chilló, aferrándose a las sábanas con los puños mientras él empezaba a embestirla. Sus caderas golpearon su trasero una y otra vez, con su polla estirándola y llenándola hasta que Elise no pudo pensar, sólo sentirlo a su alrededor. Ella empujó su cuerpo hacia atrás y bajó la cabeza hasta apoyar las manos en la cama.

—Sí —gruñó Prospero con dureza—. Eso es —le clavó las manos en las caderas, golpeándola tan fuerte que la cama crujió en señal de protesta. Hundió una mano en su pelo, tirando de los mechones para obligarla a arquear el cuerpo, y todo su ser simplemente se deshizo.

Olas de color chocaron contra sus ojos parcialmente cerrados. Sintió un temblor tan violento que sus piernas temblaron. Sus paredes internas sufrieron espasmos e intentaron desesperadamente retener la polla dentro de ella, pero él continuó golpeándola implacablemente, volviéndola loca porque su carne sensible no podía soportar más.

Gritó el nombre de Prospero mientras la penetraba tres veces más, y luego su propio grito de placer se unió al de ella. Elise se desplomó sobre la cama, pues su cuerpo ya no podía sostenerla, y él la siguió. Descansó sobre su cuerpo tendido, apoyándose en los antebrazos. Ahora la penetraba con más suavidad, mientras sus caderas se sacudían. Ella se estiró hacia atrás para tocarlo, pues necesitaba sentir cómo su cuerpo temblaba al mismo tiempo que el suyo. Le clavó los dedos en la cadera, aferrándose a él, y Prospero se estremeció y dejó escapar un suspiro entrecortado contra su cuello. El peso de su cuerpo, su polla aún dentro de ella, el calor húmedo que la llenaba de un modo tan pecaminoso mientras ambos recuperaban el aliento era... simplemente inimaginable. Nunca había pensado que desearía o necesitaría esto; o a *él*, con tanta intensidad. Pero así era.

—Dios mío —suspiró Prospero antes de plantarle suaves besos en el hombro—. Creo que casi me matas.

Elise estaba experimentando la sensación de haber bebido mucho whisky, y no podía dejar de sonreír. Un ligero escalofrío de temor seguía zumbando en su interior, advirtiéndole de que esto, la conexión entre ella y Prospero, se desvanecería algún día. Pero apartó ese miedo, sin querer perderse ni un solo momento con él.

—Eres increíble, esposa —la palabra *esposa* se había convertido en una expresión de cariño que usaba para ella, en lugar de un término para referirse al lugar que ocupaba debajo de él. Cuando decía *esposa*, significaba que era su compañera, su mujer, su amante, su todo. Este hombre estaba tan fascinado por ella como ella por él. Podía sentirlo en cada beso, en cada caricia, en cada mirada persistente.

Y Elise sentía lo mismo. ¿Cómo no iba a sentirlo? Prospero le permitió ser ella misma, le permitió explorar y aprender este nuevo mundo de placer físico en sus propios términos. La mayor parte de la sociedad decía a las mujeres que tales placeres eran sólo para los hombres y que el deber de una dama era someterse a las caricias de un hombre sin recibir las suyas. Qué mentira les habían contado todos estos años. La idea le rompió el corazón. Tenía que encontrar la manera de cambiar esa percepción.

—Bueno, ¿tu experiencia de apareamiento fue todo lo que esperabas que fuera? —preguntó Prospero mientras se separaba de ella y giraba sus cuerpos para que permanecieran tumbados uno junto al otro en la cama. Levantó las sábanas y le rodeó la cintura con el brazo, estrechándola contra él.

—Tenía muy pocas esperanzas, considerando lo que otras mujeres me habían dicho en susurros durante los últimos años sobre cómo me sentiría. Me dijeron que me tumbara y no hiciera nada y que no debía disfrutar verdaderamente del acto, no si quería seguir siendo una dama.

Prospero puso los ojos en blanco y se rio.

—Qué tontería. Las mujeres deben tumbarse y ser adoradas por los hombres. Pero pocos hombres parecen darse cuenta de lo maravillosas que son las mujeres. Que son brillantes, empáticas, valientes y mucho más fuertes que la mayoría de los hombres en todos los aspectos importantes.

La franqueza de sus palabras hizo que su corazón se agitara salvajemente. Tal vez todos esos años en París como hombre de compañía le habían hecho comprender la verdadera naturaleza de las mujeres. Estaba infinitamente agradecida por ello, porque él siempre la vería como una criatura real, no como una sombra destinada a estar detrás de él.

—¿Puedes imaginar un mundo en el que las mujeres tengan los mismos derechos que los hombres? —preguntó Elise. Muchas veces había intentado imaginar ese futuro, pero siempre le parecía inalcanzable. Para ella, sólo existía la lucha.

Prospero deslizó el dorso de la mano por sus mejillas.

—Sí, pero las mujeres tendrán que luchar mucho para conseguirlo. El único valor en el que creen la mayoría de los hombres es el poder. Lo último que desearía la mayoría de ellos es renunciar a él. Es una lástima. Después de conocer a mujeres como tú y tus amigas, sospecho que el mundo es mucho más oscuro porque se os impide brillar. Si tuvierais la misma educación, la misma capacidad de aportar al mundo, ¿no sería mucho mejor para todos? Creo que al trataros mental y físicamente igual que un hombre trataría a los niños, los hombres han limitado más bien sus propios éxitos —Prospero frunció el ceño, profundamente consternado por sus propias palabras—. La humanidad nunca ha ganado nada reteniendo a los demás o esclavizándolos a una vida reducida a la mitad.

—¿De verdad crees que las mujeres son capaces de hacer todo lo que pueden hacer los hombres? Una vez un hombre me dijo que, al inicio de mi flujo menstrual, me vuelvo inútil porque no me llega sangre al cerebro; por lo tanto, no se puede esperar que piense racionalmente.

La ira brilló en los ojos de Prospero.

—Espero que le hayas dado una buena reprimenda, o al menos una buena patada entre las piernas. Ese canalla no se merece menos —deseó acurrucarse más cerca de él y besarle toda la cara, agradecida por su hermosa rabia en beneficio de ella.

Elise soltó una risita.

—Le expliqué que, si ese era el caso, las mentes de los hombres debían de estar peor, porque sus penes necesitan un flujo constante de sangre para ponerse erectos, y dada la frecuencia de sus relaciones sexuales con mujeres, los hombres deben de ser inútiles de forma *constante*, en lugar de simplemente unos pocos días al mes —lo miró con una sonrisa malévola.

La carcajada de su marido sacudió la habitación, y se secó las lágrimas de los ojos mientras se controlaba.

—Dios mío, te adoro.

Volvió a rodar sobre ella y la besó hasta que ambos quedaron felizmente *inútiles*.

PROSPERO SALIÓ DE LA CAMA, SE PUSO LOS PANTALONES Y se inclinó para besar la mejilla de su esposa. Ella seguía durmiendo profundamente, ajena al estudio que él hacía de su hermosa figura. Sus curvas estaban en plena exhibición, con la sábana apenas cubriéndole la cadera y una adorable pierna. Llevaba el pelo rubio alborotado alrededor de la cara, y sus largas pestañas se extendían sobre las mejillas. Quería quedarse mirándola para siempre, pero su estómago gruñó, exigiendo otro tipo de satisfacción. Sonriendo, bajó a la cocina y asustó a la cocinera, quien estaba trabajando la masa en una superficie plana de madera.

—¡Madre mía! —jadeó la mujer.

—Disculpe, señora Godwin. ¿Podría molestarla con una

bandeja de fiambres y quizás algo de fruta? —eran las cuatro y media de la mañana, pero tenía hambre. El apetito se le había despertado con toda la actividad del dormitorio con Elise, y eso sólo le hizo sonreír de nuevo.

—Por supuesto —la señora Godwin abandonó la masa de pan, dejó a un lado el rodillo y llenó una bandeja con un surtido de carnes, quesos y frutas. También le buscó una botella de vino y dos copas.

—Muchas gracias —le dio un beso en la mejilla y llevó la bandeja escaleras arriba. Se encontró con Mary en la puerta del dormitorio. Se había levantado temprano para ocuparse de la colada, con la ropa en los brazos.

Los ojos de Mary se iluminaron de diversión al verlo semidesnudo.

—Se ha levantado temprano, milord.

La saludó con una sonrisa tímida.

—Mary —tendría que acostumbrarse a que la criada de su esposa lo viera desnudo.

—¿Cómo está? ¿Mi niña? —preguntó con un tono de preocupación—. Ella nunca conoció a los hombres antes de usted. No de una manera romántica, quiero decir.

Él le dedicó una suave sonrisa.

—No te preocupes, ella está bien. Y me ha dominado como a todo lo demás en su vida. Esa mujer es dueña de mi alma, Mary. Ten por seguro que soy suyo y que la adoro.

Los ojos de Mary se abrieron de par en par ante sus palabras.

—Sabía que sería bueno para ella. Lo dije en cuanto la vi agitada al vestirse para esa primera cena. Por fin estaba entusiasmada con algo que no fueran escarabajos y fósiles.

Prospero soltó una risita.

—Bueno, espero que nunca pierda su entusiasmo por esas cosas, o por cualquier otra cosa que le guste. Tiene una mente extraordinaria y no permitiré que la desperdicie.

Mary le dio unas palmaditas en la mejilla como si fuera un chiquillo y lo hizo volver a la alcoba antes de cerrar la puerta tras de sí.

Se acercó a la cama y dio un suave codazo en el hombro de Elise, quien levantó la cabeza y parpadeó como una lechuza a la luz de las velas.

—Come algo antes de volver a dormir, cariño —dejó la bandeja y la acompañó en la cama.

Elise se apartó el pelo de la cara y se lo echó por encima de un hombro.

—¿Qué hora es?

—Diría que cerca de las cuatro y media. Aún nos quedan unas horas antes de levantarnos —arrancó una uva del tallo y se la ofreció. Ella la cogió con los labios, aparentando no darse cuenta mientras dejaba que la alimentara.

Se acurrucó más cerca de él.

—Estaba pensando que podríamos ir a Culver Down. Hay una playa preciosa y podríamos explorar los acantilados para encontrar fósiles —sugirió mientras aceptaba otra uva de él. Prospero la escuchaba entre adorables bocados de fruta, sobre lo que ella sabía de los acantilados y sus misterios ocultos. Siguió alimentándola mientras la escuchaba y, cuando Elise miró el plato vacío, se sonrojó—. He comido demasiado.

—Tonterías. Necesitas comer para seguirme el ritmo en la cama —le guiñó un ojo y obtuvo una sonrisa ruborizada.

—Bueno, eso tiene cierto sentido. Una hembra en pleno apareamiento frenético debe comer para mantener sus niveles de energía.

Prospero gruñó juguetonamente mientras apartaba la bandeja de su camino.

—Apareamiento frenético, ¿eh? Me gusta cómo suena.

Elise soltó una risita cuando él se abalanzó sobre ella y le hizo cosquillas en el estómago para luego inmovilizarla debajo de él sobre la cama.

EN EL PASILLO, MARY LLEVABA LAS SÁBANAS EN BRAZOS Y se detuvo al oír suaves voces procedentes del dormitorio de la pequeña cabaña. Era una mezcla uniforme de risitas masculinas y la de Elise. Una risa que Mary no había oído desde que su ama era una niña.

Sí, lord March era el hombre adecuado para su querida protegida. Él le había demostrado a Elise que ser mujer y abrazar su lado femenino no significaba tener que renunciar a sus estudios ni a sus inquietudes científicas. A Mary se le formó un nudo en la garganta mientras seguía bajando las escaleras.

Eso le hizo revivir los viejos tiempos, cuando la señora Hamblin era una joven novia y el señor Hamblin un joven fornido. Habían sido una pareja y un matrimonio maravillosos. Y ahora parecía que, por suerte y destino, Elise tendría lo mismo en su propia vida. Por eso, Mary susurró una oración de agradecimiento.

Estuvo a punto de tropezar caminando hacia el cuarto de lavado cuando empezó a oírse un golpeteo rítmico por encima de su cabeza, justo cuando la cocinera pasaba junto a Mary de camino a la cocina.

—Diablo cachondo —murmuró la señora Godwin. Pero en el tono de la cocinera había más diversión que disgusto.

Mary se mordió el labio. Sí, March mantendría a Elise

en la cama bastante tiempo, pero ése era uno de los placeres de estar recién casados, y la joven pareja tenía todo el derecho a disfrutarlo. Un niño no tardaría en llegar, y tal vez un nieto mantendría al señor Hamblin con buena salud.

Sí, un niño sería perfecto para su casa. Mary tarareó para sí una canción infantil mientras empezaba a lavar la ropa, pensando ya en qué habitación sería la mejor para el bebé cuando volvieran de la luna de miel.

# CAPÍTULO 18

La luz del sol calentaba a Prospero mientras observaba a Elise, con las manos en las caderas y una sonrisa curvándole la boca. Su esposa vestía pantalones de hombre, camisa y chaleco azul oscuro, pero, por suerte, había renunciado a atarse los pechos, a la peluca y al bigote. Hoy no intentaba ocultar quién era, y Prospero se alegró de ello.

Se había recogido el pelo en una coleta a la altura de la nuca y lo había sujetado con una cinta para que no le estorbase. Prospero estaba de pie a su lado, en la base de Culver Down. Los acantilados que bordeaban la playa eran blancos como la tiza y estaban cubiertos de hierba. La casa de campo en la que se habían alojado estaba a poca distancia de la cercana colina inclinada.

El ganado salpicaba las laderas del lado norte de la isla, mordisqueando la hierba mientras las aves marinas surcaban la playa en busca de peces. Más temprano, cuando habían bajado por primera vez a la orilla, Elise había señalado halcones peregrinos y palomas torcaces entre las aves marinas. Parecía apropiado que la palabra *Culver* derivara supuestamente del inglés antiguo *culfre* para «paloma». Elise se lo había contado la primera vez que bajaron a la playa. Para Prospero, los acantilados blancos como la tiza le recordaban a las alas blancas de las palomas.

El Atlántico era profundo e intenso en miles de tonalidades de azul, desde el matiz pálido de la espuma de mar hasta un zafiro más oscuro que se volvería obsidiana al atardecer. Era un contraste de gran belleza con el blanco de los acantilados.

Durante el día, había habido muchos visitantes en esta parte de la isla, muchos de ellos retozando por la orilla e incluso algunos hombres lanzándose al mar en bañador. Las mujeres permanecían en la playa, con sombrillas que protegían su piel del sol mientras cotilleaban o contemplaban los pájaros y el mar. Los niños se habían apresurado a construir castillos con la arena mojada y a jugar bajo la atenta mirada de sus madres.

Elise no se había preocupado por la luz del sol. Se había dedicado simplemente a cavar, sin importarle que se tiñera de rosa al anochecer. Prospero se había deleitado observando a la pequeña multitud que se había detenido a contemplar su trabajo a lo largo del día.

Más de un niño se había reunido alrededor de ella, curioso por ver las conchas que había liberado de la piedra con sus herramientas. Se acuclilló para hablar con ellos, mostrándoles los ammonites que había descubierto y explicándoles la larga historia de la tierra y las grandes criaturas que la habían habitado.

—¿Te refieres a las grandes y terribles criaturas del Museo Británico? —preguntó una niña escocesa. Su pequeño delantal había sido bordado con flores por las manos de alguna madre cariñosa, pero estaba manchado de agua de mar y arena. Miró a Elise con asombro, y a Prospero se le formó un nudo en la garganta al verla con la niña. Era amable y atenta con el interés de la pequeña.

—¡Sí, exactamente! ¿Has visitado el museo?

El cabello oscuro y rizado de la niña rebotó mientras asentía.

—Hemos visto las pequeñas bestias y las... las grandes bestias —abrió los brazos para mostrar lo grandes que eran, y Elise soltó una risita.

—¿Y te gustó ver a esas criaturas?

La niña sonrió tímidamente.

—¿Qué comían?

—Plancton, vegetación marina, posiblemente incluso pequeños crustáceos.

—¿Y siguen en el océano? ¿O han desaparecido?

—Ya no están vivos, pero el nautilo es quizá un descendiente que sigue vivo hoy en día. ¿Por qué no se lo enseñas a tus padres? Diles qué es y explícales lo que has aprendido —Elise colocó uno de los amonites en la palma de la mano de la niña y cerró sus dedos en torno a él.

—¡Gracias! —la niña se apresuró a mostrar a sus padres su nuevo tesoro.

Prospero tenía la sensación de que el día de hoy había encendido una chispa en el corazón de la niña para alcanzar el conocimiento, sin importar lo difícil que fuera o cuántos hombres intentaran detenerla.

—Sé libre —había susurrado Elise al ver a la niña huir con su nuevo hallazgo.

Una hora más tarde, mientras observaba a Elise trabajar, Prospero dejó escapar un suspiro de paz. El padre de Elise había tenido razón; alejarse de Londres les había hecho bien a ambos. Su mujer; oh, cómo le gustaban esas dos palabras, estaba excavando en un lugar de los acantilados con un conjunto de herramientas que utilizaba para sus fósiles.

Él recordó su animada conversación sobre una mujer llamada Mary Anning, una mujer de clase trabajadora cuyos descubrimientos de fósiles cambiarían el curso de la historia y de la ciencia. Pero como era mujer, y de la clase trabajadora, se le impidió entrar en la Sociedad Geológica y sus descubrimientos nunca llegaron a ser considerados en serio durante su vida. El alma de Prospero sufría al saber que había sido víctima de tantos malos tratos por parte de los supuestamente ilustres hombres de ciencia.

—¿Me traes la paleta? —preguntó Elise—. La he dejado en el bolso.

—Sí, cariño —le dio un beso en la mejilla y se alejó del acantilado para subir por el sendero hacia donde habían dejado la bolsa de herramientas.

—¡Maldita sea, es una mujer! —oyó él exclamar a un hombre.

Prospero se volvió para ver a un par de caballeros que se habían detenido en su paseo por el sendero peatonal paralelo a la playa. Ahora miraban fijamente a Elise mientras ésta se inclinaba para remover una parte de tierra en la base de los acantilados.

—¿Quién demonios la ha dejado salir de casa? Es una vergüenza —añadió el segundo hombre.

Prospero se tensó y miró fijamente a los dos hombres que fulminaban con la mirada a Elise.

—Os agradeceré que no habléis así mal de mi esposa.

—Joder, ¿permite que su mujer vaya por ahí vestida *así*? Debería controlar mejor a su mujer, señor. Es antinatural dejar que una mujer lleve pantalones. Usted, señor, está dejando que desarrolle un sentido antinatural de la libertad que va directamente en contra del propósito natural de una mujer, que es guardar silencio y tener hijos en beneficio de su marido.

Prospero se acercó a los dos hombres con los puños cerrados, sujetó al hombre por el cuello y lo puso de puntillas.

—Mi mujer es libre de hacer lo que desee, y si usted prestara atención a lo que lo rodea, quizá se dé cuenta de que el mundo sería mejor si las mujeres tuvieran libertad para pensar y existir al margen de los caprichos de los hombres.

Los ojos del hombre brillaron con miedo y rabia mientras intentaba liberarse.

—¡Estás loco! ¡Suélteme! —exigió.

—¡Con mucho gusto! —replicó Prospero, y empujó al hombre con tanta fuerza que cayó de espaldas sobre la pasarela peatonal.

—¿Quién demonios se cree que es? —gritó el otro hombre mientras ayudaba a su amigo a levantarse.

Una sonrisa fría se deslizó por el rostro de Prospero al percatarse de que la mancha oscura sobre su nombre por fin le sería útil.

—¿Quién soy? Soy Prospero Harrington, el conde de March.

—¿March? ¿No es el tipo que...? —el hombre se detuvo, tartamudeando. Él y su amigo comenzaron a retroceder.

—Sí, soy el hombre que disparará a un hombre en un campo por honor a aquello en lo que creo —su voz era tranquila pero cortante, llena de una amenaza mordaz y peligrosa—. Vuelva a hablar de mi esposa o de cualquier mujer así en mi presencia y se enfrentará al cañón de mi pistola.

Los dos hombres se dieron la vuelta y corrieron colina arriba, perdiendo la poca dignidad que aún poseían. Tardó un segundo en liberarse de la rabia que vibraba en su interior. Prospero se giró con el ceño fruncido y estuvo a punto de chocar con Elise. Había abandonado su excavación y venía detrás de él. Estaba pálida.

—Lo siento, amor, no pretendía amenazarlos delante de ti —debió haber sido aterrador para ella oír a su marido hablar tan despreocupadamente de disparar a un hombre. Dios, era un tonto desconsiderado.

Elise parpadeó. Sus suaves ojos marrones resultaban muy inocentes respecto a los oscuros caminos del mundo, y él quería que esa inocencia de su corazón no se desvaneciera nunca.

—Tú... —empezó, se detuvo, respiró hondo y continuó —. Tú me has defendido. Los oí. La brisa marina lleva el sonido a los acantilados, ya sabes... —hizo una pausa, sacudió la cabeza e intentó concentrarse de nuevo en sus palabras—. Lo que dijiste fue en serio —era una afirmación más que una pregunta.

Prospero asintió, con un nudo en la garganta al ver que por fin creía en él. Nunca le cortaría las alas ni la enjaularía en una vida no deseada. Elise era capaz de cosas grandes y maravillosas, y él quería que viviera sus sueños y descubriera cosas, sabiendo que él estaba a su lado, dispuesto a defenderla de cualquier hombre que se atreviera a impedirle vivir una vida plena creada a su manera.

Se lanzó contra él con tanta fuerza que gruñó al cogerla en brazos. Sonrió contra sus labios mientras ella lo besaba. Este beso fue mejor que todos los anteriores, porque Prospero saboreó su amor y ahora, por fin, su confianza.

La abrazó con más fuerza, estrechándola contra sí mientras le devolvía el beso, transmitiéndole su alegría, su amor. Cuando Elise por fin se apartó, el sol de la tarde estaba cayendo en el cielo, cubriéndola con un resplandor dorado.

Era su esposa guerrera, su Juana de Arco.

—Iría a la guerra por ti, por el derecho a que tengas una vida *plena* —susurró. Todas las criaturas de la Tierra lo merecían, pero especialmente las mujeres. A las mujeres se les habían arrebatado muchas cosas, habían sido despojadas de tanta autonomía, poder y valor, para ser entregados a los hombres. A Prospero se le partía el corazón al pensar en todas las mujeres que no tenían ninguna posibilidad de escapar de las jaulas que se habían cerrado a su alrededor desde el primer aliento de vida en este mundo. Pero Elise... Su hermosa, valiente y maravillosa esposa había escapado de su jaula, y que lo condenaran si alguna vez la permitía volver a ella.

Sus pestañas doradas se humedecieron al tiempo que él deslizaba el pulgar por su mejilla para apartar algunas lágrimas perdidas. Elise cerró los ojos y se apoyó en su mano. El pecho de Prospero se llenó el pecho de lágrimas y tuvo dificultades para respirar. Moriría felizmente por esta mujer.

—¿Te gustaría... ver lo que he encontrado? —preguntó, cambiando de tema. Señaló con la cabeza hacia los acantilados, y su adorable vacilación hizo que el corazón de Prospero diera un vuelco. Esperaba que algún día ella dejara de dudar por completo.

—*Siempre* querré ver lo que has encontrado —nunca olvidaría la brillante sonrisa que le dedicó.

Lo cogió de la mano y tiró de él por el sinuoso sendero.

MÁS TARDE, ESA MISMA NOCHE, CENARON JUNTOS EN LA cabaña. Elise terminó su vino y abandonó su asiento en la pequeña e íntima mesa. Caminó hacia Prospero, quien había echado hacia atrás su silla, preparándose para levantarse. Le colocó suavemente una mano en el pecho y lo empujó hacia abajo. Sorprendido, sonrió cuando se levantó las faldas para sentarse a horcajadas sobre él.

Ahora estaban solos, al menos en el pequeño comedor. Mary y Conley, el ayuda de cámara de Prospero, habían cenado hacía una hora en la cocina con la cocinera y la criada. Parecía que todos estaban bastante contentos de mantenerse alejados de la pareja de recién casados, quienes aprovechaban cualquier superficie para intimar.

A Elise le habría avergonzado que los criados conocieran sus actividades de alcoba, pero Prospero era sencillamente demasiado irresistible para ella. Así que había abandonado su sentido del decoro para dejarse llevar por la pasión.

Elise metió la mano entre sus cuerpos para desabrocharle lentamente los pantalones. Su polla ya estaba dura y tensa contra la ropa cuando ella la tocó.

—Estaba pensando...

—¿Oh? Me encantan tus pensamientos —dijo Prospero, en voz baja y ronca, mientras deslizaba las palmas de las manos por debajo de la falda para acariciarle la parte exterior de los muslos. Dios, amaba sentir sus poderosas manos sobre su cuerpo. Porque esas manos siempre la habían tratado con cuidado, incluso en los momentos más intensos de sus juegos de cama.

Elise le sacó la polla de los pantalones y la sujetó con fuerza, haciéndolo gemir.

—Deberíamos dar un paseo. Quizá un chapuzón en el mar a medianoche. La luna está tan brillante que prácticamente podemos verlo todo —guio lentamente la polla hacia su entrada y empezó a deslizarlo dentro de ella. Era una posición nueva para Elise, pero le gustaba cómo se sentía al follarlo de esta manera. Subió un poco y se detuvo con la punta apenas dentro de ella. Prospero gimió y las manos en sus muslos se tensaron.

—Nadar... caminar... lo que quieras, cariño, pero no pares.

Elise soltó una risita, pero los ojos de Prospero se endurecieron por la peligrosa lujuria que ella había creado en él. Le sujetó las caderas por debajo de las faldas y tiró de ella hacia él, penetrándola completamente con una sola embestida. Elise gritó de placer y sus manos se aferraron a sus hombros para mantenerse firme. Sus dedos se enroscaron en la fina tela de su chaleco, arañando el tejido de seda. Pero a ella no le importó; le compraría tantos como él quisiera.

—Eres... Eres maravillosamente perversa —murmuró Prospero mientras hundía la cara en sus pechos, que se estrechaban contra el corpiño. Besó las grandes montañas mientras subía la boca hasta su cuello y la mordisqueaba en el punto justo para hacer que su cuerpo se estremeciera de deseo. Su vientre sufrió un espasmo y estrujó sus paredes internas en torno al pene.

—Y tú estás torturando a tu mujer —susurró sin aliento.

Prospero soltó una risita contra su oído antes de deslizar la lengua por el delicado lóbulo, lo que intensificó las punzadas de deseo. Elise gimió.

—Por favor... Prospero.

—Me encanta oírte suplicarme, esposa —le mordió el lóbulo de la oreja—. Me encanta porque conmigo pierdes el control. Uno nunca debe aferrarse al control con su amante —bromeó.

—Reclámame ahora —exigió ella.

Él se rio.

—Y eso me gusta aún más. Exige todos tus derechos de esposa, y cumpliré tus órdenes, cariño.

Elise no tuvo que volver a pedirlo. Él la reclamó, utilizando deliciosamente su cuerpo mientras la levantaba y la bajaba, penetrándola, dejando que oleada tras oleada de deseo se acumulara en su interior.

Incluso después del primer orgasmo, continuó moviéndola arriba y abajo, penetrándola con fuerza... y fue glorioso. Él siempre sabía qué hacer con su cuerpo para llevarla más allá de sus límites.

—Eso es, amor —respiró contra su cuello—. Córrete para mí.

—Yo... no puedo —gimió ella. Su clítoris estaba muy sensible ahora, y su cuerpo se sentía agotado por las dos primeras veces que se había derretido de placer.

—Sí puedes, cariño, por mí —gruñó él, y su agarre se volvió casi violento mientras la embestía más profundamente.

Sus miradas se cruzaron y su cuerpo estalló como un cañón cargado. Sensaciones de felicidad la invadieron con tal fuerza que su grito ronco rebotó en las paredes de la casa. Se sintió tan bien que *casi* le dolió. Su visión se volvió blanca y casi se desmayó de éxtasis. Por un segundo creyó que moriría. Y entonces el aire entró en sus pulmones y jadeó, llorando y aferrándose a Prospero.

—Tranquila, cariño —murmuró él, dándole suaves besos en las mejillas—. Te tengo... Te tengo.

Elise no podía hablar. Se limitó a aferrarse a él, agradecida por la estabilidad de su cuerpo mientras se recuperaba lentamente del momento. Prospero le acarició la espalda y deslizó una mano por su pelo, susurrándole cosas suaves, dulces y maravillosas que su mente no podía procesar mientras recuperaba el aliento. Le temblaban tanto los muslos que, si se hubiera atrevido a ponerse en pie, se habría desplomado enseguida. Ya no tenía fuerzas para moverse.

Debería haberle avergonzado estar a horcajadas sobre su marido en un comedor, con sus cuerpos aun íntimamente unidos. Pero a él no parecía importarle, así que ella no se preocupó.

Elise murmuró su nombre y acurrucó la cara contra su cuello, agradecida por poder mostrarse así de vulnerable con él sin sentirse débil por ello. Había estado muy equivocada al pensar que ambas cosas eran lo mismo.

Prospero enroscó los dedos en su pelo y respiró contra su sien.

—Elise.

—¿Hmm?

Él le besó la coronilla.

—Hay un dolor dentro de mí que nunca cesará, nunca se aliviará, a menos que estés en mis brazos. Si pudiera pasar el resto de mi vida haciendo que los latidos de mi corazón coincidieran con los tuyos, moriría feliz —sus palabras se volvieron ásperas a medida que la emoción lo ahogaba—. Te amo.

Elise levantó la cabeza y lo miró fijamente a los ojos.

Cuando él lo dijo, su corazón se paralizó y sintió una increíble sensación de paz, como si hubiera atravesado un portal donde el tiempo se detenía y ella estaba a salvo. En el fondo de los ojos de Prospero no había tormentas, sino una espiral infinita de tonos azules, como el mar. Confiaba en este hombre con todo su corazón.

—Pensé que ningún hombre me vería jamás, que vería mi *verdadero* ser —confesó en un susurro—. Para todos los hombres anteriores, yo era una tonta criatura con faldas, a la espera de un matrimonio, relaciones sexuales e hijos. No era una persona, con un corazón o una mente, con sueños y deseos que iban más allá del ámbito doméstico. Pero para ti... Yo...

—Para mí, lo eres todo —le rozó la mejilla con el dorso de la mano—. Eres todo lo que podrías soñar. Que nadie te diga lo contrario.

Elise le rozó los labios con la punta de un dedo y él le cogió la mano, besándole las puntas de los dedos, haciéndola sonreír entre lágrimas.

—Yo también te amo —susurró—. Tanto que me da miedo.

—No tengas miedo del amor, cariño. Lo estamos viviendo juntos —la sostuvo y le ofreció el consuelo que tanto necesitaba.

Poco después, Elise recuperó la compostura y, al empezar a pensar en lo que había ocurrido entre ellos, soltó una risita.

Prospero la mantuvo quieta, con sus cuerpos aún unidos.

—¿Qué pasa?

—Estaba pensando que debería escribir un folleto para mujeres sobre el sexo. Sobre cómo los orgasmos pueden ser diferentes. Parece que ninguna experiencia es igual.

—Una hipótesis interesante, pequeña naturalista. Pero creo que se necesitarán pruebas rotundas para apoyar tu teoría —le dio un ligero pellizco en el trasero. Ella se cerró instintivamente alrededor de su polla, haciéndolo gemir—. Dios, me encanta cuando haces eso.

Elise se inclinó hacia delante y le rodeó el cuello con los brazos. Luego rozó sus labios, provocándolo.

—Bueno, ¿qué te parece? —preguntó ella, volviendo a la pregunta que le había hecho al empezar a hacer el amor.

—¿Sobre diferentes orgasmos e investigarlos? Por supuesto. *Absolutamente*, y seré tu compañero en este asunto de la investigación.

Elise se rio y sacudió la cabeza.

—Lo siento, mi mente estaba divagando. Me refería al paseo a la luz de la luna y al chapuzón. Nadie va a la playa por las noches, y las corrientes no son muy fuertes. Sería romántico.

—¿Te estás volviendo romántica conmigo? —bromeó—. Si es así, no me quejaré.

—Tal vez. ¿Quieres venir conmigo y averiguarlo? —le dio otro beso en los labios y se bajó de su regazo—. Haré que Mary me cambie el vestido, y nos vemos en la playa en, digamos, quince minutos.

—Le diré a la cocinera que nos prepare una cesta con vino y algunas de esas deliciosas tartas de moras que ha hecho hoy. Nos las comeremos cuando hayamos nadado lo suficiente —le dirigió una mirada tan ardiente que ella supo que no se refería a nadar.

—No te olvides de traer una manta o dos —dijo antes de subir corriendo a cambiarse.

Con la ayuda de Mary, se quitó el vestido y se puso los pantalones y la blusa. Le dio las buenas noches a su criada y le dijo que no la esperara despierta. Mary soltó una risita, apagó las lámparas y se retiró a dormir.

La luna llena era tan brillante que Elise no tuvo dificultad en seguir el camino de grava que llevaba a la playa junto a los acantilados de Culver Down. Observó a Prospero de pie cerca de la orilla, frente al mar, con una cesta y una manta enrollada a sus pies. Podía mostrarse muy callado, muy contemplativo, y Elise a veces se preguntaba en qué medida pensaba en el pasado, en lo que podría haber ocurrido sin ese duelo. Ella quería demostrarle que la única manera de atravesar la oscuridad que sentía por su pasado era avanzar hacia el futuro. Algún día, cuando su padre ya no estuviera, Prospero sería todo lo que tendría, y quería estar a su lado como él lo estaba para ella en sus momentos más oscuros.

Sonriendo, continuó bajando la colina hacia él. Un destello de movimiento llamó su atención. Se giró para ver a un hombre paseando en la oscuridad al tiempo que blandía un bastón y silbaba suavemente. Su barba gris era casi plateada a la luz de la luna, y sus gafas reflejaban destellos blancos. La saludó cortésmente con la cabeza mientras se abría paso por el sendero de grava que se extendía de forma paralela a la orilla.

No le sorprendió ver a alguien caminando por aquí, pero había esperado que la noche alejara incluso a los paseantes más decididos para que ella y Prospero pudieran disfrutar de algo de intimidad, pero, por desgracia, no fue así.

—Una noche encantadora, ¿verdad? —le dijo al caballero mayor cuando él se acercó por el sendero. Elise esperaría a que pasara y se perdiera de vista antes de que ella y Prospero empezaran a quitarse la ropa.

—Lo es —respondió el hombre con una sonrisa.

Se volvió hacia Prospero y se detuvo un momento a contemplarlo. Era un hombre apuesto, perfilado por la pálida luz y el brillante mar crepuscular.

*Y es mío.* La idea le llenó el estómago de mariposas.

Un momento después, esa sensación se transformó en una advertencia, una que llegó un instante demasiado tarde cuando algo osciló hacia su cabeza.

UN GRITO. EN LO ALTO DE LA COLINA DESDE LA PLAYA, Prospero vio a dos hombres luchando... no, un hombre y *Elise.* Se separaron. El hombre blandió algo; un bastón, y Elise cayó al suelo.

El corazón de Prospero se aceleró mientras corría por la pendiente arenosa hacia el camino de grava. Pero ya había perdido unos valiosos segundos, pues el hombre que había golpeado a Elise ahora la alzaba en brazos y se la echaba al hombro en dirección a los acantilados. El hombre le llevaba ventaja y estaba mucho más cerca de los acantilados que de la playa. El terror clavó sus garras en el pecho de Prospero.

Iba a arrojar a Elise por los acantilados... pero ¿por qué? No había tiempo para hacerse esa pregunta, sólo la urgente necesidad de detenerlo. ¿Y si no llegaba a tiempo? ¿Y si no podía evitar que el hombre la arrojara por el precipicio?

—¡Alto! —bramó Prospero mientras corría para acortar la distancia que los separaba. El hombre arrojó el cuerpo de Elise al suelo a seis metros del borde del acantilado. Prospero se abalanzó sobre Elise, pero el hombre le blandió un bastón con un afilado y torcido mango plateado.

Prospero retrocedió un paso, esquivando lo que habría

sido un golpe fulminante, y luego se abalanzó para aprovechar su oportunidad. Estiró la mano para arañar la cara del hombre, arrancándole la barba postiza que tenía pegada a la piel, y sus gafas se deslizaron fuera de su rostro. La figura, que le había parecido extrañamente familiar, era ahora reconocible al instante.

—¡Tú! —gruñó Prospero al ser empujado hacia atrás.

Adam Jackson golpeó el mango del bastón con la palma de la mano, preparado para otro ataque. Prospero se contuvo, perturbado por la inquietante expresión de satisfacción en el rostro del hombre.

—Nos volvemos a encontrar, March —dijo con suficiencia—. Fue demasiado fácil encontrarte, bueno, casi.

—No intentábamos escondernos —el tono de Prospero era totalmente helado—. No pensábamos que un loco nos seguiría hasta aquí.

Miró a Elise, pero seguía inmóvil. Una furia asesina que nunca había sentido en su vida recorrió ahora cada fibra de su ser. Jackson había herido a Elise. Prospero despedazaría a ese hombre y lo arrojaría al mar.

Adam se rio.

—¿Locura? ¿Llamas *locura* a la justicia? Sedujiste a mi hermana, mataste a mi hermano y arruinaste mi nombre. Esto es sólo el principio de tu sufrimiento, March.

Adam se mofó. Fue la única advertencia que tuvo Prospero antes de que el hombre arrojara su bastón a un lado y sacara un revólver que llevaba oculto en el chaleco. Apuntó directamente al pecho de Prospero.

Prospero se quedó quieto, temeroso de hacer cualquier movimiento que obligara a Adam a disparar. Dios, nunca había imaginado que ésta sería la consecuencia de haber protegido su maldito orgullo todos esos años atrás. Si tan sólo se hubiera alejado cuando Aaron había arrojado su guante y exigido satisfacción...

Prospero miró fijamente la pistola, sintiendo ese miedo instintivo de saber que podía morir en un solo instante. Pero esta vez tenía mucho más que perder.

Su mirada se volvió hacia Elise. Estaba inmóvil en el suelo, con un hilo de sangre en la sien, pero estaba seguro de que respiraba.

*Concéntrate,* se recordó a sí mismo. *Ese hombre es una víbora y no puedes permitirte que te muerda.*

Distraer y retrasar. Eso era lo que necesitaba hacer hasta que pudiera encontrar una posición que le diera ventaja, si existía alguna.

—Estás loco, Jackson. Acabas de atacarnos a mi esposa y a mí. ¿Crees que la ley te apoyará?

—No tendrán que hacerlo, no cuando descubran la espeluznante escena de vuestras muertes. Me pregunto de qué manera lo reportarán los diarios. ¿Lord March mata a su nueva esposa en su luna de miel en un arrebato de ira y luego acaba con su propia vida por vergüenza? Sí, suena muy bien —el brillo salvaje en los ojos de Jackson hizo que a Prospero se le retorciera el estómago de miedo.

¿Así que ése era el plan de Jackson? ¿Matarlos a los dos? Este hombre estaba más que loco. Prospero nunca había imaginado que alguien pudiera tener un corazón tan cruel.

—¿Crees que alguien creerá que mataría a mi esposa? —desafió, aún con la esperanza de ganar algo de tiempo—. He demostrado ser un hombre de control desde el día en que murió tu hermano. Nadie pensaría que haría algo así. Además, matarla tan pronto después de nuestra boda no tendría ningún sentido. Demasiados testigos nos han visto disfrutar cariñosamente de nuestra luna de miel como para creer tus mentiras.

Esperaba que eso cambiara las cosas dentro de la mente del hombre, aunque sólo fuera por un momento, para darle la oportunidad de arremeter contra él.

—Oh, me creerán —dijo Adam con la confianza de un lunático—. Todo el mundo sabe que una mujer *como ella* impulsaría a cualquier hombre al asesinato —Jackson hizo un gesto con la mano libre hacia Elise—. La maldita zorra actúa como si tuviera cerebro, pero no es más que una prostituta con falda, como todas las demás.

Los puños de Prospero se cerraron, pero tenía que hacer que el hombre siguiera hablando.

—¿Qué hay de mí? Tu hermana me eligió para llevar a cabo sus artimañas, pero nunca la seduje. Tu familia inició esta sarta de mentiras que nos ha conducido hasta este momento. Te ofrezco una última oportunidad. Vete de aquí. Vete ahora, y los eventos de esta noche serán olvidados.

—Las únicas mentiras aquí han salido de tu boca, canalla —gruñó Adam y levantó el revólver, con una mirada brillante en sus ojos salvajes.

Prospero se lanzó hacia el otro hombre justo cuando disparó el arma. Un movimiento desesperado, pero el único que le quedaba. Un intenso dolor atravesó el hombro de Prospero. En cualquier otra circunstancia se habría tambaleado, pero la rabia que llevaba dentro lo mantuvo en pie.

*Detener a Jackson. Salvar a Elise.* Las palabras se repetían una y otra vez en su mente. Se lanzó hacia Adam justo cuando el hombre tiraba del percusor de su revólver.

Colisionaron, golpeándose con fuerza contra el suelo, lo que provocó que su siguiente disparo se desviara por los aires. Prospero aterrizó encima de Jackson y lo golpeó con fuerza en la mandíbula. Jackson gruñó y contraatacó con un golpe en las costillas. Jackson gruñó como un animal salvaje. El gélido fuego del deseo de venganza ardía en lo más profundo de los ojos del hombre.

Prospero asestó otro golpe en la sien de Jackson, pero el hombre no cayó; en cambio, lanzó una patada, derribando a Prospero. Ambos tuvieron dificultades para ponerse de pie.

El brazo de Prospero estaba lleno de sangre, pero éste apretó los dientes y levantó las manos, dispuesto a continuar el combate. Con una cruel sonrisa, Jackson se abalanzó sobre él, atacándolo con una ráfaga de duros golpes. Prospero lo sujetó por el cuello y le propinó un fuerte rodillazo en el estómago que lo dejó sin aliento, pero el dolor en su hombro le impidió mantener sujeto al hombre. Prospero sintió que la brisa que soplaba a sus espaldas era cada vez más fuerte, y se percató de que su enemigo lo estaba acercando a los acantilados de Culver Down.

—Este es el final, March —el rostro de Jackson se transformó en una sonrisa triunfal mientras empujaba con fuerza el hombro herido de Prospero, quien retrocedió un paso para evitar ser golpeado de nuevo. Su pie resbaló por el borde cubierto de hierba y cayó. Su estómago dio vueltas repentinas cuando perdió el equilibrio. Arañó la camisa de Jackson, pero el otro hombre estaba fuera de su alcance.

Prospero cayó, viendo sólo el pálido brillo de la luz de la luna en los ojos oscuros del otro hombre y la forma en que sus labios se curvaron en un gruñido. A lo lejos estaba el cuerpo tendido de Elise, muy lejos de él.

Su vida se había convertido en algo por lo que valía la pena luchar gracias a Elise, y ahora no estaría allí para salvarla. El juramento que le había hecho, de protegerla, se rompería.

Este era el final.

—¡Prospero!

El grito de Elise le pareció tan lejano mientras contemplaba el cielo despejado y lleno de estrellas. Sólo tenía una imagen en su mente y en su corazón mientras caía: Elise, sonriéndole después de que ella le diera el beso que había cambiado su vida.

Entonces su cuerpo chocó contra las rocas, poniendo fin a su dolor... a todo.

# CAPÍTULO 19

Elise se despertó con un dolor punzante y se tocó suavemente la sien. Sus dedos se mancharon de sangre, la cual parecía negra a la luz de la luna. Dios, estaba sangrando. ¿Por qué sangraba? No recordaba cómo había llegado aquí ni por qué estaba herida. ¿Se había caído?

El sonido de dos hombres luchando al borde de un acantilado cercano respondió a sus preguntas. Se dio la vuelta. Eran Prospero y el hombre que había conocido en el baile hacía unas noches... Adam Jackson. Le resultaba difícil ordenar sus pensamientos mientras la cabeza le palpitaba. Adam intentaba matarlos.

Se puso en pie cuando Prospero empezó a perder la batalla, viéndose obligado a retroceder hacia el borde del acantilado.

—¡No! —Adam había acorralado a Prospero, y no tenía forma de ponerlo a salvo. Jackson le dio un puñetazo y Prospero volvió a retroceder dando tumbos sobre el acantilado. Un aterrador segundo después, desapareció de la vista —. *¡Prospero!*

A Jackson se le escapó una risa áspera mientras se daba la vuelta y descendía por la ladera tras ella. No se molestó en correr; se tomó su tiempo, y su sonrisa malvada se ensanchó como si estuviera imaginando la manera en que emplearía su tiempo con ella.

Bueno, Elise no iba a rendirse sin luchar. Se agachó y sacó de su bota un pequeño cuchillo de excavación. Lo llevaba con ella solo por costumbre cuando vestía sus ropas de excavación, pero ahora rezaba para que le salvara la vida. Levantó el cuchillo, cuya cuchilla emitía un destello blanco a la luz de la luna mientras se preparaba para su ataque. Cuando estuvo a pocos metros de ella, miró su pequeña arma y se rio.

—Qué cuchilla tan bonita. Ideal para cortarte en pedazos —se abalanzó y ella se lanzó a un lado, cortándole el pecho. Dio en el blanco, y él aulló y se dio la vuelta. Pero Elise perdió la ventaja en un instante, porque los brazos del hombre eran demasiado largos y ella aún estaba a su alcance.

Le propinó un fuerte golpe en la cara y ella cayó por la ladera, rodando una y otra vez antes de detenerse, con el cuchillo perdido en la oscuridad de la noche. Su visión estaba plagada de estrellas y sus oídos zumbaban tan fuerte que no podía oír sus propios jadeos.

Elise intentó levantarse, pero las rodillas se le doblaron y tuvo que apoyar las manos en los muslos hasta que pudo volver a moverse. Dio sus primeros pasos a trompicones, pero tenía que llegar al acantilado. Era posible que Prospero hubiera caído al mar. Tal vez había sobrevivido a la caída. Esa débil esperanza era lo único que la mantenía en movimiento.

Entonces unas manos frías y duras la sujetaron por detrás y la detuvieron de un tirón.

Jackson la hizo girar hacia él.

—Voy a tomarme mi tiempo contigo, zorrita —le sujetó la garganta, oprimiéndola.

El aire no entraba ni salía de sus pulmones mientras él le estrujaba lentamente la tráquea. Iba a morir. Ese pensamiento hizo que su mente entrara en una espiral. Cada vez que parpadeaba, el mundo parecía moverse más despacio y los sonidos se volvían más imperceptibles. Su mente, privada de oxígeno, empezó a evocar recuerdos, tal vez para consolarla en sus últimos momentos.

Prospero de pie en la puerta de su despacho en la sede de la sociedad, una figura elegante con ojos que brillaban de sorpresa y curiosidad... inclinado sobre la exposición de escarabajos en el Museo Británico, maravillado por sus brillantes alas iridiscentes... susurrando palabras de amor en su noche de bodas...

La oscuridad se apoderó de su visión, formando un túnel hacia el lejano resplandor de alguna estrella aún sin nombre. Independientemente de en qué se convirtieran su cuerpo y el de Prospero después de la muerte, al menos ella estaría con él, como todas las cosas en esta tierra estarían y siempre habían estado. *De polvo de estrellas a polvo de estrellas...*

Una voz profunda resonó con fuerza al otro lado de la colina.

—¡Jackson!

Elise abrió los ojos justo cuando oyó un disparo.

El agarre de Jackson sobre su garganta se aflojó y el aire entró en sus dañadas vías respiratorias, haciéndola resollar mientras intentaba respirar a pesar del dolor. La fría sonrisa de Jackson vaciló y se miró el pecho. Había sangre alrededor de un punto cercano al corazón. Para la mente privada de aire de Elise, parecía una rosa floreciendo.

Aunque su agarre se había aflojado, seguía aferrado a su garganta mientras tropezaba hacia el borde del acantilado, llevándosela consigo. A pesar de su herida mortal, la movió como si no fuera más que la muñeca de un niño.

—¡Elise! —la voz estaba más cerca, pero quienquiera que viniera a rescatarla había llegado demasiado tarde. No pudo liberarse de la mano de Jackson, quien cayó por el acantilado y se la llevó consigo. Gritó mientras el viento azotaba su cuerpo y el suelo se movía en espiral bajo ella.

Algo sujetó su brazo. El dolor la recorrió por completo al oír un agudo chasquido en el hombro, y se desmayó por la repentina descarga de dolor.

Cuando abrió los ojos, levantó la cabeza para contemplar el escarpado acantilado blanco de Culver Down.

Estaba a casi cuatro metros de profundidad de la cima del acantilado. Había una saliente y Elise colgaba de ésta suspendida de un brazo. ¿Cómo era posible que hubiera conseguido detener su propia caída a medio camino del acantilado? Intentó ver qué la había atrapado. ¿Su mano se había enganchado en una roca que sobresalía o...?

No. Otra mano, una mano masculina grande y fuerte, le había sujetado la muñeca. A través de la niebla del dolor, vio un rostro que la miraba por encima de la saliente.

—¡Te tengo! —gruñó Prospero.

Dios mío, ¡estaba vivo! Sangraba, estaba en mal estado, pero *maravillosamente* viva. Lágrimas de dolor, alegría y un dulce alivio nublaron su visión. El otro brazo de Prospero, que estaba apoyado en la cornisa, le salpicaba la cara de sangre.

—Resiste —gruñó—. Te subiré.

Elise arañó la roca frente a ella, intentando ayudar

mientras él la movía hacia la saliente del acantilado. Un grito de agonía brotó de ella cuando la sujetó por el hombro herida para subirla. En cuanto estuvo en la saliente, la acercó a él. Los dos se tumbaron sobre sus espaldas, jadeando y mirando el acantilado y el cielo. Durante un largo momento, ninguno de los dos habló.

—Te amo —la voz entrecortada de Prospero estaba llena de dolor.

Con la respiración entrecortada y demasiado dolorida para hablar, Elise se limitó a acercar la mano de Prospero a los labios y a darle un beso en los nudillos ensangrentados. Un grito lejano llegó hasta ellos desde lo alto.

—¡Lady March! —la voz le resultaba familiar, pero sus pensamientos estaban demasiado confusos para reconocerla.

—¿Es... es Sherlock Holmes? —preguntó Prospero, con voz trémula.

Elise tardó un momento en reconocer el nombre. Tenía mucho dolor y su cuerpo aún temblaba.

—¡Lady March! —volvió a oír la voz, y su memoria finalmente la relacionó con su irritante vecino.

—¡Aquí! —llamó Prospero—. Estamos aquí, Holmes —parecía que aquellas palabras habían acabado con sus fuerzas, pero había conseguido gritar, y Elise se alegraba por ello. Ella seguía sin poder hablar.

La cabeza de Holmes apareció por encima del acantilado mientras los buscaba y los divisaba. Llevaba una pistola en una mano, pero la guardó al ver que sólo eran ellos dos. Elise se percató de que él había abatido a Jackson.

—¡Lord March! Gracias a Dios. Pensé que había llegado muy tarde. Quedaos ahí.

—Lo esperamos, señor Holmes —respondió Prospero con una risita llena de dolor.

Un rato después, o al menos eso pareció, algo grueso y parecido a una serpiente cayó por el acantilado y aterrizó junto a ellos con un golpe seco.

—Es una cuerda —murmuró Prospero. Levantó la cuerda y frunció las cejas—. ¿No esperará que trepemos?

Elise, recuperando finalmente la lucidez, se obligó a incorporarse y examinar la cuerda. El dolor, agudo y punzante en su hombro dislocado, seguía nublándole los pensamientos.

—Lady March —la llamó Sherlock—. ¿Sabe por casualidad cómo hacer un nudo de ocho?

—S-sí —le dijo ella mientras los dientes le castañeteaban. Estaba entrando en estado de shock, pero aún era capaz de concentrarse en lo que tenía que hacer.

—¿De verdad? —preguntó Prospero, sorprendido.

—Sí, aprendí de un oficial de la marina que vino a la sociedad el año pasado. Nos enseñó varios estilos de nudos. El nudo de ocho es el mejor para levantar algo pesado, como un cuerpo. Pero me temo que necesitaré que lo hagas por mí. No puedo mover el brazo izquierdo.

—Por supuesto. Dime qué debo hacer —Prospero sujetó la cuerda y ella le dio instrucciones cuidadosamente.

—Ahora pon la cuerda a tu alrededor, y el señor Holmes podrá subirte.

Prospero la miró con dureza. Luego, sin decir palabra, dejó caer la cuerda alrededor de ella y la tensó.

—Pero...

—Calla, esposa. Tú y yo podemos tener una larga discusión sobre la seguridad de quién importa más una vez que estemos a salvo de esta cornisa —comprobó la resistencia de su trabajo y tiró levemente de la cuerda para comprobar la fuerza de aquello que la sostenía en el otro extremo.

—Pero, ¿y tú? ¡Estás sangrando! ¡Estas herido! —protestó Elise y le sujetó la mano. Él se inclinó hacia delante, aún arrodillado en la saliente rocosa, apoyó la frente en la de ella y cerró los ojos.

—No es una herida profunda. Subiré enseguida, cariño.

—¿Me lo prometes? —no pudo evitar que su voz transmitiera un tono de histeria. El dolor y el miedo de los últimos minutos le estaban pasando factura. Y ella sabía que él estaba mintiendo acerca de que no era una herida profunda en el hombro; estaba tan pálido que la aterrorizaba.

—Aún no te he defraudado, y no tengo planes de hacerlo —la besó suavemente y, por un momento, sintió pánico de dejarlo solo en la cornisa. ¿Y si se derrumbaba y...?

Prospero exclamó:

—¡Está lista, señor Holmes!

La cuerda se tensó repentinamente y Elise se elevó en el aire. Ella mantuvo la mirada fija en su rostro mientras subía, dejándolo atrás.

Cuando llegó arriba, vio que Sherlock, Mary, Conley, la señora Godwin e incluso la joven criada habían ayudado a ponerla a salvo. Sherlock se inclinó hacia delante y sujetó su brazo herido para tirar de ella el resto del camino, pero Elise gritó y él optó por coger el otro brazo, tirando de ella hacia arriba.

—Está... dislocado —le dijo ella.

—Ah, ya veo... deme un momento —le quitó la cuerda del cuerpo y le cogió el brazo herido, levantándolo y moviéndolo hasta que el hombro volvió a su sitio. Elise gimió, pero el dolor disminuyó súbitamente y comenzó a respirar con mayor facilidad—. ¿Está mejor? —preguntó Holmes mientras se acuclillaba junto a ella. Su rostro, marcado por el cansancio, le confería un aspecto mucho más humano del que ella conocía.

Elise asintió.

—Gracias.

—Es una técnica sencilla que Watson me enseñó una vez.

—Por favor, ayude a Prospero. Me temo que esa cornisa no lo sostendrá para siempre.

Holmes la dejó para unirse a los demás mientras empezaban a levantar a su marido. Pronto, el brazo ensangrentado de Prospero apareció por la cornisa mientras intentaba subir por sí mismo, pero al final necesitó que Holmes lo ayudara para ponerlo a salvo. Fue entonces cuando Mary soltó su parte de la cuerda y corrió hacia Elise.

—Oh, cariño, pobrecita —dijo dulcemente, como si Elise fuera una niña que se hubiera caído y raspado la rodilla. Mary la rodeó con los brazos y la sostuvo hasta que Prospero se puso en pie y pudo reunirse con ellas.

Él tenía el hombro ensangrentado, al igual que la cabeza, pero caminaba, se movía, y eso significaba que podía estar bien. Elise se puso en pie con la ayuda de Mary, y él la estrechó entre sus brazos.

Prospero la sostuvo y le acarició la espalda con la mano. Le besó la parte superior de la cabeza antes de soltar un lento suspiro, y los músculos de su cuerpo parecieron liberar parte de su tensión.

—Se acabó —dijo.

Elise le acarició el cuello con una sensación de alivio, perdiéndose en el momento de estar viva con él.

—Lady March... —empezó Sherlock con inseguridad.

Su voz hizo que su mente volviera a funcionar. Se volvió hacia el detective.

—¿Cómo nos encontró? ¿Sabía que Jackson vendría a por nosotros?

El rostro de Holmes palideció.

—Hace unos días lo vi examinando una anotación en el libro de apuestas en Berkeley's. Fue entonces cuando me di cuenta de que podía haber un problema con él.

—¿Apuesta? ¿Qué apuesta? —preguntó Prospero.

—Tu amigo lord De Courcy apostó que vosotros dos os casaríais para Navidad. El señor Jackson leyó la apuesta después de que De Courcy abandonara la habitación, y su expresión me advirtió de que aún guardaba un gran resentimiento hacia ti, March —Sherlock se aclaró la garganta—. Una vez que recibí vuestra invitación de boda, me encargué de seguir al hombre durante los últimos días. Lady March, lo siento muchísimo... —se mostró inusualmente comprensivo en su tono.

Elise sintió que se le formaba un nudo de terror en el estómago.

—Señor Holmes, ¿qué ocurre?

—Jackson llegó en busca de usted y March de la otra noche. Irrumpió en su casa y atacó a Sus criados. Su padre luchó contra él, pero sufrió un ataque de angina de pecho, un ataque al corazón... Lo lamento. Se ha ido.

El resto de las palabras de Sherlock se desvanecieron cuando las rodillas de Elise cedieron y se hundió en el suelo.

Prospero cogió a Elise cuando se desplomó. Luego intentó levantarla, pero tuvo dificultades.

—Déjemela a mí —dijo Conley—. Ha sido herido, milord. Sólo lo lastimaría más llevarla de vuelta a la cabaña. Por favor.

A regañadientes, Prospero entregó a su esposa al ayuda de cámara. Mientras emprendían el largo camino de vuelta a la cabaña, escuchó a Sherlock explicar lo que había sucedido, pero su atención seguía centrada en Elise, quien mantenía la mirada fija al frente, ajena a lo que la rodeaba. Había entrado en estado de shock.

—Celine Perkins, la hermana de Jackson, también estaba en casa de John Hamblin y también resultó herida en la pelea.

Eso llamó la atención de Prospero.

—¿Celine estaba en la casa de los Hamblin?

Sherlock revisó sus bolsillos como si buscara algo, posiblemente su pipa, que Elise le había dicho a Prospero que siempre llevaba consigo; al no encontrarla, Sherlock frunció el ceño y continuó.

—Por lo que tengo entendido, ella esperaba advertiros a ti y a tu esposa, pero Jackson la siguió, sospechando una traición. Watson se quedó atrás para ocuparse de ella y de los criados heridos. Yo vine directamente aquí. Gracias a Dios que Jackson no ocultó bien su rastro. El hombre era más un Brutus que un Caesar en su forma de pensar. Sólo puedo suponer que tenía la tonta intención de convertir la muerte de tu esposa en un asesinato y la tuya en un suicidio.

—Eso dijo mientras luchábamos —dijo Prospero con tono sombrío—. Está loco.

—Estoy de acuerdo. En mis muchos años de estudio, me he topado con algunos hombres que poseen sed de dolor y violencia. A menudo, los que son propensos a la violencia o al abuso de los demás tuvieron una infancia o un entorno que los hizo expresarse con violencia, aunque ésta sea desagradable. Pero los hombres como Jackson nacen sin alma, sin el deseo de sentir otra cosa que la emoción de causar dolor a los demás. Creo que esos hombres no están hechos para formar parte de la sociedad. Son peligrosos y destructivos.

Prospero se sintió aliviado cuando por fin entraron en la cabaña. No estaba seguro de haber podido caminar mucho más. Había perdido demasiada sangre y su cabeza se sentía condenadamente frágil.

—Haré que os preparen un baño caliente a vos y a Elise, milord —dijo Mary, y luego condujo a Conley, quien aún tenía a Elise en brazos, al dormitorio principal.

—Iré enseguida, Mary —dijo Prospero antes de volverse hacia Sherlock—. Confío en que usted informará a las autoridades de lo ocurrido esta noche.

Sherlock asintió.

—Así será. Puede que requieran declaraciones tanto tuyas como de tu esposa, pero imagino que eso puede esperar hasta mañana. Hasta entonces, necesitas que te examinen el hombro. No soy médico, pero estoy bastante familiarizado con la anatomía humana y he observado el trabajo de Watson en varias ocasiones.

Prospero se miró la manga manchada de sangre. Prácticamente se había olvidado de ello en la pelea, y después su única preocupación había sido Elise. Se quitó el chaleco y la camisa, con una mueca de dolor. Sherlock llamó a la criada para que trajera una botella de escocés y unos paños de limpieza. Prospero se quedó quieto mientras le aplicaban alcohol en la herida y le limpiaban la sangre. Luego Holmes le examinó la parte posterior del hombro.

—Bueno, la buena noticia es que te atravesó el hombro y salió por el otro lado —dijo Holmes mientras le colocaba una venda—. Pero aun así tardará mucho tiempo en curarse. Un médico decente te examinará tan pronto como sea posible.

Prospero no estaba escuchando. Su mente volvía una y otra vez a la caída de Elise por el acantilado, dirigiéndose hacia él y sabiendo que sólo tenía una oportunidad de salvarla. El momento se repetía sin cesar en su mente. ¿Y si no la hubiera atrapado? Las manos le temblaron.

—March, debes recomponerte, por el bien de tu esposa. Ambos estuvieron a punto de morir esta noche, y ella acaba de perder a su padre. Las mujeres son criaturas frágiles. Ellas...

—Las mujeres *distan mucho* de ser frágiles —gruñó Prospero, aunque su tono era tranquilo—. Dedica una cantidad desmesurada de tiempo a ignorar a las mujeres porque no le interesan, señor Holmes, pero le reto a que las mire más de cerca. Viven bajo nuestros pies, pisoteadas por los crueles deseos y las necesidades más bajas de los hombres. Se les niega la autonomía de sus cuerpos y sus mentes. Llevan niños en sus entrañas, y a menudo perecen cuando sus cuerpos se fragmentan al traerlos al mundo. Se les dice que son débiles, que son tontas, que son ignorantes y que no necesitan educación. Pero los hombres las han mantenido así. Aun así, no se rinden. Las mujeres reciben un golpe tras otro y, sin embargo, se levantan. La esperanza sigue brillando en sus ojos mientras sueñan con una vida mejor. Sé que tengo que agradecerle por haber conocido a mi esposa. ¿Una apuesta sobre si ella podría llegar a comprender el funcionamiento interno del hombre? Tal vez usted debería aceptar esa misma apuesta y mirar más de cerca al sexo femenino que descarta sin pensárselo dos veces. Así que le pregunto, señor Holmes, ¿qué le han enseñado estos acontecimientos sobre las mujeres y su fuerza? Mi esposa tenía un hombro dislocado. Sin embargo, mientras estaba cegada por ese dolor, me enseñó a hacer un nudo de ocho y luego insistió en que *yo* subiera por la cuerda antes que ella. Estos no son los signos de una criatura débil, ¿no le parece?

Sherlock se quedó callado, pero sus hombros rígidos se relajaron al cabo de un momento.

—Supongo que tienes razón, y es mi culpa, con toda seguridad, que este peligro haya llamado a tu puerta. Debería haberte avisado, pero no estaba seguro de que lo que temía fuera a suceder. Debería haber confiado en mis instintos —cogió su abrigo y su sombrero—. Acudiré de inmediato a las autoridades para informar de lo sucedido y mañana estaré presente contigo cuando hables con ellos.

Homes se fue, y tanto Conley como la señora Godwin entraron a ocuparse de Prospero. Le llevó un tiempo asegurarles que estaba bien. Luego entró en el dormitorio principal y encontró a su esposa en una bañera de agua caliente. El vapor salía de la gran bañera de cobre. Cuando Mary se percató de que había entrado en la habitación, se acercó a él y, tras una tranquila conversación, se marchó para que él atendiera a Elise.

Elise estaba sentada con las rodillas levantadas y el brazo herido enroscado alrededor de sí misma. Tenía el hombro desnudo cubierto de moratones y el pelo le caía por la espalda en gruesos mechones de color dorado oscuro. Miraba a lo lejos, con los labios ligeramente entreabiertos.

Se desnudó y se metió en la bañera detrás de ella. Era lo bastante alto como para que el agua sólo le llegara hasta la mitad del pecho, dejando seco el hombro vendado. Le rodeó la cintura con el brazo sano y Elise se estremeció.

—Tranquila, mi amor —le dijo con la mayor dulzura posible.

Le partía el corazón verla así de herida, por dentro y por fuera. Le examinó el hombro izquierdo inflamado, así como los cortes y arañazos de los brazos y las manos. Tenía un moratón en la mejilla derecha y sangre en la sien, a pesar de que se había lavado el pelo. Prospero mojó un paño y limpió los restos de sangre. Elise no se estremeció esta vez, sino que inclinó la cara hacia él para que la limpiara con más facilidad. Al hacerlo, vio las marcas frescas de sus lágrimas brillando en sus mejillas a la luz de la lámpara.

Ver a esta mujer hermosa, inteligente y cariñosa llorar en silencio... Dios, lo estaba matando. Sherlock estaba muy equivocado con las mujeres, demasiado.

Muchas palabras no pronunciadas permanecieron en los labios de Prospero mientras la atendía, porque ninguna tenía la profundidad ni la fuerza de lo que sentía en aquel momento. Amar a esta mujer era quedar atrapado en los violentos vientos de un huracán antes de ser arrastrado a salvo al ojo de la tormenta, donde todo estaba en calma con una paz pura y misteriosa. Ella era una fuerza de la naturaleza, algo para amar y adorar con todo su corazón. Vivir sin ella era no vivir.

Así que dijo lo único que podía acercarse a lo que sentía, aunque careciera de un toque poético. Lo único que importaba era que era verdad.

—Te amo.

Sólo el fuego de la chimenea, con sus chasquidos y crujidos de leños, perturbó la quietud de la habitación. Entonces se recostó contra él, y su suave aliento le infundió el consuelo que él necesitaba desesperadamente.

—Lo sé —Elise cogió una de sus mano y le besó los nudillos magullados, como había hecho cuando habían estado tumbados uno al lado del otro en esa pequeña cornisa—. Si no me hubieras atrapado... —su voz vaciló.

—Pero lo hice —le rodeó la cintura con el otro brazo—. *Siempre* te atraparé. Sé que no quieres pensar en lo que pasará cuando salgamos de esta cabaña, pero pase lo que pase, estaremos bien, porque estaremos juntos.

Tal vez si él seguía diciéndolo, se haría realidad por pura voluntad. Pero la verdad era que todo había cambiado.

John se había ido. Ciertamente, John había creído que no le quedaba mucho tiempo, pero enterarse de que su muerte se había producido en circunstancias tan brutales, y por culpa del pasado de Prospero...

La verdad era que no estaba seguro de si Elise llegaría a perdonarlo por eso. Desde luego, nunca sería capaz de perdonarse a sí mismo.

El agua empezaba a perder su calor y era hora de acostar a su mujer. Salió de la bañera y se secó antes de ayudarla a salir y envolverla en un gran paño blanco, quitándole el agua de la piel. Elise le permitió colocarle el camisón y luego se dirigió a la cama, tranquila como un corderito y casi igual de mansa.

La metió bajo las sábanas, prestando atención a su hombro herido, antes de unirse a ella. Se durmió incluso antes de que él se acomodara a su lado. Así que la abrazó mientras permanecía despierto, atrapado en sus propios pensamientos. Temía dormir por miedo a enfrentarse a cualquier sueño problemático que le estuviera esperando.

# CAPÍTULO 20

El mundo se tiñó de gris cuando Elise se despertó a la mañana siguiente. Un médico le colocó un cabestrillo y le dijo que restringiera sus movimientos. Llegaron las autoridades y ella prestó declaración, junto con Prospero, antes de su viaje de regreso a Londres. Estaba de pie en la cubierta del barco, contemplando el agua, con la mirada incapaz de penetrar las capas de azul para ver sus profundidades. Todo esto había sucedido y, sin embargo, apenas había sido consciente de ello.

Su padre se había ido.

Las aves marinas los siguieron cuando llegaron a la costa y desembarcaron. Prospero permaneció a su lado durante todo el trayecto hasta la estación de tren. Habló poco, pero ella se sintió aliviada. Necesitaba tranquilidad, y él parecía percibirlo. Siempre parecía saber lo que ella necesitaba.

Cuando el tren llegó a Londres esa tarde, Mary y Conley fueron enviados a la casa de ciudad frente a ellos.

Prospero ayudó a Elise a subir a un carruaje en espera, pero no le dio al conductor la dirección de la casa de inmediato.

—¿Deseas visitar a Cinna y Edwina? O podemos ir a la sede de la sociedad y quedarnos allí un rato... hasta que estés preparada —su mirada estaba tan llena de compasión que los ojos de Elise se llenaron de lágrimas. Él sabía que estar en compañía de sus amigos o entre los muros de su sociedad la reconfortaría.

—¿Podríamos ir a la sede? No me siento con fuerzas para explicar a mis amigas lo que ha pasado —tendría que comunicarlo mañana, pero aún no podía enfrentarse a esa situación. Haría que la muerte de su padre fuera demasiado real, demasiado definitiva.

Prospero dio al chófer la dirección de la sociedad en Baker Street y luego se unió a ella en el interior del carruaje. Se acurrucó contra él, apoyando la cabeza en su hombro y aspirando su aroma mientras cerraba los ojos. Él le rodeó los hombros con el brazo sano, arropándola, haciéndola sentir protegida y querida.

El carruaje se detuvo en Baker Street y bajaron para dirigirse a la sede de la sociedad. Parecía apropiado estar aquí ahora, en el lugar donde se habían conocido por primera vez. Subieron juntos los escalones, cogidos de la mano. El mayordomo los recibió e informó de que hoy había reinado la tranquilidad y tenían la casa para ellos solos.

Elise se dirigió directamente a su estudio y encontró la habitación igual que cuando había entrevistado a Prospero, quien la siguió como una sombra silenciosa mientras ella revisaba sus plantas, las cuales habían sido regadas en su ausencia. Las ranas y las tortugas de sus acuarios de cristal también habían sido alimentadas y estaban bien. Pasó por delante de las estanterías y sus dedos recorrieron los lomos de los libros que la habían hecho muy feliz a lo largo de los años. Era como estrechar la mano de viejos amigos.

Se quitó el cabestrillo un momento y cogió el gran tarro que contenía la esfinge del aligustre. Descansaba encima de una flor, y sus antenas blancas temblaban mientras la miraba fijamente. Elise le devolvió la mirada, maravillada por sus hermosas alas con dos manchas que parecían brillantes ojos azules. Era hora de liberar a su pequeña amiga. Soltó un suspiro y se acercó a la ventana en mirador de su estudio. Prospero, intuyendo lo que iba a hacer, la abrió.

Con una mueca de dolor, quitó la tapa del frasco y se colocó en el borde de la ventana, inclinando el objeto hacia el jardín trasero, donde un exuberante mundo de flores esperaba a la esfinge, pero ésta no se movió. Al cabo de un momento, Elise metió la mano en el frasco y cogió suavemente la criatura con la palma antes de sacarla. Luego abrió la palma y se inclinó para susurrarle al insecto:

—Hay un gran y maravilloso mundo para ti. Sólo tienes que abrir las alas y volar.

Las alas de la esfinge aletearon con vacilación y luego, con un trémulo movimiento de sus antenas, alzó el vuelo y revoloteó por el jardín hasta que ella la perdió de vista.

Un sollozo recorrió la garganta de Elise. Se volvió y se apoyó contra el pecho de Prospero, quien la rodeó con sus brazos. Ella lloró hasta que no tuvo fuerzas para moverse. Terminó agotada y vacía por dentro.

Su marido le levantó el rostro y limpió las lágrimas que aún brillaban en sus mejillas con las suaves puntas de los dedos.

—¿Te sientes mejor?

—Es una tontería, pero sí. Detesto llorar.

—¿Por qué? —preguntó él.

—Porque me hace sentir débil.

—Sí, nos dicen que eso es un signo de debilidad, ¿no? Pero yo creo que es más bien lo contrario. Lloras por la cantidad de amor que tenías que dar a tu padre y ahora no tienes a nadie que lo reciba. Pero hace falta valor para amar y valor para dar amor a los demás. Para mí, esas lágrimas son un signo de esa fortaleza.

—¿Cómo entiendes a las mujeres tan bien? —era una pregunta que ella le había hecho antes, pero cada vez él daba una respuesta nueva.

—En Francia, mi sustento dependía de comprender a las mujeres y lo que las hacía felices. Pero para comprender sus alegrías, hay que comprender también sus tristezas. Creo que el problema de la mayoría de los hombres es que pasan tan poco tiempo con sus esposas, madres o hermanas que nunca llegan a comprenderlas ni a entender la vida que llevan.

Elise suspiró y volvió a apoyar la cara contra su pecho.

—Pues me alegro de que tú no seas como la mayoría de los hombres.

La condujo al sofá y se sentó con ella en su regazo. De pronto, algo peludo saltó junto a ellos. Era Pallas, el gato Pallas de la sociedad. Su cara ancha y a rayas la miró fijamente antes de levantar una suave pata, tocarle el brazo y ronronear. Los ojos verdes y dorados de Pallas eran grandes e inocentes mientras seguía ronroneando.

Prospero soltó una risita.

—Alguien se alegra de verte.

Elise levantó la enorme bola de pelo y la acomodó sobre ella. El gato amasó su regazo antes de acomodarse y entrecerrar los ojos. Los tres permanecieron sentados unos momentos, hasta que las lámparas se apagaron. Finalmente, Prospero retiró al gato y lo dejó suavemente en el suelo.

—Lo siento, viejo amigo, pero es hora de volver a casa —le acarició la cabeza con cariño.

—¿Tenemos que irnos? Quizá podríamos mudarnos aquí —sugirió Elise.

Prospero le cogió la mejilla y la miró. Ella vio las arrugas de la risa en las comisuras de su boca y ojos. Era extraño, nunca lo había notado. ¿Cómo podía encontrar alegría en el mundo cuando había perdido y sufrido demasiado?

Prospero le acarició la mejilla con el pulgar y sus ojos azules brillaron.

—La vida está llena de cosas que te harán daño. Y aunque muchos te digan lo contrario, sólo hay una cura real.

—¿Qué cura? —suspiró ella, incapaz de apartar su mirada de la de él.

—El amor, amor mío; el *amor*. Atraviesa todos los velos de la oscuridad, ahuyenta todas las nubes de tormenta. Calienta a los que perecerían de frío. El amor hace que nuestras vidas avancen. Podemos detenernos en el camino y mirar atrás, añorando en nuestros corazones lo que una vez tuvimos, pero el amor te da la fuerza para afrontar el futuro. Todos perdemos a personas que no podemos reemplazar, pero el amor nos da la fuerza para crecer en torno a nuestro dolor.

El corazón de Elise latió con más fuerza mientras él le recorría los labios con el pulgar.

—¿Cómo lo sabes?

Una suave sonrisa curvó la boca de Prospero.

—Porque amarte me hizo avanzar. Tú me curaste de mi tristeza, querida esposa. *Tú*.

—Te amo —se podían construir mundos sobre esas dos palabras, quizá las más poderosas en la vasta extensión del tiempo y el espacio.

Prospero le guiñó un ojo.

—Lo sé —de algún modo, siempre sabía qué decir, incluso cuando se burlaba de ella para levantarle el ánimo.

La ayudó a levantarse y salieron de la sede de la sociedad. Elise se sentía enferma ante la idea de volver a casa, a un mundo sin su padre, pero Prospero tenía razón. Uno podía detenerse y mirar atrás, pero nunca *volver*.

Se sujetó con fuerza al brazo de su marido mientras subían los escalones que conducían a la casa de Elise; no, la casa de *Elise y Prospero*. Más allá de esas puertas habría dolor y pena, pero ella podría sobrevivir. Cuando la puerta principal se abrió, se encontraron con el rostro solemne de Roberts.

—Milady —dio un paso atrás para permitirles la entrada y se inclinó ante Prospero—. Milord.

Elise vio los oscuros moratones en la garganta del mayordomo.

—¡Roberts! ¿Estás bien?

—Estoy bien, milady, bastante bien. Sólo un poco magullado —les ofreció una rara sonrisa. Entonces, Elise examinó a los dos lacayos en el pasillo, ambos parecían tan magullados y golpeados externamente como ella se sentía. Adam Jackson había sido realmente un monstruo al hacer daño a tanta gente—. ¿Y usted? ¿Milady? Me dijeron que usted y su señoría fuisteis atacados.

Ella señaló con la cabeza su brazo, que estaba de vuelta en su cabestrillo.

—¿Y usted, milord?

Prospero soltó una risita.

—Sólo una pequeña herida. Se curará —se tocó suavemente el hombro herido, pero hizo una mueca de dolor. El vendaje estaba oculto bajo la ropa.

Algo se agitó en la mente de Elise hasta que cobró sentido.

—Roberts, ¿por qué el personal no está vestido de luto? Deberían ir de negro o llevar brazaletes negros. Papá debería haber...

—Tranquila, cariño. Tu padre dejó instrucciones de que no quería que nadie se vistiera de luto, ni siquiera tú. No importa lo escandaloso que pueda resultar —dijo Prospero.

Roberts se aclaró la garganta.

—Hay algo que ambos debéis ver de inmediato —se dio la vuelta sin decir palabra y se dirigió escaleras arriba.

Elise lo siguió. Lo más probable era que la llevaran a ver el cuerpo de su padre tendido. Era costumbre que la gente en su casa vistiera sus ropas funerarias. Sus dedos se clavaron en la manga de Prospero cuando Roberts abrió la puerta de la alcoba.

—No estás sola —la tranquilizó Prospero, y entraron juntos en la habitación.

Se había preparado para este momento, pero no estaba preparada para lo que vio.

Su padre yacía en la cama, vivo, y la visión provocó que estallara en lágrimas.

—Elise, cariño, es imposible que tenga un aspecto *tan* horrible —dijo su padre con voz áspera. El doctor Watson estaba de pie junto a la cama, examinando el pulso de su padre. Estaba recostado en la cama, apoyado en unas almohadas, con el rostro pálido.

Su corazón se detuvo de golpe mientras miraba a su padre. Estaba vivo. El alivio la invadió como una poderosa ola, y luego experimentó un destello de rabia porque el señor Holmes le había proporcionado información errónea.

Pero esa furia se desvaneció rápidamente al ver la sonrisa agotada de su padre. Esa sensación de que no podía respirar, de que se estaba asfixiando lentamente, empezó a aliviarse.

—Dios mío —jadeó Prospero, abrazando con fuerza a Elise—. ¡John, estás bien!

Su padre soltó una risita áspera.

—En absoluto, pero estoy vivo. Bienvenido, hijo mío. Estoy seguro de que esto es un shock para los dos.

—En efecto, pero uno grato —replicó Prospero.

—El señor Holmes dijo que habías perecido —Elise corrió hacia la cama y rodeó a su padre con los brazos, sin importarle el dolor en su hombro. Sólo tenía que tocarlo, sentir los latidos de su corazón y saber que no era un sueño.

—Por un momento, creí que lo estaba —dijo su padre mientras la abrazaba—. Pero el doctor Watson obró un milagro —la soltó y luego estudió su rostro—. ¿Qué ha ocurrido? El señor Holmes se inventó una historia fantástica sobre ti siendo arrojada por un acantilado por ese bastardo de Jackson —examinó su brazo en cabestrillo y su mirada se desvió hacia Prospero—. ¿Y tú, muchacho? Holmes dijo que te habían disparado.

Prospero se unió a Elise junto a la cama y tendió una mano a su padre.

—Por lo visto, todos somos bastante difíciles de matar. Ya han sido dos encuentros con la muerte de los que, por suerte, me he librado.

Su padre estrechó la mano de Prospero.

—Bueno, no tengamos un tercero, ¿eh? —volvió a centrarse en Elise—. ¿De verdad te caíste por el acantilado, hija mía?

Ella asintió.

—Prospero ya había caído, y pensé que estaba muerto.

Pero aterrizó en una saliente a unos cuatro metros de profundidad. Cuando Jackson me arrojó por el precipicio con él, Prospero alargó la mano y me atrapó. Así fue como me lesioné el hombro.

John volvió a mirar a Prospero.

—Has cumplido tu promesa, muchacho —sus palabras temblaron un poco.

—Lo hizo —dijo Elise, conteniendo un sollozo.

Prospero se inclinó para besarle la sien.

—Y la cumpliré todos los días del resto de nuestras vidas.

—¡Bueno, esto sí que son noticias felices! No lloremos más. No cuando...

La puerta de la alcoba se abrió, interrumpiendo a John. Una mujer cercana a la edad de Prospero entró en la habitación. Tenía la cara llena de moratones y el labio cortado. Se sonrojó al ver a la multitud reunida junto a la cama del padre de Elise.

—¿Celine? —Prospero pronunció el nombre con sorpresa.

—¡Oh, Prospero! —jadeó la mujer, con el rostro ahora blanco como la ceniza.

La sorpresa de Prospero se convirtió rápidamente en ira.

—¿Qué demonios haces aquí?

—Tranquilo, muchacho. Ella me salvó la vida. Y la vuestra también.

La mirada de Celine se posó en el suelo y Elise tuvo un momento para estudiarla. Era encantadora, con una elegancia discreta y un vestido de rayas azules y blancas sin adornos. Así que ésta era Celine Jackson, la mujer que había contado a sus hermanos mayores que Prospero la había seducido. La mujer que había provocado todos estos acontecimientos.

—¿Puedo hablar contigo? —preguntó Celine a Prospero, y luego miró a Elise—. En realidad, ¿puedo hablar con los dos? —salió de la habitación y esperó a que se reunieran con ella.

Elise intercambió una mirada con Prospero, cuyos labios habían formado una línea dura, pero él asintió en silencio, aceptando que debían escuchar lo que ella tenía que decir.

PROSPERO CERRÓ LOS PUÑOS MIENTRAS SE ENFRENTABA A la mujer que había aparecido en muchas de sus peores pesadillas como la titiritera detrás de su ruina.

—Nunca podré disculparme lo suficiente. Estaba atrapada en una situación terrible con mi hermano mayor y no veía otra forma de escapar de él. Pensé que podrías salvarme si nos casábamos, y decirles que me sedujiste era la única forma de obligarte. Ahora veo lo tonta y egoísta que fue esa decisión. Nunca pensé... —los ojos marrones de Celine se llenaron de lágrimas, y él notó su palidez bajo los moretones de su piel. No era la mujer que había imaginado todos estos años, la mujer que lo había herido cruelmente con sus mentiras. Simplemente había sido una mujer joven, desesperada por liberarse de una vida horrible y peligrosa. Él podría haber hecho lo mismo si hubiera estado en su lugar.

—Después de que te marcharas a Francia, conseguí casarme, pero cuando mi marido murió inesperadamente, me vi obligada a volver a casa de Adam. Sólo que esta vez, Aaron no estaba allí para intervenir y protegerme de Adam... —empezó a temblar.

Elise alargó la mano y cogió la de Celine, estrujándola suavemente,

—No te culpamos —dijo Elise—. Sabemos que tu hermano era un monstruo, pero ya se ha ido. No tendrás que volver a preocuparte por él.

Si Prospero no hubiera estado ya locamente enamorado de su esposa, lo estaría ahora. Mostrar tanta compasión y empatía por Celine después de todo lo que había sucedido... El corazón de Elise era aún más grande de lo que él había imaginado.

—¿La muerte de tu hermano te deja en un estado financiero decente? —preguntó Prospero.

El miedo tiñó el rostro de Celine.

—Sinceramente, no lo sé. Nunca se me permitió saber de esas cosas.

—Eso no importa. Te ayudaremos —dijo Elise—. Te enviaré a casa la dirección de la sede de mi sociedad. Podemos reunirnos contigo y analizar los libros de contabilidad una vez que los encuentres. Yo revisaría primero el estudio de tu hermano. Allí es donde suelen guardarse la mayoría de los libros de contabilidad.

—¿Tu... sociedad? —preguntó Celine, confundida.

—La Sociedad de Damas Rebeldes.

Celine pronunció las palabras, confundida.

—¿Se rebelan? ¿Contra qué?

Elise sonrió.

—Contra todo lo que se atreve a frenar a las mujeres. Podemos ayudarte a encontrar empleo si lo necesitas. Celebramos reuniones semanales en las que las integrantes de la sociedad instruyen a otras en habilidades o temas recién aprendidos. De todo, desde ingeniería a composición musical o comprensión de los mercados de valores.

Celine abrió mucho los ojos.

—Cielos. Siempre he querido aprender esas cosas, pero Adam decía que yo no era más que una... —no terminó. Prospero contuvo un suspiro de alivio. Si ella se hubiera atrevido a decirlo, él habría querido resucitar al hombre sólo para matarlo de nuevo.

—Bien. Estaremos encantadas de ayudarte —prometió Elise.

Celine se volvió hacia Prospero con una sonrisa agridulce.

—Parece que, después de todo, la has encontrado. La mujer que es tu pareja perfecta.

—Parece que sí —no había olvidado esa lejana noche en los jardines en la que él y Celine habían hablado de parejas de enamorados y parejas perfectas. Esa había sido otra vida, pero ella tenía razón. En esta nueva vida, había recibido el regalo de esa pareja perfecta con Elise—. ¿Necesitas que alquilemos un carruaje para llevarte a casa?

—Ah, sí, pero antes he venido a ver al señor Hamblin. Fue muy valiente cuando me salvó. Quería asegurarme de que se estaba curando bien.

—Por supuesto —dijo Elise, y Celine se apresuró a volver a la alcoba.

Ya solos en el pasillo, Prospero estrechó a Elise entre sus brazos. Recorrió con la mirada sus rasgos, una imagen que llevaría en el alma el resto de su vida.

—¿Soy realmente tu pareja perfecta? —preguntó Elise. La esperanza ardía en sus cálidos ojos marrones, y todos los años de soledad y desesperación que había sentido durante los últimos años se habían desvanecido en el momento de conocerla.

Sólo estaba Elise, la mujer a la que amaba tanto que le dolía.

Cuando una persona entregaba verdaderamente su corazón a otra, era posible no sólo vislumbrar el cielo, sino habitar en él para siempre. Metió los dedos bajo la barbilla de Elise y le levantó la cabeza.

—Eres mucho más que una pareja perfecta. Eres mi regalo del cielo, el principio de todo —bajó la cabeza y cubrió sus labios con los suyos, saboreando el suave jadeo de su mujer.

Elise le rodeó el cuello con un brazo y él profundizó el beso, pensando en lo maravilloso y brillante que sería el futuro de las mujeres que ella inspiraría en los próximos años, y en que ser marido de una rebelde era quizá la mejor experiencia de su vida.

Elise parpadeó cuando sus labios se separaron, y su suave mirada arrasadora le inspiró ideas locas, aunque sabía que ninguno de los dos estaba aún en condiciones de hacer algo tan vigoroso, pero él podía hacer el amor suavemente con bastante facilidad.

Los ojos de Elise se iluminaron con un brillo travieso que le hizo sentir un escalofrío de deseo por todo el cuerpo.

—Estaba pensando...

—Sabes que me encanta cuando te pones a pensar —bromeó.

—Bueno, una vez que mis documentos estén listos, estaba pensando en hacer una visita a la Sociedad Geológica de Londres para presentar mis descubrimientos sobre mis últimos fósiles. Eso significa que tendré que infiltrarme en su reunión con un disfraz. ¿Me ayudarías?

Prospero soltó una risita.

—¿Ayudarte a infiltrarte en una reunión sólo para

hombres formada por un puñado de viejos científicos gruñones para que los sorprendas? No se me ocurre nada mejor —entrelazó sus brazos—. Pero ahora mismo, debemos estudiar otra cosa primero, y tenemos que llevar a cabo esa investigación a fondo... hasta que los dos seamos bastante *inútiles*.

# EPÍLOGO

Elise estaba sentada sobre una manta al borde de los jardines traseros de Marchlands, admirando la naturaleza más allá de los setos minuciosamente recortados y los macizos de flores pulcramente cuidados. En ese momento, un par de ciervos, una madre y su cervatillo, salieron de la cañada cercana, a menos de seis metros de donde estaba sentada.

Elise se ciñó el vestido de rayas azules y rosas a las rodillas mientras contemplaba la escena. Tenía un bloc de dibujo en el regazo mientras plasmaba a la madre y al cervatillo desde varios ángulos, intentando capturar su musculatura. Nunca tendría la habilidad que poseían Cinna y Edwina. Ellas tenían mucho más talento para reproducir lo que veían sus ojos.

Una vez que el ciervo desapareció entre los árboles, mezclándose con las sombras esmeralda y moteadas, se percató de una presencia detrás de ella. Se giró para ver a Prospero acercándose. Había dejado el abrigo en casa y sólo llevaba pantalones de color canela, camisa y chaleco azul oscuro. Las mangas de la camisa estaban levantadas, dejando al descubierto sus antebrazos bronceados. Su vientre se estremeció de excitación al verlo. Aún no había comprendido el fenómeno de cómo los brazos desnudos de un hombre podían excitar a una mujer. Tal vez se debía a que unos brazos musculosos prometían una pareja fuerte y corpulenta, y la exhibición de esos brazos demostraba que el hombre no temía trabajar duro. Supuso que eso explicaba parte de la atracción. Tomó una nota mental para profundizar en el tema.

—Tu panfleto ha sido publicado y ya se han vendido más de mil ejemplares —se llevó la mano a la espalda y sacó un trozo de papel doblado. Se unió a ella en la manta—. Espero que no te importe, pero he enviado una confirmación para aprobar la segunda y tercera tirada en caso de que continúe la demanda, cosa que creo que ocurrirá —se sentó, se apoyó en los codos y estiró las piernas, cruzándolas por los tobillos.

Elise lo besó en la mejilla.

—Gracias —estaba muy acostumbrada a tocarlo, a besarlo, a demostrarle su afecto de formas que nunca antes había logrado con facilidad. Pero Prospero estaba hecho para el amor de una mujer. Era demasiado hermoso, demasiado irresistible, como para no querer acercarse a él y tocarlo.

—Siempre me complace ayudarte, mi pequeña naturalista —le guiñó un ojo.

Elise había esperado que su panfleto instructivo sobre la naturaleza de los hombres tuviera cierta acogida en los círculos secretos de mujeres de sociedad, pero las grandes ventas que Prospero acababa de comunicar iban más allá de todas sus esperanzas.

—Has hecho algo notable. Siéntete orgullosa de ello.

—Lo estoy. Sólo que aún no es real para mí.

Era la verdad. Había esperado en cierta manera que el editor se negara a imprimir el folleto, pero él había accedido. Eso había sucedido hacía dos meses. En el último mes había estado tan ocupada que casi había olvidado que iba a ser publicada. Había estado trabajando con la sociedad para dar conferencias no sólo los lunes, y había estado ayudando a Celine a gestionar las inversiones de su hermano para poder sujetar las riendas de su futuro.

En cuanto a Prospero, había estado ocupado en algo totalmente distinto. Su padre había comprado la finca ancestral de Prospero, Marchlands, a su nuevo propietario para obsequiársela a Prospero y Elise como regalo de bodas. Se habían marchado de Londres a la finca tan pronto como su padre estuvo en condiciones de volver a viajar.

El infarto había afectado a la fuerza del lado izquierdo del cuerpo de su padre, causándole debilidad en el brazo y la pierna, pero había ido mejorando día a día. El doctor Watson se había interesado personalmente por el asunto y le había dado una lista de ejercicios que debía completar cada día para recuperar la fuerza y la coordinación. Ahora caminaba dependiendo mínimamente de un bastón.

Elise había estado muy preocupada por él, pero más de una vez, su padre había puesto una expresión extraña en sus ojos mientras miraba los rayos de sol brillantes entrar por una ventana cercana. Se había limitado a sonreír suavemente y a decir que le habían dicho que aún no era el momento. Ella le había preguntado quién se lo había dicho, y él simplemente se había reído y le había dicho que no le creería aunque se lo contara. Pero en el fondo, Elise sabía lo que su padre no le diría. Había estudiado las ciencias durante buena parte de su vida, pero sabía que había cosas que aún no podían explicarse, cosas que provenían del alma misma de una persona. Así que Elise había dejado de hacer preguntas, encontrando una extraña paz al saber que, cuando llegara el momento de ver partir a su padre, no iría solo a ese lugar. Su madre lo estaba esperando.

Prospero y su padre se habían encargado de devolver a la finca ancestral de Marchlands su antiguo esplendor, una tarea que había agotado a ambos hombres al final de cada jornada. Pero Elise no se quejaba cuando su marido se desplomaba en la cama a su lado. Cada noche se quedaba dormido al instante, pero con una sonrisa en los labios. Ella entendía por qué, claro. Se estaba ganando su lugar en el mundo, tal como había deseado. Estaba demostrando su valía mediante el trabajo duro, y eso le había proporcionado una inmensa sensación de satisfacción.

Además de este éxito, Prospero había impresionado a los socios comerciales de su padre y ahora estaba invirtiendo, con el consentimiento de Elise, parte de su propio dinero en trenes y en la última tecnología de locomotoras, y las inversiones les estaban reportando beneficios multiplicados por diez. Su marido era un hombre de negocios por naturaleza, como su padre, lo que los convertía en un buen dúo cuando se ponían manos a la obra. Estaba orgullosa de él y de todo lo que había conseguido.

Prospero miraba ahora hacia el bosque tras el ciervo que acababa de irse, perdido en sus propios pensamientos.

—¿Dónde está mi padre? —preguntó Elise.

—¿Perdón? Oh, está trabajando en las cuentas. Me han pedido que te lleve a almorzar.

En lugar de levantarse, se tumbó sobre su espalda y cruzó los brazos detrás de la cabeza, mirando al cielo. Elise dejó a un lado sus bocetos y se tumbó a su lado, apoyando la cabeza en una mano y la otra en el pecho de Prospero. Ella trazó la línea de su perfil con los ojos, y un profundo anhelo se agitó en su interior. ¿Era posible amar tanto a otra persona como para experimentar un dolor tan dulce que le impidiera respirar?

—¿Eres feliz? —preguntó al cabo de un momento.

Prospero estiró el brazo para entrelazar sus dedos con los de ella y luego le estrechó la mano contra el pecho.

—¿Soy feliz? —se preguntó en tono filosófico—. Durante mucho tiempo, creí que mi nombre era una maldición. En lugar de buena suerte y prosperidad, estaba condenado a sufrir y a perder todo lo que apreciaba. Estaba equivocado. Creo que la cuestión, más bien, es ¿cómo no iba a ser feliz? Aunque no tuviera nada más, mientras te tuviera a ti, eso sería lo único que de verdad me importaría. Nunca imaginé que otro ser pudiera convertirse en el mundo de uno, pero lo eres, querida esposa —llevó la mano de Elise hasta sus labios y le besó los nudillos—. Ahora acuéstate aquí conmigo y encontremos formas entre las nubes.

—¿Qué? —soltó una risita mientras él tiraba de ella para que se tumbara a su lado.

—Todos los que sueñan deben mirar al cielo —dijo, pero su rostro ya no miraba al cielo sino a ella.

—No estás mirando a las nubes —dijo mientras le devolvía la mirada.

—Ya estoy mirando al cielo —le rodeó la cintura con un brazo y la acercó unos centímetros hasta que sus hombros se tocaron.

Elise volvió a mirarlo a los ojos, viendo el cielo reflejado en sus profundidades, y el dulce dolor de su pecho se intensificó.

—Yo también.

SHERLOCK HOLMES ENTRÓ EN SU APARTAMENTO EN Baker Street y sonrió al ver a Watson descansando en su sillón favorito, con los papeles extendidos ante él mientras leía.

—Ha llegado un paquete para ti —Watson, quien estaba oculto tras su periódico, liberó una mano para señalar el escritorio del rincón, que estaba cubierto de recortes de periódico y notas. Encima había un gran paquete rectangular.

En otras circunstancias, Holmes habría estado encantado de decirle a Watson exactamente qué había dentro y quién lo había enviado. El tamaño del paquete le informó de lo primero, y la caligrafía de la dirección, de lo segundo.

Sin embargo, había algo de lo que no estaba seguro, y su propio interés en el asunto lo obligó a abrir el paquete inmediatamente. Utilizando un cuchillo para cortar el cordel, retiró el papel de carnicero marrón.

Como era de esperar, la caja contenía un estuche de violín, pero esa no era la cuestión que le apremiaba. Abrió la caja, y una rápida inspección le indicó que se trataba efectivamente de *su* violín, basándose en los pocos rasguños y arañazos que le había dado al estuche a lo largo de los años. Abrió el cierre y el estuche. Su instrumento descansaba a salvo en el interior, con un trozo de papel doblado metido entre las cuerdas. Sacó el papel y lo abrió para leerlo.

. . .

*Señor Holmes,*

*Creo que esto es suyo. En vista de que tuvo la amabilidad de presentarme a mi esposa, aunque por medios muy poco convencionales, me pareció justo devolverle su querido instrumento. Sólo tengo una condición. Le pido que no lo toque durante las horas en que la Sociedad de Damas Rebeldes celebra sus reuniones. Entiendo que toca para ayudar a su mente a resolver un caso, y lo respeto. Pero espero que respete a mi esposa y a las damas de la puerta de al lado, porque ellas también requieren concentración si quieren superar los límites de las damas de todo el mundo.*

*Atentamente,*

*March*

HOLMES SACÓ EL VIOLÍN DEL ESTUCHE Y LE QUITÓ EL arco. Comprobó la afinación y luego deslizó el arco por las cuerdas, sintiendo cómo las melancólicas notas se le hundían en su sangre de la forma más maravillosa. Su mente empezó a trabajar en su caso actual.

Watson bajó el papel.

—Ah, ¿te lo han devuelto?

Sherlock volvió a colocar el violín en su estuche.

—Sí, lo han hecho.

Era lunes y, lamentablemente, la sociedad estaba reunida hoy. Al menos no tendría que involucrarse en más planes o apuestas. Había aprendido la lección. Mantenerse alejado de las mujeres inteligentes. Sus labios se crisparon. Bueno, tal vez no se mantendría *del todo* alejado. Después de todo, eran sus vecinas.

—Tengo una reunión con un cliente en media hora, Watson. ¿Quieres acompañarme?

—Supongo que sí. Si no te acompaño, me da miedo pensar en qué travesuras te meterás.

—Mi querido Watson, nunca buscaría hacer travesuras. Simplemente tienen una molesta tendencia a encontrarme —dijo Sherlock mientras le cogía la capa a Watson y salían de Baker Street.

Guy De Courcy estaba recostado en el profundo sillón de cuero de un pequeño pub cuyo nombre había olvidado después de su quinto whisky. Había venido aquí esta noche con la esperanza de silenciar las voces de su cabeza, las que le decían que no era lo bastante bueno.

En sus nudillos se dibujaban unas diminutas cicatrices blancas que resaltaban en su piel a la luz de la lúgubre taberna; grotescos recuerdos de cuando su padre lo encerró en el sótano durante tres días sin comida ni agua.

En ese momento solo había tenido diez años. Dios, desearía desterrar para siempre esos sombríos recuerdos de su mente.

Flexionando una mano, estudió las marcas a la luz del fuego con una mirada fría y carente de emoción. No eran muy visibles, a menos que su piel se bronceara con el sol. Pero otras marcas, las causadas por una vara dura, le habían dejado dibujos permanentes en la espalda y en la parte superior de los muslos.

La casa De Courcy, en otro tiempo noble, se había convertido en un nido de víboras durante su vida. Ni siquiera su madre había intentado interceder para salvarlo a él o a su hermana pequeña. Alyssa había muerto la misma noche en que él había sido encerrado en el sótano.

Hoy habría sido el cumpleaños de Alyssa. Habría cumplido treinta y un años.

—¿Otra copa, cariño? —le preguntó una camarera que pasaba por allí mientras le tendía una botella de whisky.

—Sí... y deja la botella —se la arrebató y colocó varias monedas en su palma. Los ojos de la chica se ampliaron y se guardó las monedas. *Una chica lista,* pensó.

En lugar de servirse otro vaso, se limitó a beber de la botella. La luz artificial empezó a brillar con más intensidad, y la neblina luminosa alrededor de cada lámpara se extendió en ráfagas brillantes que abarcaron toda su visión. Era una buena señal. Estaba cerca de desmayarse.

Nunca debería haber regresado a Inglaterra, pero por nada del mundo dejaría que Prospero se enfrentara solo a la sociedad londinense. Pero todo había salido bien para su amigo, y se alegraba.

Ahora Guy se preguntaba si debería simplemente regresar a Francia. Sería fácil perderse en esa ciudad. Y él quería perderse.

La voz de un hombre cruzó la habitación.

—Belmont, sí, anota a Cinna Belmont.

*Belmont.*

Guy conocía ese nombre. *Cinna Belmont.* Unos ojos impresionantes llenaron su cabeza, y sonrió en estado de ebriedad. Ah sí, la hermosa bailarina que poseía una lengua más afilada que un estoque. Había disfrutado esgrimiendo verbalmente con ella, y había disfrutado bailando con ella.

—Entonces, son cinco —dijo otro hombre—. Deberíamos sortear quién se queda con Belmont. ¿Me recordáis las apuestas?

—Tenemos un mes para seducir a nuestra novia elegida. El afortunado que se case primero tendrá derecho a cinco mil libras de cada uno de los otros hombres una vez que se casen.

—Un momento, no tengo ni un maldito chelín a mi nombre —argumentó otro hombre.

—Eso no importa. Una vez que te cases, el dinero de la herencia de tu nueva esposa será tuyo. Puedes gastarlo en caballos y prostitutas, pero antes debes pagar lo que te corresponde al hombre ganador.

Se oyó un gruñido en la mesa detrás del sillón de Guy. El nombre de Cinna había despertado su interés, pero su humor se había amargado al darse cuenta del contexto en el que estos hombres habían estado hablando de ella. ¿Apuestas sobre ruina y seducción? Ni siquiera él caería tan bajo.

—¿Alguna otra regla? —preguntó un hombre—. ¿Debemos observar el comportamiento de los *caballeros*?

Los demás estallaron en carcajadas.

—Si tienes que acostarte a la fuerza con tu mujercita, hazlo. La única regla es que gana el primero que se case.

—Pero esto es injusto. Esa zorra de Belmont tiene el corazón de piedra. Nunca asiste a bailes o cenas. ¿Cómo diablos puede alguien tenerla a solas lo suficiente para comprometerla?

Guy dejó la botella de whisky sobre la mesa. ¿Así que estos hombres tenían intenciones de obligar a las mujeres a casarse, posiblemente violarlas? No mientras aún le quedara algo de buen juicio.

Guy se levantó, afortunadamente todavía capaz de caminar, y se acercó a la mesa de los hombres.

—Disculpad —dijo secamente al interrumpir su conversación. En el centro de la mesa había un trozo de papel con los nombres de cinco damas en una columna y una segunda con el título "Caballeros".

*Ja, estos no son caballeros.*

Pero observó que sólo había cuatro de ellos en la mesa.

—¿Necesitáis un quinto hombre? —preguntó con una suave risita.

Los otros hombres, caras que reconocía de sus compromisos sociales, lo miraron con sorpresa.

—¿Quieres unirte a nosotros, De Courcy? Estábamos a punto de tirar los dados para ver quién se quedaba con qué mujer.

—Entonces permitidme que os ayude con una —Guy cogió la pluma que yacía junto al papel y se inclinó sobre la mesa mientras escribía *Guy De Courcy* junto a *Cinna Belmont*.

Al ver su nombre junto al de lady Cinna, un extraño escalofrío le recorrió el pecho. Le habría impactado más de haber estado sobrio, pero estaba lejos de eso.

—Listo. Según tengo entendido, ¿tenemos un mes para seducirlas y casarnos con ellas? —tenía toda la intención de estropear los planes que los hombres tenían para las otras jóvenes implicadas.

Los presentes compartieron sonrisas, como si lo hubieran engañado. Qué tontos. Sabía que Cinna tenía un carácter difícil, pero la conocía mejor de lo que esos hombres jamás podrían.

—El último hombre en casarse o cualquiera que no lo haga deberá pagar el doble al ganador —le dijo el líder de estos tontos.

*Diez mil libras...* Dios, eso era el maldito rescate de una reina.

—Muy bien —respondió Guy con la confianza que sólo una botella y unas malas decisiones podían dar a un hombre.

*Lady Cinna, la veré en el altar.*

. . .

**Muchas gracias por leer *Cómo cuidar y enamorar a un pícaro*. ¡Más adelante habrá más historias sobre Cinna y Guy, así como sobre Edwina y Nicholas! Hasta entonces, no dejéis de leer mis otros títulos en español, disponibles aquí: https://laurensmithbooks.com/genre/spanish/**

# ACERCA DEL AUTOR

Lauren Smith es una abogada estadounidense de día y autora de noche que escribe romances osados y provocativos bajo la luz de la aplicación de la linterna de su teléfono inteligente. Supo que estaba destinada a ser escritora de novelas románticas cuando intentó reescribir toda la película *Titanic* solo para salvar a Jack de ahogarse. Su pasión es conectar con los lectores a través de la escritura de romances emotivos, realistas y sensuales, independientemente de la época. Ha ganado múltiples premios en varios subgéneros románticos.

Para conectar con Lauren, visítala en
www.laurensmithbooks.com
lauren@laurensmithbooks.com

facebook.com/LaurenDianaSmith

x.com/lsmithauthor

instagram.com/laurensmithbooks

tiktok.com/@laurenandemmabooks

www.ingramcontent.com/pod-product-compliance
Lightning Source LLC
Chambersburg PA
CBHW020330010826
48973CB00005B/1204